没有我们的世界

【美】艾伦·韦斯曼　著

赵舒静　译

上海科学技术文献出版社

图书在版编目（ＣＩＰ）数据

没有我们的世界/（美）艾伦·韦斯曼著；赵舒静译.
—上海：上海科学技术文献出版社，2007.9
ISBN978-7-5439-3360-6

Ⅰ.没… Ⅱ.①艾…②赵… Ⅲ.社会科学—教育与普及
Ⅳ.C4

中国版本图书馆CIP数据核字（2007）第136540号

责任编辑：张　树

封面设计：徐　利

没有我们的世界

[美]艾伦·韦斯曼　著

赵舒静　译

出版发行：上海科学技术文献出版社

地　　址：上海市武康路2号

邮政编码：200031

经　　销：全国新华书店

印　　刷：常熟市人民印刷厂

开　　本：660X990 1/16

印　　张：20.25

字　　数：291 000

版　　次：2007年9月第1版 2007年9月第1次印刷

书　　号：ISBN978-7-5439-3360-6/G·907

定　　价：38.00元

http://www.sstlp.com

本书部分章节已刊登于《发现》杂志和《洛杉矶时报》杂志

纪念索妮亚 · 玛格丽特

永恒的爱
来自没有你的世界

天虽长，地虽久，
金玉满堂应不守。
富贵百年能几何，
死生一度人皆有。

The firmament is blue forever, and the Earth

Will long stand firm and bloom in spring.

But, man, how long will you live?

Das Firmament blaut ewig, und die Erde

Wird lange fest steh'n und aufblüh'n im Lenz.

Du aber, Mensch, wie lange lebst denn du?

——李白／汉斯·贝特格／古斯塔·马勒
中国长笛：
第一乐章："愁世的饮酒歌"
《大地之歌》

序

猴 之 公 案①

20 04年6月的一个清晨，棕榈叶的屋檐下，安娜·玛丽亚·桑提背靠一根柱子坐着。她皱着眉头看着马扎拉卡的同族人，和他们那位于柯纳布河（亚马孙河上游厄瓜多尔境内的支流）之上的村落。安娜·玛丽亚已年过古稀，除了头发依然乌黑浓密之外，整个身体犹如一颗干瘪了的豆荚。她灰色的眼睛犹如两条灰白的鱼儿，困在她脸部深凹的黑暗漩涡之中。她用盖丘亚族人的方言和濒临消失的萨帕拉语责骂她的侄女和孙女们。拂晓后没过一个小时，她们和村里的所有人都醉倒了，唯有安娜·玛丽亚还是清醒的。

这是"冥加"仪式，在亚马孙语中是"建立新农屋"的意思。40个赤脚的萨帕拉印第安人挤在一起围成圈，坐在长凳上，其中有几个脸上还抹了油彩。男人要出去砍伐和焚烧树木，来为安娜·玛丽亚的弟兄清出一片种植木薯的场地，于是大家痛饮"奇喳酒"，为男人祈福。虽还是孩子，他们也用陶制的碗啜饮着乳白色的发酵啤酒。萨帕拉妇女成天都在咀嚼木薯的果肉，果肉在唾液的作用下发酵，酿成了这种啤酒。两个用草绳编辫子的女孩从人群中穿过，往碗里斟满"奇喳酒"，端上鲶鱼肉拌成的稀粥。年长者和客人可以享用一块块煮成巧克力颜色的肉。

---

① 公案：佛教禅宗用语，指以似是而非的形式出的谜语，能帮助思索，获得直觉性的认知。现泛指疑难案件。

但是安娜·玛丽亚·桑提——最年长的一个，却什么都没有吃。

尽管其他民族都已经奔向新的千年，萨帕拉族却还未进入石器时代。他们相信自己是蜘蛛猿的后代。他们过着和猿猴一样的生活，依然居住在树林中，砍下棕榈树的树干和白粉藤的藤蔓来支撑棕榈树叶编制而成的屋顶。在种植木薯之前，他们最主要的蔬菜是棕榈树的树心。他们撒网捕鱼，用竹制的标枪和吹箭筒猎杀獏、野猪、野鹑和凤冠雉，以此方式获取蛋白质。

他们依然维持着这样的生活方式，但是捕猎的资源已经所剩无几。安娜·玛丽亚说，当她的祖父母还年轻的时候，尽管萨帕拉族是当时亚马孙流域最大的一个部落，沿河而建的村落中住着20万人口，但这片森林养育他们全然不在话下。可是后来，遥远的地方发生了什么事情，他们的这个世界——或者说其他任何人的世界，都今非昔比了。

这件大事便是亨利·福特发现了批量生产汽车的方法。对充气轮胎的需求使得雄心勃勃的欧洲人在每一条适合航行的亚马孙支流中逆流而上，强占种植橡胶树的土地，强抓劳动力抽取树的汁液。在厄瓜多尔，欧洲人得到了住在高地的盖丘亚族印第安人的协助——他们早先听过西班牙传教士的福音传教，乐于帮忙把那些住在低地的、不信上帝的萨帕拉族的男人们绑在树上，强迫他们不停劳动直至死亡。萨帕拉的妇女和少女被视为生育机器和性奴隶，强奸的暴行夺走了她们的生命。

到19世纪20年代，东南亚的橡胶种植减小了南美乳胶的市场份额。橡胶带来了种族大屠杀，在此期间幸免于难的一二百个萨帕拉族人躲藏了起来。有些假装盖丘亚族人，居住在抢占他们土地的敌人中；其他的一些逃到了秘鲁。官方认为厄瓜多尔的萨帕拉族人已经灭绝。1999年，在秘鲁和厄瓜多尔结束了长期以来的边界纠纷问题之后，有人发现一个来自秘鲁的萨帕拉族巫师在厄瓜多尔的丛林中行走。他说，他最终得以见见他的亲人。

重新发现厄瓜多尔的萨帕拉族人对人类学的发展具有重大意义。政府承认了他们的领土主权——尽管只是祖先土地的一小片，联合国教科文组织也批准他们复兴文化、传承自己的语言。此时，使用这种语言的人只剩下4个，安娜·玛丽亚·桑提便是其中之一。他们曾经熟知的森林几乎已经无迹可寻：从占领他们土地的盖丘亚族人那里，他们学会了如何使用铁制弯刀砍伐树木，如何焚烧树桩以便种植木薯。每次收获之后，这块土地就得休耕好几年；四面八方，高耸入云的繁茂森林都被之后生长出来的纤细的月桂树、木兰和柯巴棕榈树所取代。如今，木薯被制成"奇喳酒"，成了他们日常的主食。萨帕拉族人幸存到了21世纪，不过，他们是醉醺醺地迈入新纪元的，而且以后也将一直如此。

他们仍然保持着狩猎的传统，但男人们奔走一天也没找到貘，甚至连只野鹑也没有，于是他们不得不射杀蜘蛛猿。在过去，食用蜘蛛猿的肉可是件大逆不道的事。安娜·玛丽亚再一次用她那瘦小、失去了拇指的手掌推开了她孙女们端来的盛有褐色肉块的碗。她拒绝食用煮熟的猿肉，朝它抬了抬疙疙瘩瘩的下巴。

"我们要是连自己祖先都吃，"她说，"那我们还算什么呢？"

*

森林和热带草原曾是我们的家园，但现在，很少有人还能感受到我们与动物祖先之间的纽带。尽管人类与灵长类动物分道扬镳的现象最初出现在另一片大陆上，但亚马孙萨帕拉族人的所作所为依然值得我们去关注。我们对安娜·玛丽亚所说的话越来越有感触了。虽然我们没有被迫成为嗜食同类的妖魔，但是，难道逃避未来我们就可以不去面临可怕的抉择吗？

二三十年以前，人类逃过了核战争的毁灭。幸运的是，我们还能继续躲避核威胁和其他大规模的恐怖行为。不过现在，我们总是询问他人：我们是不是一不留神就吞下了有毒物质，或是使得全球气候变暖了？我们也这样问自己。我们滥用水资源和土地资源，导致资源的日益枯竭；我们还滥杀动植物——而它们呢，或许永远地消失了。一些权威人士称，我们这个世界有朝一日会一片荒芜，乌鸦和老鼠在野草中穿梭，彼此掠食。若世界真的变得如此糟糕，就算以我们自吹自擂的超群智力，又何以知道人类一定能成为坚强的幸存者？

事实是，我们不得而知。我们十分固执，不愿意接受这种最糟糕的可能，也从未认真思考过对未来的种种猜想。求生的本能让我们变得软弱可笑——我们一直否认和忽视那些灾难性的凶兆，害怕它们会把我们吓得浑身发软。

如果那种本能只会令我们一味等待，那就太糟糕了。如果它能使我们抵御凶兆数量的攀升，那就是件好事了。人们对生的希望疯狂而固执，不止一次地编造出在废墟中得以拯救的奇幻故事。现在，让我们来尝试一个新的实验吧：假设最糟糕的事情已经发生了！人类的灭绝不可避免，不是因为核灾难，不是因为小行星撞地球，也不是因为其他任何能引发生物大规模灭绝的事件，就算是幸存下来的物种也面目全非、濒临死亡。生态问题让人们做出了可怕设想，在这类假想中，人类会在痛苦中慢慢消亡，与此同时也把许多其他生物拖下了水……然而，人类的灭绝却也不是因为这个。

我要说的与上面这些都不一样。在我所要描绘的图景中，我们所有人将会突然消亡。就在明天。

这事儿或许没有可能，但若是建构一个论点，倒也不是全然没有可能。假设说有一种人类特有的什么病毒——自然的病毒或是某些人怀着邪恶的目的制造出来的病毒——令我们遭受了灭顶之灾，而其他生物却毫发无损；或是哪个仇恨人类却才华出众的奇才以什么手段攻击了人类区别于大猩猩的那3.9%的独特DNA，再或是他想出什么绝招使人类无法产生精子；也有可能是耶稣或者外星人将我们带走，要么升到了荣耀的天国，要么被关在宇宙中的某个动物园里。

看看你身边的世界。看看你的房子、你的城市、周围的土地，还有脚下的人行道和人行道下方的土壤。想象它们都原地不动，独独少了我们人类的模样。把我们去掉，看看剩下的事物。如果大自然中剩下的事物和我们的同胞生物突然摆脱了人类所给予的无情压力，它们会有什么样的反应呢？要过多久，气候才能够恢复到我们发动引擎之前的样子呢？

多久之后，大自然才能收复失地，让伊甸园恢复到亚当或能人出现之前的容貌和气息呢？大自然可能抹去我们曾经生活在这里的所有痕迹吗？它将如何吞噬我们庞大的城市和公共设施，如何将不计其数的塑料制品和有毒的人工合成材料转化成良性的基本元素呢？会不会有些物质实在违背自然生态，无法被大自然同化呢？

还有，我们最杰出的创造物——我们的建筑、艺术和灵魂的展示又会如何呢？它们真的会永恒么，能留存到太阳膨胀、地球熔为灰烬的那一天吗？

甚至是在那之后，我们会不会在宇宙中留下些模糊却永恒的印痕，让持久的印记光彩熠熠地反映出地球上的人类文明？我们在行星间留下的印记又能否表明，我们曾经居住在这里呢？

为了知道没有我们的世界到底是个什么样子，我们必须关注眼前的这个世界。我们无法进行时空穿梭，而化石所记录下的不过是一小段不完整的历史罢了。但是就算记录是完整的，未来也未必如实地反映过去。有些物种在我们手中彻底灭绝，它们或它们的DNA很可能从此完全消失。我们做的有些事情是不可挽回的，但若假设我们一开始就未能进行进化，那么一个没有我们的世界将不会是现在这个样子。

或许也不会有这么大的不同吧。大自然曾历经了更为糟糕的毁灭，但又让荒芜的一片重现生机。即使是今天，地球上仍然有那么一些地方能勾起我们对史前伊甸园的生动回忆。如有机会观摩，我们会对大自然的勃勃生机大吃一惊。

既然不过是在想象，我们也不妨假设我们活着的时候大自然也能繁荣昌盛。毕竟，我们自己就是哺乳动物。不同的生命形态一同构成了繁华胜景。随着我们的消逝，这个星球会不会因为我们不再能够继续造福而变得有点儿萧条呢？

没有我们的世界会想念我们，而不是如释重负地大出了一口气——有没有这样的可能性呢？

目　录

第三部

第四部

第一部

第一章

伊甸园留存之香

你或许从未听说过"比亚沃维耶扎帕斯扎"。不过，如果你是在温带地区长大的话——所谓的温带地区包括北美洲的大部分区域、日本、韩国、俄罗斯、前苏联共和国的周边地区、中国的部分区域、土耳其、东欧以及包括大不列颠群岛在内的西欧地区——那么你的内心深处肯定会对它有所印象。如果你出生于苔原、沙漠、亚热带、热带、南美大草原或热带大草原上，那么那些与"帕斯扎"相仿的地方也必能唤醒你的记忆。

"帕斯扎"来自古老的波兰语，意思是"原始森林"。比亚沃维耶扎原始森林的面积约为2 023 400 000平方米，横跨波兰与白俄罗斯，是欧洲大陆仅存的荒野低地，年代已十分久远。当你还是个孩子，有人给你念格林童话的时候，想想看吧，那片雾蒙蒙的森林不就在你的眼前若隐若现吗？在这里，高耸的桦树和菩提树差不多长到了50米，它们那巨大的林冠荫庇着由角树、蕨类植物、湿地桤木和碗状真菌组成的湿漉漉的地面植被。橡树身披苔藓，已有五百多年的树龄，它们实在太大了，于是大斑啄木鸟就把云杉的球状果实藏匿在它们树皮的褶皱中。空气稠密而清冽，处处沉寂，星鸦沙哑的嘎嘎声、俾格米猫头鹰的低啸或是一声狼嚎偶尔也会打破沉默，转而又归于平静。

森林中，万古以来沉积的树叶覆盖层散发出幽幽香气，仿佛正侧耳倾听着种子的发育。在比亚沃维耶扎原始森林，繁茂葱郁的生命理应感谢化作春泥的落红。接近四分之一的地上有机群落生长在各类腐烂物质中——每4 000平方米土地上有38立方米腐烂的树干和坠落的枝桠，它们为成千上万种蘑菇、苔藓、树皮甲虫、昆虫幼虫和微生物提供营养，而这些生物在其他由人工照料管理的森林中早已无迹可寻。

这些生物转而又为鼬鼠、松貂、浣熊、獾、水獭、狐狸、山猫、狼、狍子、麋鹿和老鹰提供了丰富的食粮。这里生物的种类比欧洲大陆的其他地方都多——不过，森林周围既没有山脉，也没有可供掩蔽的山谷，因此这里并不具备地方性物种生存的独特环境要求。比亚沃维耶扎原始森林不过是曾经东至西伯利亚、西达爱尔兰的古森林的一抹遗迹。

如此完好的生物学遗址在欧洲理所应当地享有至高无上的特权。在14世纪，一位名叫瓦迪斯瓦夫二世·亚盖洛的立陶宛公爵成功地将他的大公国与波兰王国结成联盟，之后宣布这片森林为皇家狩猎场。几个世纪以来一直如此。当波兰-立陶宛联盟最终纳入了俄国的版图，比亚沃维耶扎原始森林便成为了沙皇的专有领地。第一次世界大战期间，德国人进军时大肆地砍伐树木、屠杀生灵，尽管如此，原始森林的主要部分还是得以幸存，并在1921年成为波兰国家公园。苏联统治下，木材滥伐曾一度卷土重来，不过纳粹入侵期间，有个名为赫曼·戈林的元帅因酷爱自然，下令将整片森林设为禁区——当然，他本人高兴的话还是可以入内的。

第二次世界大战之后，传说约瑟夫·斯大林在某个醉酒的晚上，在华沙同意将森林的五分之二交给波兰。共产主义的统治并未给森林带来什么变化，也就是建造了一些高层人士的狩猎区别墅。1991年，在其中一幢名为维斯库里的别墅中，前苏联签订了解体协议。然而，事实证明，这片古老的圣域在波兰民主政治和白俄罗斯独立自主下受到的威胁反而大于700年来的君主专政和独裁统治。两国的林业部门纷纷鼓吹通过加强管理来保持比亚沃维耶扎原始森林的生态健康。然而，这种"管理"，无非是采集和销售成熟硬木的幌子。若不是"管理"，这些硬木终有一日能随风撒下果实，将营养还赐森林。

拥有500年树龄的橡树。波兰比亚沃维耶扎原始森林

詹努斯·科贝尔摄

*

欧洲曾经就像这片原始森林，想到这点，不禁令人暗暗吃惊。进入这样的一片森林，我们意识到自己不过是大自然鬼斧神工的造物。看着老树直径2米的树干，走在最高的林木之间——巨人般的挪威云杉，它们像玛士撒拉①一样饱经岁月的风霜——对于那些在北半球随处可见、较为低矮的次生林地中长大的人而言，这里本该如同亚马孙流域或南极洲一样让人惊艳。不过，让人纳闷的是，人们刚一踏入这片森林，熟悉亲近的感觉便油然而生了。就算是再微小的生物，也竟会如此完美。

安德烈·巴别克立即就认出了这里。作为克拉科夫②的一名林学学生，他接受过专业培训，知道怎样保持森林的最大生产力，其中有一点就是消除"多余的"有机垃圾，以防树皮甲虫之类的昆虫寄生在森林中。然而在这儿，他却目瞪口呆，因为这里生物的数量和种类比起任何他所见过的森林来，都要多上十几倍。

这里是唯一生活着全部9种欧洲啄木鸟的地方。于是他意识到，有些品种的啄木鸟只栖身于中空的、濒临死亡的树木中。"它们没法在人工管理的森林中存活，"他这样对他的林学教授说，"比亚沃维耶扎原始森林几千年来都不依赖人类管理，而且存活得相当好。"

这位声音沙哑、蓄着胡子的年轻波兰林务员成了森林生态学家。波兰国家公园曾经聘用过他。后来，他因为反对到原始森林中心砍伐原木的"管理计划"而丢了饭碗。在好几个国际期刊上，他都严厉责备官方"森林没有我们的周到帮助就会死亡"的论断，批评砍伐比亚沃维耶扎原始森林周边树木来"重塑林木原始风味"的"正当行为"。他指责说，这种令人费解的思维方式在那些对森林野地无甚概念的欧洲人当中十分常见。

为了记忆中的森林永不消失，他几年如一日地穿着皮靴，行走在他深爱的原始森林中。尽管安德烈·巴别克竭尽所能地保卫森林中未被染指的区域，他还是无法抗拒作为人类的天性，想要看个究竟。

---

① 玛士撒拉：《圣经·创世记》中人物，据传享年965岁。后也用于指代长寿的老者。
② 克拉科夫：波兰城市名。

　　巴别克独自一人在林中，穿越时空的限制与曾经来过这里的人们倾心交谈。如此纯净的荒野仿佛一块记录了人类足迹的白板。他接受过专门学习，懂得如何阅读这些记录。土壤中的木炭表明曾经有狩猎者用火焚烧掉一部分森林，然后放牧。耸立的桦树和沙沙作响的白杨证明了亚盖洛的子孙后代们或许因为战争而无心狩猎。光阴荏苒，这些追寻太阳足迹的物种再次在曾经被烧得精光的土地上扎根生长。树阴下，硬木的树苗泄露出森林繁衍不息的秘密。渐渐地，它们会长成葱郁的桦树和白杨，仿佛它们从未在这里消失过一样。

　　每当巴别克碰见貌似山楂树或老苹果树之类形态异常的灌木时，他便知道，这是一间很久之前就被微生物吞噬的木屋遗骸，这些微生物能把森林中的擎天大树转变为土壤。他还知道，任何一棵从低矮的苜蓿丛中长出的又高又大、茕茕孑立的橡树都意味着一处焚尸场。它们的根系从早先的斯拉夫人的尸体灰烬中汲取营养。这些斯拉夫人便是现在的白俄罗斯人，他们900年前从东方而来。在森林的西北边界，周边5个村落的犹太人都在这里埋葬死者。他们那些砂岩和花岗岩的墓碑可以追溯到19世纪50年代，墓碑的基座断裂，长满了苔藓，已经变得十分光滑，光滑得如同来此悼念的亲人所留下的鹅卵石。当然这些亲人们，也早已辞世。

　　安德烈·巴别克穿过一片青绿草地，草地上长着一棵苏格兰松树，这里到白俄罗斯的国界连两千米都不到。10月的下午如此寂静，他能听到雪片飘落的声音。突然间，草丛之中发出一声脆响，十几头欧洲野牛从享用嫩草的地方狂奔出来。它们呼着热气，蹄子扒着泥土，又大又黑的眼睛久久凝视着这个貌似脆弱的两足动物，然后它们的反应和祖先一样，逃之夭夭了。

　　只有600头欧洲野牛还在野外生存，它们几乎全部集中在这里——或者说一半集中在这里吧，这取决于我们如何定义"这里"这个词。20世纪80年代，前苏联人沿着国界建起的铁幕将这个天堂一分为二，旨在阻止倒向波兰团结工会运动的叛变者。尽管狼在地下打洞，人们也认为狍子和麋鹿能够越过这个障碍，但这个欧洲最大的哺乳动物群落还是被人为分隔开来，有些动物学家担心种群的遗传基因会遭到割裂，导致灭绝。第一次世界大战之后，动物园饲养的欧洲野牛被带到这片森林中，来补充这个几乎被饥饿的士兵全部吃光的物种。而现在，冷战的产物再次威胁到它们的生存。

白俄罗斯在共产主义解体之后移走了列宁的雕像，却没有拆除隔离带的意图，尤其是波兰境内的森林现在已经纳入欧盟的版图。尽管两个国家公园之间被分隔的部分只有14千米长，但如果你想以游客的身份参观比亚沃维耶扎原始森林，你得向南行驶160千米，乘火车穿越国境，抵达布列斯特①，接受毫无意义的审问，然后雇一辆汽车再往北开。安德烈·巴别克在白俄罗斯的同学赫欧利·卡祖卡是个激进主义分子，他气色不好、面黄肌瘦，是个研究无脊椎动物的生物学家，曾经担任白俄罗斯境内原始森林的副主任。他被自己国家的公园服务中心炒了鱿鱼，因为他公然反对公园最近建造起来的一个锯木厂。他居住在森林边缘的一个勃列日涅夫时期的房屋中，给游客们恭敬地上茶，然后谈谈他对建立一个国际和平公园的梦想，在这样的公园中，欧洲野牛和驼鹿可以自由自在地漫步、成长。

这儿，原始森林中的高大树木和波兰境内的一模一样，同样的毛茛、苔藓，还有巨大的橡树红叶；同样盘旋的白尾鹰，它们对刀子般锋利的金属丝隔离带毫无防范。事实上，在波兰和白俄罗斯，森林还在扩张，因为农业人口正从不断缩小的农村迁往城市。在这种潮湿的气候下，桦树和白杨迅速地侵入周围休耕中的马铃薯种植区。只要20年，农田便会成为林地。在它们林阴的庇护下，橡树、枫树、菩提树、榆树和云杉也都欣欣向荣。如果人类能够消失500年，一片真正的森林便会在此复活。

欧洲的郊区有朝一日能够恢复成原始森林，这个想法令人振奋。不过，最后的人类可得记得把白俄罗斯的铁幕拆除，否则，这里的欧洲野牛将会随他们一同消亡。

---

① 布列斯特：前苏联欧洲部分西部一城市，位于波兰边界附近的布格河畔。

第二章

❧

夷平我们的家园

> "'如果你想拆掉一个谷仓,'一个农民曾经这样告诉我,
> '在屋顶上挖一个0.01平方米的孔。然后后退,站到一边。'"
> ——建筑师克里斯·里德
> **马萨诸塞州阿姆赫斯特**

人类消失的那天,大自然便接管了世界,并且立即着手拆除房屋——更精确点的说法应该是房屋们,把它们从地球的表面上彻底清除,一点不留。

如果你是一个房屋的所有者,就算你已经知道对它的所有权不过只是时间长短而已,就算腐蚀作用已经无情地袭击了它,可你就是不愿意承认这点,而是动用积蓄修复它。别人告诉你,你修这房子得花上多少钱,但没人会和你说,你还得付出些什么才能防止大自然再次占有你的房屋,它的速度可比银行快多了。

即使你居住在一个与原始形态格格不入的后现代主义建筑群落里——在这里,重型机器将自然风景彻底破坏,便于管理的草皮和整齐划一的小树苗取代了难以驾驭的野生植被,湿地沼泽在"控制蚊虫"的名义下被填平——就算如此,大自然也不会被人们击败。不管你如何将自己封闭在调温的房子里,躲避风霜雨雪,但肉眼看不到的霉菌孢子总

会以什么方式钻到室内，突然间爆发出巨大的威力：看着让人心烦，不看更加糟糕，因为它们藏身于粉刷过的墙壁中，大口咀嚼着石膏板，腐蚀着铁钉和地板托梁。或者，你的地盘也有可能成为白蚁、木匠蚁、蟑螂、黄蜂甚至更小的动物的栖身之所。

最糟糕的是，你可能会因为水而感到困扰——虽说在其他场合它是生命不可或缺的物质，但它总想侵入你的生活。

我们离去之后，大自然依托水的威力对我们自鸣得意的机械制造品展开了复仇。它从木结构的建筑下手，它们是发达地区最常用的民居材料。报复始于屋顶，或许是沥青，也可能是瓦片，人们担保它们能够使用二三十年——但是没人能担保烟囱附近不受到侵蚀，第一个漏洞总是出现在这个地方。遮雨板受不了雨水无情地冲刷，于是雨水悄悄渗入到瓦片下方。它流经1.2米×2.4米大小的层层盖板——这些盖板由夹板制成，如果是新造的房屋，那也有可能是木制胶合板。胶合板由7.6厘米—10.2厘米厚的若干板材制成，中间用树脂黏合起来。

新的未必就是好的。开发美国航空项目的德国科学家温希尔·冯·布劳恩曾讲过一个故事——第一个绕地球轨道飞行的美国人约翰·格伦的故事。"离地升空前的几秒钟，格伦被紧紧绑在我们制造的火箭中，人们把所有精力都投入到那个关键时刻，可你知道当时他对自己说了什么？'我的老天爷！我竟然坐在这么一堆糟糕的东西上！'"

在你的新房中，你就一直坐在这样的环境中。一方面，这样做不无道理：通过使用又便宜又轻巧的材料，我们可以减少使用世界的资源；另一方面，尽管中世纪的欧洲建筑、日本建筑和历史久远的美国墙体依然得依赖巨大的木柱和横梁，但现在，能够产出这么大木柱和横梁的大树已经变得十分珍贵和罕见，我们于是只好另想办法，把小块的木板和废料拼拼凑凑、黏合起来利用。

你出于成本考虑而选择的木制胶合板，其中含有的树脂是一种由甲醛和苯酚的复合物构成的防水黏合剂，它也被涂抹在木板暴露在外的边缘，不过没什么作用，因为水分从钉子周围渗透进去。没过多久，它们便生锈，并逐渐松动。这不仅直接导致了房屋内部的漏水，还使房屋结构受到巨大威胁。除了屋顶，木制盖板也能保证托架不松开。这些托架指的是用金属板连接而成的支撑梁，能够防止屋顶的张开。但是，一旦盖板被腐蚀，那么结构上的完整性也就随之而去了。

因为地球引力，托架上承受的张力不断增加。固定生锈金属铰链的、6毫米长的钉栓从潮湿的木头中滑出，木头上已经长出一层毛茸茸的绿色霉菌。霉菌层下面，名叫菌丝的线状生物正分泌出能将纤维素和木质素分解为真菌养分的酶。室内的地板也在发生着同样的变化。如果你居住在气候严寒的地区，气温一下降，水管就会爆裂，雨水从鸟类撞击和墙体下陷造成的窗户缝隙中灌入。即使窗户的玻璃完好无损，雨雪依然能够神不知鬼不觉地渗入到窗台的下面。木头还在腐烂，托架开始崩塌。到了最后，墙体倾斜到一边，屋顶便倒塌下来。10年之内，那个屋顶上留有0.01平方米大洞的谷仓便消失殆尽。你的房子或许可以维持50年，不过最多也就100年罢了。

当灾难开始呈现时，松鼠、浣熊和蜥蜴便登堂入室，在清水墙中安营扎寨，连啄木鸟也会在外面嘚嘚敲击。如果它们最初被阻挡在所谓的坚不可摧的墙板外面——这种墙板由铝、乙烯化合物构成，也可能由被称为"高能厚壁板"、无需保养的硅酸盐水泥纤维隔板构成——它们所要做的不过是等上一个世纪，那么大部分的人工材料都会不攻自破。人工注入的色素基本脱落了，水不可避免地从锯子的切口和钉子孔中渗入，细菌吞噬了植物纤维，剩下的只是无机元素。剥落的乙烯化合物墙板早已开始褪色，如今因为塑化剂的变质而变得极其脆弱、伤痕累累。铝的形态要好些，但水中的盐分也在缓缓吞噬着它的表面，留下的是坑坑洼洼的白色表皮。

镀锌表皮暴露在自然环境中，但它几十年来还是很好地保护了负责加热或冷却的钢制管道。可是在水和空气的共同作用下，锌开始氧化。一旦镀锌表皮失效，那么薄薄的钢板便失去了保护，几年之内就会开裂。石膏灰胶纸夹板中的水溶性石膏在此之前就已流失，被大地吸收。烟囱成了麻烦的开端。一个世纪之后，它还依旧耸立，但砖块早就开始剥落，一点一点地裂开；石灰砂浆也是如此，温差变化使其碎裂为粉末。

如果你曾经有个游泳池，现在就会成为一个播种筒，里面会撒满开发商引进的观赏植物的种子，或者是曾经被驱逐出去的天然植被——它们一直在角落中留守，等待有朝一日夺回领土。如果房子里有一间地下室，那么它同样也会被土壤和植物所填没。荆棘和野葡萄藤正盘绕于钢制的排气管道上，它们在不到一个世纪的时间内就会生锈腐烂。白色的热塑树脂的水管装置，照到阳光的那一边已经发黄、变薄，其中含有的氯化物已经风化成为氢氯酸，溶解自身的同时也殃及周边的聚乙烯材料。只有浴室的瓷砖外观几乎未发生什么变化，因为经烧制的陶瓷制品所含的化学成分有些类似于化石，不过它已经碎落成堆，干草和树叶混迹其中。

500年之后，剩下的东西会有哪些呢？这取决于你居住在世界的哪个地区。如果气候温和，曾经的市郊便会成为森林；除了一些土丘，这里逐渐开始类似人类进行开发之前的模样，或者是被驱逐的农民初次见到这片土地时的样子。林木之中，郁郁葱葱的林下叶层半掩着铝制的洗碗机散件和不锈钢炊具，它们的塑料把手虽已开裂，却依然坚固。在下个世纪，尽管没有冶金学家来进行观察，铝变形和腐蚀的速度终会显露——铝是一种相对较新的金属，早期的人类并不知道，因为铝矿石必须经过电化提炼才能成为金属。

铬合金使得不锈钢具有形态复原的功能，但是，这种效果或许将延续几千年，尤其是当罐子、平底锅和碳合金餐具被埋藏在不与氧气接触的地下时。在遥远的未来，不知哪种智慧生物把它们挖了出来，于是乎，它们进化的速度因为发现这些现成的工具而突飞猛进。不知道如何复制这些工具让它们觉得心灰意冷——不过神秘感和敬畏感说不定能够唤醒它们体内的宗教意识。

如果你居住在沙漠中，现代生活中的塑料制品腐蚀剥落的速度会更快，因为聚合物链会在阳光紫外线的侵袭下断裂。由于缺水，木制品在这里能够保持得更长久，不过金属接触到盐性的沙漠土壤会腐蚀得更加迅速。看着罗马遗址，我们由此能推测，厚厚的铸铁制品会出现在未来的考古学记录中，所以立在仙人掌之间的消防栓或许有朝一日会成为人类曾在这里生存的唯一线索：这可真是幅奇怪的画面。砖坯墙和石灰墙将可能受到侵蚀，可曾经起到装饰作用的锻铁阳台和窗户格栅尽管已经薄如轻纱，不过可能还是会被识别出来，因为腐蚀作用虽然吞没了铸铁，却难以对付剩下的玻璃碴。

我们曾经把所知道的最耐用的物质用于建筑结构：比如说花岗岩石块。它的效果今日依然可见，我们崇拜，我们震惊，但我们现在不再采用这种材料，因为采石、开凿、运输和切割石料需要很大的耐心，而我们却已经不再具备这样的耐心。从此之后，怕是不会出现第二个安东尼奥·高迪了——他1880年开始建造巴塞罗那至今未曾竣工的圣家赎罪堂，现在没有人再会考虑投资一个需要建造250年、重孙的重孙的孙子才能完成的工程了。现在，没有了成千上万的奴隶，使用罗马人的另一发明——水泥，岂非便宜？

如今，混合着黏土、沙子、古代海贝壳钙质的浆水变硬后就成为一种人造岩石，它日益成为现代城市人最为经济的选择。到了那时，成为半数人家园的水泥城市将变得如何呢？

在我们考虑那点之前，我得说说有关气候的一件事。如果我们明天就消逝，我们之前的所作所为将会对后世带来影响，地球引力、化学作用将在几百年之后才把万物带到平衡状态，可这和人类存在之前的地球或许只有些许的相似了。之前的平衡状态是因为大量的碳元素被压在地壳层之下；而现在呢，大多数碳元素已经转移到了大气中。房屋的木质结构会像西班牙大型战舰上的木材一样，上升的海面将它们浸泡在盐水中，受到了保存，而非腐蚀。

在一个更为温暖的世界中，沙漠变得越发干燥，但是人类曾经居住过的地区将很有可能再次出现河流——人们最初就是被水所吸引才到了这里。从开罗到菲尼克斯，河流使干旱的土壤得以生存，沙漠城市便在这里崛地而起。后来，随着人口的增长，人类控制了那些水的干道，然后将它们分出支流以图日后更大的发展。但是人类消失之后，支流也随之消失了。干燥和炎热的沙漠气候与潮湿、多雨的山地气候交织在一起，滔滔洪水涌到下游，淹没了水库，一年一年堆积起来的淤泥覆盖了之前的冲积平原，埋葬了建造在那里的一切。消防栓、汽车轮胎、破破烂烂的厚玻璃板和办公大楼或许能够苟延残喘，不过，它们会像石炭层一般被埋入地下。

没人会记得它们埋葬在这里，尽管三角叶杨、柳树和棕榈树的根茎或许偶尔会发现它们的存在。只有在万古之后，等老的山脉夷为平地，新的山脉平地而起，唯有这时，唯有年轻的溪流从沉积物中开辟出一个个崭新的峡谷时，才会显露出那曾经在这儿短暂留存过的事物。

第三章

                         ✍

没有我们的城市

总有一天大自然会吞噬一切，但我们难以把这个概念运用于像现代城市这样庞大而具体的事物上。纽约城无比巨大，你简直无法想象它逐渐走向毁灭的模样。2001年的"9·11"事件表明，只有手持爆炸武器的人才具备让城市销毁的威力，而不是侵蚀或腐烂这样的自然过程。世贸中心大厦的迅速倒塌让人心惊肉跳，我们更多关注的是大厦的袭击者，而非能够使整个人类的根基遭到毁灭性打击的人性弱点。即便是曾经如此难以置信的灾难也只是涉及几幢大楼而已。但是，大自然挣脱城市化束缚的速度或许要比我们想象的快得多。

*

1939年，纽约举办了世界博览会。为参展，波兰政府送去了一尊瓦迪斯瓦夫二世·亚盖洛的塑像。人们为这位比亚沃维耶扎原始森林的创始人树立起不朽的雕像，可原因并不在于他曾在600年前建立了一小块原始森林保护区。亚盖洛娶了波兰女王，使他的立陶宛大公国和波兰结成了联盟，成为一个欧洲政权。塑像描绘的是他在1410年的格隆瓦尔德会战胜利之后骑在马背上的场面。凯旋的他举着两把从波兰最后一个敌人——日耳曼十字军骑士手中夺来的剑。

1939年，波兰人不怎么走运，因为那些日耳曼骑士的后裔卷土重来。纽约的世界博览会结束之前，纳粹希特勒占领了波兰，塑像没法运回祖国。悲惨的6年之后，波兰政府把它作为不屈不挠的胜利者的象征赠予了纽约。亚盖洛的雕像被置于中央公园之中，俯瞰着今日被称为龟池的地方。

埃里克·杉德森博士一行人穿过中央公园，他们路过亚盖洛雕像时通常不会停留，因为他们统统都沉浸在另一个世纪——17世纪中。杉德森戴着顶宽沿毡帽，下面是眼镜，再下面是下巴边修得整整齐齐的灰色胡须，他的背包里塞了一台手提电脑。他是名景观生态学家，其他人来自野生动物保护协会。这个由世界各地的研究人员组成的小组要把世界从危机中拯救出来。在布朗克斯动物园的总部，杉德森负责曼纳哈塔项目。这个项目旨在把曼哈顿岛恢复成亨利·哈得逊和他的船员在1609年初次发现它时的模样：当时城市尚未建起，却诱惑着人们去想象未来的蓝图。

他所在的小组翻阅了原始的荷兰语文件、殖民时期的英国军事地图、地形勘测和这个城镇几个世纪以来所有的分类档案。他们研究沉积物，分析古花粉，把数以万计的生物学数据输入到成像软件，生成一幅三维立体的、植被葱郁的全景图，大都市的图像也被并置其上。每输入一种历史上曾经生长在这个城市某处的草类或树木，图像便变得更为具体和丰富，令人惊讶的同时也更令人信服。他们想要绘制出的是通往一片幽灵森林的详细地图，埃里克·杉德森似乎一直都在看这个，即使是躲避第五大道上的汽车时也在看。

当杉德森漫步穿过中央公园的时候，他的目光穿过两位设计师弗雷德里克·劳·奥姆斯特德和卡尔弗特·沃克斯运到这儿来的38万立方米的土壤，看着一片被毒葛和漆树围绕的松软沼泽地。他可以沿着长长窄窄的湖泊的海岸线走——这个湖泊位于现在的广场大酒店北面的第59大街旁，潮水蜿蜒流过盐沼进入东河。西面，他看到两条溪流注入这个湖泊中，排干了曼哈顿大分水岭斜坡上的水——鹿和山狮曾经出没在这里，现在被称为百老汇。

埃里克·杉德森看到，这个城镇到处都有河流，它们大多来自于地下水（"这就是斯普林①大街得名的原因了"）。他确定，四十多条小

---

① 斯普林：英文"Spring"，有泉水的意思。

曼哈顿岛1609年与2006年景象合成图。岛屿南端的延伸部分为生态预留地
雅安·阿瑟斯－伯特兰/考比斯图片档案公司；
马可利·波尔厄为曼纳哈塔项目/野生动物保护协会制作的三维可视化效果图

溪和河流流经的地方曾是一个丘陵密布、岩石林立的小岛：首先居住在这里的是德拉瓦族人，在他们所使用的阿尔冈昆语中，"曼哈顿"这个词指的是那些现在消失了的小山丘。19世纪时，纽约城的规划者们似乎压根儿没把地形因素考虑在内，把格林威治村以北所有地方都设计得纵横分明（因为南面原始的街道一片混乱，实在没法规划成四方格子状）。除了中央公园和岛屿北端那些大而笨重的片岩层，曼哈顿的高地被填入河床。人们铺平了地势，翘首企盼一个发达先进的城市。

后来城市又有了新的轮廓。水曾是地形的造型师，但现在它被迫进入网状的地下管道中，于是这一次，直线和转角成了城市新的轮廓特点。埃里克·杉德森的曼纳哈塔项目计划显示出现代的下水道系统无非是在模仿从前的水道，尽管人工下水道排泄的效率比不上大自然。这个城市埋葬了自己的河流，他对此评论道："降雨在继续，水总得去什么地方。"

如果大自然开始扯下曼哈顿坚硬的外壳，那么水便是问题所在。这个问题很快就会暴露出来，首当其冲的攻击将发生在城市地壳最为薄弱的地方。

纽约市公共运输局的保罗·舒博和皮特·布里法分别担任水力资源主管和水力应急响应小组的一级维修主管。他们对这个问题一清二楚。每天，他们都必须保证5万立方米的水不会涌入纽约的地铁系统。

"这还仅仅是地下水而已。"舒博说。

"一旦下雨，那么水的总量……"布里法摊开双手，一副无奈的样子，"是无法统计的。"

或许未必不可统计，但现在下的雨不会比城市初建之时来得少。过去，曼哈顿岛占地69 929 679平方米，土壤渗透能力强大，这里的年平均降水量为1.2米，树木和草地的根系会饱饮这些水分，然后把剩下的水分蒸腾到大气中。根系利用不了的水分会进入岛屿的地下水系统。在许多地方，雨水形成了湖泊和沼泽，剩下的通过40条河流排入海洋——而现在，这些河流都被埋在水泥和沥青之下了。

如今，没什么土壤来吸收降雨，也没什么植被来进行蒸腾，因为高楼大厦挡住了阳光，蒸发也无法进行，于是雨水要么积聚在水坑中，要么随着地球引力进入下水道——再要么，流入地铁的通风孔，这里本来就已经积了不少水。比如说，在第131大街和雷诺克斯大道的下方，地下河的水位在不断上升，已经开始腐蚀A、B、C、D 4条地铁线路的底部。像舒博和布里法这样身穿遮阳背心和工装裤的人得一直在城市地下攀爬，处理纽约地下水位不断上升的问题。

每次暴雨来临时，下水道就会被垃圾堵塞——世界的城市中，塑料袋的数量或许真的是不计其数——雨水总得去哪里，于是便涌入最近的地铁过道。此外，西北方向，大西洋的浪潮也涌入纽约的地下水系统，于是，像曼哈顿地势低洼的沃特大街和布朗克斯洋基体育馆这样的地方，水位上升淹没了地道。水位回落之前，所有的一切都只好关闭起来。假如海洋继续变暖，海平面的上升比现在每10年上涨2.5厘米的速度来得更快，那么一旦到了某个峰值，水位便再也不会回落了。舒博和布里法不知道到了那个时候，这个城市会变成什么样子。

除此之外，20世纪30年代建起的管道已经有些年头了，经常爆裂。在纽约，地铁工作人员的高度警惕和753个抽水泵是这个城市至今还未洪水泛滥的唯一担保。想想看那些水泵：纽约的地铁系统在1903年是个奇迹般的工程，它建造于一个业已存在、现在高度发展的城市下方。因为这个城市已经建有排水管道，建地铁的唯一地方便是管道的下方。"所以呢，"舒博这样解释道，"我们得把水往上排。"这么做的城市并非纽约一个——像伦敦、莫斯科和华盛顿这样的城市，他们的地铁还要深得多，差不多都能当防空洞用了。这些地方存在许多潜在的危险。

舒博的白色安全帽遮住了他的眼睛。他凝视着布鲁克林区范西克伦大道站下面的一个正方形的深坑，在这里，每分钟有2.5立方米的天然地下水会从岩床中涌出来。他指着那个噗噗涌出的水流说，4个能够在水下工作的铸铁水泵正轮流把水往上抽。这种水泵是用电的。停电的时候，事情就会一下子变得很糟糕。世贸大厦遭到袭击之后，一台紧急水泵车载着一个庞大的便携式柴油发电机工作，排出的水量是希尔体育馆容量的27倍。假如哈得逊河真的泛滥，淹没了连接纽约地铁和新泽西之间的轨道的话（事实上有次差点就这样了），那么那台水泵车和城市的大部分地区都会被淹没。

在一个被遗弃的城市中，不会再有保罗·舒博和皮特·布里法这样的人，每当降雨量超过5厘米的时候，他们就得从一个车站跑到另一个车站（最近频率之高令人厌烦），有时候得端着水管来来回回往楼梯上跑，把水抽到街道下面的某个下水道中，有时候得驾驶着充气船穿梭于地道的迷宫中。如果没有人，也就没有电。水泵会永远地消失。"一旦关闭这些水泵设施，"舒博说，"水位在半小时之内就会上升到地铁再也无法通行的程度。"

布里法摘下他的护目镜，揉了揉眼睛。"如果一个区发大水，就会波及其他区。只要36个小时，整座城市将一片汪洋。"

他们预测说，即使不下雨，只要地铁水泵停止工作，那么淹没整个城市也不过是几天的事情。到那时，水会冲走人行道下面的土壤。不久之后，街道便会变得坑坑洼洼。没有人会来疏通下水道，于是一些新的水道将在地面上成形。浸满了水的地铁的顶部坍塌之后，另一些河流也将出现。20年之内，浸泡在水中的钢管将会腐蚀、变形。这些钢管支撑着东区4-5-6线路上方的街道。莱克星顿大道下陷后将成为一条河流。

不过，早在这之前，城里的人行道就已经遇上大麻烦了。杰米尔·阿曼得博士是纽约库珀学院土木工程系主任，他说，人们撤出曼哈顿后的第一个3月份中，城市就会开始分崩离析。每年3月份，气温会在摄氏零度上下摆动四十多次（气候变化可能会使这个过程提早到2月份）。每到这时候，不断的结冰和融化会让沥青和水泥开裂。雪融化时，水渗入到这些新的裂缝中。结冰时，水因为变为冰后体积膨胀，使裂缝变得更大。

我们可以把这称为水的复仇，它被整座城市压抑得太久。大自然中几乎所有的混合物在结冰的时候都会收缩，但水分子却相反，它们会形成优雅的六边形结晶体，所占的空间比它们液态时多百分之九。六角形的冰花又漂亮又轻薄，难以想象它们会损坏人行道边上的混凝土路面。能够承受每平方厘米567千克压力的碳钢水管竟然会在结冰的时候爆裂，这就更加难以想象了。可这是事实。

人行道开裂之后，中央公园顺风吹来的芥草、三叶草、牛筋草等野草草种便会向下生长，深入到新生的裂缝中，使它们开裂得更为严重。在当今世界，只要问题初露端倪，市容维护小组就会出现，消灭野草、填平裂缝。但在一个没有人类的世界，不会再有人来对纽约修修补补了。野草之后，接踵而来的是这个城市中最具繁殖能力的外来物种——亚洲臭椿树。即使有800万人口，臭椿树（通常被称为樗树）这种生命力顽强的入侵者也能在地道的小裂缝中扎根生长，等到它们展开的枝条从人行道中破土而出，人们才会有所注意。如果没人来拔除它们的秧苗，5年之内，它们强有力的根系将牢牢攫住人行道，在下水道里大搞破坏——没人清理，这时的下水道已经被塑料袋和腐烂的旧报纸堵塞。

由于长期埋在人行道以下的土壤突然暴露于阳光和雨水里，其他树木的种子也在其中生根发芽，于是没过多久，树叶也成为不断增加的垃圾大军中的一员，堵塞了下水道的出入口。

植物无需等到人行道分崩离析的那天便已经乘虚而入。从排水沟积聚的覆盖物开始，纽约贫瘠的硬壳上形成了一层土壤，幼苗开始发芽抽枝。它们能够获得的有机物质当然要少得多了，只有风卷来的尘土和城市中的烟灰，但曼哈顿西面纽约中央铁道上被遗弃的高架钢铁路基现在已经是如此了。从1980年开始，这条铁路便不再使用，无孔不入的臭椿树在这里扎根，还有厚厚一层洋葱草和毛茸茸的羊耳石蚕，点缀着一株株的秋麒麟。两层楼高的仓库那儿依稀露出一点昔日铁轨的痕迹，遂又遁入野生番红花、鸢尾、夜来香、紫菀和野胡萝卜所铺出的高架车道中。许多纽约人从切尔西艺术区的窗口望下，被眼前天然的、由花组成的绿色缎带所感动——它们占据着这个城市已经死亡的一角，并作出对未来的预言。这个地方就是纽约高线公园。

在最初几个没有供热的年头里，全城的管道都在开裂，一会儿结冰一会儿融化的气温震荡也影响到室内家具，东西损坏得十分厉害。房屋的内部结构因为热胀冷缩而嘎吱嘎吱地发出响声；墙面和内顶板之间的铰链开始断裂。开裂的地方，雨水渗透进来，门闩生了锈，饰面剥落下来，露出了隔音软木层。要是城市还没着火，那么现在就是时候了。

总的来说，纽约的建筑并不如旧金山维多利亚风格的厚重墙板那么易燃。但是，因为再也没有消防员来接听火警电话，一个闪电就能点燃中央公园中堆积的许多枝桠和树叶，火焰将蔓延到各个街道上。20年之内，避雷针就会开始生锈、折断，屋顶上燃起的大火蔓延到建筑内部，进入满是纸质助燃物的办公室。煤气管道的爆炸震碎了窗户玻璃。雨雪趁机进入，不久之后，水泥地板就在结冰和融化导致的热胀冷缩下开始裂开。烧焦了的隔音软木层给曼哈顿不断扩张的土壤层添加了不少营养。弗吉尼亚州当地的爬行动物和毒葛在布满了苔藓的墙面上爬行，这些苔藓在没有空气污染的环境中得以迅速生长。红尾鹰和游隼在高高的房屋空架上筑巢。

布鲁克林植物园的副园长史蒂文·克莱门茨预测说，两个世纪之内，在此定居的树木将完全取代先前的野草。数以吨计的树叶下面是排水沟，它们为当地公园中的橡树和枫树提供了崭新、肥沃的土壤。来到这儿的黑洋槐和秋橄榄具有固氮作用，向日葵、须芒草、白色的蛇根草和苹果树也迁居于此，它们的果实由鸟儿四处播种。

库珀学院土木工程系教授杰米尔·阿曼德预测说，生物的多样性将会表现得更为突出，因为随着高楼大厦的倒塌和粉碎，水泥中的石灰提高了土壤的pH值，诸如泻鼠李和桦树之类不适应酸性环境的树木会在这里扎根。阿曼德已经头发花白，可是精神饱满，说起话来忍不住用手比划，他认为这个过程的开始比人们想象的要快。这位来自马赛克镶嵌工艺装饰而成的清真寺之城——巴基斯坦拉合尔市的学者，现在正教授如何设计和改进建筑以抵御恐怖袭击。他对建筑结构上的弱点有着深刻的认识。

"即使像纽约大多数的摩天大楼那样，把曼哈顿的建筑锚定在坚硬的片岩中，"他评论说，"也不意味着它们的地基不会浸水。"堵塞的下水道、泛滥的地道和已经变为河道的大街，他认为，在它们的共同作用下，建筑物地基的牢固程度被削弱，它们身负的庞然大物会变得摇摇欲坠。未来，袭击北美洲大西洋海岸的飓风将愈发猛烈和频繁，大风将毫不留情地吹向那些高耸却不稳固的结构。有些将会倒塌，并撞倒其他的建筑。正如大树倒下后，新的生命将占据那个空隙一样，渐渐地，都市的钢筋森林会变成一片真正的森林。

*

纽约植物园与布朗克斯动物园连成一片，占地一平方千米，拥有欧洲以外最大的蜡叶植物群落。它珍藏着1769年库克船长太平洋之旅采集来的野花标本，以及来自火地岛的少量苔藓，与之相伴的黑色墨水笔迹的便笺纸上留有采集者的署名——查尔斯·达尔文。然而最不寻常的是在纽约植物园这片处女地上生长出来的原始森林，它们占地0.16平方千米，从未遭到砍伐。

虽未遭砍伐，却也发生过巨大的变迁。直到最近，这片优美而婆娑的松叶树才得名为铁杉森林。但是，几乎所有的铁杉现在都已经死亡，罪魁祸首是一种日本的昆虫，它们的体形比这个句子结束时的句号还要小，是20世纪90年代中期来到纽约的。最老最大的橡树可以追溯到当这片森林还属于英国人的时候，可它们也濒临死亡。它们受到酸雨和铅等重金属的侵蚀，因为汽车尾气和工厂排出的烟雾已经被土壤吸收。它们不可能再回来了，大多数长有天篷的树木都早已失去了繁殖能力。所有在这儿生活的树木现在都寄居着病原体：某些菌类、昆虫，或是一旦抓住机会便能夺取树木生命的病毒——这些树木在化学物质的冲击下已经变得十分脆弱。此外，随着纽约植物园的森林变成了被灰色城市所包围的绿色孤岛，它也成为布朗克斯区松鼠的避难所。这里没有大自然的掠食者，狩猎也被禁止，于是再也没有什么能够阻止它们狼吞虎咽还没有发育的橡树果或山胡桃。它们就是如此。

如今这片古老森林的林下叶层已经有了80年的"代沟"。这里没有新生的橡树、枫树、梣树、桦树、无花果树和鹅掌楸，在这里生长的主要是外来的观赏植物，它们是借着风势从布朗克斯区的其他地方来到这里的。土壤取样研究显示，2 000万颗臭椿的种子在这里生根发芽。纽约植物园经济植物学协会主管查克·皮特斯说，外来物种——比如说臭椿和软木都来自中国——它们现在占据了这片森林的四分之一。

"有些人想让森林恢复到200年前的模样，"他说，"如果那样的话，我得告诉他们，那就等于把布朗克斯区拉回到200年以前。"

自从人类能够在世界范围内自由流动，他们便随身携带生物，并带回其他物种。来自美洲的植物不但改变了欧洲的生态系统，也彻底改变了自己的身份：想想还没有土豆的爱尔兰，再想想还没有番茄的意大利吧。反过来，来自旧世界的入侵者不仅降祸在被征服的新世界的妇女身上，还带来了其他物种的种子，首当其冲的是小麦、大麦和黑麦。用美国地理学者阿尔弗莱德·克罗斯比自己杜撰的一个词来说，这种"生态帝国主义"帮助欧洲的殖民者将他们的形象永远地烙在了殖民地上。

有些实验结果是滑稽可笑的，比如说种植着风信子和水仙花的英国花园就从未在其殖民地——印度扎根。在纽约，欧洲的星椋鸟——现在是一种到处可见的有害鸟类——被引进过来，因为有人认为，如果中央公园能够成为莎士比亚著作中提到过的所有鸟类的家园，那么纽约会显得更有修养。随后，又有人觉得中央公园应该成为莎翁戏剧中提到过的所有植物的花园，于是又种下了具有抒情意境的报春花、苦艾、印第安水芹、野蔷薇和野樱草——万花俱备，只欠国王麦克白的勃南森林了。

曼纳哈塔项目虚拟的过去到底能与未来的曼哈顿森林有几分相似呢？这取决于如何移动北美洲的土壤，这些土壤得在移动它们的人类消失后依然长期存在。纽约植物园的植物标本中，其中有一种是美国第一批标本，看起来酷似可爱的薰衣草花梗。这其实是千屈菜的紫色种子，本来长在英国到芬兰之间的北海湾地区，商船为了横渡大西洋，于是把欧洲沿海潮湿的沙子作为压舱物，千屈菜种很有可能就混在沙子里来到了这里。与殖民地之间的贸易与日俱增，商船在装货之前会把压舱沙囊丢弃，于是越来越多的紫色千屈菜被倾倒在美国的海岸上。一旦来到这里，它们便顺着溪流河道到处游走，因为它们的种子能够黏在任何它们所接触到的脏兮兮的羽毛或毛皮上。在哈得逊河附近的沼泽中，为水鸟和麝鼠提供食物和栖身之所的香蒲、杨柳、金丝雀蔓草长得甚是繁茂，成为了一片结实的紫色帘幕，即便是野生动物也难以穿过。到了21世纪，紫色千屈菜会在阿拉斯加遍地开花，生态学家害怕它将会铺满整个沼泽，赶走生活在这里的野鸭、野鹅、燕鸥和天鹅。

甚至在建为莎士比亚花园之前，中央公园的设计师奥姆斯特德和沃克斯就已经移来50万棵树木，当然还有50万吨砂土，以此来改善大自然的景观，因而波斯铁木、亚洲连香、黎巴嫩雪松、中国皇家泡桐和银杏等新奇树种便被用来增添岛屿的情趣。一旦人类消失，土生土长的植物便会与强大的外来物种展开竞争，收回它们的生存权——它们本土作战，总有些天时地利的优势。

许多外国的观赏植物，比如说双玫瑰花，将随着引进它们的人类一同逝去，因为它们是没有繁殖能力的杂交品种，必须依靠嫁接技术传宗接代。没有了进行嫁接的园丁，它们也将枯萎凋零。其他娇生惯养的"殖民地居民"，比如英国常春藤，只好自力更生了，当然敌不过它们的美国亲戚——五叶地锦和毒葛。

还有一些是选择育种的变种产物。如果有幸存活下来，它们的体形也会变小，数量也将减少。没人照料的水果，比如从俄罗斯和哈萨克斯坦进口的苹果，将会辜负约翰尼苹果种子的童话①。大自然优胜劣汰的标准是生命力，而非外貌和口味，这使得它们最终将变得粗糙难看。再也没有人给苹果园喷洒农药，除了少数的幸存者，其他果树都毫无防范地暴露在当地的苹果蛆和潜夜虫等病虫灾害之中，这片土地很快会被当地的硬木所收复。引进的园地蔬菜日子也好过不了多少。纽约植物园副园长丹尼斯·史蒂文森说，产自亚洲的甜萝卜不需要多久就会变成野生的、味道糟糕的野胡萝卜，因为动物们会把我们种植的最后一块可口的胡萝卜吞得一干二净。椰菜、卷心菜、抱子甘蓝和花椰菜将退化成一模一样的椰菜祖先的样子，再也分辨不出彼此。多米尼加人在华盛顿高地公园大道当中种植了干玉米，它们后代的DNA最终会返祖成为墨西哥类蜀黍，玉米棒子只有麦穗那么粗。

其他的入侵者，比如铅、汞和镉之类的金属，不会那么快就被从土壤中冲走，因为它们属于重金属。有一点是肯定的：当汽车不再奔驰，工厂不再运作的时候，排放物也就没有了。未来第一个百年中，腐蚀作用将定期引爆残留在油罐、化工厂和发电厂中的定时炸弹，当然还有数百个干洗店。逐渐地，细菌将分解燃料的残渣、干洗溶剂和润滑剂，将它们转变为无害的有机碳氢化合物——不过，从杀虫剂到增塑剂，再到绝缘装置，这一系列的人工制品得存在好几千年，直到微生物进化之后才能将它们降解。

没有了酸雨，存活下来的树木需要抵抗的污染物将越来越少，因为化学物质正逐渐从系统中消失。几个世纪后，树木开始吸收降解了的重

① 约翰尼苹果种子的童话：美国开垦时代的农场童话。大约200年前，主人公约翰尼走遍美国，开垦土地，播撒苹果种子，使得如今美国的田园里，到处可见苹果树。

金属，经过再循环、再沉积的作用，它们的浓度进一步得到稀释。等植物死亡、腐烂后成为土被，这些工业有毒物质将被埋得更深，后继的植物也将持续和深化这个过程。

纽约的许多珍稀树种即便不是在垂死挣扎，也已濒临灭绝，不过已经灭绝的物种倒还不多。1900年左右，一场病虫灾害随一船亚洲树苗来到纽约，所有的美国栗树都遭受了枯萎病的打击，不过，即便是这种被人们深深悼念的树种，也依然还在纽约植物园的老森林中度日——确切地说，只剩下树根了。它们生根发芽，长出的小苗才到60厘米，就被枯萎病击倒，然后再次发芽，循环往复。或许有朝一日，没有人类再给它们施加生存的压力，它们便能形成抵抗这种疾病的能力。栗树曾是美国东部森林中长得最高的硬木，复活后的它们将与可能在这儿生活的强壮的外来物种做邻居，比如说日本伏牛花、东方南蛇藤，当然不会少了臭椿树。这里的生态系统是人为的产物，在我们消失之后，它们将继续生存下去；这里是世界植物的大杂烩，要不是我们，这里绝对不会是这个样子。纽约植物园的查克·皮特斯认为，这也未尝是件坏事。"纽约之所以是个伟大的城市，就是因为它的文化多样性。所有人都能有所贡献。但是在植物学方面，我们却憎恨外来的物种。我们喜欢土生土长的物种，希望那些颇具侵略性的外国植物回到老家去。"

他把跑鞋倚在一棵中国黑龙江软木树白花花的树皮上，它生长在最后一批铁杉树之中。"这话听起来有些冒昧，不过维持生物多样性并不如维持生态系统的机能来得重要。重要的是，土壤要被保护起来，水要干净，树木过滤空气，参天大树要能繁殖新的幼苗，这样，森林的营养才不会流失到布朗克斯河中。"

他深深地呼吸了一口布朗克斯森林滤过的空气。50岁出头的皮特斯身体健康、充满活力，他的大半辈子都是在森林里度过的。他的田野研究表明，亚马孙流域的野棕榈榛树、原始的婆罗洲上的榴莲树、缅甸丛林中的茶树都不是什么偶然现象。人类曾经也在那里居住。茫茫荒野吞噬了他们和他们的记忆，但大自然依然留有他们的痕迹。以上就是个例子。

事实上，自从现代人出现在地球上，没过多久，大自然中便有了人类的痕迹。埃里克·杉德森的曼纳哈塔项目旨在把岛屿回归到荷兰人发现它时的样子——人类来到这里之前，这里并不是什么曼哈顿原始森林，因为这里根本没有森林。"因为在德拉瓦族人到来之前，"杉德森这样解释道，"这里除了800米厚的冰层，一无所有。"

大约11 000年以前，最后一个冰期向北撤出了曼哈顿，停在今天加拿大冻土地带以南的云杉和北美落叶松区。于是这儿便有了我们今天所知的北美洲东部的温带森林：橡树、山胡桃树、栗树、胡桃木、铁树、榆树、桦树、糖枫、香枫、檫木和野榛树。空旷的地方，长出了一丛丛美国稠李、香漆树、杜鹃花和忍冬，还混合着一些蕨类和开花植物。米草和蜀葵出现在盐沼中。当温暖的这里铺满了植物后，热血动物便开始陆续出现，其中包括人类。

考古学未能在这里发现什么遗址，这说明第一批纽约人很有可能是游牧民族，他们为了能够捡到浆果、栗子和野葡萄四处扎营。他们射杀火鸡、黑琴鸡、野鸭和白尾鹿为食，不过主要还是靠捕鱼。周围水域中的胡瓜鱼、西鲱和青鱼成群游动。溪鳟游到了曼哈顿的溪流中。牡蛎、蚌蛤、帘蛤、螃蟹和龙虾数量众多，想要抓一堆回去不费吹灰之力。海岸上，人们遗弃的大量软体动物贝壳成了第一批人类的建筑材料。亨利·哈得逊第一次看到这片土地的时候，哈莱姆区的北部和格林威治村还是一片绿色的热带草原，这里的德拉瓦族人为了种植作物，一次次地纵火，将土地清空。曼纳哈塔项目的研究者们在哈莱姆区遗留下来的火坑中注满水，通过那些浮上水面的东西，他们得出结论：过去的人们在这里种植玉米、大豆、南瓜和向日葵。过去，岛屿的大部分地区都像比亚沃维耶扎原始森林那样郁郁葱葱。早在印第安人以60荷兰盾的价格将这片土地卖给殖民者之前，现代人的印痕便已经烙在了曼哈顿岛上。

*

2000年，一头山狗跑到了中央公园。这个征兆预示着未来或许就是昔日的重演。后来，又有两头山狗闯入了城市中，还有一只野生火鸡。纽约城恢复到野生状态，或许未必要等到人们离开的那一天。

那第一头山狗或许只是个侦察员，它越过了乔治·华盛顿大桥才抵达这里。杰瑞·德尔·图弗为纽约和新泽西港务局管理这座大桥。后来，他又接管连接斯塔滕岛和大陆、长岛之间的大桥。他是名40岁出头的结构工程师，他认为桥梁是人们能想到的最最可爱的事物，因为它们优雅地跨越沟壑，让天堑变通途。

德尔·图弗本人也兼具大洋两岸的特征。他橄榄色的皮肤说明他来自西西里岛；他说起话来却是个地道的新泽西城里人。维护人行道和钢结构是他毕生的工作。每年，小游隼都是在高高的乔治·华盛顿塔上进行孵化的；还有，无所畏惧的野草和臭椿树等植物从远离土壤的金属结构中挑衅似地生长开花，高高在上地俯视水面——这些都让他觉得很有意思。大自然的游击队员们总是偷偷袭击他的大桥。它们的武器和部队相比于钢铁装甲显得微不足道、滑稽可笑，但如果你对到处都是、不计其数的鸟儿视而不见的话，结果将会是毁灭性的，因为它们的粪便能够促使那些空中的种子生根发芽，同时还具有溶解表面涂料的作用。德尔·图弗面对的是一群手无寸铁却不屈不挠的敌人，它们的终极威力便是在逆境中求生。他承认，大自然必将是最后的胜利者。

不过，他在有生之年是看不到这一天了。最重要的是，他十分珍惜他和其他员工一起继承的遗产：他们的大桥是整整一代工程师的杰作，不过这些工程师不可能想到每天通过这些大桥的汽车竟会有三十多万辆，而且80年之后，大桥竟然还能使用。"我们的工作，"他对他的小组成员说，"是在向下一代人移交这笔财富的时候，使它们比我们接管时的状态更棒。"

2月的一个下午，他一边迎着小雪走向巴约讷大桥，一边用无线电和其他工作人员聊天。斯塔滕岛这一头道路的下侧是十分坚固的钢铁地基，它被注入到巨大的混凝土厚块中，而这厚块又被锚定在岩床中——桥墩部分承受了巴约讷大桥主桥跨一半的重量。向上凝视曲曲折折的负重Ⅰ型标和支柱，1.2厘米厚的钢板、法兰片和几百万颗1.2厘米长的铆钉和螺栓把它们相互连接，让人不禁想起虔诚的朝圣者张口结舌地看着高耸入云的梵蒂冈圣彼得圆顶大教堂时的那种敬畏之感：这个伟大的杰作将在这儿百世永存。但是杰瑞·德尔·图弗清楚地了解这些大桥，没有人类的维护，它们终将倒塌。

这不会立即发生，因为大桥最大、最直接的威胁将随着我们人类的消失而不复存在。德尔·图弗说，最大的威胁并非川流不息的车辆。

"这些大桥十分结实，来来往往的车辆好比是蚂蚁爬在大象的身上。"在20世纪30年代，还没有电脑来精确地测算出建筑材料的承受力，工程师们为谨慎起见，堆上了许多不必要的材质。"前辈给我们留下的大桥，其用料是超过实际需求的。7.6厘米粗的吊索中含有的镀锌钢丝就足以绕地球4周。即使其他的拉索都断裂，这一根就能够拉起整座大桥了。"

头号敌人是公路管理处每年冬天在路面上撒的除冰盐，这种贪婪的物质一旦除完冰，便开始吞噬钢筋。汽车上滴下来的汽油、防冻剂和融化的雪水将除冰盐冲进下水道入口和大桥裂缝中，维修人员必须查找出来并冲洗干净。没有了人类，也就没有了除冰盐。不过，如果没有人给大桥上漆，它肯定会生锈，生锈的范围还真不小。

最初，氧化作用会在钢板上形成氧化层，厚度为钢板的2倍，甚至更厚些。氧化层能够减缓化学侵蚀的速度。彻底生锈、倒塌需要几个世纪的时间，不过纽约的大桥不需要等那么久就会塌陷。这是由金属的特性所决定的——它们承受不了不断结冰、不断融化的周期反复。钢铁不会像混凝土那样开裂，它们会热胀冷缩。事实上，钢铁大桥在夏天的时候会变长，所以它们需要伸缩节。

冬天，它们会收缩，伸缩节内部的空间变得更宽，各种各样的东西被风吹进来。到这时，天气回暖的时候，大桥膨胀的空间就没有之前那么大了。没人给大桥上漆，伸缩节中堆满了尘土碎屑，而且生了锈，于是膨胀时所需的空间就比金属本身大多了。

"到了夏天，"德尔·图弗说，"不管你喜不喜欢，大桥都会比原先更大。如果伸缩节堵塞了，膨胀点就会转移到最脆弱的连接处，比如说两种不同金属连接的地方。"他指了指4块钢铁与混凝土桥墩的连接处。"比方说那里。斜梁与桥墩铆接处的混凝土将会开裂。再要么，几个季节一过，螺钉就会折断。最后，斜梁会滑出桥墩而坠下。"

所有的连接处都是相当脆弱的。德尔·图弗说，两块铆在一起的钢板之间形成的铁锈会造成严重的后果，要么是钢板弯曲，要么是铆钉断裂。巴约讷大桥这样的拱桥，或者用来通行铁路的曼哈顿"地狱之门"，是用料最多的大桥。它们在接下来的几千年中都不会出事，尽管穿过滨海平原下某个地质断层的地震波依然会缩短它们的寿命（它们可能会比东河下面用14根加强钢筋加固的混凝土地铁隧道的寿命长些——其中通往布鲁克林的一条铁轨可以追溯到四轮马车的年代。一旦哪里裂开，大西洋的海水就会奔涌而入）。车水马龙的吊桥河桁架桥只能维持两三百年，等它们的铆钉和螺栓脱落的时候，整座大桥也就坠入了早就等待着的滔滔江水中了。

到了那时，会有更多的山狗顺着无畏的先驱者的足迹进入中央公园。鹿、熊，最后狼将接踵而至，它们是从加拿大重新回到新英格兰地区的。有朝一日，这个城市的大桥差不多都坍塌了，曼哈顿新近的建筑也都已毁灭，因为随便哪个地方的渗漏都能抵达它们内部的加强钢筋，它们会生锈、膨胀，然后从混凝土外壳中破裂而出。老式的石头建筑，比如说纽约中央车站——当不再有酸雨腐蚀大理石的时候，它们会比所有闪闪发光的现代建筑保持得更长久。

高楼大厦的废墟中回荡着的是曼哈顿新生河流中青蛙唱的情歌。现在的河流中满是拟西鲱和海鸥扔下的贻贝。印第安核电站位于时代广场以北50千米处。青鱼和美洲西鲱已经回到了哈得逊河，不过它们有几代子孙得去适应这个核电站渗出的放射性物质，因为那时它的加厚混凝土层已经剥落。几乎所有适应人类生活方式的生物都消失了。貌似无敌的蟑螂——它们来自于热带地区——很早之前就冻死在没有供暖设施的大楼中了。没有了垃圾，老鼠或是饿死，或是沦为在摩天大楼废墟中筑巢的肉食鸟类的盘中餐。

上涨的水面、潮汐和盐蚀作用取代了设计精巧的海岸线。海岸线围住了纽约市的5个区，河口和沙滩错落其上。没有人来挖泥疏浚，中央公园的池塘和蓄水池变成了沼泽。没有了食草动物，除非二轮马车和公园警察的马儿能够转变为野生动物继续生存下去。中央公园的草坪也消失殆尽。一片成熟的森林在这儿成形，侵入了从前的街道，覆盖了空空的地基。山狗、野狼、赤狐和山猫使得松鼠的数量趋于平衡；我们留下的铅已被分解，但生命力顽强的橡树依旧生活在这里，500年之后，即使气候变得更为温暖，橡树和山毛榉也能成为这里的统治者。

早在那之前，野生的掠食者就已经瓜分了宠物狗最后的后裔，但老谋深算、野性难驯的家猫依旧活着，它们以星椋鸟为食。大桥倒塌了，隧道被洪水淹没，于是曼哈顿又一次成为一个真正的岛屿，驼鹿和熊游过变得更为宽敞的哈莱姆河，饱食着德拉瓦族人曾经采摘的浆果。

曼哈顿的金融机构永远倒塌了，几所银行的拱顶耸立在残垣断瓦之中；银行里的钱已经毫无价值，绝对安全了，上面甚至长出了霉菌。陈列着艺术作品的博物馆在建造之初考虑更多的是气温调控，而非承重能力。停电后，博物馆便失去了保护。屋顶上的拱形结构最终渗漏，而这通常是从天窗那里开始的，博物馆的地下室也会囤满积水。湿度和温度不断变化，馆藏作品成为真菌和细菌的美食，当然也少不了一种臭名昭著的博物馆杀手——黑色地毯圆皮蠹饥饿的幼虫。一旦它们钻到其他地面，携带的真菌就会使得这个大都市的画作脱色和分解，以至面目全非。陶瓷制品保持得还不错，因为它们的化学构成类似于化石。只要没什么东西掉下来把它们砸碎，它们就等着土壤将它们掩埋吧，未来的考古学家会把它们当作出土文物。氧化腐蚀作用加厚了青铜塑像上的铜绿，但没有影响到青铜的外形。曼哈顿的一个博物馆管理员芭芭拉·埃佩鲍姆说："这就是我们何以能得知青铜时代的原因了。"

她还说，即使自由女神像沉入了海底，它的外形或许依然能保持完整，虽然会发生些化学变化，也有可能被海洋藤壶包裹得严严实实。那里对它而言是最安全的地方了，因为千万年之后的某个时间，任何耸立着的石墙都会倒塌，其中或许还包括1776年用曼哈顿的坚硬片岩建造起来的华尔街圣保罗小教堂。在过去的10万年中，冰川曾经前后3次把纽约铲平。除非有朝一日，人类用含碳燃料冶金最终导致大气层消失，失控的全球变暖现象将地球转变为金星那样的行星，否则冰川终究还是会在无从知道的某天再次降临。山毛榉、橡树和臭椿树构成的成熟森林会被铲平。史坦登岛上的福来雪基尔斯垃圾掩埋场上4堆高高的掩埋垃圾的土墩也会被夷为平地，大量顽固的聚氯乙烯塑料和人类创造的寿命最为持久的发明——玻璃——都会被碾成粉末。

　　冰川消退之后，某种人工制造的、颜色发红的浓缩金属先是被埋藏在冰碛中，最后进入了下面的地质层，样子乍一看像是电线线路和管道装置。随后它又改变方向来到垃圾场，回到了地面上。地球上进化而来或从外星球迁居而来的工具制造者们或许会发现和使用这些金属，不过到了那时，再也没有谁会知道：这些金属并非自然生成，而是我们人类留下来的。

第四章

~≈~

史 前 世 界

I. 间 冰 期

在长达十多亿年的时间中，冰层在地球两极间来回滑行，有时它们会在赤道相会。原因众多，大陆板块漂移、地球的椭圆轨道、偏斜的地轴，还有大气中二氧化碳含量的上下浮动都能算作原因。几百万年间，当时大陆板块的构造与我们今天的情况已基本相同，冰川期颇有规律地反复出现，这个过程持续了10万年之久，其中间冰期的长度平均在12 000年到28 000年之间。

最后一个冰期于11 000年之前离开了纽约。在正常的情况下，下一个把曼哈顿夷为平地的冰期现在随时都有可能来临，尽管我们现在越来越怀疑它会不会如期而至。许多科学家猜测说，下一次寒潮来袭之前的这个间冰期将持续得更久一些，因为我们向大气层中排入了更多的二氧化碳，推迟了必将来临的冰期。通过对比南极冰核中古老的气泡，我们发现现在大气中二氧化碳的含量比过去65万年间的任何时期都高。如果人类明天就不复存在，我们就再也无法把含碳的分子送上天空，我们引起的事端也终会了结。

尽管我们的标准在不断变化，但就按照我们这些标准来看，这样的事不会立即发生，因为现代人没必要干等着变为化石进入地质时期的那天。作为大自然名副其实的一支力量，我们已经做到了这一点。我们消失之后，人类杰作中留存得最为长久的将是我们重塑的大气层。因此，泰勒·弗克觉得身为一名在纽约大学生物系教授环境物理学和海洋化学课程的设计师，并不是什么奇怪的事。他认为他必须把所有那些学科都融会贯通起来，才能描述清楚人类是怎样对大气层、生物圈和海洋进行改造的——到目前为止，只有火山和相互碰撞的大陆板块才能完成这样的壮举。

弗克长着瘦长个子，深色的头发微微卷曲，他思考问题的时候眼睛就眯成一条缝。他靠着坐椅，仔细研究着一张几乎覆盖了办公室公告牌的海报。这张海报把大气和海洋描绘成密度不断加深的层层流体。就在200年以前，大气中的二氧化碳还能按照某个稳定的速率溶解到海水之中，使世界上的二氧化碳保持平衡。而现在，大气中的二氧化碳含量实在太高，以致海洋得重新调节自己的适应能力了。他说，因为海洋太大，所以这个调节过程需要时间。

"假如世界上没有了人类，不再使用各种燃料。一开始，海洋的表面会迅速吸收二氧化碳。随着海洋中二氧化碳的饱和，这个速度就会减慢。有些二氧化碳就会被能够进行化合作用的生物所吸收。渐渐地，随着海水的融合，古老的、未饱和的海水会从深处涌上来取代那些饱和了的海水。"

海水彻底翻一遍需要1 000年的时间，不过这并不能将地球带回到前工业时代的纯净。海洋和大气是相互平衡的，但两者都吸收了过多的二氧化碳。大地也是如此，多余的碳元素将在土壤和吸收它的生命体之间循环，不过最终还是会释放出来。因此，它能去哪呢？"正常情况下，"弗克说，"生物圈就好比一只倒置的玻璃瓶：最上层基本上与其他物质隔绝，当然偶尔的几颗流星不算在内。底部的位置，瓶盖朝着火山的方向微微打开。"

问题在于，我们挖出石炭纪形成的煤炭，排放到大气中——我们已经变成了一座从18世纪开始就一直不断喷发的火山。

　　火山把多余的碳元素抛入生态系统中的时候，地球要做的下一步和往常没什么两样。"岩石层会死去，但是所花的时间要久得多。"长石和石英这样的硅酸盐是地壳的主要成分，雨和二氧化碳形成的碳酸使它们逐渐风化，变为碳酸盐。碳酸分解为土壤和矿物，它们把钙元素释放到地下水中。河流入海，钙元素沉积后变为海床。这是个漫长的过程，大气中二氧化碳过量会使这个过程稍稍加速。

　　"最后，"弗克总结了一下，"地质循环会使二氧化碳的含量恢复到史前的水平。这个过程大概需要10万年左右。"

　　这个过程或许会更长。我们担心的一个问题是，海洋越是变得温暖，它们就排出（而不是吸收）更多的二氧化碳。另一个问题是，尽管小型的海洋生物能将碳元素锁入到它们的"铠甲"中，但是海洋上层二氧化碳含量的增加也许会溶解它们的外壳。不过，好消息是，高达90%的多余二氧化碳会在第一个千年的海水翻倒中吸收殆尽，这样，大气中的二氧化碳含量就只比前工业时期的百万分之二百八十高出10到20个点。

　　我们今天的二氧化碳含量是百万分之三百八十，那些花了10年时间研究南极冰层的科学家们向我们信誓旦旦地说，二氧化碳的今昔差异意味着在接下来的15 000年间不可能出现入侵的冰川。不过，当多余的碳被慢慢吸收后，美洲蒲葵和木兰在纽约繁殖的速度或许会超过橡树和山毛榉。也许，驼鹿不得不在拉布拉多①寻找醋栗和接骨木果，而曼哈顿则成为南面过来的犰狳和西貒的家园……

　　另一些同样享有盛誉的科学家经过对南极的长期考察，作出了这样的回答：除非格陵兰岛的冰雪融水冻结了墨西哥暖流，切断了这条在全球范围内供应暖水的巨大"传送装置"，这样的事情才可能发生。若是这样，欧洲就会进入冰河期，北美洲的东海岸也难逃一劫。或许不会严重到形成厚重冰川层的地步，不过温带森林或许会转变为光秃秃的苔原带或永久冻土层。浆果灌木丛或许也会蜕变成又矮又小、斑斑点点的地

―――――――――――――――――

① 拉布拉多：加拿大纽芬兰的陆地部分，位于拉布拉多半岛的东北部。

被植物，与苔藓为邻，吸引驯鹿南下。

第三种是我们比较希望的假设，两种极端的力量或许会相互抵消，于是温度保持在两者之间。不管是哪种情况——炎热、寒冷或是介于两者之间，只要人类还存在，大气中的二氧化碳含量便会升至百万分之五百到六百，或者按照我们的估计，在2100年前达到百万分之九百。如果我们不改变我们现在经商的模式，那么格陵兰岛上曾经的冰冻层将会融化大半，涌入大西洋。曼哈顿会变成什么样子取决于融冰的精确体积，它或许只将成为两个岩石小岛——一个是曾经高耸于中央公园之上的大山，另一个是华盛顿高地露出海面的岩层。有一阵子，向南几千米处的建筑群会像潜望镜一般扫视周遭的海水，但一切终是徒劳，汹涌的波涛最后还是会把它们一一击倒。

2. 冰雪伊甸园

如果人类从未进化，地球会是个什么样子呢？我们的进化是必然的吗？

如果我们消失了，那么，我们——或者说同样复杂的生物——会再次出现吗？

*

东非坦噶尼喀湖坐落于一条裂谷之内，1 500万年之前，这条大裂谷把非洲一分为二。东非大裂谷是之前更早的一条构造谷的延续，这条构造谷位于今天的黎巴嫩贝卡谷地，它向南发展形成了约旦河和死海。随后，它逐渐变宽，形成了红海。今天，它在非洲分成了两条并行的裂谷。坦噶尼喀湖位于大裂谷的西部分岔上，绵延六百七十多千米，是世界上最狭长的湖泊。

坦噶尼喀湖水深达1.6千米，已有1 000万年的高寿，同时也是世界上深度和年龄排名第二的湖泊，位列第一的是西伯利亚的贝加尔湖。因而，对于那些在湖床沉积物中提取矿样的科学研究者而言，坦噶尼喀湖是个相当有趣的湖泊。每年的降雪都会把气候的变迁史封存在冰川中，周围植被的花粉潜入深深的淡水水体中。水体整齐而清晰地分层：深色边缘的是雨季的径流带走的植被，浅色边缘的是旱季的藻花。在古老的坦噶尼喀湖，矿样比植物透露出更多的秘密。它们透露了一片热带丛林是如何转变为耐火的坦桑尼亚落叶林地的——这片林地如今覆盖了非洲的大部分地区。坦桑尼亚林地又是一个人类的杰作：旧石器时代的人类通过焚烧树木来获得草场，开发林地来吸引、饲养羚羊，而坦桑尼亚林地正是从那时开始发展的。

花粉中混合着厚厚的木炭层，这表明铁器时代的到来伴随的是更为严重的森林采伐，因为当时人们已经学会了冶炼矿石，后来还知道了如何制造犁地的锄头。他们种植龙爪稷之类的作物，这也在花粉中留下了痕迹。后来的作物，比如说大豆和玉米，要么是产生的花粉太少，要么是谷粒太大没法被雨水带到太远的地方。不过，外来的蕨类植物的花粉增加了，这便是农业发展的证据。

我们把10米长的钢管系在缆绳上。在一台嗡嗡作响的发电机的协助下，它借助自身的重力下降到湖床，深入到十几万年时间沉积起来的花粉层中。亚利桑那大学古湖泊学家安迪·科恩是坦桑尼亚基戈马区一个坦噶尼喀湖东岸研究项目的负责人，他说，下一步是穿孔机的工作了，它得穿透500万年甚至1 000万年的沉积物进行取样。

这样的机器相当昂贵，它们类似于小型的钻油船。湖泊太深，钻孔机没法锚定下来，只好依靠几个与全球定位系统相连的推进器来不断调整它在洞穴上方的位置。但科恩说这是值得的，因为这是地球最悠久、最丰富的档案文献了。

"长期以来我们一直认为极地冰层的前进与后退造就了气候的变迁。但是我们有理由相信热带的物质循环也是原因之一。我们对于极地的气候变迁了解很多，但我们对地球的热源却知之甚少，可这里是人们生活的地方。"科恩说，从地层中取样可以获得"10倍于冰川层中的气候史，精确度也会高得多。也许有100种不同的东西可供我们分析。"

它们留存着人类进化的历史，因为矿样中记录了年代的跨越——有灵长类动物迈出的直立行走的第一步，还有南方古猿到原始人类、能人、直立人种，最终到智人的超越。这些花粉与我们祖先吸入的那些一模一样，甚至源于他们曾经触摸和食用过的同一种作物，因为它们也同样出现在这条裂谷之中。

东非大裂谷的另一分支位于坦噶尼喀湖以东，是一个浅些的盐湖，在过去的200万年中它蒸发消失，又再次出现，反复数次。今天的它是一片草场，马赛人①在这里放牧牛羊，上面洒落着砂岩、黏土、凝灰岩和灰烬，最顶上是一层火山玄武岩。一条向东流经坦桑尼亚高地的河流渐渐在这些地层上切出了一道100米深的峡谷，在20世纪，考古学家路易斯·利基和玛丽·利基就是在这里发现了175万年前的原始人类头盖骨。灰色的奥杜威碎石峡谷，现在成了长着剑麻的半荒漠，这里最终发掘出成百上千用玄武岩制成的薄片型工具和斧子。有些工具可以追溯到200万年以前。

1978年，在奥杜威峡谷西南40千米处，玛丽·利基的小组发现一些脚印冻在凝灰岩中。它们是南方古猿的一家人留下的足迹，很有可能是父母和孩子，他们当时正冒着大雨走过附近的萨迪曼火山喷发后形成的泥泞火山灰。他们的发现把直立行走的原始人类的存在推到350万年之前。在这儿，还有肯尼亚和埃塞俄比亚的其他遗址，都生动地勾勒出一幅人类起源的图景。现在我们知道，在人类想到用一块石头撞击另一块石头来制造尖锐的工具之前，事实上已经直立行走了几百万年时间。从原始人类牙齿的遗骸和附近的其他化石来看，我们推断出人类曾经是杂食动物，我们用臼齿咬碎坚果——但是，随着我们从最初寻找形似斧头的石头开始，到后来学会了制造斧头，我们也拥有了有效猎杀和食用动物的武器。

奥杜威峡谷和其他原始人类化石遗址，从形状上看仿佛是从埃塞俄比亚往南延伸、平行于非洲大陆东海岸的一轮新月，它们无疑证明了我们都是非洲人的后代。我们呼吸着的尘土，随风扬起。风在奥杜威的剑麻和刺槐上播撒下一层灰色的凝灰岩粉末，其中包含我们身上携

---

① 马赛人：肯尼亚和坦桑尼亚的以游牧狩猎为主的民族。

带着的钙化了的DNA片段。从这儿开始，人类迈向各个大陆，走向世界的各个角落。最终，绕了一个圈以后，我们又回来了——我们与祖先长得如此不同，以致我们为了维护自己的生存权利竟把落后的血亲当成了奴隶。

这些遗址的动物骸骨有的来自河马、犀牛、马和大象，它们因人类的繁衍而灭绝；许多骸骨被我们的祖先磨制成尖锐的工具和武器——这让我们知道，在人类从其他哺乳动物中脱颖而出之前的世界究竟是个什么样子。然而，它们未能显示我们是如何脱颖而出的，但是在坦噶尼喀湖就有线索。这些线索指向冰层。

许多从几千米高的裂谷绝壁上倾泻而下的河流都注入坦噶尼喀湖。曾经有一段时间，这些河流来自于长廊雨林。随后才有了坦桑尼亚林地。今天，大多数的悬崖峭壁上都没有树木。人们把斜坡焚烧一空，种植木薯。他们的农田太过陡峭，听说曾有农民从斜坡上滚落下来。

冈贝河是个例外。它位于坦噶尼喀湖东部的坦桑尼亚海岸，从1960年开始，利基奥杜威峡谷项目的助手、灵长类动物学家简·古道就一直在这里研究大猩猩。她这项考察一个物种在野外行为表现的田野研究是人类史上历时最长的。他们的中心设在一个营帐中，只有乘船才能抵达。周围的国家公园是坦桑尼亚境内最小的一个，占地只有135平方千米。简·古道第一次来这里的时候，周围的山丘上长满了丛林。丛林与林地、草原接壤的地方，住着非洲狮和黑色大水牛。今天，木薯田、油椰子地、山上的民居、湖岸边生活着五千多人的几个村落包围了这个国家公园的三面。著名的大猩猩的数量在90头上下摆动。

尽管大猩猩是冈贝地区被研究得最多的灵长类动物，但这里的雨林却也是许多绿狒狒和好几种猴子的家园：黑长尾猴、红髯猴、红尾猴、蓝猴。2005年，纽约大学人类起源研究中心一名名叫凯特·岱特维拉的攻读博士学位的学生，在这儿花了好几个月的时间调查红尾猴和蓝猴的怪异现象。

红尾猴的脸部窄小，为黑色，鼻子上有白色的斑点，面颊也为白色，栗黄色的尾巴十分灵活。蓝猴的毛皮略显蓝色，呈三角形，脸部几乎没有毛，突出的眉骨让人印象深刻。它们颜色不同，体形不同，名字也不同，没有人会分不清这里的红尾猴和蓝猴。不过，在冈贝地区，现在人们显然没法区分它们了，因为它们开始杂交繁殖。到目前为止，岱特维拉证实，尽管这两个物种有着不同数量的染色体，在雄性蓝猴与雌性红尾猴（或雌性蓝猴与雄性红尾猴）杂交产生的后代中，至少有一些是具备生育能力的。她从森林的地面上刮下它们的粪便——它们肠内的残渣表明，DNA的混合产生了新的物种。

只有她想得比较多。遗传学史上，300—500万年前的某个时间，具有共同祖先的两个猴种分道扬镳。为了适应环境，这两者逐渐分离。通过与此类似的一种情形——加拉帕戈斯岛屿上的燕雀变得彼此孤立和隔绝的现象，查尔斯·达尔文第一个演绎出进化的过程。在这个案例中，为适应当地的食物，出现了13种不同的燕雀，它们的喙具备不同的功能：啄破种子、吃昆虫、吸取仙人掌的汁液，甚至是吸食海鸟的血液。

在冈贝，发生着全然相反的事情。在历史上的某个阶段，曾经限制蓝猴和红尾猴自由迁移的障碍被新生的森林所取代，于是这两个物种开始共享这片环境。但是，随着冈贝河国家公园周围的森林让位于木薯田，它们便一起开始了逃亡生活。"随着它们自身种群中的配偶越来越难觅，"岱特维拉认为，"这些动物被迫采用孤注一掷的，或者说创造性的生存手段。"

她的论文是，两个物种的杂交可能是进化的力量，正如自然选择也是进化的力量一样。"或许刚开始的时候，杂交产生的后代并没有父母那样的适应能力，"她说，"但是，它栖息地的缩小或是种群数量的减少——不管是什么原因导致的——这种杂交尝试会进行下去，直到有一天，和父母一样具备生育能力的杂交后代出现，它们或许比父母更有生存优势，因为栖息地已经发生了变化。"

于是，这些猴子未来的后代又成了人类的杰作：零散分布于东非的农耕现代人驱逐了他们的父母，猴子、伯劳鸟或霸鹟之类的物种只好杂交、混交、灭绝——或者就做出些其他什么创举，比如说进化。

这里或许发生过类似的事情。从前，大裂谷刚刚开始形成的时候，热带雨林横跨了从印度洋到大西洋的整个非洲中部地区。大猩猩已经出现在这片大陆上，其中一种在许多方面类似于黑猩猩。但是我们从未发现过这个物种的任何遗迹，黑猩猩的遗骸也十分罕见，原因是相同的：在热带雨林中，瓢泼大雨冲去了地面的矿物，难以形成化石，尸骨迅速腐烂。不过，科学家们知道它曾经存在过，因为遗传学证明了我们与黑猩猩直接来源于相同的祖先。美国的体质人类学家理查德·让汉姆给这种从未发现的大猩猩起了一个奇怪的名字：潘普瑞尔（意为"黑猩猩之前"）。

这个物种早于今天的黑猩猩，也早于700万年前袭击了非洲的一场大旱灾。沼泽缩小，土壤干裂，湖泊消失，森林缩小，在热带草原的包围下显得鲜有藏身之处。两极的冰期活动造就了这场变故。因为世界上大部分的水分都被锁在格陵兰、斯堪的纳维亚、俄罗斯和北美洲大部分地区的冰川中，所以非洲异常炎热。尽管乞力马扎罗山和肯尼亚山这样的火山为冰雪覆盖，但是没有冰层能够抵达非洲。这场使得非洲的森林（是今天亚马孙流域面积的2倍之多）变得稀稀落落的气候变迁，正是因为那股遥远却骇人的白色力量正在摧毁挡道的针叶林。

遥远的冰层活动使得非洲大陆上栖息于森林中的哺乳动物和鸟类面临困境。在接下来的几百万年中，它们在各自不同的森林中以各自不同的方式进化着。我们知道，它们中至少有一种被迫做出了大胆的尝试：迁居热带大草原。

如果人类消失了，如果某个物种最终取代了我们，它们会像我们一样进化吗？在乌干达西南部，我们可以看到再现人类历史的缩影。查布拉峡谷形状狭窄，它在东非大裂谷地面堆积的深褐色火山灰上切出一条长达16千米的口子。与周围的黄色平原对比鲜明的是，一条由热带硬木和余甘子树形成的绿色缎带沿着查布拉河覆盖了这个峡谷。对于黑猩猩而言，这片绿洲既是一个避难所，又是一场严酷的考验。这条葱翠的峡谷只有457米宽，这里的水果有限，不能满足所有猩猩的食物需求。所以，有些勇敢的猩猩总是冒着危险，爬上树木的天篷，越过峡谷，迁往另一片希望的田野。

没有树枝能让它们当作梯子远眺燕麦和亚香茅以外的世界，于是，它们只好靠后腿站立起来——虽然只是坚持一小会儿，但毕竟有了两足动物的模样。它们透过大草原上稀稀落落的无花果树监视狮子和土狼的行动。它们选择了一棵估计能够伸手够到的树，不让自己成为掠食者的盘中餐。再后来，它们就跑了起来。

遥远的冰川将一些勇敢却饥饿的"潘普瑞尔"逐出了不足以维持它们生计的森林——其中的一些为了生存还真是发挥出了想象力和创造力。大约300万年过去了，世界又再次变暖。冰川撤退了。树木收复了它们的失地，有些甚至长到了冰岛。非洲大陆上的树木又重新连成一片，横跨了大西洋到印度洋的海岸，不过这个时候，"潘普瑞尔"已经进化成一个新的物种：第一批选择在森林边的草地和林地上栖息的类人猿。之后的100万年时间里，它们都靠双足行走，因而它们的腿部变长了，而大脚趾缩短了。它们正逐渐丧失在树上栖息的能力，不过它们在地面上生存的技能教会了它们更多的东西。

现在，我们是原始人类了。差不多在从南方古猿进化成人类的这个过程中，我们不但学会了在被火烧尽的热带草原上生活，还学会了怎样自己取火烧草。后来的300万年中，遥远的冰层没有为我们驱逐草地和森林，而我们的人数又不足以做到这一点。在那个时期，尽管被称为现代人的"潘普瑞尔"的子孙后裔还远未出现，但是我们肯定已经有了足够的数量，再一次做出些创新的举动。

非洲南方古猿

插图作者卡尔·布尔

走出非洲大陆的原始人类是憧憬大草原以外广大地域的无畏冒险者吗？

或者，它们只不过是被更为强悍的血亲驱逐出摇篮的失败者吗？

再或者，它们只是和任何看到丰富资源的野兽一样，一边繁殖、一边向前，沿着草地一直通向亚洲？达尔文觉得这无关紧要：当同一物种彼此被隔离的群落以不同的方式进行进化的时候，学会在新的环境中飞黄腾达的才是真正的成功者。不管是背井离乡还是勇敢冒险，幸存者们在小亚细亚半岛和印度生育繁衍起来。在欧洲，它们学会了一种技能——松鼠之类的温带生物对此早已熟知，但对于灵长类动物而言，这是一种全新的技能：计划储备。为了在食物充足的季节进行存储，以备过冬，好的记性和深谋远虑是必不可少的。它们越过大陆桥抵达印度尼西亚的大部分地区，不过，为了抵达新几内亚和澳大利亚，它们得学会驾驭船只。这大约是5万年前的事。再后来，大约11 000年以前，生活在中东地区的敏锐的智人发现了一个只有某些种类的昆虫才知道的秘密：如何通过养育植被的方式来获得食物来源，而非摧毁它们。

因为我们知道，它们种植的中东小麦和大麦不久之后便往南长到了尼罗河沿岸，我们能推测出来——正如精明的雅各布回来的时候通过利诱拉拢了他强大的孪生兄弟以扫——某个懂得农业知识的人带着种子从那里回到了非洲家园。他可真是办了件好事，因为另一个冰期（最后一个冰期）又从冰川无法抵达的土地中盗取水分，食物来源变得紧张起来。大量海水都被冻成冰川，以至于当时的海平面比起今天要低91米。

正是在这个阶段，其他在亚洲大陆上散布开来的人类抵达了遥远的西伯利亚。白令海的一些区域干涸了，一条长达1 609千米的大陆桥一直通向了阿拉斯加。它在超过800米厚的冰层下度过了1万年。不过到了那时，许多冰都消退了，于是它成为一条局部地区宽达48千米的通道。人类绕过冰雪融水形成的湖泊，越过了这条大陆桥。

查布拉峡谷和冈贝河现在成了群岛环礁，这里有曾经给予我们生命的森林的遗迹。这回，非洲生态系统的破碎可不是因为冰川，而是因为我们自己——在最后一次进化中，我们一跃成为大自然的主宰，拥有了与火山和冰层同样的威力。森林被农业和民居所包围，如同孤独的岛屿，"潘普瑞尔"其他的后代依然恪守我们离开时的生活习惯，而我们呢，已经从林地迁居草原，最终定居在城市中。刚果河的北面，我们的同胞是大猩猩和黑猩猩；南面则是倭黑猩猩。从遗传学的角度看，我们与后面两者最为类似。路易斯·利基把简·古道送来冈贝，就是因为他和妻子发现的骨骼和颅骨表明，我们共同祖先的外貌和行为举止与黑猩猩有巨大的相似之处。

不管是什么原因促使我们的祖先离开这片土地，它们的这个决定引发了前所未有的大进化——有时被描述成最大的成功，有时又被形容成世界上最大的灾难。不过，假设我们留在这里，或者假设我们留在草原上，今天的狮子和土狼的祖先肯定已经把我们干掉了。如果真有这样的物种，进化到我们今天这个地位的将会是什么呢？

如果我们那时留在森林中，我们现在观察世界的目光就会和野生的黑猩猩一模一样。它们的思维或许不够清晰，但毫无疑问的是，它们拥有智慧。一只处于自然环境中的黑猩猩，会在一根树枝上镇定自若地注视着你，面对高级灵长类动物却毫无低人一等的感觉。好莱坞影片中猩猩的形象给人以误导，因为那些受了训练的猩猩都十分幼小，像儿童一样可爱。然而它们会一直长下去，有时会重达54千克。一个相同体重的人，大约会有14千克都是脂肪。对于成天爬上爬下的黑猩猩而言，它们只可能有1.4—1.8千克的脂肪，剩下的都是肌肉。

一头卷发的迈克尔·威尔逊博士是冈贝河田野研究项目年轻的负责人。他证实了黑猩猩的力量。他亲眼目睹了它们撕裂和吞食红髯猴的全过程。它们是优秀的猎手，它们的攻击中有80%能做到成功杀伤。"狮子的成功杀伤率只有10%—20%。黑猩猩是相当聪明的物种。"

不过他还发现它们偷偷潜入周边其他黑猩猩的地盘，伏击没有丝毫警惕的单个雄性，将它们置于死地。他发现它们耐心地除掉周围其他部族中的雄性猩猩，直到把整个地盘和所有的雌猩猩占为己有。他还见过部族内部争夺首把交椅的激斗和血战。把这些现象同人类的侵略战争和权利斗争作比较，成了他的研究方向。

"我讨厌想着这个。有点儿叫人沮丧。"

可是为什么体形比黑猩猩更小更瘦、但与我们人类同源的倭黑猩猩就毫无进攻性可言呢？这是个难解之谜。尽管它们也保卫领土，但我们从未发现它们有杀害他族同胞的行为。它们生性平和，喜欢和多个伴侣嬉戏调情，保持着母系社会结构，所有成员都承担起抚养下一代的责任……在那些坚持认为弱者也能在地球上求得一席之地的人眼中，这几乎成了个值得一再讲述的神话。

然而，在一个没有人类的世界里，如果它们和黑猩猩发生冲突，它们的数量将大大减少：存活下来的倭黑猩猩只会有1万，甚至更少，而黑猩猩的数量会激增到15万只。一个世纪之前，这两者的总和约是现在的20倍，随着时光的流逝，这两个分支在进化的道路上越走越远。

在雨林中漫步的迈克尔·威尔逊听到了击鼓一样的声音，他知道是黑猩猩在敲击植物的板状根，相互传递信号。他跟着它们一路奔跑，翻过冈贝13条河流的山谷，跃过串联着狒狒足迹的牵牛花藤蔓，追随着黑猩猩的大叫声，一口气跑了两个小时，终于在裂谷的最高处赶上了它们。5只黑猩猩爬上了林地边缘的一棵树上，啃着它们爱吃的、和小麦一同从阿拉伯半岛远道而来的芒果。

1.6千米以下的地方，坦噶尼喀湖在下午的阳光下灼灼闪光。这个庞然大物储存着世界上20%的淡水，养育了许许多多的地区性鱼类，水生生物学家把这个地方称为加拉帕戈斯湖泊。在湖的西面，是刚果河烟雾弥漫的山陵，在那里，黑猩猩依然被当作食物。相反的方向，越过冈贝地区的边界，居住着依然使用来复枪的农民，他们讨厌抢夺他们油棕榈果的黑猩猩。

除了人类和黑猩猩自己的同族，它们在这里并没有什么天敌。这5只黑猩猩爬上了草地中央的一棵树，这恰恰证明了它们继承了高度适应的基因——它们的适应能力比起只吃森林中食物的大猩猩要强得多，它们能靠各种各样的食物为生，能够适应多种多样的环境。如果没有了人类，它们或许就不需要适应环境了。威尔逊说，因为森林很快会恢复。

"坦桑尼亚林地会朝这里挺进，重新占领木薯地。或许狒狒们会近水楼台先得月，大肆繁衍，它们的粪便中携带的种子被种到各个地区。不久之后，树木会在任何适合生存的地方扎根发芽。最后，黑猩猩也将尾随而至。"

随着猎物数量的回升，狮子将回来，紧接着是大型动物：坦桑尼亚和乌干达动物保护区的黑色水牛和大象。"最后，"威尔逊叹了口气说，"我认为黑猩猩的数量还会不断增长，马拉维、布隆迪和刚果都会遍布它们的足迹。"

森林又回来了，这里有黑猩猩喜欢的水果，还有大量的红髯猴可以捕食。狭小的冈贝，是一小片尘封起来的非洲往事，也是未来"后人类时代"的窗口。在这里，没有什么能诱使灵长类动物离开这片葱茏之地，来跟随我们毫无意义的步伐。

当然，这一切都只能延续到冰期卷土重来的一天。

第五章

❧

失去的动物种群

在梦中，你走在外面，发现你熟悉的景观中充斥着稀奇古怪的生物。根据所在地，你看到的景象会有所不同：或许是鹿角大得像树干的驯鹿，或许是装甲坦克般的庞然大物。还有一群看起来像骆驼的动物，不过它们长着象鼻。厚皮的犀牛、毛茸茸的大象，还有更加巨大的树懒——树懒？！还有各种大大小小和长着各式条纹的野马。黑豹有着17.8厘米的毒牙。印度豹大得可怕。狼、熊和狮子都奇大无比……这肯定是个噩梦。

　　这到底是梦还是与生俱来的记忆？智人所迈入的正是这样的一个世界，那时的我们正从非洲一路走向遥远的美洲。如果我们从未出现过，那么现在消失了的那些哺乳动物还会在这个地球上吗？如果我们离开，它们会回来吗？

*

　　美国历史上，嘲讽在任总统的各种蔑称中，要数托马斯·杰斐逊的政敌在1808年给他取的绰号最为独特了——猛犸先生。杰斐逊下达了禁止对外贸易令，旨在惩罚英国和法国独占海洋航道的做法，可最终禁令的作用适得其反。随着美国经济的萧条，政敌对他冷嘲热讽，因为人们可以看到杰斐逊总统此时正在白宫的东厅玩他收集的化石。

　　这可不假。杰斐逊是位热切的博物学者，在他成为总统前几年，有报告说肯塔基州的盐碱地周围散布着巨大的尸骨，杰斐逊被此深深吸引。报告说，这些尸骨类似发现于西伯利亚的一种大型古象的遗骸，欧洲的科学家认为这个物种已经灭绝。非洲的奴隶辨认出，卡罗莱纳州发现的大臼齿属于某种大象，于是杰斐逊深信这些尸骨来自同一个物种。1796年，他收到弗吉尼亚州格林布瑞尔县的一船货，本以为是猛犸的尸骨，但一只巨大的脚爪立即改变了他的想法：这是其他什么物种，可能是某种体形巨大的狮子。咨询了解剖学家之后，他最终鉴别出它的身份，于是关于北美地懒的第一个记录也就归功于他了。这种地懒在今天被人称为"巨爪地懒杰斐逊尼"。

肯塔基州盐碱地附近的印第安人声称，这种长着长牙的巨兽在北方继续存活着。这种说法还得到了西面其他部落的赞同。这让杰斐逊尤为高兴。他成为总统之后，派遣梅里韦瑟·刘易斯研究肯塔基州的巨兽遗址，加入到威廉·克拉克探寻历史之谜的使命中。除了穿越路易斯安那州，寻找向西北通往太平洋的河流以外，杰斐逊还让刘易斯和克拉克寻找活着的猛犸象、乳齿象，或其他类似的大型珍稀动物。

他们的远征失败了，他们发现的最大的哺乳动物不过是大角羊罢了。后来，克拉克重回肯塔基州找到了猛犸尸骨，杰斐逊心满意足地把它们陈列在白宫中，今天成了美国和法国的博物馆的馆藏。人们经常认为古生物学的建立是他的功劳，虽然这事实上并非他的初衷。法国一位知名的科学家曾声称，新世界的一切都比不上旧世界，野生动物也不例外。杰斐逊一直希望能证明，这种观点不过是无稽之谈。

他在化石骨的认知上犯了一个根本性的错误，他以为它们必定属于什么活着的物种，因为他不相信生物会灭绝。尽管他经常被视为美国启蒙时代的知识分子代表，但杰斐逊的观点其实和当时许多自然神论信仰者以及基督徒一样：在这个完美的世界中，没有什么造物应该消失。

他以博物学者的身份宣布了他的信条："这就是大自然的法则。它决不会允许它的任何物种走向灭绝。"他的许多著作中都渗透着这一思想：他希望这些动物是活的，希望能够了解它们。正是因为对知识的渴求，他建立了弗吉尼亚大学。在接下来的两个世纪中，那儿和其他地区的古生物学家们证实，许多物种事实上已经灭绝。查尔斯·达尔文会说，这些灭绝了的生物是大自然的一部分——一个物种进化成更高级的形式来适应环境的变迁，而另一种则在强大的竞争者的威胁下丧失领地。

不过，还有个令托马斯·杰斐逊和他之后的其他人百思不得其解的细节问题，那就是，这些大型哺乳动物的遗骸看起来一点都不像年代久远的东西。它们不是埋在坚固岩石层中已经矿化了的化石。肯塔基州的巨石盐碛州立公园周围发现的长牙、牙齿和颧骨或是散布在地面上，或是暴露在浅浅的淤泥外，再或是躺在山洞里。这些大型哺乳动物不可能有这么大的活动范围。到底发生了什么呢？

"沙漠实验室"的前身是"卡内基沙漠植物实验室"。它建于一个世纪以前，位于图马莫克山的山顶。图马莫克山是亚利桑那州南部的一个山丘，山下曾是北美最繁茂的仙人掌森林，森林的那头是图森市①。保罗·马丁是个高个子、宽肩膀、和蔼可亲的古生态学家，他在这个实验室差不多呆了半个世纪。在这段时间里，图马莫克山那长满巨人柱的斜坡下，沙漠在建造住宅区和商业区的一片喧嚣中消失了。不过，壮观的古石保留了下来，成为开发商垂涎三尺的一流景观——他们一直计划着从亚利桑那大学手中把它夺取过来。保罗·马丁倚着他的手杖，从实验室门口的帘子向外眺望时说，人类的影响并不是始于20世纪，而是13 000年前——人们抵达此地的时候。

1956年，保罗·马丁来到这个实验室的前一年，他在魁北克的一个农舍中过冬，那时的他是蒙特利尔大学的博士后研究员。他以前是动物学的研究生，有一次在墨西哥采集鸟类标本的时候，不幸染上了脊髓灰质炎，从此他改为进行实验室研究。躲在加拿大的那段日子里，他蜷缩在显微镜旁边，研究新英格兰湖泊中采集来的上一个冰期末期的沉积物样本。这些样本透露出随着气候的日趋温和，周围的植被是怎样从无树

———————————
① 图森市：美国亚利桑那州东南部的一座城市。

的苔原转变为针叶林，又是怎样从针叶林变化为温带落叶林的——有人怀疑这个过程导致了乳齿象的灭绝。

一个周末，山路被大雪封困，他不想再数微小的花粉粒了，于是打开一本分类学教程，开始计算过去的6 500万年中在北美大陆上消失的哺乳动物的数量。当他数到更新世时期（从180万年前到1万年前）的最后3 000年时，他觉察到一丝异样。

13 000年前发生了一次物种大灭绝，这在时间上与他的沉积物标本显示的结果相一致。在下一个地质时代——今日仍在继续的全新世时期来临之前，差不多有40个物种消失了，而且全是大型陆生哺乳动物。老鼠、鼩鼱和其他长着毛皮的小型动物毫无损伤地存活下来，水生哺乳动物也是如此。然而，陆生的巨大动物却遭受了大范围的致命打击。

消失的是动物王国的巨人军团：大犰狳和体形更为庞大的雕齿兽。它们酷似身披装甲板的大众汽车，尾巴端上长着尖尖的倒刺。还有巨大的短脸熊，它们的数量几乎是灰熊的两倍，四肢也更长，速度更为敏捷——有人认为，正是阿拉斯加短脸熊的存在，使得人类没敢早些横渡白令海峡。还有巨大的海狸，它们的体形和今天的黑熊不相上下。大野猪或许成为美洲拟狮的猎物，比起现在的同胞非洲狮来说，它们可要大得多了，速度也敏捷很多。惧狼是最大的犬齿动物，它们长着一排巨大的獠牙。

灭绝了的北方长毛猛犸是最为出名的巨人。它们只是为数众多的长鼻目动物中的一种。长鼻目动物包括帝王猛犸——它们中最大的可重达10吨。生活在温暖地区的哥伦比亚猛犸，还有生活在加利福尼亚海峡群岛上的侏儒猛犸——它们长得不比人高，只有生活在地中海岛屿上、和牧羊犬同等大小的一种象个头比它们小。猛犸是食草动物，它们随着进化来到西伯利亚大平原、草场和苔原，不像它们遥远的祖先乳齿象那样，只能生活在树林和森林中。乳齿象一直存在了3 000万年，足迹遍布墨西哥、佛罗里达和阿拉斯加，然而，突然之间，它们消失得无影无踪。3个品种的美洲马消失了。各种各样的北美骆驼、貘、不计其数的鹿科动物——从优美的叉角羚到牡驼鹿（貌似驼鹿和麋鹿的杂交，但比两

者都大），还有剑齿虎、美洲猎豹（它们便是唯一生存下来的一种羚羊
为什么跑得如此之快的原因），统统都无迹可寻了。全都不见了。它们曾
经是如此之多。保罗·马丁在想，到底是什么导致了这样的局面呢？

　　第二年，他便来到了位于图马莫克山上的实验室，再一次蜷缩在显
微镜旁边。这次，他研究的不再是受到湖底淤泥的密封保护而免于腐烂
的花粉粒。他以前观察的碎片一直以来都被保存在没有水汽的大峡谷山
洞中。来到图森之后不久，他在沙漠实验室的新上司给了他一团灰色的
土块，形状和大小都和垒球差不多。它可有1万年的历史了，不过确确
实实是一团粪便，已经干瘪，但还没有矿化，上面明显长出了草的纤
维和开着花的球形锦葵。马丁发现的大量的杜松花粉证实了它久远的年
代：大峡谷地面的温度在长达8 000年的时间里都处于过热状态，不适合
杜松的生长。

　　粪便的主人是一种沙斯塔地懒。今天，唯一幸存下来的两种懒猴生
活在中美和南美热带地区的树林中，它们体形很小，也很轻，能够静静
地栖息在远离地面的雨林树阴中，因而也远离危险。不过，这团粪便的
主人应该有牛那么大。和存活下来的同胞——南美大食蚁兽一样，它们
靠指关节行走，用以保护翻寻食物和自卫的爪子。它们体重有半吨，但
是从加拿大育空地区到佛罗里达，它们已经是5种北美地懒中最小的一
种了。佛罗里达地懒的大小类似于今天的大象，最重可达3吨。可这不
过是阿根廷和乌拉圭懒猴体形的二分之一——它们重达5 896千克，站起
来比最大的猛犸还要高。

　　10年后，保罗·马丁参观了科罗拉多河上方大峡谷的红色砂岩墙，
那个地懒粪球就是在这里采集到的。此时，他对灭绝了的美洲地懒有了
更为深入的了解，而不仅仅把它视为一种神秘消失的巨型哺乳动物。资
料的积累如同分层的沉积物，马丁的脑海中形成一个理论，他认为地懒
的命运将为这个理论提供确凿的证据。兰帕德洞穴中有一堆粪便，他和
同事认为，好几代的雌性地懒都隐藏在这里的洞穴中繁衍后代。粪便堆
足有1.5米高、3米宽、三十多米长。马丁感觉他进入了一片圣地。

　　10年之后，野人放火烧了这里，已经变成化石的粪便堆因体积过

大，足足烧了好几个月。马丁为此感到惋惜，但此时的他已经有了自己的理论，在古生物学的领域中初露头角：什么导致了数百万的地懒、野猪、骆驼、大象和二十多种马匹——新世界中所有60种大型哺乳动物在短短1 000年的时间中转瞬消失了呢？

"答案很简单。当人类离开非洲和亚洲，迈向世界其他区域的时候，大麻烦就开始了。"

马丁的理论，不久之后便被支持者和批评者冠以"闪电战"的称号。他主张说，从48 000年前的澳大利亚开始，人类每踏上一片大陆就会遭遇大型动物——它们没有理由认为这些矮小的两足动物是个巨大的威胁。等它们意识到事情并非如此的时候，已经为时过晚。即使原始人类还处于直立人种的阶段，他们已经开始在石器时代的"工厂"中大规模地制造斧子和宽刃刀，比如说，玛丽·利基就于100万年之后在肯尼亚的奥罗格塞里发现了类似的工具。13 000年前，当人们抵达美洲时，他们进入智人阶段至少已经有5万年了。他们的大脑比从前更大，不仅已经学会了如何为有凹槽的尖锐石器做上把柄，还知道了如何使用投矛杆——这种木制的工具能够使他们在投掷过程中保持平稳，快速投矛，并从相对安全的距离外准确射杀危险的大型动物。

马丁认为，最初的美洲人擅长制造叶状的燧石抛掷尖器，他们遍布北美洲大陆。他们和他们制造的尖器被称为克洛维斯史前人类文明，得名于初次发现的新墨西哥遗址。通过对克洛维斯遗址中发现的有机物质做放射性碳测试，考古学家现在达成的共识是：克洛维斯人早在13 325年之前就生活在美洲大陆上了。不过，他们的出现到底意味着什么，众说纷纭：按照保罗·马丁的假说，人类是大灭绝的罪魁，他们射杀了四分之三生活在更新世后期的美洲大型动物，当时这里的动物物种远比今日的非洲来得丰富。

马丁得出"闪电战"理论的主要原因是，在至少14个克洛维斯遗址中，他们发现尖器与猛犸或乳齿象的尸骨放在一起，有些还插入到它们的肋骨中。"如果智人从未进化，"他说，"那么在现在的北美洲，体

滑距兽
(长颈驼)

插图作者卡尔·布尔

重超过450千克的动物将和今天的非洲一样多。"他列举了非洲的5种大型动物："河马、大象、长颈鹿，还有两种犀牛。我们北美会有15种。如果加上南美的话，就更多了。滑距骨目动物长得像骆驼，但鼻孔长在鼻子的上端而不是下端。或者剑齿兽属，看起来像是犀牛或河马的杂交，不过解剖学显示，它们不属于两者中任何一类。"

化石记录显示，所有这些动物都曾经存在过，不过它们身上发生了什么，人们并没有达成共识。有人向保罗·马丁的理论提出质疑：克洛维斯人究竟是不是进入新世界的第一批人类？反对者中不乏美国本地人，他们对任何暗示他们是移民的说法都十分警觉，因为这样会降低他们作为本地人的地位。他们谴责说，他们跨过白令大陆桥而来的说法是对他们信仰的攻击。甚至有些考古学家质疑到底存不存在一条没有冰冻的白令海峡可供人类穿行，有没有可能第一批美国人是通过水路而来，在冰层上一路滑行到了太平洋海岸呢？如果说人类在4万年前借助船只抵达了澳大利亚的话，为何就不可能乘船到美洲呢？

还有人指出，有些考古遗址的克洛维斯文明被估算得过早了。这些遗址中最为著名的是位于智利南部的蒙特佛得遗址，挖掘这个遗址的考古学家认为，人类可能曾在这里定居过两次：第一次是在克洛维斯文明之前的一千年；第二次是在3万年以前。如果真是这样，那么那时的白令海峡很可能是水路，这意味着人类的移居之旅包含了一段航海旅行。考古学家们还怀疑人类当时横渡的可能是大西洋，这批人认为克洛维斯打磨燧石的技术与一万年之前法国和西班牙发展起来的打制石器技术十分相似。

没过多久，对蒙特佛得遗址放射性碳年代测定准确性的质疑就使人们对先前认为它证明早期人类在美洲大陆上出现的观点产生了怀疑。泥炭沼中保存着蒙特佛得遗址中的棒杆、木桩、矛头和打了结的草叶，但在其他考古学家对发掘地进行考察之前，大多数泥炭沼被推土机推平了。于是，事情变得更加扑朔迷离。

即使早期人类真的在克洛维斯文明之前以什么方法到过智利，保罗·马丁反驳道，他们的影响是短暂、局部的，从生态学的角度出发，可以忽略不计，正如那些在哥伦布之前就占领了纽芬兰岛的北欧海盗。"与他们处于同一个时期的人类在欧洲留下的大量工具、史前器物和洞穴壁画在哪里呢？前克洛维斯的美洲人不可能像北欧海盗那样遇到与之相当的人类文明。当时只有动物罢了。可他们为何没能繁衍散布开来呢？"

第二点涉及马丁"闪电战"理论中更为根本的论争分歧。几年以来，人们对关于新世界大型动物的命运最被广泛接受的解释提出了这样的疑问：一些依靠狩猎和采集为生的游牧民族是怎样消灭数千万的大型动物的呢？在整片大陆上，光靠14个射杀动物的遗址难以得出大型动物遭到大屠杀的结论。

差不多半个世纪之后，保罗·马丁引起的这场论争依然是科学界的热点。有些人专门致力于对马丁理论的证真或证伪，考古学家、地质学家、古生物学家、树木年代学家、放射测年学家、古生态学家和生物学家引发了一场旷日持久、有时火药味十足的论争。不过，他们中几乎所有人都是马丁的朋友，还有许多是他以前的学生。

作为对马丁"射杀过度"理论的反驳，他们提出的最有影响力的观点无非是气候变迁或疾病蔓延，后来不可避免地被人们戏仿为"寒冷过度"或"疾病过度"理论。"寒冷过度"理论的追随者最为众多，但它本身是个杜撰之词，因为"过热"和"过冷"这两个词都遭到了批评。一种理论认为更新世末期经历了气候恶化，随着冰川的消融，世界瞬间进入到冰川期，不计其数的脆弱的动物却并不知道这一点。还有一些人提出的观点恰恰相反：全新世时期气温的骤然升高宣布了毛皮动物的末日，因为它们几千年来适应的一直是严寒气候。

"疾病过度"理论认为，到来的人类，或者陪伴人类的生物带来了病原体，于是美洲的所有其他生物都消失殆尽。随着冰川的继续消融，猛犸的机体组织有可能会被发现，通过分析它们，我们也许能证明这个观点的真伪。这个假设并非空穴来风：第一批美洲人的大多数后代都悲惨地死于欧洲人到来之后的那个世纪里。只有少数一部分死于西班牙人的利剑下；剩下的都死于旧世界带来的细菌，因为他们没有这些细菌的抗体：天花、麻疹、伤寒症和百日咳。单单在墨西哥，西班牙人出现之前估计有2 500万中美洲人生活在这里，但数百年之后，这个数字陡然降到了100万。

即使疾病在传播给猛犸和其他更新世巨人的过程中发生了变异，或是通过狗和家畜直接传播，智人依然是罪魁。对于"寒冷过度"理论，保罗·马丁作出了这样的回应："用一些古气候学专家的话来说，'气候变迁是相当频繁的。'并不是气候不变化，而是它变化得实在太频繁。"

古欧洲遗址表明，智人和现代尼安德特人随着冰层的前进和消退不断地往南往北迁移。马丁说，大型动物也会这么做的。"大型动物身躯庞大，气温的变化不会立即对它们产生影响。它们可以长途迁徙——或许没有鸟类走得远，但是比起老鼠来肯定要远得多。老鼠、狐尾大林鼠和其他小型的恒温动物安然度过了更新世的大灭绝，"他又说，"所以难以相信突然的气候变化会让大型哺乳动物活不下去。"

植物比起动物来，没有什么移动能力，一般来说对于气候也更为敏感，但它们在大灭绝时期似乎也安然无恙。在兰帕德洞穴和其他大峡谷山洞里的地懒粪便中，马丁和他的同事发现了狐尾大林鼠的粪堆，里面夹杂着一层层几千年积累起来的植物残渣。除了一种云杉，山洞中的狐尾大林鼠和地懒的食物并没有因为温度变化而灭绝。

不过马丁下此定论的依据还是地懒。克洛维斯人出现后的1千年中，在整个美洲大陆上，地懒的所有行动缓慢、笨拙、容易捕获的食物都消失了。放射性碳测定的年代证实，在古巴、海地、波多黎各发现的尸骨属于地懒，它们在之后的5 000年里依然存活着。它们最终的灭绝与8 000年前人类抵达安的列斯群岛[①]的时间相吻合。在小安的列斯群岛，比如说格林纳达，人类抵达的时间要更晚一些，存活着的地懒也属于较为早期的物种。

"如果气候变迁足以使阿拉斯加到巴塔哥尼亚的所有地懒都灭绝的话，那么西印度群岛上的地懒也不可能例外。但是，它们却存活了下来。"这些证据同时也说明，第一批美洲人是靠陆路而非水路抵达美洲的，因为他们在5 000年之后才来到加勒比海。

另一个遥远的岛屿上发生的事能够进一步证明这个观点：如果人类未曾进化，那么更新世的大型动物或许今天还存活于世。在冰河期，弗兰格尔岛[②]——北冰洋中一块楔形的坚硬苔原，曾经与西伯利亚相连。然而，因为它的位置太北，进入阿拉斯加的人类并没有利用这条途径。全新世时期，随着海水变暖、海平面上升，弗兰格尔岛再次与大陆隔绝；岛上剩下的长毛猛犸陷入了进退两难的境地，它们被迫适应资源有限的岛屿生活。当苏美尔和秘鲁的人类走出洞穴，建起伟大的文明，弗兰格尔岛上的猛犸依然生存着，它们进化成为一种矮小的品种，比其他大陆上的猛犸多活了七千余年。4 000年前，在埃及法老的统治期间，它们依然生存着。

---

① 安的列斯群岛：西印度群岛中除巴哈马群岛之外的岛屿，隔开了加勒比海和大西洋，分为北部的大安的列斯群岛和东部的小安的列斯群岛。
② 弗兰格尔岛：前苏联东北部岛屿。

更新世大型动物中最令人惊讶的一个物种——世界上最大的鸟类，灭绝得更晚一些，因为它们生活在人类未曾注意到的一个岛屿上。新西兰的无翼恐鸟重达272千克，这个体重是鸵鸟的两倍，直立起来的身高也要高出0.9米左右。在哥伦布航行到美洲之前的2个世纪，第一批人类就开始生活在新西兰了。到发现新大陆的时候，最后的11种恐鸟都已灭绝。

在保罗·马丁看来，结论是显而易见的。"大型动物是最容易追捕的。射杀它们能给人类带来最多的食物和最高的声望。"离图马莫克山实验室不到160千米，喧嚣的图森城的那头，14个克洛维斯射杀遗址中有3个坐落在这里，其中最为丰富的一个叫默里斯布林斯遗址，里面遍布着克洛维斯人的矛头和猛犸遗骸。马丁的两个学生万斯·海恩斯和皮特·梅恩格发现了这个遗址。根据海恩斯的描述，地层已经腐烂，看起来像是"记载着地球5万年以来的历史的书页"。这些"书页"中包含了好几种已经灭绝的北美物种：猛犸、马、骆驼、狮子、大野牛和惧狼。临近的遗址中还发现了貘与另外两种今天依然存活着的动物：熊和美洲野牛。

这就带来一个问题：如果人类曾经屠杀一切，为什么它们存活下来了呢？为什么灰熊、水牛、麋鹿、麝牛、驼鹿、驯鹿和美洲狮依然活跃在北美洲，但其他大型哺乳动物却消失了呢？

北极熊、驯鹿和麝牛生活在人类相对较少的区域，生活在那里的人类认为寻觅鱼类和海豹为食要容易得多。在生长着树木的苔原南部地区，行踪诡异、速度敏捷的熊和山狮擅长在森林或漂石中藏身。其他物种则和智人一样，是在更新世生物灭绝的前后才抵达北美洲的。比起默里斯布林斯遗址中发现的、现在已经灭绝的大型美洲野牛，今天的平原水牛在基因上与波兰野牛更为接近。大野牛灭绝后，平原水牛的数量激增。同样地，在美洲牡驼鹿灭绝之后，今天的驼鹿是从欧亚大陆迁徙而来的。

剑齿虎之类的食肉动物很可能随着猎物的消失而走上灭绝之路。有些更新世的物种，比如貘、野猪、美洲虎和美洲驼，向南逃得更远，它们藏身于墨西哥、中美洲和南美洲的森林中。剩下的物种相继灭绝，这块巨大的避难所最终接纳了更多的成员——水牛、麋鹿和其他动物结伴而至。

在发掘默里斯布林斯遗址的过程中，万斯·海恩斯发现有迹象表明，干旱曾经迫使更新世的哺乳动物去寻找水源——一个泥泞的地洞旁有一串脚印，这显然是哺乳动物企图挖井饮水的证据。在这里，它们可能很容易就成为猎人的囊中之物。它们上面的地层中是一段已经变为化石的黑色藻类，这些藻类死于许多"寒冷过度"理论的支持者们所提到过的寒潮中——但是，猛犸的尸骨排列在这个地层之下，而不是之中。

这是另一条线索，暗示如果人类从未存在过，这些被屠杀的猛犸的子孙后代今天可能还活在地球上：大型猎物灭绝后，克洛维斯人和他们著名的石制尖器也难以为继了。随着猎物的消失和天气的转寒，他们或许移居了南方。但是几年之后迎来了温暖的全新世时期，克洛维斯文明的继承者出现了，他们把矛头做得更小，用于捕杀体形更小的平原水牛。这些"弗尔萨姆人"和剩下的动物之间在数量上达到了某种平衡。

祖先们贪得无厌地捕杀更新世的食草动物，仿佛这些食物的来源是永不枯竭的，最终导致了这条食物链的断裂。这些美洲人的后代有没有从这件事中吸取教训呢？也

美洲大地懒
插图作者卡尔·布尔

许吧。他们的后代是美洲印第安人，他们把鹿之类的食草动物集中到森林的小块田地中，并为水牛之类的动物开辟草地。大平原的形成在很大程度上归结于他们放的火。

后来，欧洲带来的疾病给新大陆带来了种族灭绝，几乎所有的印第安人都死于这场灾祸，但是水牛的数量却在膨胀，并散布到其他地区。它们差不多到了佛罗里达，遇上了往西扩张的白种殖民者。除了其中一些为满足殖民者的猎奇之心而保留下来，几乎所有的水牛都被赶尽杀绝，之后，殖民者们充分利用印第安人开拓出的平原来养殖家畜牛。

圣克鲁斯河发源于墨西哥，一路向北蜿蜒。保罗·马丁从他的山顶实验室鸟瞰圣克鲁斯河旁的沙漠城市。骆驼、貘、本土野马和哥伦比亚猛犸曾经在这片绿色的冲积平原上觅食。使它们灭绝的人类的后代在这里定居下来，他们用泥巴建起小屋，栽种三角叶杨和柳树。所有的这一切，一旦被遗弃，很快就会成为土壤和河流的一部分。

猎物少了之后，人们开始栽培他们采集而来的植物，发展后的村庄被他们称为"夏克逊"，意思是流淌的水。他们把收获而来的谷壳和河泥搅拌在一起，做成泥砖，人们一直使用这种泥砖，直到第二次世界大战之后才被混凝土制成的土砖所取代。在此之后的不久，小屋的出现把许多人吸引到这里，人们抽干了河水。于是他们挖井。等井水也干涸的时候，他们就再往下挖。

现在，圣克鲁斯河粉状河床的两侧是图森的市中心，大会堂巨大的混凝土和钢梁地基看起来至少和古罗马竞技场是一个时代的。但是，来自遥远未来的游客或许很难找到这个大会堂了，因为今天饥渴的人类一旦离开了图森，离开了过于庞大的墨西哥边境城市诺加莱斯（索诺拉就在它南面48千米处），圣克鲁斯河水最终会再次上涨。天气会履行自己的义务，图森和诺加莱斯干涸了的河流将重新投身于建起一片冲积平原的事业。到时候，图森的大会堂已没有屋顶，淤泥会灌入它的地基，直到把它埋于地下。

生活在上面的将是些什么动物就不得而知了。野牛早就灭绝了；在没有人类的世界中，再没有尽心的牛仔来驱赶山狗和山狮，取代了野牛的家畜牛便不可能活得太久。索诺拉叉角羚是更新世时期遗留下来的一种娇小的奔跑迅速的羚羊亚种，也是美洲最后的羚羊，它们会在离这儿不远的沙漠中濒临灭绝。剩下的叉角羚能否在山狗将其全部吞食之前进行繁衍、补充数量？这个值得怀疑，但并非全无可能。

保罗·马丁从图马莫克山下来，开着小敞篷卡车往西走，穿过布满了仙人掌的小路，驶入下面的沙漠盆地。他眼前的山地曾是北美洲最后的野生动物的避难所，生活着美洲虎、大角羊、领西猯——这在当地被称为"杰弗黎那"。前不久，著名的观光景点——亚利桑那-索诺拉沙漠博物馆在此举办大型活标本的展出。这个博物馆其实是一个精致的、以自然景观为屏障的动物园。

马丁的目的地离这里有几千米的路程，但并不是个狭小精致的空间。国际野生动物博物馆的建立，旨在在非洲重现一个法国外国志愿军堡垒。该博物馆陈列了已故的富翁猎人C.J.麦克埃尔罗尔的藏品，此人至今仍保持着许多项世界纪录。藏品中包括世界上最大的山绵羊——蒙古盘羊，还有在墨西哥锡那罗亚州捕获的最大的美洲虎。这里的特殊藏品中有一只白犀牛，这是泰迪·罗斯福总统1909年非洲之旅时射杀的600头动物中的一头。

麦克埃尔罗尔在图森有个庄园，其中一间专门用于陈列战利品。他一生沉迷于射杀大型哺乳动物，这间房间摆放的全是剥制而成的战利品标本。博物馆的镇馆之宝便是对这间232平方米的陈列室的如实再现。当地人把它讥讽地称为"死动物博物馆"。今晚，在马丁的眼里，这个绰号恰如其分。

这次是为了推出他2005年的新作《猛犸的曙光》。在观众的后方高耸的是灰熊和北极熊组成的方阵——它们永远地保持在半进攻状态。在高于墩座墙的位置，是一头成年非洲大象的头部雕饰，它长长的耳朵犹如一张大三角帆。在两侧，五大洲所有长螺旋盘角的动物都在这里陈列。马丁从轮椅上站起来，慢慢审视着数百颗头颅：邦戈羚羊、林羚、薮羚、泽羚、大小两种捻角羚、大角斑羚、巨角塔尔羊、巴巴里山羊、岩羚羊、黑斑羚、瞪羚、小羚、麝牛、南非大水牛、黑毛羊、沙毛羊、长角羚羊和角马。他湿润的蓝色眼眸一直注视着这几百双玻璃制成的眼睛。

"我没法想象出一个更加贴切的场景，"他说，"来描述什么叫做种族灭绝。在我有生之年，数百万人在集中营中遭到屠杀，从欧洲纳粹的种族屠杀到达尔福尔大屠杀，足以证明我们人类确实会做出这样可怕的事情。在我50年的职业生涯中，我专注于研究大型动物的大灭绝——它们的头颅不会出现在这些墙上了，它们早已消失，因为屠杀它们易如反掌。收集这些陈列品的人或许刚刚走出更新世时期。"

最后他诚恳地希望他对更新世的大屠杀所做的解释能够成为一个教训，不让我们再次犯错，更不要犯毁灭性的错误。他的书也同样以此结尾。杀手绝不可能在另一个物种消失之前动起恻隐之心，可事情远比这复杂。这是因为我们还有贪得无厌的本能，不知何时该住手，直到某天我们从未想过要伤害的生物因为失去了所依而被夺去了生命：我们没有必要开枪射杀，就能将燕雀从天空中消灭；一旦攫走它们的家园，断了它们的食物来源，它们就会自己坠落下来，走向死亡。

第六章

✧

非 洲 悖 论

I. 起　源

幸运的是，在一个没有人类的世界中，并非所有的大型哺乳动物都会灭绝。非洲整个大陆就是个博物馆，馆藏惊人。为什么它们会在我们消失之后遍布整个地球呢？它们能够取代我们在其他地方消灭了的动物吗？或者通过进化变得和那些逝去的生物一模一样？

但是第一个问题是：如果人类来自非洲，那么为什么大象、长颈鹿、犀牛和河马也在那里呢？它们为什么没有被全部杀死，为什么没有和澳大利亚94%的大型动物（其中大部分是大型有袋动物），或者美洲古生物学家所悼念的物种一个下场呢？

奥罗格塞里是路易斯·利基和玛丽·利基在1944年发现的旧石器时代工具制造点遗址。它是东非大裂谷中的一个干燥的黄色盆地，距离内罗毕①72千米。盆地的大部分掩埋在硅藻土沉积物形成的白垩（我们的泳池过滤器和猫砂使用的就是这种材质）中，它们由淡水浮游生物的外骨骼化石组成。

_____

① 内罗毕：肯尼亚的首都和最大的城市。

路易斯·利基和玛丽·利基发现，有个湖泊曾在史前时期多次注满奥罗格塞里的凹陷处，雨季就出现，旱季便消失。动物前来饮水，猎捕它们的工具制造者们也接踵而至。挖掘工作现在证实，在992 000年到493 000年前，早期的人类便居住在湖边。直到2003年，原始人类的遗骸才被发现：史密森学会和肯尼亚国立博物馆的考古学家发现了一个小颅骨。这或许来自直立人种，他们是我们最近的祖先。

我们找到的是数以千计的石手斧和切割刀。最新型的工具用于投掷目的：一端是圆形的，另一端有孔眼或双面都能使用的利刃。南方古猿的原人碰击两块石头，使其中的一块变薄变尖锐。在那个时候，石手斧和切割刀都已借助一定技巧打成薄片，而且能够一块一块地进行复制。这里的每一个地层中都含有这些石制利器，这意味着人类在奥罗格塞里进行捕获和屠杀猎物的历史至少长达50万年。

从人类文明起源直至今日，有文字记载的历史只不过是我们的祖先在这片土地上生活时间的百分之一，在这里，他们将植物连根拔起，向动物举起锋利的石器。随着人类技术水平的觉醒，这里肯定得有许多猎物才能满足越来越多的掠食者的需求。奥罗格塞里遗址中混杂着股骨、胫骨或骨髓，许多已被压碎。一头大象、一只河马和一群狒狒的大量遗骸周围发现了许多石器，这些石器的数量说明，整个原始人类部落依靠集体行动来捕杀猎物，然后进行肢解和分食。

如果人类真的在短短1 000年的时间里屠杀了美洲更新世时期那么多的大型动物，那又是怎样做到的呢？当然，非洲有更多的人口，而且存在时间也更长。如果真是这样，那么非洲为什么还有如此知名的大型野生动物群落呢？奥罗格塞里那些被打成薄片的玄武岩、黑曜石和石英岩石刃表明，在100万年中，原始人类有能力割开大象和河马的厚皮。那么非洲的大型哺乳动物为何没有灭绝呢？

因为在这儿，人类和大型动物一起得到了进化。美洲、澳洲、波利尼西亚和加勒比地区的食草动物毫无防范，全然不知突然到来的人类有多么危险，与此不同的是，非洲的动物随着人类数量的增长也在不断调整。与掠食者相伴的动物懂得如何保持警惕之心，朝着避免被猎杀的方向不断进化。与众多饥饿的邻居为伴，非洲的动物已经学会如何群集而动，使掠食者难以孤立和捕获单只动物；它们还懂得，在其他同伴吃草的时候，总得有几只担当起侦察危险的职责。斑马的条纹会让狮子头晕目眩，在一片混乱中产生视觉错觉。斑马、牛羚和鸵鸟在广阔的大草原上组成了三位一体的统一战线，前者出色的听力、中者灵敏的嗅觉和后者锐利的视觉结合到了一起。

当然，如果这种防御每次都能奏效，那么掠食者便会走向灭亡。这是一种平衡：短跑角逐中，猎豹能逮住瞪羚；长跑比赛中，猎豹则不是瞪羚的对手了。生存的诀窍在于：避免成为他人的盘中餐，以争取足够的时间繁殖后代；或者通过频繁繁殖来确保后代中的一些总能够存活下来。鉴于此，狮子等食肉动物能够捕获的总是些老弱病残。早期的人类也是那么做的；或者，刚开始的时候我们和土狼一样，做些更为简单的事情：打扫更熟练的猎手吃剩下来的腐肉。

但是，当有些东西发生变化的时候，这种平衡就会被打破。现代人不断发育的大脑想出来一些发明创造，挑战着食草动物的防御策略：比如说，紧密的动物群实际上增加了投掷手斧命中目标的概率。事实上，许多在奥罗格塞里遗址中发现的物种现已灭绝，包括有角的长颈鹿、大狒狒、长牙向下弯曲的大象，还有一种河马，它们的体形比起今天的河马来显得更为壮硕。然而，我们不清楚到底是不是人类把它们赶上了灭绝的道路。

这毕竟是更新世的中期。这个时期中，冰川期和间冰期交替出现了17次，全球气温忽上忽下，没有结冰的大地要么水深，要么火热。地壳在冰川重量的不断变化下时而收缩，时而松弛。东非大裂谷变宽，火山爆发，其中有座火山周期性的爆发将奥罗格塞里掩埋于灰烬之中。从事奥罗格塞里地层研究2年之后，史密森学会的考古学家里克·保茨发现：有些典型的植物和动物在气候和地质的剧变中坚强地存活下来。

我们人类便是其中的一种。图尔卡纳湖是肯尼亚和埃塞俄比亚边境上的一个裂谷湖泊。里克·保茨记录下大量祖先的遗骸，他意识到，每当气候和环境条件变得反复无常的时候，早期现代人的数量都会增加，最终取代了更早的原始人类。适应能力决定了谁最适合生存，一种生物的灭绝往往伴随另一种生物的进化。在非洲，大型动物和我们一样，幸运地进化出了各自更能适应环境的物种。

这对于我们而言是件幸事，因为要想勾勒出我们之前的世界——这是我们了解世界在我们离开后会如何变化的一个基础——非洲是我们最完整的、活生生的基因库，其中还包括某些物种的整个家族和捕获至其他地方的动物。有些动物确实是从其他地区迁徙而来的：在塞伦盖提国家公园，当北美人站在敞篷旅游吉普车中游览时，巨大的斑马群让他们眼花缭乱，他们所看到的是从亚洲和格陵兰-欧洲大陆桥迁居而来的美洲斑马的后代，不过现在，它们在自己的大陆上已经再也看不到了（直到大灭绝之后12 500年，哥伦布才再次引进马属动物；在此之前，美洲大陆上繁衍生息的马或许是长着条纹的）。

如果非洲的动物通过进化学会了如何避开人类掠食者，这种平衡怎会因为人类的消失而遭到破坏呢？在一个没有我们的世界中，会不会由于有些大型动物已经十分适应于人类的存在，导致有些潜在的依赖或共生现象会随着人类的离去而消失呢？

肯尼亚中部又高又冷的阿布岱尔沼泽让人类定居者望而却步，虽说人们肯定长途跋涉来过这里。这里是4条河流的发源地，分别朝着4个方向、沿着玄武岩悬崖和纵深的沟壑，给下面的非洲大地提供灌溉。古拉瀑布在将近305米的山脉中蜿蜒，渐渐隐没于迷雾和树一般高大的蕨类植物中。

在这片大型动物的土地上，这里算得上是个大型植物群落的高山沼泽。除了某些蔷薇木比较矮小，其余的都高于林木线，两座4千米的山峰在赤道南面形成了裂谷的东墙，而植被则覆盖了两峰之间的山凹。这里没有树木，但巨大的石南属植物长到了18米高，垂下了苔藓做成的帘幕。山梗莱织成的地被长成了24米高的圆柱，即使是千里光（通常情况下不过是野草而已）也高达9米，顶端长出了卷心芽，生长在密密的草丛中。

爬出裂谷的早期现代人的后代最终成为肯尼亚高地的基库尤人部

落。难怪他们会认为这里便是"奈"（神灵）的住所。除了风吹过莎草和鹡鸰摆尾时发出的沙沙声，这里如圣地般静谧。两岸点缀着紫苑的小溪悄无声息地流过柔软的山丘草地，充沛的雨水使溪流看起来好似漂浮。大角斑羚是非洲最大的羚羊，它们高达2.1米，重达680千克，螺旋的羊角足有0.9米长，数量正逐日减少。它们在这些严寒的高地寻找避难所。沼泽地对于大多数动物而言都太高了，但非洲水羚生活在这里，还有狮子——它们躲在蕨类植物林中的水源边，等待着伏击水羚的机会。

大象时而出现，小象跟在身后。母象踏过紫色的苜蓿，踩碎高大的贯叶连翘灌木，寻觅它每日必需的181千克草料。阿布岱尔以东80千米，穿过一个平坦的山谷，大象群就散布在肯尼亚山5千米高的山峰的雪线附近。比起它们的亲戚长毛猛犸，非洲象的适应能力要强得多，通过它们的粪便，我们发现它们的踪迹从肯尼亚山或严寒的阿布岱尔一直往下延续到肯尼亚桑布罗沙漠，海拔落差达到3.2千米之多。今天，喧嚣的人类文明切断了三地之间的通道：生活在阿布岱尔、肯尼亚山和桑布罗沙漠的象群几十年来未曾彼此碰面。

在沼泽下面，300米长的竹林将阿布岱尔山地包围起来，这里是另一种靠条纹作掩护的濒危动物邦戈羚羊的避难所。密布的竹林阻挡了土狼和蟒蛇，螺旋盘角的邦戈羚羊唯一的天敌是阿布岱尔独有的一种动物：罕见的黑豹。阿布岱尔繁茂的雨林也是黑色薮猫和一种黑色非洲金猫的家园。

这是肯尼亚剩下的最为原始的区域之一，樟脑树、雪松、变叶木、藤本和兰科植物郁郁葱葱，5 443千克的大象可以轻轻松松藏匿其中。最为濒危的非洲生物黑犀牛也在这里安身。1970年，肯尼亚的黑犀牛数量还有20 000头，现在只剩下400头左右，其他遭偷猎而死——所谓的药学功效使它们的牛角在东方国家可以卖到每支25 000美元；在也门，牛角被制成庆典仪式上用的匕首柄。阿布岱尔地区估测出的70头便是剩下的野生黑犀牛的数量了。

人类也在这里藏身。殖民时期，水资源丰富的阿布岱尔火山坡属于英国茶叶和咖啡的种植者，他们在种植园中养殖牛羊。农耕的基库尤人被迫成为小块耕地的佃农，在被占领的土地上劳作。1953年，在阿布岱尔森林的掩护下，他们自发组织起来。基库尤人游击组织靠野生的无花果和英国人在阿布岱尔河流中养殖的棕色斑点鲑鱼为生，恐吓袭击白人地主——这就是历史上的矛矛党人起义。女皇从英国搬来了军队，轰炸了阿布岱尔和肯尼亚山。成千上万的肯尼亚人死于非命。阵亡的英国人只有100人，到了1963年，谈判签订的休战协定带来了多数决定原则，这就是后来的肯尼亚独立。

如今，阿布岱尔成了个国家公园——这是人类与大自然斗争后签订的并无什么约束力的协议。这里是稀有的巨型森林猪、最小的羚羊（长耳大野兔大小的岛羚）、金翼太阳鸟、银颊噪犀鸟、红冠蕉鹃和大蓝蕉鹃的避难港。黑白髯猴的容貌颇似佛教僧侣，它们栖息于这片原始森林中。森林向下铺展，覆盖了整个阿巴德瑞斜坡——直到人们拉起一圈电线围栏。现在，200千米长、600伏特高压的镀锌电线把肯尼亚最大的蓄水区包围起来。电网埋在地下的部分有0.9米，地面以上的部分高达2.1米，电热柱把狒狒、黑长尾猴和长着环纹尾巴的麝香猫隔离在外面。带电的拱门能够让车辆顺利通行，但车辆般大小的大象却无法穿越晃晃悠悠的电线。

这是一道将人和动物分隔开来的围栏。围栏的两边有着非洲最为肥沃的土壤，上面是热带雨林，下面种植着玉米、大豆、韭葱、甘蓝、烟草和茶叶。多年以来，围栏两侧都遭到入侵者的袭击。夜晚，大象、犀牛和猴子潜入其中，将庄稼连根拔起。基库尤人的数量在增长，他们悄悄进入海拔更高的山上，把300年树龄的雪松和针叶树砍倒。到了2000年，阿布岱尔的三分之一被夷为平地。为了让树木保持原位，让足够的水分通过树叶的蒸腾作用循环到阿布岱尔河中，让水流经内罗毕这样饥渴的城市，让水力发电的涡轮保持转动，让裂谷湖泊不消失，我们必须得做点什么。

因此就有了世界上最长的带电路障。不过在那个时候，阿布岱尔国家公园还有其他问题。在20世纪90年代，肯尼亚超过以色列成为欧洲最大的扦插花卉的供应商，花卉甚至超过了咖啡，成为它主要的出口收入，于是阿布岱尔国家公园的周围建起了一条新的排水沟，玫瑰和康乃馨就种植在这里。不过即使爱花之人不复存在，这笔芳香的财富依然会继续繁殖下去。

和人类一样，花体中的三分之二是水分。所以，一家典型的花卉出口商每年运到欧洲的水量等于一个2万人的城镇的用水需求。在干旱的时节，有生产指标的花卉工厂把虹吸管插入纳瓦沙湖——这里位于阿布岱尔的下游，两岸长满了纸莎草，是淡水鸟和河马的栖息地。除了湖水，他们还吸走了整整一个世代的鱼卵。注入湖泊的却是些化学物质，有了它们，玫瑰花在运往巴黎的途中才不会凋谢。

但是纳瓦沙湖看起来并不太漂亮。消耗溶解氧的水葫芦在花房沥滤出来的磷肥和硝酯钯的营养中长得铺天盖地。水葫芦是南美洲多年生草本植物，作为盆栽引入到非洲。随着湖面水位的下降，水葫芦长到了岸上，占据了纸莎草的生存空间。河马的腐尸揭开了美丽花卉的秘密：DDT[①]和狄氏剂（毒性是DDT的40倍）——这些在一些国家的市场上被严禁使用的杀虫剂使肯尼亚成为世界上最大的玫瑰出口国。人类，甚至是动物和玫瑰都消失之后的很长时间里，狄氏剂中含有的相当稳定的人造分子将依然存在。

没有什么围栏能限制阿布岱尔的动物，即使是600伏特的带电围栏也不例外。它们要么大量繁殖，破除障碍，要么就随着基因库的衰退而消亡，直到某个病毒将整个种群吞噬。但是如果第一个灭绝的是人类，那么带电的围栏也就不再能发挥作用了。狒狒和大象会在附近基库尤人的耕地上享受谷物和蔬菜的饕餮大餐。只有咖啡还有存活的一线希望。野生动物对咖啡因不会太有兴趣，埃塞俄比亚来的咖啡种十分适应肯尼亚中部的火山灰，已经完全本土化了。

风会撕裂花房的聚乙烯覆膜，聚合物分子在赤道紫外线的照射下变

---

① DDT：一种无色的、经接触传递的杀虫药剂，当吞食或被表皮吸收时对人类和动物有毒。

得十分脆弱。紫外线和花卉产业最常用的熏蒸剂——溴化甲烷是臭氧层最大的杀手。适应了化学养料的玫瑰和康乃馨无法再存活，不过水葫芦将会笑到最后。阿布岱尔森林将潮水般涌入毫无防范作用的围栏，收回耕地，漫过下面古老的殖民遗迹——阿布岱尔乡村俱乐部，它的草坪目前由生活在这里的疣猪负责修整。从肯尼亚山到桑布罗沙漠，这一路上森林唯一的障碍是大英帝国的幽灵——桉树林。

在无数获得自由、大量繁殖的生物中，桉树、臭椿和野葛会在我们远离之后成为侵吞土地的罪魁。为了推动蒸汽机车，英国人往往从他们的澳大利亚殖民地引进生长迅速的桉树，以取代生长缓慢的热带硬木林。我们用于咳嗽药制造和家具表面消毒的芳香物族化合物桉树油之所以能够杀菌，在很大程度上是因为它的毒性，因而它也能对其他植物造成不利。很少有昆虫生活在桉树旁边；因为没有什么可吃的，也很少有鸟类在此筑巢。

桉树需要大量的水，因而它们生活在靠近水源的地方，比如说在狭长的耕地灌渠边，它们构成了一道高高的灌木树篱。没有人类，它们只好迁往荒芜的地方，风会将它们的种子播撒下山。最终的结果会是，非洲大自然的伐木工人——大象，会开辟出一条重返肯尼亚山的通道，把英国最后的幽灵永远地驱逐出这片土地。

2. 我们之后的非洲

在一个没有人类的非洲，象群在赤道地区漫步，穿过桑布罗，走过萨赫勒荒漠草原①，它们或许会发现撒哈拉沙漠在往北后退，因为造成沙漠化问题的先遣队山羊已经沦为狮子的猎物。也有可能，它们会正面迎上撒哈拉沙漠，因为气温升高是人类遗留的祸害，大气中碳元素含量的升高会加速沙漠化的进程。撒哈拉沙漠近期为何以惊人的速度扩张（某些区域达到了3—4千米/年）？其原因可归结于天时。

① 萨赫勒荒漠草原：非洲中北部半干旱地区，位于撒哈拉沙漠以南。

现在世界上最大的非极地沙漠在6千年以前还是绿色的热带草原。鳄鱼和河马在撒哈拉的河流中打滚嬉戏。随后地球的轨道经历了一次周期性的调整。倾斜的地轴往垂直方向偏了半度，这个幅度使地球的雨云减少。这一点还不足以使草场变为沙丘。巧的是，在这个气候阶段，时值人类的发展，于是干旱的灌木丛也遭到破坏。在过去的2 000年中，北美洲的智人已经从用矛狩猎进化到种植中东的谷物和养殖牲畜。他们带着自己的财产骑上美洲蹄类动物的温顺后代——骆驼。它们的同胞在家乡的大型动物大屠杀中灭绝，但幸运的是，它们在那之前已经迁居他地。

骆驼吃草，草需要水。庄稼的种植带来了人类的繁荣，但它们也需要水。更多的人口需要更多的牲畜、牧场、田野和水——不过一切都不是时候。没人知道雨云的位置发生了变化。人类以为气候会还原成原先的样子，一切都会重新生长出来，于是，人类和它们的牲畜走得更远，导致了过度放牧。

可事实上，气候并没有还原。它们消耗得越多，向天空中蒸腾的水分就越少，雨水也就越少。结果便是我们今天看到的撒哈拉沙漠。只不过它当时要小一些。过了20世纪，非洲人类和牲畜的数量逐年递升，气温也一样。这使得撒哈拉以南的萨赫勒地区国家濒临沙漠化的危险。

再往南，赤道地区的非洲人已经放牧了几千年，狩猎的时间更为长久，但事实上，人类和野生动物之间存在互惠的关系：当和肯尼亚的马阿塞人一样的牧人在草原和水池边放牧的时候，他们的利矛让狮子望而却步，羚羊便紧跟其后，以获得掠食者人类的保护。斑马也跟着羚羊而来。游牧民族不再吃那么多的肉类，而是小心翼翼地从牛的颈静脉中放血和止血，学会了靠牲畜的奶和血生活。只有当干旱袭来，牲畜饲料减少之时，他们才又开始狩猎，或者与生活在灌木中的部落交换猎物。

后来人类自身成为猎物——或者说，商品，从此人类、植物群落和动物群落之间的平衡发生了变化。和同胞黑猩猩一样，我们也经常为了领土和配偶发生血战。但是随着奴隶制度的兴起，我们竟然沦为可供出口的东西。

今天，我们仍可以在肯尼亚东南部一个被称为"册佛"的灌木丛生的乡间看到奴隶制度在非洲留下的痕迹。这是个阴森古怪的地方，熔岩流、平顶刺槐、没药树和猴面包树在这里生长。因为"册佛"的舌蝇不适合于人类放牧牛羊，这里就成为瓦阿塔丛林民族的狩猎地。他们的猎物有大象、长颈鹿、南非大水牛、各种瞪羚、大耳岩羚和另外一种长有条纹的羚羊——捻角羚，它们的角酷似螺旋拔塞器，竟长达1.8米。

东非黑奴的目的地并非美洲，而是阿拉伯半岛。在19世纪中期，肯尼亚沿海的蒙巴萨岛是贩卖人口的海运码头，也是阿拉伯奴隶贩子靠着火枪从中非村落中捕获而来的"商品"的中转站。一队队的奴隶光着脚从裂谷往山下走，押送他们的是骑在驴背上、持有武器的奴隶贩子。当他们走到"册佛"，气温升高了，舌蝇蜂拥而来。幸存下来的奴隶贩子、射手和奴隶朝着一小片名为"姿玛泉区"的绿洲走去。这里有自流泉，水龟和河马在这里生活；每天有18.9万吨的水从48千米以外的火山带往上涌，使水池中的蓄水保持清洁。奴隶运输队在这里逗留了好几天，向瓦阿塔的弓箭狩猎者购买所需物资。他们一路押送奴隶，一路射杀遇到的大象。随着象牙需求的增长，其价格超过了奴隶，而奴隶的主要价值也转移到了象牙搬运上。

"姿玛泉区"的附近，水再次露出地表，形成了通往大海的册佛河。沿路是金鸡纳树和棕榈树的阴凉树阴，这条道路具有不可抵挡的吸引力，但为此付出的代价通常是疟疾。豺狼和土狼尾随在队伍的后面，"册佛"的狮子也因吞食落在后面的奄奄一息的奴隶而出了名。

直到19世纪末期英国人停止贩卖奴隶为止，已有成千上万的人和大象死在这条连接中部平原和蒙巴萨岛拍卖市场之间的"象牙-奴隶之路"上。这条道路被封闭之后，蒙巴萨岛和维多利亚湖（尼罗河的一个源头）之间开始修建铁路，这对于英国的殖民统治至关重要。"册佛"饥饿的狮子有时会跳上火车困住铁路工人，终因吃人而举世闻名。它们的胃口成为传说和电影的素材，但里面鲜有提及它们如此饥饿的原因是猎物的匮乏：为满足奴隶队伍的食物需求，这1 000年来，这里的猎物被赶尽杀绝。

随着奴隶制度的废除和铁路建设的竣工,"册佛"成为一个被人遗弃的空旷乡村。没有了人类,野生动物便慢慢回来了。但是没过多久,人们再次带着武器来到这里。英国和德国原先同意共同瓜分非洲的大部分地区,但到了1914—1918年间,两国在非洲开战,战争的原因比两国在欧洲掀起的战事更为阴暗和肮脏。坦噶尼喀湖来的德国殖民军队几次三番轰炸了英国蒙巴萨岛到维多利亚湖沿线的铁路。双方在"册佛"河边的棕榈和金鸡纳树林中交战,靠丛林动物的肉为生,死于疟疾的士兵的数量不亚于死在枪口下的,可是子弹给野生动物带来了致命的灾难。

于是,"册佛"再次变得空无一人。人类离开后,"册佛"又一次成为动物的栖息地。长满了黄色果实的砂纸树覆盖了第一次世界大战的战场,成为狒狒家族的家园。1948年,女皇声明"册佛"对于人类已无利用价值,这条人类历史上最为繁忙的贸易线路于是被宣布为保护区。20年之后,"册佛"地区的大象数量达到了45 000头,成为非洲最大的大象保护区。不过,这不会长久的。

随着白色的飞机缓缓起飞,这个世界上最不协调的景观在机翼下呈现。下面辽阔的热带草原是奈洛比国家公园,大角斑羚、汤姆逊瞪羚、南非大水牛、狷羚、鸵鸟、白腹鸨、长颈鹿和狮子挤在一起生活,背后是高楼大厦的厚重墙体。这栋灰色的都市化大楼的身后是世界上最大、最穷的贫民窟。奈洛比的历史和这条铁路一样长,它最初是作为蒙巴萨岛和维多利亚之间的补给站而建造起来的。它是世界上最年轻的城市之一,也很可能将会是第一个消失的城市,因为在这里,即便是新的建筑也已迅速开裂。奈洛比国家公园在城市的另一端,没有围栏。飞机越过公园没有任何标记的界限,穿过点缀着牵牛花树的灰色平原。只要穿过这里,羚羊、斑马和犀牛便能沿着一条通道随雨水迁徙。近来,玉米地、花卉农场、桉树种植园和设有围栏、私人水井的高大住宅将这条通道越挤越窄。所有这一切或许会将肯尼亚最为古老的国家公园转变为一个野生生物的岛屿。这条通道未受保护,奈洛比国家公园外围的住宅变得炙手可热,在飞机驾驶员大卫·威斯腾看来,最英明的抉择是政府买单，使住宅居民同意让动物在他们的地盘上穿行。他也参与了协商工作，但却不抱希望。每个人都害怕大象会踩烂他们的花园，或者招来更糟糕的麻烦。

统计大象的数量是大卫·威斯腾今天的任务——他从事这项工作已将近30年。他在坦桑尼亚长大，是英国一个知名的狩猎者的儿子，孩提时代就经常跟随他携带枪支的父亲徒步行走好几天，却不见其他人的踪影。他这辈子就射杀了一只动物：奄奄一息的疣猪的眼神浇灭了他对狩猎的所有激情。他的父亲死于象牙之下，后来母亲带着她的孩子搬到了相对安全的伦敦。大卫在大学学习动物学，随后回到了非洲。

朝奈洛比的东南方向飞行一小时，乞力马扎罗山便在眼前，它那不断融化的雪山顶仿佛是烈日下滴落下来的奶油膏。山前，青翠的沼泽突然出现在一片碱性盆地中，火山的斜坡上流淌下来的泉水注入到沼泽中。这里是安博塞利，非洲面积最小、物种最丰富的公园之一，对于那些想拍摄乞力马扎罗山前象群剪影的游客们而言，这可是不容错过的地点。以前，只有在旱季才能看到这样的场景，因为野生动物会在这个时节涌入安博塞利的沼泽绿洲，靠香蒲和莎草为生。可是现在，它们常年呆在这里了。"大象不应该是定居动物，"威斯腾看着路过的几十头大象时这样喃喃地说。不远处是一池泥巴满身的河马。

从上往下俯瞰，环绕公园的平原看起来仿佛得了大孢子感染症。这其实是肯尼亚的民族文化村：这些泥巴和粪便堆积起来的环状小屋属于马阿塞的牧人，有些还在使用，有些已被废弃，重归泥土。每个院子中央草绿色的小块土地是游牧民族马阿塞人带着牲畜和家人迁往下一片牧场之前，夜间圈养牲畜的地方，以避免掠食者的袭击。

随着马阿塞人的离开，象群来到这里。撒哈拉干旱后人类第一次把牲畜从北非高原上带下来，并发展出一种表现大象和牲畜的舞蹈。牛羊啃光了热带草原之后，灌木丛林侵入到这里。没过多久，它们就长得十分高大了，成为大象的美食——它们用象牙扯下树皮吃，推倒树木以享用口感较嫩的树叶，把这夷为平地之后，新长出来的将是一片草地。

当时的大卫·威斯腾还是个研究生，他坐在安博塞利的一个山顶上，统计马阿塞牧人领来吃草的牛，此时象群正迈着沉重的步伐从另一个方向过来吃草。尽管他后来先后担任了安博塞利国家公园的主任、肯尼亚野生动物服务中心负责人和非盈利性的非洲动物保护中心的创始人，但是他为牛群、大象和人统计数量的工作从未间断过。非洲动物保护中心的工作是通过让人类融入野生动植物环境的方式（而不是将人类与野生动植物环境隔离的方式）来保护这些环境；我们人类曾经就是生活在其中的。

飞机下降91米后，开始做顺时针盘旋，以30度的斜角转弯。他记录下一圈粪便和灰泥砌成的小屋——每个妻子住一所小屋，有些富有的马阿塞人能娶上10个妻子。他计算出大致的居住人口，在他的植被地图上标出77头牛。从飞机上看，马阿塞牧人看起来好像是绿色平原上的一滴血液：他们个高、自然、皮肤黝黑，穿着传统的红格子花呢披肩——说到传统，这至少可以追溯到19世纪，当时的苏格兰传教士在这里分发格子呢毛毯，马阿塞牧人发现这种材料非常暖和，而且在他们放牧的几周内，携带上路也十分轻便。

"游牧民族，"威斯腾以压过飞机引擎的声音说道，"已经成为迁徙物种的代名词，他们的行为习惯与羚羊十分相似。"和羚羊一样，马阿塞人在雨季把牛群带到短草草原上，雨季停止之后再把它们带回到水池边。一年之中，阿博塞利的马阿塞人平均要换8个住所。威斯腾深信，人类的这种行为在理论上有利于肯尼亚和坦桑尼亚的野生生物。

"他们放牧牛群，把林地留给象群。大象又及时地开辟出草地。你总能有草地、森林和灌木丛林的组合。这便是热带草原多样性的全部秘密所在。如果你只有森林或草地，或许就只能养活适合森林生活的物种或适合草地生活的生物。"

1999年，威斯腾驾车穿越南亚利桑那州，去考察克洛维斯人13 000年前消灭当地猛犸的遗址。途中，他向古生态学家、更新世"射杀过度"理论的创始人保罗·马丁描述了这个现象。从那个年代开始，美国的西南部便不再有大型食草动物。人类总是焚烧牡豆灌木丛。马丁指着农场主租出的土地上长出的杂乱无章的牡豆问道："你觉得象群可以在这里栖息吗？"

这时大卫·威斯腾笑了。但马丁又接着说下去："非洲象该如何在这片沙漠中生存？它们能不能爬上崎岖的花岗岩山脉寻找水源呢？亚洲象的血缘与猛犸更为接近，它们会不会生活得更好一些？"

"比起用推土机和除草剂来铲除牡豆灌木丛，现在的方法当然要好些，"威斯腾同意这个观点，"让象群来干这样的事情要便宜和简单得多了，它们的粪便还有利于草种的生长。"

"没错，"马丁说，"猛犸和乳齿象就是这么干的。"

"是啊，"威斯腾回答说，"如果原先的物种消失了，为什么不用后继的物种来取代呢？"从那时起，保罗·马丁就一直在劝说人们让象群回归北美洲。

然而与马阿塞人不同的是，美国的农场主并非游牧民族，他们不会定期腾出地方给象群栖息。不过马阿塞人和他们的牲畜也变得越来越倾向于定居。安博塞利国家公园外围一圈圈过度放牧造成的贫瘠土地证实了这个结果。大卫·威斯腾浅色头发、皮肤白皙，当他用斯瓦希里语与2.1米高、皮肤黝黑的马阿塞人交谈的时候，人种间的差异在长期以来形成的互敬互重中消解。一直以来土地的划分是他们共同的敌人。当开发商和有竞争关系的部落移民竖起围栏和标界的时候，马阿塞人没有任何选择了，他们只能寻找一块自己的地盘，定居下来。威斯腾说，人类消失之后，人类重塑非洲的格局不会那么容易就被抹去。

"这是个极端化的情况。如果你把象群赶入公园内，你在园外放牧，那么就会产生两种截然不同的环境。里面，所有的树木都会消失，草地会长出来；外面呢，会变成浓密的灌木丛。"

20世纪七八十年代，象群学会了如何呆在安全的地方。不知不觉中，它们竟步入一场全球范围内的贫富碰撞中：一方是越发贫穷的非洲，肯尼亚的出生率达到全球第一；另一方是亚洲经济的腾飞，刺激了对远东奢侈品的无限渴求，其中也包括象牙，人们对它的强烈贪欲甚至超过了几世纪以来对奴隶的渴求。

随着原先20美元/千克的价格增长了10倍，象牙偷猎者涌入"册佛"

这样的地方，于是漫山遍野都是被拔走了象牙的大象尸体。到了20世纪80年代，非洲130万头大象已有超过半数死亡。肯尼亚境内现在还有19 000头，它们栖息在安博塞利国家公园等保护区内。国际象牙禁令和"格杀勿论"的命令让偷猎者有所收敛，但对动物的屠杀从未根除，尤其是保护区外借着保护庄稼和人的幌子残杀大象的行为。

如今，安博塞利沼泽地边上的金鸡纳刺槐消失不见了，河马和犀牛之类的厚皮动物把它们吞食一空。随着公园慢慢变成没有树木的平原，瞪羚和长角羚羊这样的沙漠生物取代了长颈鹿、捻角羚和薮羚等食草动物。这种极度的干旱是人类一手造成的，冰川时期的非洲也是这样——居住地缩小了，生物纷纷躲进绿洲中避难。非洲的大型动物逃过了那场劫难，但大卫·威斯腾害怕它们这次难逃一劫——它们被困在孤岛般的保护区中，在庞大的人类居住区、划成小块的土地、枯竭的草原、工厂和农场上艰难求生。几千年来，迁移的人们与它们如影随形：游牧民族和他们的牲畜取其所需，继续前行，新长出来的植物比从前更为茂盛。但是现在，人类的迁移要永远结束了。定居人轻轻跃过了这个环节。现在，食物自己朝人类跑来，与此相同的还有人类历史上从未出现过的奢侈品和其他消费品。

除了无人居住的南极洲，只有非洲未曾遭受大范围的野生动物灭绝。"但是不断发展的农业和人口数量，"威斯腾对此表示担忧，说道，"意味着我们或许将看到这种灭绝的场面。"在非洲，人类与野生动物之间形成的平衡已经遭到破坏，我们无法再进行控制：太多的人口，太多的牲畜，太多的大象被太多的偷猎者赶入到太狭小的空间中。大卫·威斯腾得知非洲还有一些地区仍保持着从前的模样，在人类统治它们之前，大象完全能在这些地区繁衍生息。这是大卫唯一的精神安慰了。

他认为，在没有人类的世界中，非洲这个最古老的人类发源地，也许将回归最纯洁的原始状态。因为如此之多的野生动物靠草为生，所以非洲是外来植物在野外泛滥的唯一大陆。不过，没有了人类的非洲会经历一些重大的变化。

从前，北非的牛群是野生的。"但是和人类生活了几千年之后，"威斯腾说，"它们的胃进化得像个巨大的发酵池，白天要吃下不计其数的草料，因为它们没法在夜间进食。所以现在，它们并不敏捷。如果放任不管，它们便会遭到攻击，沦为上等的牛肉。"

它们数量众多。现在，牛群占据了非洲热带草原生态系统的大半壁江山。没有马阿塞人的长矛来保护它们，它们便会成为狮子和土狼的饕餮大餐。它们消失后，草原的数量至少会翻两番。威斯腾用手遮住阳光，倚在吉普车上，考虑着新的数量意味着什么。"150万头羚羊吃草的速度和牛群相当。你会看到，羚羊和大象之间的遭遇会越来越频繁。马阿塞人说'牛群植树，象群种草。'它们会扮演起这样的角色。"

至于没有人类的话，象群会怎样，"达尔文估计非洲有1 000万头大象。事实上，这个数字与人类展开象牙贸易之前的大象数量十分接近。"他转而注视着在安博塞利沼泽地中玩水的母象说，"现在，我们只剩下50万头了。"

人类消失后，大象的数量将增加20倍，无可争议地成为植被种类丰富的非洲大地上的主要物种。与此形成对比的是，在南美和北美，13 000年以来，只有昆虫才会啃食树皮和灌木。猛犸灭绝之后，若不是农场主的铲地、牧场主的焚烧、农民砍树作燃料或开发商的威胁，这里本该能长成一片巨大的森林。没有了人类，美洲的森林将成长壮大，等待着大型食草动物来享用它们的营养。

3. 危险的碑文

帕托亚斯·欧莱·桑提安随着父亲养的牛群在安博塞利西面漫游，他在成长的过程中经常听到这个故事。卡西·库奈是个头发灰白的老人，他和3个妻子住在马阿塞玛拉的民族文化村，桑提安现在在那里工作。库奈把这个故事又讲了一遍，桑提安则怀着崇敬之心侧耳聆听。

"刚开始的时候，神灵赐予我们狩猎者。但后来动物迁居到了遥远的地方，没法再狩猎了。于是马阿塞人向神灵祈祷一种不会迁居的动物，神灵说要等7天。"

库奈拿出一条兽皮绑带，一端朝向天空，摆出从上而下的天梯的模样。"牛群从天而降，每个人都在说'快看呐！我们的神灵实在仁慈，他赐予我们如此美丽的动物。它有奶水、漂亮的牛角和斑斓的色彩。不像羚羊和水牛，浑身上下只有一种颜色。'"

就在这时，故事发生了转折，变得不令人愉快起来。马阿塞人宣布所有的牛群都属于他们，将丛林的狩猎者驱逐出了住所。当那些狩猎者们向神灵祈求他们自己的牛群时，神灵拒绝了，不过赐给他们弓和箭，"这就是为什么他们现在依然在森林中狩猎，而不像我们马阿塞牧人的原因了。"

库奈笑了，露出牙齿，他细长的眼睛在午后的烈日下微微发红。锥形的青铜耳坠在阳光下闪闪发光，使他的耳垂微微下坠。他解释说，马阿塞人发现了如何焚烧树木，来为他们的牲畜开辟出草原，同时也能消灭带有疟疾病菌的蚊子。桑提安沉浸在自己的思绪中：如果人类只是猎杀动物和采集果实，与其他动物就没有太大的区别。我们被神灵选中成为牧人，对动物享有神圣的支配权，神的恩赐也与日俱增。

但是桑提安也知道，问题在于马阿塞人并未维持现状。

即便是白人殖民者夺取了那么多的牧地，游牧的生活也照样能继续。但马阿塞的男人至少娶3个妻子，每个妻子生五六个孩子，这就大致需要100头牛才能维持生计。这个数字还在增长。桑提安年轻时，他目睹了圆圆的文化村住宅变成了锁孔形，因为马阿塞人添加了小麦和玉米的种植区，开始定居下来照顾作物。一旦他们成为农业民族，一切都将改变。

帕托亚斯·欧莱·桑提安是马阿塞人实现现代生活方式后的一代人，他有机会进行学习，精通科学，懂得法语和英语，是个博物学者。26岁时，他获得了肯尼亚野生动物园专业导游协会的银质证书，这是最高级别的证书，获此证书的非洲人不过十来个而已。坦桑尼亚塞伦盖提平原在肯尼亚的延伸叫做马阿塞玛拉公园，公园里不仅有专门的动物保护区，也有动植物混合保护区，马阿塞人、他们的牲畜和野生动物可以像以前一样在这里一起生活。桑提安在这儿找到了工作，居住下来。长满红色野燕麦的马阿塞玛拉平原上点缀着沙漠枣椰子树和平顶刺槐，和非洲其他热带草原一样繁茂。不过，这里最多的食草动物是家畜牛。

桑提安经常把皮靴系在他长长的腿上，爬上玛拉地区最高的山峰——基尔列奥尼山。这里依然保持着原始风貌，猎豹把黑斑羚的尸体悬挂在树枝上，以备饿时享用。从山顶俯视，桑提安能望见96.5千米以南的坦桑尼亚，还有塞伦盖提辽阔的绿色海洋。6月，低鸣的羚羊群绕着圈子奔跑，不久之后，它们便集合起来进行大迁徙，如洪水一般向北涌过边境。它们得趟水过河，而蠢蠢欲动的鳄鱼则在水里安心等待着它们的年度大餐，狮子和在金合欢树丛中打盹的猎豹只要翻个身就能大开杀戒。

塞伦盖提草原长期以来一直都是马阿塞人的伤疤：1951年，方圆50万平方千米被夷为平地，因为这里要兴建一个智人主题公园，来迎合看着好莱坞电影长大的游客们认为非洲是原始荒野的谬见。但是现在，桑提安这样的马阿塞博物学者却为此感到欣慰：塞伦盖提拥有肥沃的火山灰，利于草原的生长，是世界上最大的哺乳动物基因库。如果道路顺畅，这里的物种有朝一日可能会散布到世界其他区域。尽管塞伦盖提草原广袤无垠，但博物学者还是担忧，如果它成为被围栏圈住的农场，会不会无法养育数量惊人的瞪羚，更不用说大象了。

这里没有足够的降雨将热带草原变成可以耕作的农田。可这并没能阻止马阿塞人的繁衍。帕托亚斯·欧莱·桑提安目前只娶了1个妻子，他不想再娶了。他刚结束传统的武士训练就娶了努克夸，她是他孩童时代的女友。她或许将成为这段婚姻关系中的唯一妻子，而没有其他女伴的陪伴——对此她感到惊愕。

"我是个博物学者，"他向她解释说，"如果所有的野生环境都消失，我就不得不开始种田。"马阿塞人认为农耕比起放牧牛群来并不那么高贵，因为他们是被神灵选出来过放牧生活的人。他们甚至不愿意为埋藏尸体而破开草皮。

努克夸能理解这点，但她毕竟还是个马阿塞的女人。最后他俩妥协，娶两个妻子。但她还是想要6个孩子。他希望只要4个，因为第二个妻子肯定也要生孩子的。

库奈自言自语地说，只有一件让人想都不敢想的事或许会在动物灭绝之前减缓人类繁衍的速度。他称之为"世界末日"。"只要时机到来，艾滋病将消灭人类。动物会重新夺回对大地的统治权。"

艾滋病对于定居的部落而言是个噩梦，马阿塞人暂时还未面临这个问题，但桑提安认为不久之后噩梦便会开始。从前，马阿塞人带着牲畜、握着长矛步行穿过热带草原。现在，有些族人到了镇上，和娼妓发生关系，回来后便开始传播艾滋病。更糟糕的是卡车司机，他们一周出现两次，为马阿塞人购买的敞篷小货车、小轮摩托车和拖拉机运输汽油。甚至是年轻的女孩也受到了感染。

马阿塞人的地盘以外，比如在海拔较高的维多利亚湖，塞伦盖提的动物每年都迁徙，咖啡种植者因患上艾滋病再没力气精心照料它们，于是改种易于照料的作物，比如香蕉，或者就砍树制造木炭。咖啡树现在成了野生植物，高达4.5米。桑提安听人们说，因为艾滋病无药可治，他们现在再也不去管它，还是照样生孩子。所以孤儿们携带着病毒，住在没有成人的村庄里。

没有人居住的住宅倒塌下来。泥巴为墙、粪便为顶的棚屋正在融化，剩下的只是砖块和混凝土浇铸了一半的房屋——商人用开货车做运输生意挣来的钱建造这样的房屋。之后他们就染了病，把钱财给了草药医生和他们的女人。没有人恢复健康，因此半拉子工程也再也没能接着做下去。草药医生拿了所有的钱财，然后也患了这病。最终，商人、他们的女人和医生都相继死去，钱财灰飞烟灭，剩下的只是没有屋顶的房屋，刺槐从中生长出来，受到感染的孩子为了活命而卖身，最终也难逃夭折的命运。

"艾滋病正在杀死整整一代的未来领导者。"桑提安在那个下午这样回答库奈，但是老人觉得，如果动物将成为大地的主人，有没有未来太阳沿着塞伦盖提草原东升西落，将天空染得一片绚烂。太阳落下地平线之后，深蓝的暮色笼罩在这片热带草原上。这天的余温还在基尔列奥尼山的这头飘摇，渐渐湮没于黄昏之中。随之而来的寒冷气流夹杂着狒狒的锐声尖叫。桑提安把他红黄相间的大方格披肩裹得更紧了。

难道艾滋病是动物最后的复仇吗？如果真是这样，黑猩猩——我们中非洞穴中的同胞，便是人类毁灭的共犯。能感染大多数人的人类免疫缺陷病毒与黑猩猩携带的猿免疫缺损病毒息息相关，但它不会使黑猩猩得病（不太常见的HIV-II病毒与坦桑尼亚极为罕见的白眉猴身上携带的一种病毒极为相似）。人类或许是因为食用丛林动物而被传染。我们与最近的灵长类亲戚只有4%的基因有所不同，传播到我们身上之后，这种病毒发生了变异，能够致人于死地。

难道说迁居草原使我们在生理上变得脆弱了吗？桑提安能识别出这个生态系统中所有的哺乳动物、鸟类、爬虫、树木、蜘蛛、大多数的花、肉眼能看见的昆虫和药用植物，但他没法知道遗传学上的细微差异——所有人都在寻求艾滋病的疫苗。答案或许在我们的大脑中，因为脑容量是人类与黑猩猩、倭黑猩猩最大的区别所在。

突然，从下面飘来另一声狒狒的尖叫。它们可能是在骚扰把黑斑羚尸体挂在树上的猎豹。有趣的是，雄性狒狒懂得如何在合力驱逐猎豹之前就中止争夺首把交椅的争斗。狒狒的大脑是智人之后的所有灵长类动物中最大的，也是除人类以外唯一能够在森林面积缩小之后适应草原生活的灵长类动物。

如果热带草原上数量最多的有蹄类动物——牛消失的话，羚羊便会取而代之。如果人类消失了，狒狒会取代我们的位置吗？难道说因为我们抢先一步离开了树林，使它们大脑机能的发展在全新世时期受到了压抑？如果我们不再挡着它们发展的道路，它们的智力潜能会不会突然释放，于是突飞猛进地进化，最终占据这个空旷世界的每一条缝隙呢？

桑提安站起来，伸展了一下腰肢。一轮新月从赤道的地平线上缓缓升起，两端弯弯翘起，等着银色的金星在其中停留。南十字星座、银河和麦哲伦星云呈现在夜空中。空气中弥漫着紫罗兰的气息。桑提安听见上方传来林鸲的叫声，这和他童年时听到的声音一模一样，直到后来围绕文化村住宅的森林被改造为小麦的种植地后，这种声音才渐渐消失。假如人类的作物能恢复成林地和草地，假如狒狒取代了我们的位置，它们会甘心生活在纯粹的自然美景中吗？

或者，因为力量的不断膨胀，它们会不会产生好奇心和自我陶醉，最终也将它们自身和这个星球置于毁灭的边缘呢？

第二部

第七章

❧

土 崩 瓦 解

1976年的夏季，艾伦·凯文德接到了一个意想不到的电话。瓦罗沙的康斯坦莎旅馆两年以来一直无人居住，现在更名重新开张了。电工活的需求很大——他们问他有没有时间。

这十分意外。瓦罗沙是地中海岛国塞浦路斯东岸的度假胜地，两年前的战争让这个国家分崩离析，于是这里成为禁区。联合国插手斡旋出一个毫无章法的休战协定之前，土耳其塞浦路斯人和希腊塞浦路斯人之间的这场战争实际只打了一个月。对立的双方军队在所有停火的地方都划出一块被称为"绿线"的无人区。在其首都尼科西亚，"绿线"像醉鬼一般在满是弹痕的大街和房屋间游走。在肉搏战的狭窄街道上，敌对双方在阳台上刺刀相向，这里划出的无人区只不过3米宽。在乡下则能长达8千米。联合国负责巡逻的狭长地带杂草丛生，是野兔和鹌鹑的栖息地，现在土耳其人住在其北，希腊人住在其南。

1974年战争爆发的时候，瓦罗沙的大部分建筑的房龄还不满两年。步入法马古斯塔深水港以南的一片新月形沙地，是一个立有城墙的城市，它的历史可以追溯到公元前2,000年，后来希腊塞浦路斯人将这里开发成旅游度假村。到了1972年，瓦罗沙金沙滩沿岸立起的旅馆大楼连绵4.8千米之长，与之配套的设施还有一栋栋商场、餐馆、电影院、度假平房和员工住宅。度假村选址于岛屿的东岸，气候宜人，风平浪静。唯一的缺憾在于，几乎所有的海滨高楼在建造时都考虑尽可能贴近海岸。后来他们才意识到，一到正午，旅馆高楼的影子便会遮蔽整个沙滩。不过已经为时过晚。

事实上，人们并没有担忧太久。1974年的夏天，战争拉开了序幕，一个月之后停战了，瓦罗沙的希腊塞浦路斯人发现他们花巨资建造的度假村竟然在"绿线"以南土耳其人的地盘上。他们和瓦罗沙的居民不得不逃往岛南属于希腊人的区域。

多山的塞浦路斯大小和美国康涅狄格州差不多，位于一片平静而碧绿的大海中，周围几个国家的人血缘相通却常年敌视对方。希腊人大约4 000年前来到了塞浦路斯，后来亚述人、腓尼基人、波斯人、罗马人、阿拉伯人、拜占庭人和威尼斯人相继占领过这里。1570年，土耳其帝国成为这里的统治者。到了20世纪，土耳其移民的数量接近全岛总人口的五分之一。

第一次世界大战之后，土耳其帝国不复存在，塞浦路斯于是沦为英国的殖民地。岛上的希腊人是东正教信徒，在土耳其帝国统治时期掀起过几次起义，他们并不欢迎英国人的统治，于是叫嚣着要与希腊统一。土耳其塞浦路斯人是穆斯林，人数上处于劣势，他们提出了抗议。敌对和愤怒持续了几十年，20世纪50年代的时候爆发过几次血腥冲突。1960年双方妥协，于是便有了独立的塞浦路斯共和国，希腊人和土耳其人共享统治权。

但是从那时起，种族仇恨便成为一种习惯：希腊人残杀土耳其人的家族，土耳其人也采取疯狂的报复。希腊的军事行动引发了岛上的政变，美国中央情报局十分欣赏希腊新上台的反共领导人，于是帮了不少大忙。战争持续时间不长，双方都指控对方残杀平民。希腊人把高射炮架上了瓦罗沙的海滨大厦楼顶，于是土耳其人用美国的幻影战斗机进行轰炸，瓦罗沙的希腊人只好逃命去了。

艾伦·凯文德是一名英国电机工程师，1972年他来到这个岛上。他一直在中东工作，为伦敦的一家公司效力。当他看到塞浦路斯的时候，便决定留下来。除了炎热的七八月份，岛上的气候都很宜人。他在北海岸定居下来，山上黄色的石灰岩构成了村落，这里的村民依靠收获橄榄树和角豆树的果实为生，他们是从凯里尼亚的海港买来这些树木的。

战争打响了，他决定等它结束。他认为战争结束后他的专业技术会有用武之地。他的判断是正确的。不过他没想到旅馆会给他打电话。希腊人放弃瓦罗沙以后，土耳其人觉得与其让那些擅自占用土地的人捡了便宜，不如在商榷永久和解的谈判桌上把这么漂亮的度假村作为讨价还价的筹码。于是他们在度假村的周围竖起一道金属防护网，沙滩上也拉过一条带刺的铁丝网，土耳其士兵在这里看守，警告其他人离开的告示也张贴起来。

一个古老的土耳其机构拥有瓦罗沙最北端的旅馆，两年之后，他们要求重新粉刷、开张营业。这是个合情合理的想法，凯文德能理解这点。这个4层的旅馆大楼更名为"棕榈沙滩"，它离海岸线比较远，所以它的露台和沙滩在整个下午都能晒到太阳。隔壁那家曾被希腊人用来放置机关枪的旅馆在土耳其人的空袭轰炸中倒塌。当艾伦·凯文德进入这个区域的时候，他发现除了这家旅馆成了一堆乱石以外，其他地方看起来都未遭到什么破坏。

人类遗弃这里的速度之快叫他震惊。这家旅馆1974年的8月还在进行登记和接待的，然后营业就突然停止了。房间的钥匙被人扔在前台上，现在还是老样子。面向大海的窗户是开着的，风里夹带的沙子在旅馆的大厅里形成小小的沙丘。花已经在花瓶中枯萎；土耳其小咖啡杯和早餐餐碟被老鼠舔得干干净净，至今仍在餐布上。

他的任务是让空调系统重新运作起来，但这个常规性的工作却很难办。南部的希属岛屿得到了联合国的认可，成为合法的塞浦路斯政府，但北部土耳其人建立的国家则只受到土耳其的认可。因为没有办法获得配件，坚守瓦罗沙的土耳其军方作出了这样的安排：凯文德可以从其他空着的旅馆中悄悄拆下他需要的任何配件。

他在这个被人遗弃的城镇中闲逛。在瓦罗沙生活或工作的人大概有2万。沥青和人行道已经开裂，他看到野草从废弃的街道中生长出来，并

塞浦路斯瓦罗沙废弃的旅馆

彼得·叶芝摄——索尔工作室图像复制处理

不感到有什么好奇怪的，但他没想到树木也从那里长出来。澳大利亚金合欢树是一种生长迅速的刺槐属植物，旅馆用它们来美化景观，可它们现在竟在马路当中崛起，有些差不多有1米高了。攀爬墙体的观赏性肉质植物从旅馆的花园中蜿蜒而出，穿过马路，攀爬上树干。商场中的纪念品和晒黑露依然那么陈列着，一家丰田汽车经销商展出的是1974年的"花冠"和"赛利卡"。凯文德看到，土耳其空军轰炸后的冲击波震碎了商场厚厚的玻璃。时尚服装专卖店的人体模特身上只剩下半件衣服，进口的衣料成了褴褛的破布，随风飘舞，它们身后的衣架上挂满了时装，但积了厚厚一层灰。婴儿车上的帆布也一样破烂不堪——他没想到人类留下那么多东西，甚至还有自行车。

空无一人的旅馆用的是蜂窝结构门面，10层楼朝向海景阳台的玻璃移门都已经破碎——它们现在被暴露在自然环境中，成了鸽子的栖身之所。豆角鼠在客房中安营扎寨，靠从前美化瓦罗沙景观的柑橘林里的雅法橙和柠檬为生。希腊教堂的钟楼上溅上了斑斑血迹，粘上了蝙蝠的粪便。

沙子吹过大街，铺在地板上，像一层层被褥。起初让他最为惊讶的是，这里总的说来竟然没有什么不好的气味，除了旅馆游泳池正散发出一阵说不清道不明的恶臭——大多数游泳池已被抽干，但还是冒着臭气，就好像装满了尸体的味道。周围是翻倒在地的桌椅、撕破的沙滩遮阳伞和破玻璃杯，它们都诉说着一场中途突然出了大乱子的狂欢会。把这些统统收拾干净可得花不少钱。

半年来，他一边拆卸一边重装空调、洗衣机和烘干机，以及厨房里的烤箱、烤架、电冰箱和冷藏柜，可寂静无声的环境让他不堪忍受。他对妻子说，这甚至对他的听力造成了伤害。战争开始前一年，他在镇南的英国海军基地工作，经常能让她住在旅馆享受一下沙滩风景。他来接她时，总会有支舞蹈乐队为德国和英国的游客表演节目。现在，乐队没了，剩下的只有大海的波涛如往昔般平静。风吹过开着的窗户，发出阵阵哀鸣。鸽子的咕咕声变得震耳欲聋。听不到人声在墙面上的反弹，竟不禁感到身心疲惫。他倾听着土耳其士兵的声音，他们按照上级的命令向前来抢劫的人开枪。他不知道巡逻的士兵中有几个人知道他呆在这里是得到了批准的，也不知道他们会不会给他机会来证明这点。

这似乎并不是什么问题，因为他很少看到警卫人员。他能理解他们为什么不想进入这么一个坟墓一般的地方。

当麦丁·穆尼尔看到瓦罗沙的时候，艾伦·凯文德在这里的工作已经结束了4年。屋顶倒塌了，树木从房屋中生长出来。穆尼尔是土耳其最为著名的报纸专栏作家，他是土耳其塞浦路斯人，曾在伊斯坦布尔接受教育，后来纷争四起的时候他回来参加战斗，可问题迟迟解决不了，于是他又回到了土耳其。1980年，他成为第一个被允许进入瓦罗沙的新闻记者，但停留的时间只有几个小时。

他注意到的第一件事是还晾在晒衣绳上的破烂衣服。不过最让他大吃一惊的是，这里并非一座死城，反而生机勃勃。瓦罗沙的建造者已经不复存在，大自然便集中精力弥补了这里的空白。瓦罗沙离叙利亚和黎巴嫩只有10千米的距离，气候温暖，不存在结冰-融化的周期反复所造成的影响，不过这里的人行道还是支离破碎了。进行"弥补空白工作"的不仅有树木，竟还有花，这让穆尼尔大为惊讶。塞浦路斯仙客来纤小的种子扎入到缝隙中，生根发芽，把旁边一整块的水泥板一举而起。白色的仙客来花冠和五彩斑斓的漂亮叶子让街道上鼓起了一个个小小波浪。

"你终于明白了，"穆尼尔回到土耳其之后对读者这样写道，"什么是道教所说的'以柔克刚'。"

又过了20年。又是一个千年的轮回，但时光依旧飞逝。以前，土耳其塞浦路斯人信心满满地认为，希腊人舍不得放弃瓦罗沙这块宝地，肯定会重新回到谈判桌上。双方都没想到，三十几年过去后，北塞浦路斯土耳其共和国竟然依旧存在，不仅希腊人统治的塞浦路斯共和国与其断绝了来往，世界也对它视而不见。于是，现在除了土耳其，北塞浦路斯土耳其共和国还是未能得到国际社会的认可。即使是联合国维和部队也依然停留在1974年的位置，无精打采地在"绿线"巡逻，偶尔给一两辆扣押来的1974年丰田车上上蜡——它们倒还挺新。

一切都未曾改变，除了瓦罗沙——它正进入快速腐烂期。周围的围栏和带刺的铁丝网无一例外地生了锈，但除了鬼魂还有什么能保护它们呢？喝可口可乐要支付夜总会服务费，它的广告和海报悬挂在门口，至少30年没有顾客光顾这里了，以后也不会有了。窗扉一直开着，呼呼作响，伤痕累累的窗框已经没了玻璃。剥落下来的石灰岩饰面支离破碎。大块的墙体从建筑物上掉落下来，露出空空如也的房间，里面的家具已经鬼使神差般不知去向。涂料的颜色变得很蔫了；下面的灰泥已经变成了暗哑的黄色。灰泥剥落的地方，露出了砖块状的空隙。

除了飞来飞去的鸽子，唯一还能动的东西是个叽嘎作响的风车——这是最后一个还能运作起来的风车了。有些旅馆的阳台已经断落下来，引起下面连锁的破坏；那些曾经立志成为戛纳或阿卡普尔科①的旅馆现在空无一人，窗户也掉落下来。到了这时，双方都觉得这里实在是没法维修了。所有东西都没用了。如果哪天瓦罗沙要再次迎客，那肯定需要铲平重建了。

与此同时，大自然还在继续收回它的领地。野生天竺葵和喜林芋从没有屋顶的房屋中生长出来，推倒了外墙。凤凰木、楝树、木槿丛、夹竹桃和西番莲在隐蔽的角落里生根发芽，室内和室外已无任何区别。房屋消失在红紫色的九重葛丛中。蜥蜴和马蹄鞭蛇在野芦笋、仙人掌果和两米高的野草中迅速穿过。地上铺满了柠檬草，空气中带着一丝它的甜味。夜晚，海滩渐渐暗下来，没有人在这里洗月光浴了，只剩赤蠵龟和绿海龟在沙滩上缓缓爬行。

*

塞浦路斯岛的形状像个煮锅，长长的手柄向叙利亚的沙滩延伸过去。锅底部分被两条平行的、东西方向的山脉横贯而过，山脉间是辽阔的中部盆地，"绿线"的两边各有一个山脊。阿列颇②和科西嘉的松树、橡树和雪松曾经长得满山遍野。柏树和刺桧林覆盖了两条山脉之间的中央平原。橄榄、杏树和豆角树在面朝大海的贫瘠山坡上生长。在更新世的末期，身材与牛、俾格米河马、农场上的猪差不多大小的欧洲矮象在这些林木中漫步。塞浦路斯是从海洋中升起的岛屿，与周围3片大陆都不相连接，这些物种显然是渡海而来。一万年以后，人类也来到这里。至少有一个考古遗址能够证明，智人猎手将最后的俾格米河马杀死后煮熟了吃。

亚述、腓尼基和罗马的船舶制造者都很喜欢塞浦路斯的林木。在十字军东征的途中，大多数森林都被砍伐，制成了"狮心王"理查的战舰。那时，山羊的数量十分惊人，平原上寸木不生。20世纪，人们引进了日本金松，企图恢复这里树木繁茂的景象。然而，旷日持久的干旱之后，山脉北部几乎所有的日本金松和剩下的本土林木在1995年一道闪电

---

① 阿卡普尔科：墨西哥南部的一处旅游胜地。濒临太平洋，是悬崖和海岬围成的天然良港。
② 阿列颇：叙利亚西北部一城市，位于土耳其边界附近。

带来的灾难中化为灰烬。

新闻记者麦丁·穆尼尔实在是伤透了心，不愿意再从伊斯坦布尔回到他一片灰烬的出生地，后来一个土耳其塞浦路斯园艺家海克麦特·乌鲁珊说服了他——他总该看看发生了什么事。穆尼尔再一次看到野花让塞浦路斯的大地有了新的容颜：烧焦了的山坡上覆盖着深红色的罂粟花。乌鲁珊告诉他，有些罂粟的种子已经存活了一千多年，它们一直等待着大火把树林烧为灰烬后尽情绽放。

拉普塔村俯视着北部的海岸线。海克麦特·乌鲁珊在村里种植无花果、仙客来、仙人掌和葡萄，还虔诚地照料着塞浦路斯国内最为古老的一棵桑树。自从年轻时被迫离开南方之后，他的小胡子、下巴上的短尖髯和剩下的一簇头发就逐渐开始花白了，他的父亲在这里曾有一片葡萄园，还养着些绵羊，种着杏树、橄榄树和柠檬树。在这场纷争悄悄将岛屿一分为二之前，20代希腊人和土耳其人一直在山谷中共同生活。随后邻居们就突然被乱棍打死。他们看到一个土耳其老妇的碎尸——她之前是在放羊，这头咩咩叫的动物仍系在她的腰间。这太残酷了，但与此同时，土耳其人也在屠杀希腊人。两个部族之间的仇恨和仇杀并不比黑猩猩相互残杀的欲望来得更难以解释、更为复杂。事实上，我们人类假装自己的文明模式超越了动物，但这不过是徒劳的自欺欺人。

从自己的花园往下望去，海克麦特能看到凯里尼亚的港口，7世纪的拜占庭城堡建造在罗马要塞的遗址上，它守卫着这个港口。十字军战士和威尼斯人随后占领了此处；后来又来了土耳其帝国，再后来是英国人，现在又一次轮到了土耳其人。如今这个城堡成了个博物馆，里面藏着世界上最为珍贵的遗产——1965年发现的一艘完整的希腊商船，它沉没于距离凯里尼亚1.6千米的海中。沉没时，船上装满了磨石和成百上千个陶瓮，里面装的是葡萄酒、橄榄和杏树果。沉重的货物使它迅速下沉，水流将它埋于淤泥之下。船上装载的杏树果很有可能是遇难的几天前在塞浦路斯采摘下来的。根据碳元素测年法，这艘船大约是在2 300年前沉没的。

因为避免了与氧气的接触，阿列颇松树做的船体和栋木都完好无损，不过还是得注入聚乙烯树脂，以防接触空气后开裂。造船者使用的是铜制的钉子，塞浦路斯曾经盛产金属铜，它们不会生锈。保存得同样完好的是铅制的钓鱼坠子和陶瓮，陶瓮多样的款式表明它们来自爱琴海的港口。

城堡3米厚的墙体和弯曲的塔楼用的都是石灰岩，它们是从周围的悬崖上开采过来的，塞浦路斯还在地中海里的那个时期中沉积下来的小化石也在石灰岩中。然而，岛屿一分为二之后，凯里尼亚码头的城堡和精美的石制仓库被泛滥成灾的休闲娱乐场所遮挡，赌博、不健全的货币流通法律成为这个不被认可的国家唯一的经济出路。

海克麦特·乌鲁珊沿着塞浦路斯的北海岸往东，驶过另外3个天然石灰岩建成的城堡，城堡下凹凸不平的山体与狭窄的小路平行而立。海峡和海角俯瞰着黄玉色的地中海，这里有石屋村落的遗迹，其中有些已有6 000年的历史。直到最近，人们依然能看到它们的露台、半埋的墙壁和防波堤。然而，从2003年起，另一次外来入侵摧毁了这个岛屿的面貌。"唯一的安慰，"乌鲁珊说，"是这次入侵时间并不算长。"

这一次的入侵者可不是十字军，而是上了年纪的英国人想寻找一块靠中产阶级的退休金就能买得起的、温暖的养老场所。狂热的开发商发现塞浦路斯北部这个不被认可的国家里，竟然还留有利比亚以北最后一块便宜、未被人类破坏的临海地皮，于是人们随意添加了土地利用的分区编号。推土机突然间铲倒了山坡上有五百多年树龄的橄榄树。红瓦屋顶的浪潮不久之后便席卷了整个大地，建筑的平面图被重复克隆成浇铸的混凝土。钱款刚一到位，房产公司就涌向海滩竖起了英语的广告牌，"地产"、"山间别墅"、"海滨别墅"和"豪华别墅"等字眼被添加到古老的地中海地名之后。

75 000—185 000美元的价格激起一阵买房热。尽管希腊塞浦路斯人依然声称拥有大部分的土地，但这种名义上的纠纷在钱的诱惑下显得微不足道。北塞浦路斯一个环保机构抗议在这里兴建高尔夫球场，它提醒人们注意：现在只好用大塑料袋从土耳其进口水资源了；这里的垃圾场已经满了；没有污水处理设备意味着会有5倍之多的污水被倾倒到透明纯净的大海中……但是抗议根本无济于事。

每个月都有更多的蒸汽挖土机像饥饿的雷龙一般大口吞噬着海岸线，橄榄树和豆角树被吐出来，扔在凯里尼亚以东48千米处的柏油路上，这条马路还在不断拓宽，看不出任何停止的迹象。海岸上，满目可见的都是英语，建筑物上也被尴尬地贴上了英语标牌。一个接一个的标牌划清了彼此的地盘，英语名字看似能增加建筑的可信度，但事实上海滨别墅的质量每况愈下：水泥不靠粉刷，而是涂抹一层草草了事；屋顶的陶瓷瓦片是破烂的人工聚合物制成的假冒伪劣产品；檐口和窗户是一个模子里出来的仿石雕。海克麦特·乌鲁珊看到光秃秃、没了墙面的镇公所构架前有一堆传统黄瓦，此时他意识到，有人剥下桥梁上的石制饰面，卖给承包商。

建筑构架底部的四方石灰岩看起来有几分眼熟。过了没多久，他就认出来了。"和瓦罗沙太相似了。"房屋才造了一半，周围满是建筑用的碎石，不禁令人想起一半已化为废墟的瓦罗沙。

房屋的质量还在下降。每块广告牌都在大肆吹嘘北塞浦路斯充满阳光的梦幻家园，广告牌接近底部的地方有个告示：工程担保期是10年。如果开发商真如传言所说，用沙滩上的沙子拌作水泥的时候懒得去冲洗其中含有的海盐，那么恐怕这房子也只能撑10年。

过了新开发的高尔夫球场，道路终于狭窄下来。穿过那些被人剥走了石灰岩饰面的单车道小桥，走过一条长满了桃金娘和粉色兰花的小峡谷，小路通向了卡帕斯半岛——它细细长长，一直向东延伸到黎凡特^①地区。空无一人的希腊教堂在半岛上排列开来，教堂内部已经毁坏，但并未坍塌，见证着石质建筑的坚忍不拔。石质建筑最能体现定居人类与游牧的狩猎者和采集者之间的区别，后者用泥巴和树木枝条建起的临时棚屋，寿命不会长过一季一生的野草。我们离开以后，石质建筑将百世

---

① 黎凡特：地中海东部自土耳其至埃及地区诸国。

永存。现代的建筑材料保持不了多少时间，随着它们的腐烂分解，世界渐渐抹去了人类的印痕，又将退回到石器时代。

峰回路转后，景观便有所不同起来。地球引力牵引着旧墙下的土层，于是这里又变回了小山丘。岛屿最终将成为长满喜盐灌木和阿月浑子树的沙丘。而沙滩呢，也将被母海龟的肚皮推得平平整整。

一棵枝繁叶茂的日本金松矗立在小小的石灰岩山顶上。岩石表层的阴影部分原来是洞穴。再近一点，低矮的拱形门廊那柔和的弧线透露出曾遭开凿的痕迹。这个风吹雨打的小岛，距离隔海相望的土耳其还不到60千米，到叙利亚也只有100千米。塞浦路斯开始了它的石器时代。人类抵达这个岛屿的时候，我们现在所知的最老建筑——一座石塔正从世界上最古老的城市耶利哥①缓缓升起。尽管相比之下塞浦路斯的住宅有些原始，但它依旧标志着人类历史上巨大的进步——虽说在此之前的4万年，东南亚的亚洲人就已经抵达了澳大利亚：船员们去那地平线以外、海岸线上无法眺及的世界中冒险，终于发现眼前等待着的是一个崭新的世界。

洞穴很浅，也许只有6米深，却十分暖和，这有点让人惊讶。沉积墙上的雕刻使被木炭熏黑的壁炉、两张凳子和卧榻都显得颇有风味。第二间房间比第一间稍小，几乎是方形的，门口的拱廊竟也是直角的。

南非的南方古猿遗骸表明，人类一百多万年之前就开始居住在洞穴中了。在法国萧维的一个断崖岩穴中，克鲁马努人32 000年前就生活在洞穴中，他们还创造出人类第一个艺术画廊——画的是他们寻觅的欧洲大型动物，或者是他们渴望精神上与之交流的神秘力量。

而这里没有这样的史前遗物。塞浦路斯的第一批居民是奋勇的先驱，他们对审美的追求还是以后的事情。他们的尸骨埋于地下。当我们的楼房和耶利哥古塔早已沦为沙子和土壤的时候，我们曾经藏身的洞穴、我们第一次懂得了"墙"这个概念的洞穴——包括他们对艺术的渴求——都会留存下来。在没有我们的世界中，它们会静静地等待未来的居住者。

---

① 耶利哥：巴勒斯坦古城，临近死海西北海岸。

第八章

✧

残 存

I. 天与地的震颤

伊斯坦布尔的圣索菲亚大教堂曾是个东正教教堂，用的是大理石材质，表面覆盖的是马赛克的镶饰。我们很难看出，到底是什么支撑着它巨大的穹隆结构。它的直径长达30米，比起古罗马万神殿的圆顶只是稍微小了一点，不过却要高得多了。它的设计颇有创意，底部的拱形窗户柱廊分担了大穹隆的重量，让它看起来似在漂浮。径直向上凝望，头顶上方50米处的镀金圆顶实在难以让人不担惊受怕，旁观者一方面对这个奇迹将信将疑，另一方面又有那么点儿头晕目眩。

在1 000年的时间中，加强的内墙、额外的半穹隆结构、飞拱、穹隅和巨大的装饰墩进一步分担了穹隆的重量，土耳其土木工程师麦特·索安森认为，就算是大地震也难以撼动圣索菲亚大教堂。这个教堂竣工于公元537年，20年之后，教堂的第一个穹隆就是在一次地震中摧毁的。这场灾祸使人们开始了加固的工程。尽管如此，地震还是把教堂（1453年成为清真寺）严重损坏了两次，直到土耳其帝国最伟大的建筑师米玛·思南于16世纪将其修复。土耳其帝国时期在教堂外部加上的精美尖塔总有一天会坍塌下来，但即使在没有人类的世界中，即使没有泥瓦匠再来定期重嵌圣索菲亚的灰泥，索安森还是认为它和伊斯坦布尔其他古老而伟大的石工大厦一样，必能完好地进入未来的地质时期。

有点儿遗憾的是，对于自己出生的这个城市，他却不再多说什么。这并非因为这个城市一成不变。在历史上，伊斯坦布尔原先被称为君士坦丁堡，更早的时候名叫拜占庭城，这个城市的政权几经换手，难以想象还有什么能给它带来巨大的变化，摧毁就更不可能了。但是麦特·索安森深信，不管人类在不在，前者业已发生，而后者也已步步逼近。一个没有人类的世界，唯一的区别将是：再也没有谁来捡起伊斯坦布尔的碎片了。

索安森博士是印第安纳州普渡大学结构工程系的教授，他于1952年首次离开土耳其到美国接受研究生阶段的学习。此时的伊斯坦布尔只有100万人口。半个世纪之后，这个数字变为了1 500万。他认为，从土耳其帝国到土耳其共和国这个过程中，这一点比起之前宗教信仰的变化——从信奉特尔斐神谕到罗马文明，再到拜占庭的东正教，再到十字军带来的天主教，最后到伊斯兰教——是个大得多的转变。

索安森博士以一名工程师的眼光看待这一切变化。尽管先前的强大文明给自己立起了圣索菲亚大教堂和附近的蓝色清真寺这样雄伟的纪念碑，但人口的增长在建筑上的表现便是一百多万幢多层的楼房同时挤入伊斯坦布尔狭窄的街道中——他说这是注定要让人折寿的房屋。2005年，索安森和他组建的国际建筑学与地震学专家小组警告土耳其政府，30年的时间内，城市东部的北安纳托利亚断层将会悄悄发生运动。地震若发生，至少5万幢公寓会坍塌下来。

他依然在等待回应，尽管他觉得人们可能不相信专家认为终要发生的事情。1985年9月，美国政府匆匆忙忙把索安森调回墨西哥城，去分析它的大使馆为何能经受得住使将近1 000幢大楼轰然倒塌的8.1级地震。这个结构经过强化的大使馆大楼在地震中完好无损，他在地震前一年就检测过它。然而改革大道和其附近的街道上，许多高耸的办公楼、公寓和酒店都已经倒塌了。

这种地震在拉丁美洲的历史上实为罕见。"不过这场地震基本只影响到市区。但是墨西哥城所发生的一切根本无法与伊斯坦布尔将要发生的灾祸相提并论。"

这两场灾难，一个在过去，一个在未来，却不无相通之处：几乎所有倒塌的大厦都是建于第二次世界大战之后的。土耳其未参加这场战争，但是它的经济和其他国家一样遭受了打击。随着战后欧洲的经济腾飞，工业振兴起来，数以万计的农民涌向城市寻找工作。伊斯坦布尔横跨博斯普鲁斯海峡，两岸的欧洲人和亚洲人填满了六七层高的钢筋混凝土浇铸的住宅楼。

"但是混凝土的强度，"麦特·索安森告诉土耳其政府："只有芝加哥混凝土的十分之一。混凝土的强度和质量取决于水泥的使用量。"

当时的问题在于经济不景气，混凝土很难搞到。但是伊斯坦布尔的人口在增长，问题也愈发严重，楼层越建越高，以容纳更多的人口。"混凝土或石质建筑的成功，"索安森解释说："在于第一层所承受的压力。如果楼层越高，大楼也就越重。"在商场或餐馆的建筑结构的顶部擅自增加居民楼——这就是危险所在。这样的楼房大多数是开放式的商业区，没有内部支柱或承重墙，因为它们本来就只该有一层。

事后擅自增加的楼层很少能够与原有的建筑紧密结合，这一点让事情变得更加复杂。索安森说，更糟的是，人们为了通风或节省材料，在墙体的顶端留下一段空隙。当建筑物在地震中摇动的时候，有些墙体的支撑柱折断了。在土耳其，无数的学校里都存在这样的隐患。从加勒比到拉丁美洲，从印度到印度尼西亚，只要是没有空调的热带地区，人们通常会靠通风的方法赶走热量。即使是在发达国家，同样的隐患也经常在没有空调的建筑结构中被发现，比如说车库。

21世纪，超过半数的人生活在城市中，大多数人并不富裕。人们每天都在使用各种各样的廉价钢筋混凝土：人类消失后，世界上成排的廉价建筑都将土崩瓦解，如果城市正好在某个断层的边缘，那么倒塌的速度就会更快。伊斯坦布尔狭窄、蜿蜒的街道将会被无数遇难建筑的碎石堵得水泄不通，索安森估计，人们需要30年的时间才能把这些巨大的碎片清理干净，将城市的大部分地区疏通。

当然前提是假设那里还有清洁人员。如果没有，如果伊斯坦布尔每年冬天的积雪都无人清理，那么结冰和融化的循环交替将把大多数地震碎片化为圆石和人行道上面的沙子和土壤。每场地震都会招致火灾。没有了消防人员，博斯普鲁斯海峡边土耳其帝国时期宏伟的木质楼房将和雪松一样化为灰烬，形成新的土壤。

尽管清真寺和圣索菲亚的穹隆一开始都能幸免于难，但地震波还是会松动它们的结构，结冰和融化的循环交替将使灰泥开裂，砖块和石头最后都会掉落下来。正如那距离土耳其爱琴海海岸282千米、有着4 000年历史的特洛伊，伊斯坦布尔只有没了屋顶的寺庙墙壁还依然耸立——对，还竖立着，却已被埋入土中。

2. 陆　　地

伊斯坦布尔市计划要建设的地铁系统包括在博斯普鲁斯海峡下面开通一条连接欧洲和亚洲的线路。如果地铁的轨道未经过什么断层，如果伊斯坦布尔还能存在到竣工的那一天，地面上的城市消失许久后，这个系统或许还能完好地保存下来，尽管早已被人遗忘（在地质断层附近建造的地铁，比如说旧金山海湾地区的快速运输系统和纽约地铁系统，将会经历不同的命运）。在土耳其首都安卡拉，地铁系统的中心区域不断扩张，成为巨大的地下购物区，有嵌花式的墙壁、吸声天花板、电子布告栏系统和石头的拱廊——比起地上喧嚣的街道，地下算是井然有序的了。

安卡拉有地下商场；莫斯科的地铁，隧道很深；枝形吊灯装饰的、博物馆一般的地下站台，作为城市最有品位的地方而闻名遐迩；蒙特利尔地下的商场、购物中心、办公室、公寓、通到地面上老式建筑物的迷宫一般的通道——这些地下系统会成为留存时间最为持久的人造大厦，人类不复存在之后，它们依然会在这里。虽然渗漏和地表陷落最终也会影响到暴露在自然环境中的地下建筑，但它们的命运总比地上建筑好一些。

这些并非是最古老的地区。距离安卡拉3小时车程的卡帕多西亚，位于土耳其中东部，字面上的意思是"优良马匹之乡"。不过这个名字必然有误：它以前肯定有个更为贴切的名字，是用某种古代语言起的，但因为发音上的混淆才有了今天这个名字，因为即使是有翼的飞马也无法窃走这片土地的特点——窃走地下的就更无从谈起了。

*

1963年，伦敦大学考古学家詹姆士·米拉特在土耳其发现了一幅壁画风景画，它现在被人们视为世界上最古老的壁画风景画。八九千年以前，这也是人类在墙面上（泥巴和砖块砌成的墙面上）绘制的最古老的作品。这幅2.4米宽的二维壁画，描绘的是一座正在喷发的双锥形火山。如果离开事件发生的情境，这幅图画的内容就显得毫无意义：用赭石色的潮湿石膏颜料绘制出来的火山，也可被误认作一个气囊，或者甚至是脱离了身体的双乳——若是后者，那就该是母猎豹的奶头，因为上面莫名地点上了黑色的斑点。火山看起来像被直接置于一堆盒子之上。

不过，如果从壁画的发现地来判断，它的含义是明白无误的。这座双峰火山的形状吻合东面64千米处、3 200米高的哈珊峰的轮廓——它位于土耳其中部高高的科尼亚平原上。此外，"盒子"指的是原始城镇的房屋，许多学者认为这是世界上最早的城市加泰土丘：它的年龄是埃及金字塔的两倍，当时的人口就达到了一万，比同时期的耶利哥要热闹多了。

米拉特开始挖掘工作后发现，这个城市的遗址只剩下小麦和大麦田中矮矮的土墩了。他最初发现的是成百上千个黑曜石矿点，这就能解释那些黑色的斑点了，哈珊峰火山就是这种矿石的来源。不知为何，加泰土丘被人们遗弃了。"盒子"房屋中，泥巴和砖块砌成的墙面自行倒塌下来，"盒子"的矩形轮廓在腐蚀作用下有了柔和的弧度。再过9 000年，弧线又该变平了。

但是在哈珊峰的另一侧的山坡上，发生过截然不同的事情。今日被称为卡帕多西亚的地区开始是一个湖泊。几百万年以来，火山频繁喷发，一层层的火山灰不断堆积到湖泊中，深达百米。当这个"大锅炉"终于冷却下来的时候，这些火山灰凝结成了凝灰岩——资源丰富的岩石。

200万年前的最后一次大爆发掀开了熔岩层，在26万平方千米的粉状凝灰岩灰上铺上了一层薄薄的玄武岩硬壳。冷却坚硬后，气候变得糟糕起来。风霜雨雪都来侵袭，结冰和融化的周期循环使玄武岩硬壳发生断裂，于是水汽渗透进去，溶解了下面的凝灰岩。随着腐蚀的加剧，地表开始塌陷。剩下的是数百个灰白、细长的小尖塔，深色的玄武岩层覆盖其上。

旅游产业的推广人把它们称为"仙女塔"，这名字听起来挺悦耳，但却不是人们头脑中的第一反应。不过，这个带些神秘色彩的名字还是流传开来，因为塑造出周围凝灰岩山丘形状的不仅仅有风蚀和水蚀的作用，想象力丰富的人类也参与其中。卡帕多西亚建造在地面上的城镇部分还比不上建于凝灰岩山丘中的那么多。

凝灰岩十分柔软，意志坚定的囚犯用一把勺子就能越狱。不过，接触到空气的凝灰岩会变硬，形成一层光滑的、灰泥一般的外壳。到了公元前700年，人类用铁制工具在卡帕多西亚的悬崖峭壁上挖洞，甚至把"仙女塔"也挖空了。就像草原土拨鼠喜欢在周围打洞一样，没过多久，每一块岩石的表面都被凿出了洞洞——有些能容下鸽子，有些能容下人，再有些放得进3层楼的大酒店。

墙体和山丘上凿出了不计其数的鸽子洞。建造这些鸽子洞的目的是吸引野鸽，得到它们营养丰富的粪便，不过现在城市中的人们却因为鸽粪的问题想把它们赶走。鸽子的粪便很有价值，在这里可以用来给葡萄、土豆和有名的甜杏施肥，因而许多鸽房外部雕饰的华美程度完全不逊色于卡帕多西亚的洞穴教堂。这种对鸽子的敬意在建筑上体现出来，而且一直持续到20世纪50年代人造化肥出现的时候。有了化肥，卡帕多西亚人就不再建造鸽房了（他们现在也不再建造教堂了。土耳其帝国将土耳其人的宗教信仰改为伊斯兰教之前，卡帕多西亚的高原和山腰上建有七百多座教堂）。

今天，这里最为昂贵的地产是开凿在凝灰岩中的家宅，外部饰有浅浮雕（和任何其他地方的官邸一样以吸引眼球为目的），还有与之协调的天光山色。以前的教堂都被改造成清真寺。宣礼员召唤信徒进行夜间的祷告，卡帕多西亚光滑的凝灰岩墙体和尖顶产生了共鸣，仿佛大山便是祈祷着的信徒。

在某个遥远的日子里，这些人造的山洞都会消逝，即便是那些比火山凝灰岩坚固许多的纯天然山洞也不例外。然而，在卡帕多西亚，人类留下的印记会长于其他地区，因为这里的人类不仅安身于高原的墙体中，还居住在平原之下，深深的地下。假如地球的两极发生变化，冰川层某天掠过土耳其中部，把挡路的一切人类建筑扫荡一空，这里被摧毁的也仅仅是地表而已。

没人知道卡帕多西亚究竟存在多少座地下城市。我们现在已经发现了8个城市和许多小村落，但无疑还有更多。最大的一个叫做德林谷幽地下城，1965年才被人发现：某天一个居民在清理洞穴的密室时，他打破一面墙，竟发现后面还有一个他从未见过的房间，这个房间之后又有一个……最后，从事洞穴研究的考古学家发现了一个连接各个房间的迷宫，它至少有地下18层那么深，距离地面有85米，足以容纳3万人，还有许多有待挖掘的古迹。有一条地道足以让3人并肩而行，连接了另一个9.6千米之外的地下城镇。其他通道表明，在某个时期，卡帕多西亚的所有地区——不管是地上还是地下——都被覆盖在一张隐蔽的交通网中。许多人依然在把这些古代的地道用作地窖和储藏室。

最早的部分离地表最近，这个与河谷的形成是一个原理。有些人认为，地道最早的建造者是圣经时代的希提人[①]，他们为了躲避弗里吉亚强盗而挖洞躲藏到地下。穆拉德·埃尔图格鲁尔·居尔雅是卡帕多西亚内夫谢希博物馆的考古学家，他赞同希提人曾在这里生活的观点，但对他们是第一批来这里生活的人则持怀疑态度。

居尔雅对自己身为本地人而感到自豪，他的胡子和土耳其精工地毯

---

① 希提人：公元前2 000—1 200年间居住在叙利亚北部及小亚细亚的古代部族。

土耳其卡帕多西亚德林谷幽地下城

穆拉德·埃尔图格鲁尔·居尔雅摄

一样浓密。他曾从事阿西克力土丘的挖掘工作。阿西克力土丘是卡帕多西亚的一块小土墩，里面埋藏的人类遗迹甚至早于加泰土丘。遗址中有一万年历史的石斧和黑曜石制成的工具，能够切割凝灰岩。"这些地下城市属于史前。"他宣布道。他说这就能够解释为什么比起下面精准的矩形地面，上层的房间显得比较粗糙了。"后来出现的人类就越住越深。"

他们似乎一发不可收了，因为每一代文明都意识到了隐蔽的地下生活的好处。居尔雅发现，是火炬点亮了地下城市，但更多情况下用的是亚麻籽油灯——这种灯也能在满足照明需求的同时保持宜人的温度。温暖可能是驱使第一批人类挖洞过冬的动力。但是随着希提人、亚述人、罗马人、波斯人、拜占庭人、塞尔柱王朝的土耳其人和基督徒相继发现这些洞穴居住区后，他们进行了加宽加深的工程，主要的目的是防御。

最后塞尔柱王朝的土耳其人和基督徒甚至扩展了原先的上层房间，足以把他们的马匹圈养在地下。

卡帕多西亚弥漫着凝灰岩的气息——清爽、带有黏土和薄荷的味道，这种气味在地下愈发浓烈。凝灰岩可塑性强，哪里需要灯火，哪里就能挖洞；但它又很坚韧，土耳其曾考虑，如果1990年的海湾战争战火扩大的话，可以把这些地下城市用作防空洞。

在德林谷幽地下城，马厩的地面上有牲畜饲料箱。下一层是公共厨房，2.7米高的天花板上有一个洞，而陶制的灶头就放置在这个洞下面——通过岩石通道，人们把厨房油烟排放到2千米之外的地方，敌人也就无法判断他们的藏身之处。出于同样的原因，通风道在设计上也是歪斜的。

巨大的存储空间和数以万计的陶制瓷罐表明，千千万万的人能终日不见阳光地在地下度过好几个月。通过垂直的信息交流通道，他们可以和任何地层的人说话。地下井为他们提供了水源，地下的排水沟能防止水的泛滥。有些水流通过凝灰岩的管道流到地下葡萄酒酿造点和啤酒酿酒点——这里有凝灰岩制成的发酵池和玄武岩做成的砂轮。

在不同的地层间游走，在低矮、狭窄、迂回的楼梯上攀爬（任何入侵者都得放慢速度、一个个弯腰行进，但若入侵者真的抵达这里，那么他们很容易会被一一杀死）——这会导致幽闭恐惧症。而这些饮料，对于减轻幽闭恐惧症的症状很可能具有重要的作用。楼梯和斜坡每隔10米就有一个楼梯平台，带有石器时代的"柜门"（半吨重、从地面顶到天花板的石车）——这些柜门可以滚动起来，封闭某条通道。夹在两扇柜门之间，入侵者不久之后就会发觉，他们的头顶上方并非通风道，而是往他们身上浇热油的管道。

这个地下堡垒的再下面3层是一个有着拱状天花板的房间，凳子都面向一个演讲台——这里是个学校。再下面是好几层的住宅区域。地下的街道时而分岔时而交叉，占地好几个平方千米。住宅区沿着这些街道连成一排，其中包括为有孩子的父母设计的加宽壁橱，甚至还包括娱乐室——里面漆黑的通道转了个圈又回到原点。

再下一层是德林谷幽的地下8层，两个高顶的大房间在这里交汇起来——这里是教堂。尽管长期的潮湿使这里未能留下壁画或其他什么绘画，但是7世纪从安提克①和巴勒斯坦迁居而来的基督徒可能曾在这个教堂中祈祷，躲避阿拉伯侵略者。

这层之下是个方方正正的小房间。这曾是个临时的坟地，危险过去之前死者可以暂时存放在这里。随着德林谷幽地下城和其他地下城市被另一个新的文明所占据，这里的居民总会回到地面上，让他们自己人的尸体入土为安——只有在地上，食物才能在阳光和雨水中成长起来。

地面是他们出生与死亡的地方，但是我们消失之后的某天，他们为寻求保护而建立的地下城市将捍卫人类存在之印痕。它们将是我们曾经在此生活的最后见证。

---

① 安提克：古叙利亚首都，现为土耳其南部一城市，位于地中海附近的奥伦提斯河沿岸。

第九章

❦

永不消逝的聚合物

英格兰西南的普利茅斯港不再被列入不列颠群岛的景观城市，虽然在第二次世界大战之前它还具备资格。1941年三四月，接连6个晚上，纳粹的狂轰乱炸毁掉了75 000幢大楼，这就是历史上的"普利茅斯闪电战"。炸毁的城市中心重建之后，普利茅斯弯弯的鹅卵石小径上变成了纵横交错的现代混凝土道路，中世纪的印痕就此湮没。

但普利茅斯主要的历史还是它的海岸，普利姆河和泰马河在这里汇合，注入英吉利海峡和大西洋，形成了天然的良港。清教徒前辈移民从这里出发，将他们在美国的登陆点也称为"普利茅斯"。库克船长太平洋上的3次探险都始于这里，弗朗西斯·德雷克的环球航行也是从这里出发的。1831年12月27日，英国的"贝格尔号"在普利茅斯扬帆起航，21岁的查尔斯·达尔文当时就在这艘船上。

普利茅斯大学海洋生物学家理查德·汤普森经常在普利茅斯的古岸散步。他尤其喜欢冬天去，这时海湾的沙滩上空无一人。汤普森个子较高，穿着牛仔裤、靴子、蓝色的风衣和拉链羊毛衫。汤普森在博士阶段的研究方向是帽贝和滨螺等软体动物喜欢吃的黏稠物质：硅藻、藻青菌、海藻，以及依附在水草上的小型植物。但是，人们知晓汤普森并非因为他对海洋生物的研究，而是因为海洋中某种不断增长的物质——但它们从来不具有生命。

20世纪80年代，他还是个本科生，秋天的周末他都在召集大不列颠国家海滩清理工程在利物浦的成员。那时的他并没有意识到，这将成为他毕生的事业。在大学的最后一年，他和170名队友沿着137千米长的海岸线收集出好几吨垃圾。除了那些明显是从船上掉下来的物品，比如说希腊人的提盐器和意大利人的油筒，他能从标签上看出以外，大多数碎片是从东面的爱尔兰漂过来的。依次下去，瑞典的海岸也堆满了英国漂来的垃圾。任何带有空气、能够浮出水面的物质似乎无一例外地受到风的差遣——在这个纬度范围内，洋流是往东的。

不过，体积较小、不太引人注意的碎片显然是受到水流的掌控了。每年汇总年度报告的时候，汤普森总是发现，普通的瓶子和汽车轮胎中越来越多的垃圾正在越变越小。于是他和另外一个学生开始沿着海岸线收集沙子的样本。他们从看起来不太正常的东西中筛选出最小的颗粒，然后通过显微镜鉴别出到底是什么物质。这项工作十分棘手：他们的研究对象实在太小，没法确定它们到底来自哪个瓶子、玩具或设备。

在纽卡斯尔的研究生阶段，他并没有停止每年一度的清理工作。拿到博士学位后，他开始在普利茅斯任教，系里有一台傅立叶转换红外光谱仪——这种设备能让微光束通过某种物质，然后把它的红外线光谱放到已知材料的数据库中进行比照。现在，只要他愿意，他就能知道自己观测的是什么物质了。

"你知道这些是什么吗？"汤普森带着一名游客来到普利姆河的海岸，这里离入海口很近。月出之后几个小时，海潮差不多落到了200米高，露出了平整的沙滩，上面散落着一些墨角藻和海扇壳。清风拂过潮汐，山坡上发光的排排住宅仿佛在微微颤动。汤普森拾起拍打着海岸的浪头留下的碎石，寻找有没有什么能够辨认出的东西：尼龙绳、注射器、没有盖子的食品塑料盒、船上的物资、聚苯乙烯包装的小碎粒，还有颜色各异、种类繁多的瓶盖子，最多的是掏耳棉签五彩缤纷的塑料柄。但还是有些样子相同却形态奇怪的小东西让人们难以识别。他抓起一把沙子，在小树枝和水草纤维中，有好几十个2毫米高的蓝绿色塑料圆柱形物体。

"它们叫做'纳豆'（塑料颗粒）。它们是生产塑料的原材料。人们把它们软化后可以做成各种各样的东西。"他走到远处，又用手掘出一捧沙。这把沙子里，这种塑料颗粒就更多了：灰蓝色的、绿色的、红色的，还有棕褐色的。他统计过，每把沙子中都含有20%的塑料，也就是说，每把沙子中至少含有30个塑料颗粒。

"实际上，现在，你可以在所有的沙滩上看到这种物质。它们显然是有些工厂生产出来的。"

不过周围根本没有塑料制造厂。这些塑料颗粒涉水而来，在这里沉积下来，风和潮汐的共同作用使它们在这里集合。

在普利茅斯大学汤普森的实验室中，研究生马克·布朗打开一个铝箔包裹的海滩物质样本，它们被包在封好的干净口袋中——这是世界其他地方的同事寄来的。他把这些样本转移到分离漏斗中，加入一种海盐浓缩液，去掉浮在上面的塑料颗粒。他滤出一些能认出的物质——比如说铺天盖地的彩色棉签柄，放到显微镜下进行研究。异样的东西会再用傅立叶转换红外光谱仪检测一番。

鉴定一个样本需要一个多小时的时间。检测结果的三分之一是水草之类的自然纤维，另外三分之一是塑料，剩下的三分之一不知道是什么物质——也就是说，他们没法在他们的聚合体数据库中找到匹配：要么是这些颗粒在水中的时间过长，颜色已经剥落；要么就是它们的体积太小，设备无法检测。他们的设备最小只能够分析20微米的碎片，这比人的一根头发丝还要稍微细一些。

"这意味着我们低估了塑料的数量。实际上，我们以前并不知道它们的数量竟如此庞大。"

他们知道的是，现在的塑料比以前任何时期都多得多。在20世纪初期，普利茅斯海洋生物学家埃利斯岱尔·哈代开发出一种可以拖在南极探险船后面的装置，它位于水面以下10米，可以采集磷虾的样本。磷虾是一种外形酷似虾、体型和蚂蚁差不多大的无脊椎动物，地球上的许多食物链都从它们开始。20世纪30年代，他改进了这个装置，可以采集到更小的浮游生物。它被安上了个叶轮，来翻转一条丝制的带子，就像公共洗手间里的自动纸巾抽取机一样。丝绸从周围流过的水中滤出浮游生物。每一条丝带能够采样500海里（926千米）。哈代说服英国商船在北大西洋航道中几十年如一日地拖着他的"浮游生物连续记录器"，采集到的数据价值连城，他最终也因对海洋科学的贡献被授予爵位。

他在大不列颠岛周围采集了许多样本，每一秒钟都有一个样本受到分析和研究。几十年过去了，理查德·汤普森意识到，普利茅斯一个空调仓库中存储的样本原来是个时代文物密藏容器，它记载着污染是如何与日俱增的。他列举了苏格兰南部定期进行采样的两条线路：一条往冰岛，一条往苏格兰东北部的设得兰群岛。他的组员凝视着散发防腐剂臭味的丝带卷，搜索以前留下的塑料。没必要在第二次世界大战以前的历史中找寻，因为在此之前世界上鲜有塑料，除了用于电话和收音机的酚醛树脂——这些设备相当经用，所以至今依然未被淘汰。一次性的塑料包装当时还未问世。

不过，到了20世纪60年代，他们发现塑料颗粒在数量和种类上都有所增加。到了90年代，样本中的丙烯酸、聚酯纤维和其他人工合成的聚合物的碎片数量达到了30年以前的3倍。尤为糟糕的是，哈代的"浮游生物记录器"是在水下10米深的地方采集到的——它们就这样悬浮在水中。可大多数塑料都能浮出水面，这就意味着他们所看到的不过是塑料的一部分而已。海洋中的塑料含量在上升，而且还出现了更小的塑料颗粒——小得足以随波逐流。

波涛和潮汐拍打着海岸线，把岩石化作沙滩。汤普森的研究小组意识到，这种缓慢的机械运动同样也对塑料奏效。只要在海浪中不断振荡，最大、最显著的物体也会慢慢变得越来越小。与此同时，人们目前还没有发现任何塑料能够进行生物降解，即便是已经转变为微小碎片的塑料也不例外。

"我们设想过它变得越来越小，最终被磨成粉末的样子。我们还意识到，越来越小的塑料颗粒带来的是越来越大的问题。"

可怕的故事他不仅听说过一次：海獭因为箱装啤酒的聚乙烯衬座而

窒息；天鹅和海鸥死于尼龙网和钓鱼线；夏威夷的绿毛大海龟尸体里有一把袋装梳子、一根30厘米长的尼龙绳和玩具卡车轮子。他亲身经历的最糟糕的一件事情发生在研究暴风鹱的时候：暴风鹱的尸体被冲上北海的海岸，它们的腹中竟有95%是塑料碎片，平均每只鸟腹中含有44片。这个比例的塑料如果放入人体，则差不多会达到2.3千克。

是不是塑料扼杀了它们的性命，我们不得而知，但可以肯定的是，那么多无法消化的塑料块会阻塞它们的肠道。汤普森认为，如果大块的塑料碎片分解成小块的颗粒，那么小型的有机生物或许会将它们吞食。他在水缸里设计了一个实验，里面有靠有机质沉淀物为生的食底泥动物海沙蜗、能从水中滤出悬浮的有机物质的藤壶，还有吞食沙滩碎石的沙蚕。在这个实验中，塑料颗粒和纤维被相应制成它们能够一口吞下的尺寸。结果它们很快就咽下这些塑料。

塑料颗粒进入到它们的肠道后，便导致了便秘。如果颗粒体积足够小，它们便能穿过这些无脊椎动物的消化管，看似毫无变化地被排泄出来。难道这说明塑料的成分十分稳定，不会对生物体造成伤害吗？它们在什么情况下会自然分解？如果真的分解了，它们会不会释放出什么可怕的化学成分，在未来对有机体造成伤害呢？

理查德·汤普森并不知道。没有人知道。因为塑料问世的时间还不够长，根本无从知道它们的寿命有多久，会发生什么样的变化。他的研究小组目前已经从海洋中鉴别出9种塑料，它们是不同种类的丙烯酸、尼龙、聚酯、聚乙烯、聚丙烯和聚氯乙烯。他所知道的一切便是，不用过多久，世上的一切生物都会开始吞食这种物质。

"等它们变得和粉末一样细微，即使是浮游动物也会把它们吞下。"

以前，汤普森从未想过这两种微小塑料颗粒的来源。塑料袋能堵塞一切，不仅仅包括下水道，还包括海龟的食管——因为它们把它误当成水母了。我们越来越多地听说能进行生物降解的塑料袋。汤普森的研究小组做了试验。大多数只不过是把纤维素和聚合物混合在一起。纤维淀粉分解之后，数以万计、肉眼几乎看不见的塑料颗粒依然清晰存在。

广告中说，腐烂的有机垃圾产生的热度超过55.6 ℃的时候，有些塑料袋可以在混合肥料堆中降解。"或许它们真的可以。但那不会发生在沙滩或海水当中。"他们把塑料袋系在普利茅斯港的停泊处做了个实验，得出了上述的结论。"一年之后你还能用这个塑料袋装东西。"

他的博士学生马克·布朗在药房购物时的发现就更令人义愤填膺了。布朗打开实验室橱柜最顶上的抽屉，里面是女性美容护肤用品：沐浴按摩霜、护肤磨砂膏和洗手液。有些上面贴着小店自己的标签：尼奥娃润肤露、苏提蔻去角质霜和DDF草莓杏仁去角质霜。其他是些国际品牌：强生面部眼部卸妆油、棕榄温泉、高露洁冰爽牙膏、露得清，还有克利尔。有些在美国也可以买到，有些则只限于英国，但它们有一个共同点。

"磨砂质是你洗澡时按摩你身体的小颗粒。"他选出一支粉色的圣艾甫斯杏仁磨砂膏，标签上写着100％天然磨砂质。"这支的成分没有问题，颗粒状物质其实是磨碎的杏仁种子。"其他使用天然物质的品牌使用的是葡萄种子、粗糖或海盐。"剩下的这些，"他用手扫了一圈，说，"使用的全是塑料。"

产品的前3种成分是"超细聚乙烯颗粒"、"聚乙烯微球体"和"聚乙烯珠"，或者，仅写"聚乙烯"。

"你能相信吗？"理查德·汤普森的声音很大，弯在显微镜边上的几张脸都不约而同地抬起来看着他，但他没打算让谁来回答这个问题。"他们销售的塑料颗粒会直接进入排水沟、下水道、河流和海洋。等着海洋生物来吞食的微小塑料颗粒。"

塑料颗粒还被用来给船舶和飞机上的涂料抛光。想到这里，汤普森不寒而栗。"人们对带有涂料的塑料小珠去向何处感到吃惊。起风的日子很难管住它们。就算能，任何下水道都没有那么细的滤网来挡住那么细小的颗粒。这是不可避免的事。它们最终就进入到环境中。"

他对着布朗的显微镜观察一个来自芬兰的样本。它是一条单独的绿色纤维，可能来自哪种植物，后面的3股浅蓝色的丝线很可能不是植物纤维。他坐在工作台边，把自己的旅游鞋挂在实验室的凳子上。"这样想想。假设人类所有的活动都在明天终止，突然间没人再生产塑料了。而现有的这些塑料如果不断碎裂下去，恐怕生物体以后就将一直和它们打交道了。可能得花上几千年吧，或许更久一些。"

*

从某种角度来看，塑料已经存在了几百万年。塑料是种聚合物：碳和氢原子组成的单分子结构不断重复，连成一条链。石炭纪之前，蜘蛛就开始吐丝形成被我们称为"丝"的聚合物纤维，树木出现后也产生出纤维素和木质素——它们同样也是天然的聚合物。棉花和橡胶是聚合物；我们人类也长出自己的聚合物骨胶原——比如说我们的指甲。

另一种符合我们心目中"塑料"概念的、天然的、可模压的聚合物是亚洲树胶虫的分泌物，我们称之为"虫胶"。正是为了寻求虫胶的人造替代品，化学家利奥·贝克兰有一天在纽约扬克斯自己的车库中把焦碳酸——苯酚和甲醛混合在一起。在此之前，虫胶一直都是电线和线路外包的唯一材料。模压制作的结果便是酚醛塑料。贝克兰成了富翁，世界也从此有了不同的面貌。

没过多久，化学家便致力于把石油长长的烃链分子裂化成更小的分子，随后将分馏物混合，看看在贝克兰的第一块人造塑料的基础上能不能造出些别的什么塑料。添加氯后，塑料变成了更为坚固的共混聚合物，自然界中没有类似的物质，今天我们称之为"聚氯乙烯"。在这种共混聚合物形成的过程中吹入气体，能够形成坚韧的、相互连接的、被称为"聚苯乙烯"的泡沫，我们知道的一般是产品名称：聚苯乙烯泡沫塑料。对人造丝孜孜不倦的追求导致了尼龙的诞生。单单是尼龙袜的问世就引起了服装业的革命。人们把接受塑料制品视为对现代生活的肯定，尼龙也从中发挥了一臂之力。第二次世界大战中，大多数的尼龙和塑料都用于军事，可人们对它们的欲望却愈发强烈。

1945年以后，产品出现了前所未有的丰富，进入到普通人的家庭：丙烯酸纺织品、树脂玻璃、聚乙烯瓶、丙烯容器和"泡沫乳胶"聚亚氨酯玩具。令这个世界改观最大的要数透明包装的问世，其中包括聚氯乙烯和聚乙烯制成的黏性保鲜膜，有了这个，我们就能把食品包裹其中，保存的时间比以前更长。

　　10年之内，这种神奇物质的缺点便暴露无遗。《生活》杂志杜撰出一个词组，叫做"一次性社会"，尽管扔垃圾早就不是什么新鲜事情了。狩猎会有吃剩的骨头，收获庄稼会有吃剩的谷壳，从那时起人类就开始扔垃圾了，之后其他生物将会接管这些"垃圾"。人造物品进入下水道，刚开始人们以为它们比起臭气熏天的有机废物来并不那么讨厌。破碎的砖块和陶器为以后的好几代人提供了建筑的原料。废弃的衣物出现在旧货商经营的二级市场上，或被循环利用，制成新的纺织品。垃圾场堆放着的破机器的零件还能再次利用，装配成新的机器。金属块经熔化可以做成全然不同的东西。第二次世界大战——至少日本的海军和空军——是从美国人的废铜烂铁堆里建设起来的。

　　斯坦福的考古学家威廉·瑞赛致力于研究美国的垃圾问题，向负责废物管理的官员和公众解释了一个他认为存在的误区：塑料是导致全国上下满是垃圾的罪魁。瑞赛的垃圾研究项目长达几十年。在这个项目中，他的学生要对几周来积累的居民垃圾进行称重和测量。20世纪80年代，他们的研究报告得出了与普遍观点相悖的结论：从数量上看，塑料只占掩埋垃圾的20%，原因之一是它们可以比其他废物压缩得更紧密。尽管人们生产的塑料制品越来越多，但瑞赛并不认为这个比例会有所改变，因为制造苏打水瓶或一次性包装的时候，塑料被用得越来越少。

　　他说，垃圾掩埋场中最多的还是建筑垃圾和纸制品。他解释道，报纸在没有空气和水的地方进行掩埋是没法做到生物降解的——这点与公众的普遍认识又是大相径庭。"这就是我们现在为什么还能看到3 000年以前的埃及纸草古本手卷的缘故了。我们从垃圾掩埋场中翻出20世纪30年代的报纸，字迹竟还相当清晰。它们能一直存在一万年。"

　　尽管如此，他也同意塑料是人类污染环境的表现。塑料万世永存，这让人感到很不安。塑料与报纸的差异体现在垃圾掩埋场之外：就算报纸没燃烧起来，它也会在风的作用下破碎，在阳光的照耀下开裂，在雨水的冲洗下溶解。

然而，塑料会怎样呢？我们在不收集垃圾的地方可以看得更为直观。人类从公元1 000年开始就居住在美国亚利桑那州北部的霍皮人印第安领地了，这是今天美国最为古老的人类居住点。霍皮人的村落主要集中在3座平顶山上，可以360°全方位地俯视周围的沙漠。几个世纪以来，他们都把垃圾扔在平顶山的山脚，里面既有食物残渣，也有破碎的陶瓷制品。山狗和秃鹰会接管这些食物废渣，陶器也重回泥土中。

直到20世纪中期之前，这种模式一直都未出现什么问题。突然间，大自然再也无法自行解决人们丢弃在山边的垃圾了。霍皮人被一堆越来越高的新型垃圾所包围。只有沙漠起风的时候这些垃圾才会从视野中消失。然而，它们毕竟依然存在着，要么挂在山艾树和牡豆树的树枝上，要么戳在仙人掌的尖刺上。

霍皮平顶山的南面是3 810米高的旧金山山峰，这里的白杨树和花旗松林是霍皮人和纳瓦霍族人的神灵居住的地方：每年冬季，神山就会披上白色的斗篷——然而，最近几年并无此景，因为很少下雪了。干旱在加剧，气温在升高。印第安人宣称，滑雪场的经营者用他们叮叮当当的机器和肮脏的钱财污染了这片圣洁的土地，于是他们再次遭到起诉。他们最新的亵渎行为是在滑雪道上铺上用废水制成的人造雪，这在印第安人的眼里简直等于用粪便给神灵洗脸。

旧金山山峰的东面是更加雄伟的落基山脉。落基山脉以西是马德雷山脉——它的火山顶位于海拔更高的位置。我们难以相信，这些庞大的山脉有朝一日竟会埋入大海——巨砾、岩石、山凹、山巅和峡谷概不例外。每一块巨大的隆起都会腐蚀成粉末，它们所含的矿物质将溶解为海水中的盐类物质，它们土壤中的营养会造就一个崭新的海洋生物年代，而之前那个生物年代则会消失在它们所产生的沉积物的下面。

不过在此之前，某种比岩石或泥沙颗粒轻得多、也更容易被海水携带的物质会抢先沉积起来。

加利福尼亚长滩的查尔斯·摩尔船长于1997年的某天驶离檀香山，

他驾驶着铝制外壳的轻型帆船进入到太平洋西部的一个地区，以往他都会避开这个地方。这里有时被人称为副热带无风带，其大小与得克萨斯州相差无几，位于夏威夷和加利福尼亚之间的洋面上。船员很少来这里，因为这里一年四季都有一个赤道热空气形成的高压气旋在缓慢旋转，风在这里只进不出。气旋下面，海水缓缓形成一个顺时针的漩涡，朝着它的低气压中心涌去。

它正确的名称应该是北太平洋副热带气旋，不过不久之后，摩尔又得知海洋学家原来还给它起了另外一个名字：太平洋大垃圾场。摩尔船长迷失了方向，进入到这个漩涡里——北美几乎所有被吹到海里的垃圾最终都聚集在这里，绕着漩涡缓缓盘旋。这些工业废物越聚越多，实在令人恐惧。整整一周，摩尔和他的船员们都在这片和小块陆地差不多大小的洋面上航行，海水上满是漂浮的垃圾。摩尔的船简直就像一艘铲开冰块的北极破冰船，唯一不同的是，他们周围上下漂浮的是杯子、瓶盖、纠结在一起的渔网、单纤维丝、聚苯乙烯包装袋的残片、罐装饮料的手提纸箱、破气球、三明治包装薄膜的碎片和不计其数、松松垮垮的塑料袋。

就在两年前，摩尔从木质家具抛光厂退休。他一生都在和海浪搏斗，头发还未开始发白。他想给自己造一艘船，住在里面，享受早早退休后充满刺激的生活。他深受水手父亲的影响，后来美国海岸警卫队批准他成为一名船长。他一开始是海洋环境监测小组的志愿者。自从他在太平洋中部遭遇到地狱般的"太平洋大垃圾场"后，他的小组就转变为现在的艾尔基塔海洋研究基地，致力于治理这半世纪以来的漂浮垃圾。他所看到的垃圾中竟有90%是塑料。

得知这些塑料的来源后，摩尔就更为震惊了。1975年，美国国家科学院估计，所有出海的船只每年总共要排放800万吨的塑料。现在的研究表明，光是世界上的商船队，每天就会厚颜无耻地排放出639 000个左右的塑料器皿。但是摩尔发现，商船队和海军随意丢弃的垃圾比起从海岸上倾倒到海中的聚合物，不过是小巫见大巫。

他发现，垃圾掩埋场并未充满塑料的真正原因是它们大都进入了海

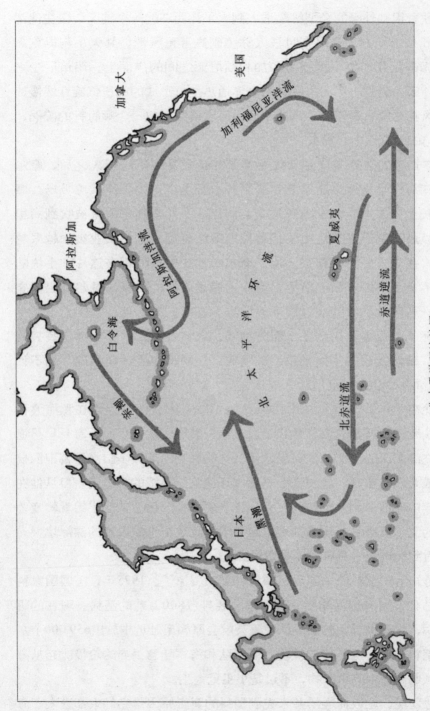

北太平洋环流地图
弗吉尼亚·诺瑞绘

洋中。几年来，摩尔在北太平洋的那个漩涡进行采样，他得出了这样的结论：海中央80％的漂浮垃圾最初是被丢弃在陆地上的。

大风把它们吹下了垃圾车，或者吹出了垃圾掩埋场，它们有时也从铁路运输的集装箱里掉落下来，冲入暴雨下水道，顺流而下或随风而动，最终进入到这个不断扩大的漩涡中。

摩尔船长对他的乘客们说："对于那些顺着河流进入海洋的东西，这里就是它们的归宿。"地质学者对学生说的第一句话也是这个，不过他们指的是腐蚀作用——无情的腐蚀过程把山脉碎化为盐类物质，它们体积很小，顺着雨水进入海洋，一层层沉积起来，成为遥远未来的岩石。然而，摩尔指的却是地球这50亿年的地质时代中前所未有的一种流失和沉积现象——我们今后或许会了解它吧。

穿越漩涡的第一个1 600千米中，摩尔推算出每100平方米海面上有226克的岩屑和300万吨的塑料。他的估算和美国海军的统计结果相吻合。这还只是他遇到的可怕数字中的第一个，统计的这些还只是看得见的塑料而已；更大数量的塑料碎片被海藻和藤壶腐蚀后沉入海中，这个数字就不得而知了。1998年，摩尔又来到这里，这次他带着一个和埃利斯岱尔·哈代爵士用来采集磷虾样本的装置相类似的拖网设备，并发现了这样一个惊人的事实：海水中的塑料比漂浮在海面上的更多。

事实上，数量上的差异相当悬殊：海水中的塑料是海面上的6倍。

当他在洛杉矶的河流入海口采样的时候，这个数字增加了10倍，而且每年都在递增。现在他正和普利茅斯大学的海洋生物学家理查德·汤普森一起比照数据。尤其让他俩吃惊的是塑料袋和无处不在的塑料原料小球。肯尼亚每个月都生产出4千吨无法回收利用的塑料袋。

这些原料小球被称为"纳豆"，人类每年生产出的小球有5 500万亿个，重达1 134亿千克。摩尔不仅发现塑料已经占据世界的每个角落，还清楚地看到塑料树脂的残片已经进入了水母和樽海鞘透明的身体中——它们是海洋中数量最多、分布最广的滤食动物。和水鸟一样，它们把颜色鲜艳的原料小球当成鱼卵，把颜色黯淡的当成磷虾了。小球的外面包上了清洁身体的化学物质，大小正好适合小型生物，而这些小型动物又成为大型生物的饵料……大概只有上帝才会知道究竟有多少塑料颗粒被冲入了大海。

这对于海洋、生态系统和未来而言意味着什么呢？塑料的历史才仅仅50年而已。它们的化学成分或添加剂——比如说，金属铜之类的着色剂会不会一边朝食物链的上游挺进，一边聚集浓缩起来，最终影响到生物的进化呢？它们会成为化石的记录吗？

数百万年之后的地质学家会不会在海底沉积的砾岩中发现芭比娃娃的部件呢？它们是否会完好无损，可以像恐龙的骨骼一样拼凑完整呢？或者，它们有没有可能腐烂呢？碳氢化合物慢慢从海王波塞顿的塑料墓地中逃出，剩下的只有芭比娃娃和肯[1]已成为化石的印记，它们会永远变为石头吗？

摩尔和汤普森开始咨询材料专家。东京大学的地球化学研究家高田英冢的研究方向是内分泌干扰化学物质，或者称为"性别扭曲剂"。一直以来，他都亲自研究从东南亚的垃圾堆逃走的到底是什么可怕物质，这是个令人厌恶的任务。现在，他正研究从日本海和东京湾拉来的一堆塑料。他在报告中说，在海洋中，"纳豆"和其他塑料碎片能和有复原能力的污染物结合在一起，比如DDT和各种多氯联苯化合物。

从1970年开始，能让塑料变得更为柔韧的、毒性极强的多氯联苯被禁用；在有害物质中，人们知道多氯化联苯因能够破坏荷尔蒙的分泌，比如说对雌雄同体的鱼类和北极熊都能造成伤害。和定时释放药效的胶囊一样，1970年之前的漂浮塑料会在接下来的几个世纪中不断向海水中释放多氯联苯。然而，高田英冢还发现，各种来源的有毒漂浮垃圾——绘图纸、车油、冷冻液、老化的荧光棒，还有从通用电器公司和孟山都公司的工厂直接排放到河流中的臭名昭著的废料——已经黏在了自由漂

---

[1] 肯：芭比男友的名字。

浮的垃圾的表面上。

有一项研究在角嘴海雀的脂肪组织中发现了含有多氯联苯的塑料。让人震惊的是其数量之大。高田英冢和他的同事发现，鸟类吞食的塑料小球中毒素的含量比海水中的正常比例高100万倍。

到2005年，摩尔谈到太平洋垃圾漩涡的时候，它的尺寸已达2 600万平方千米——与非洲大陆的大小相当。这并非唯一的一个漩涡：世界上总共有7个主要的热带海洋气旋，它们都形成了丑陋的垃圾漩涡。二战之后，塑料从一粒小小的种子开始成长壮大，最终引爆了整个世界，而且和宇宙大爆炸一般，还在不断膨胀。即便是所有的塑料制造业都瞬间停止，这种数量和寿命都令人惊愕的物质也已经存在于环境中了。摩尔认为，塑料碎片现在已成为海面上最司空见惯的物质了。它们将存在多久呢？为了防止我们的世界最终成为塑料包裹的行星，有没有什么良性的、不那么持久的替代品可以让人类使用呢？

那个秋天，摩尔、汤普森、高田英冢和安东尼·安德瑞蒂在洛杉矶海洋塑料峰会上碰面。安德瑞蒂是北卡罗莱纳州研究三人组的资深研究员，他来自斯里兰卡——东南亚橡胶生产大国。他在研究生阶段学习的是聚合物科学，他的兴趣逐渐从橡胶转移到兴起的塑料生产加工业。他后来汇编了一本800页厚的著作《环境中的塑料》，这本书被学术界和环保主义者奉为经典。

安德瑞蒂告诉齐聚一堂的海洋科学家，对塑料的预测无非就是这两个字了：长期。他解释道，塑料给海洋带来如此持久的混乱并不是什么意外。它们的弹性、多功能性（它们能沉能浮）、在水中的隐蔽性、持久性和超强的牢固性正是渔网和钓鱼线的生产商放弃天然纤维而使用尼龙、聚乙烯之类人工合成材料的原因。时间久了，前者就会分解；但后者就算因断裂而不再具备使用价值，却依然是海洋生物的杀手。因此，几乎所有的海洋生物，包括鲸鱼，都因遭到海洋中尼龙“陷阱”的威胁而陷入险境。

安德瑞蒂说，和所有的碳氢化合物一样，即便是塑料也“不可避免地会发生生物降解，但是因为速度太慢，并没有什么实际用途。不过，光降解的效果会好很多。"

他解释道，当碳氢化合物生物降解的时候，它们的聚合体分子会分解为组合前的原料：二氧化碳和水。当它们光降解的时候，紫外线辐射把塑料长链状的聚合体分子打碎成为较短的片段，从而减弱了它的拉力。因为塑料的牢固程度取决于连接在一起的聚合体链的长度，当紫外线将它们断开的时候，塑料也就开始分解和腐烂了。

每个人都看到过聚乙烯和其他塑料制品在阳光下发黄老化并且掉屑的情景。塑料经常被覆上添加剂，使之更能抵御紫外线的侵蚀；另外一些添加剂则有相反的效果，使它们对紫外线更加敏感。安德瑞蒂暗示说，如果罐装饮料的手提纸箱用的是后者，那么便能拯救许多海洋生物的生命。

然而，这里有两个问题。第一个问题是，塑料在水中光降解的速度相当缓慢，在陆地上，阳光照射下的塑料会吸收红外线热量，不用过多久就会比周围的空气更热。在大海中，塑料不仅受到了海水的冷却，海藻也使其免于阳光的照射。

第二个问题是，即使可光降解的塑料制成的渔网真的能够分解，而不再溺死海豚，可塑料的化学特性在几百年甚至几千年之内都不会发生任何变化。

"塑料就是塑料。这种材料还是聚合体。聚乙烯生物降解的过程漫长无比，很不现实。海洋环境中没有任何机制能生物降解如此之长的分子。"他最后说，即使可进行光降解的渔网真能拯救海洋哺乳动物的生命，它们粉状的残余物还是在海水中，滤食动物终会发现它们。

"除了一小部分已经被烧为灰烬，"安德瑞蒂说，"我们50年来制造的每一小片塑料依然存在着。它们肯定存在于自然环境中的什么地方。"

半个世纪的总产量超过了10亿吨。塑料的种类成百上千，还有添加了可塑剂、遮光剂、颜料、填料、加固剂和稳定剂等数不清的新品种。

每种塑料的寿命有很大的差异。到目前为止，没有任何一种塑料消失于世。研究者曾做过实验，把聚乙烯样本放在有活细菌的环境下，调整到最佳状况，看看生物降解到底需要多少年。一年之后，降解掉的塑料连1%都不到。

"这是在控制得最好的实验室条件下得出的数据。在现实生活中根本无法达到这样的结果，"安德瑞蒂说，"塑料存在的时间还不长，微生物还未进化出对付它的酶，所以它们只好降解塑料中分子量最低的部分。"这指的是已经破裂的最小聚合体链。虽然来自天然植物糖、真正可以进行生物降解的塑料已经出现，细菌做成的可降解聚酯也已问世，但是它们取代现有塑料制品的几率并不高。

"包装的目的就是保护食物不受细菌的污染，"安德瑞蒂已经关注过这个问题："用吸引微生物的塑料来包裹食物或许不是件聪明的事。"

然而，即使这些方法真的有效，即使人类消失，再不生产"纳豆"，业已存在的塑料还是留在环境中——它们要停留多久呢？

安德瑞蒂脾气温和，做事严谨，脸宽宽的，说起话来字正腔圆、思维清晰、颇具说服力："埃及金字塔保存了玉米、种子，甚至头发之类的人体组织部分，因为它们被封闭起来，远离阳光的照射，也很少接触氧气和水汽。我们的垃圾场和金字塔很像。埋藏在少有水分、阳光或氧气的地方的塑料在很长一段时间内都会保持原状。如果它沉入海洋，被埋藏在沉积物的下面，结果也是如此。洋底没有氧气，也很寒冷。"

他突然笑出了声。"当然，"他接着说，"我们对那么深处的微生物知之甚少。或许那里的厌氧生物有本事降解它们，这并不是完全没有可能，但是没有人能潜入水底探个究竟。根据我们现在的观察，这样的可能性实在是很小。我们认为海底的生物降解速度要慢得多，需要的时间更长，甚至会相差一个数量级。"

数量级指的是两个数字相差10倍。那么，要长多久呢？1 000年？还是10 000年？

没人说得清楚，因为人类至今未曾见过"寿终正寝"的塑料。今天能够分解建筑材料中的碳氢化合物的微生物是在植物出现后很久才学会了降解木质素和纤维素。最近，它们甚至学会了降解油类物质。现在还没有什么微生物有能力降解塑料，因为50年对于进化出必要的生物化学成分而言实在是太短了。

安德瑞蒂对此持乐观态度。2004年圣诞节发生海啸的时候，他正巧在斯里兰卡老家，尽管经历了老天爷的水灾惩罚，人们还是保留希望、保持乐观。"给它们10万年时间，我相信你到时会发现，有很多微生物已经具备降解塑料这个壮举的基因。它们的数量将增加，欣欣向荣。今天那么多的塑料需要几十万年才能被微生物消耗，但最终，它们还是会被降解掉的。木质素的结构要复杂得多，但它还是被降解了。我们要做的是等待，等待微生物的进化赶上我们制造的材料。"

如果生物的时代已经过去，可塑料依然还存在，地质时代总还是能接管下去的。

"地质突变和压力会使塑料变为其他物质。这好比许久以前埋藏在沼泽中的树木——是地质过程，而非生物降解将它们转变为石油和煤炭。或许高度浓缩的塑料会变成什么类似的物质。总之，它们肯定会变。变化是大自然的特点，没有什么可以永恒不变。"

第十章

❧

石化加工区

人类离开以后，最直接的受益者将是蚊子。尽管我们总持着人类为中心的观点，认为我们的血液对于蚊子的生存是至关重要的，可这是高估了我们自己，事实上，它们是爱好广泛的美食家，大多数恒温哺乳动物、冷血爬行动物，甚至鸟类的静脉都是它们啜饮血液的地点。我们消失以后，许许多多的野生生物会填补我们的空白，在我们遗弃的空间安营扎寨。它们的数量不再会受到致命的交通事故的限制，于是大肆繁殖，人类的消失造成的空白很快就会被弥补。著名的生物学家E.O.威尔逊估算了一下，全体人口也无法填满美国的大峡谷。

与此同时，因我们的离去而没法再吸人血的蚊子会从我们的两样遗赠中感到一丝安慰。第一，我们不再能够消灭它们。杀虫剂发明之前，人类早就开始了剿灭蚊虫的行动：在它们进行繁衍的池塘、河口和水坑的表面撒上油。油具有杀灭幼虫的功能，它不让蚊子的幼虫获得氧气，这种方法至今仍广泛使用。当然，形形色色的化学杀虫剂也用得很多，它们有阻碍孑孓发育为成虫的激素，也有在空中喷洒的DDT——这在疟疾泛滥的热带地区尤为常见，尽管世界上只有少数国家严禁使用这种杀虫剂。无数原先本该夭折的蚊子现在存活下来。第二大受益者将会是许多淡水鱼类，在这条食物链中，蚊子的卵和幼虫是它们的主要食物。其他的受益者还有各种花卉：蚊子不吸血的时候，它们吮吸露水——露水是雄蚊子的主食，不过吸血的雌蚊子有时也喝它。这使蚊子无意中担起了授粉的任务，因此，没有我们的世界将会是花团锦簇的全新景象。

蚊子受到的另一样遗赠是它们繁衍生息的家园又回来了——这里指的是它们栖息的水域。仅仅在美国，从1776年建国开始，蚊子们所失去的栖息地——湿地的面积有两个加利福尼亚州那么大。把这么大的面积想象为沼泽，你便能更好地理解（蚊子的数量增长必须和吃蚊子的鱼类、蟾蜍和青蛙的数量增长保持一致——不过，关于后两者，人类的所作所为或许给了昆虫大好的发展机会：买卖实验室青蛙的国际贸易一不小心泄漏出一种名为"壶菌"的真菌，我们并不清楚多少两栖动物能够经受住"壶菌"存活下来。随着气温的升高，它已经导致了全球范围内数以千计的物种的灭绝）。

不管是不是栖息地，不管是偏远的康涅狄格州还是内罗毕的贫民区，从前的湿地沼泽被抽干了水、开发起来，可任何人都知道蚊子还能在上面生存——它们总能想出办法。即便是一个盛有露水的塑料瓶盖也能成为它们繁衍的温床。等到柏油路和人行道腐烂分解，沼泽重新收回它们对这片土地的主权，蚊子又将在水坑和下水道里安居乐业起来。它们大可放心：最受它们青睐的人工育儿室至少在未来的100年里都会完好无损，它凹凸不平的表面在之后更为长久的年代里都不会发生任何变化——这就是汽车的橡胶废胎。

橡胶是一种被称为弹性体的聚合物。大自然中的橡胶，比如说从亚马孙流域的帕拉树中提炼出来的乳状树液，在理论上是可以生物降解的。在1839年马萨诸塞州的一名五金销售员把天然树胶与硫磺混合之前，它在高温下熔化、在低温下变硬开裂的特性一直限制着它的实用性。查尔斯·固特异一不留神把一些混合物掉在了炉子上，但它竟没有熔化，于是这名销售人员意识到，他发明出了大自然从未尝试过的东西。

直到今日，大自然也未产生出能降解橡胶的微生物。固特异所做的加工叫做硫化——把长长的橡胶的聚合物链连接到硫原子的短链上，事实上是把它们结合成单个巨大的分子。一旦橡胶硫化（受热后加入硫，倒入一个模子——比如说卡车轮胎的模子），所形成的大分子便会永远保持这个形状。

因为是单分子，所以轮胎既不会熔化，也不会转变成其他物质。除非把它撕成碎片，或驾驶10万千米后摩擦力使其磨损——两者都需要消耗极大的能量，否则它永远都能保持圆形。轮胎让垃圾掩埋场的工作人员很头大，因为就算埋藏起来，它们当中那油炸圈饼状的气囊也总想回到地面上。大多数的垃圾场都拒收轮胎，但是在未来的几百年中，破旧轮胎肯定会回到被人遗忘的垃圾掩埋场的地面上来，里面盛满了雨水，又一次成为蚊子繁衍的温床。

在美国，平均每个公民每年丢弃一只旧轮胎，这样加起来每年就达到了三亿多只。当然这还没算上美国之外的其他国家。目前我们使用中的汽车有7亿辆，废弃的汽车更是不计其数，我们用旧的轮胎未超过一万亿，但肯定达到了百亿、千亿级。它们还将存在多久呢？这取决于日照的长度和强度。除非进化出一种微生物喜欢混合了硫的碳氢化合物，否则在此之前，只有地层臭氧（就是那种让你的鼻子闻了发痛的污染物）的腐蚀氧化作用，或者穿透了平流层臭氧层的紫外线才能够打破硫键。因此，汽车轮胎中含有防紫外线的抑制剂和抗臭氧剂，当然还有其他添加剂，比如增强轮胎强度、给轮胎着色的炭黑填充剂。

轮胎中含有碳元素，因此它们是易燃的。轮胎燃烧时释放出巨大的能量，很难熄灭，一起释放出来的还有数量惊人的油烟灰，其中含有的一些有害成分是我们在二次大战中匆匆发明制造出来的。日本侵略东南亚之后，几乎控制了全世界的橡胶供应。德国人和美国人意识到自己国家的战争机器靠着皮垫圈和木轮子支撑不了多久，于是他们最尖端的工业领域开始寻找橡胶的替代品。

当今世界上生产合成橡胶的最大的工厂位于得克萨斯州。它属于固特异轮胎及橡胶公司，建于1942年，当时科学家才刚刚摸索出生产人造橡胶的方法。他们使用的并非活生生的热带树木，而是死亡了的海洋植物：30 000—35 000万年前死去后沉入海底的浮游生物。经历的变化过程人们很难理解，理论本身有时也会遭到质疑，但不管怎么说，浮游生物的上面最终覆盖了好几层沉积物，而巨大的挤压力量又使其转变为黏滞的液体。科学家已经知道如何从原油中提炼出几种有用的碳氢化合物。其中的两种：苯乙烯——聚苯乙烯泡沫塑料的原料，还有丁二烯——一种易爆、高度致癌的液态烃，为人造橡胶的合成提供了原材料。

60年之后，固特异的橡胶厂还在老地方运作，同样的设备大批生产出日常生活的一切，大到全国汽车比赛协会的赛车轮胎，小到口香糖。尽管工厂很大，但它的周围已被某些东西环绕起来：人类在地球表面强行竖起的最有纪念意义的建筑。长长的工业建筑群始于休斯敦的东面，一路绵延到墨西哥湾，长达80千米。这里集中着世界上最多的石油精炼厂、石化公司和石油存储库。

通往固特异公司的大路上是锋利的收缩金属丝，金属丝的后面是贮油站：这里布满了成群的圆柱形原油存储塔，每一片存储区的直径都赶上了足球场的长度，因为数量众多，它们看起来仿佛蹲伏在地上一般。铺天盖地的石油管道将它们与定位系统连通起来，上下管道也相通：白色、蓝色、黄色、绿色的管道，最粗的接近1.2米。像固特异这样的大工厂，卡车足以从石油管道形成的拱道下面通行。

这些还只不过是看得见的管道而已。一台安装了卫星装置的CT扫描仪可以在休斯敦的上方拍摄到地下0.9米处有庞大、复杂、碳钢制成的循环系统。这里和所有发达国家的城镇一样，细小的管道排过每条街道的中心，伸到每栋房屋的下面：这些是天然气管道。如此之多的钢铁管道竟未使指南针直接指着地面，还真是个奇迹。然而在休斯敦，天然气管道的使用还刚刚处于起步阶段。精炼厂的石油管道把城市团团包围，紧得像只编织篮。他们把较轻的物质——用蒸馏或催化的手段得到的裂化原油，输送到休斯敦的化工厂里，比如得克萨斯州固特异公司后面的石化厂。固特异公司向它提供丁二烯，并调配出一种能使塑料外套紧紧贴牢的物质。它也生产丁烷——聚乙烯和聚丙烯塑料小球的原料。

其他成百上千条装满了精炼石油、民用燃料油、柴油和射流燃料的管道都连接着"管道之父"：一条8 882千米长、76厘米粗的主干道。

它还是殖民时期埋下的，始于休斯敦远郊的帕萨迪纳区。它穿过路易斯安那州、密西西比河和阿拉巴马州，朝东海岸一直延伸过去，时而露出地表，时而埋在地下。这条殖民时代大管道装满了不同的燃料，人们抽取燃料的速度大概是6千米/小时，管道的终端在纽约港附近新泽西州的林登。不计停工日和飓风的影响，管道燃料需要20天的时间才能到达终端。

假设未来的考古学家有机会通过这些管道，他们会怎样理解得克萨斯州石化厂后面又厚又旧的钢铁汽锅和不计其数的烟囱呢（不过，如果人类再多逗留几年——此时已经没有电脑来精确计算容量上限——所有那些陈旧的存储塔都将被拆除、卖给发展中国家）？

如果那些未来的考古学家沿着管道深入到地下百米的地方，他们肯定会遇到我们制造的最为持久的物品。在得克萨斯湾海岸的下面，有500个盐丘——当8千米以下盐床中的浮盐穿过沉积层升起的时候，盐丘便形成了。有一些就位于休斯敦的下面。它们的形状像弹头，绵延1.6千米之多。如果在上面钻孔、泵入水，我们可以溶解盐丘的内部，用它来存储东西。

有些城市下面的盐丘存储洞有180米长、800米高，容量是休斯敦天文观测舱的两倍。因为盐晶体墙不具备渗透性，因而被用来存储气体，其中包括乙烯之类的易燃气体。这些气体被直接输送到地下的盐丘构造中存储起来，这里的压力有680千克，之后它们被制成塑料。因为乙烯极易挥发，它能迅速分解，一露出地面就炸裂管道。如果这样，那未来的考古学家最好还是别管那些盐丘存储洞了，免得消失已久的文明留下的古老遗产在他们的面前无情爆炸。但是他们又怎么会知道这些呢？

回到地面上。休斯敦存贮石油的圆柱形白罐和银色的分馏塔看上去像极了伊斯坦布尔博斯普鲁斯海峡岸边的清真寺和伊斯兰尖顶，在航道的两岸排列开来。盛放液体燃料的方罐在常温下是接地的，这样形成的蒸汽就不会在电闪雷鸣的暴雨中引起爆炸。在没有人类的世界中，再也没有谁来检查和粉刷内外两层的罐身，也没有谁会在20年的使用期过后来更换零件，于是罐底和接地管展开了一场"腐蚀竞赛"——到底是罐底先腐烂，液体燃料全部撒在土壤中？还是接地管先老化，片片剥落呢？不管是哪种情况，剩下的金属零件都会在爆炸中更迅速地走上毁灭之路。

有些存储罐的顶部可以自由移动，它们盖在液体燃料的上方以免蒸汽的进入。这些存储罐或许寿命更短，因为它们的"移门"会开始渗漏。如果渗漏发生，那么内部的液体就会蒸发，于是人类萃取的最后一点碳元素就跑到了大气中。压缩气体、苯酚之类的高度易燃化学物质都存储在圆罐中，它们的生命也就此完结，因为它们的外壳并未接地。鉴于它们是压缩气体，一旦它们的防火装置生锈剥落，那么这场爆炸无疑将更为惊天动地。

这些金属罐的下面是什么呢？石化工业发展的最后一个世纪在这里埋藏，这个世界能从这场金属与化学物质的大爆炸中恢复的概率又有多大呢？人类看着火焰熊熊燃烧，燃料奔涌而出，我们是否应该遗弃这些与大自然最格格不入的景观呢？大自然该如何才可能拆除（净化就不指望了）得克萨斯州如此庞大的石化加工区呢？

*

休斯敦占地1 600平方千米，横跨须芒草草原、格兰马草草原的交界处和一片湿地沼泽。草原的草曾经长到马腹那么高，沼泽边长满了低矮的松木，从过去到现在一直都是布拉索斯河三角洲的一部分。土红色的布拉索斯河发源于1 600千米之外的新墨西哥州的山区，向东南穿越得克萨斯州的丘陵，最后注入墨西哥湾，形成了北美洲最大的泥沙堆积处。在冰川期，当吹过冰层的大风遭遇上温暖的海湾暖空气后就会下起锋面雨，布拉索斯河的泥沙沉积起来，逐渐在河中筑起一个"大坝"，于是河水在数千米宽的三角河口翻来覆去。最近，河水穿过了城镇的南部。休斯敦坐落于布拉索斯河以前的一条支流上，底下沉积着12千米厚的泥土。

在19世纪30年代，沿岸都是木兰的布法罗海湾吸引了许多企业家，他们发现从加尔维斯敦海湾可以直接航行到大草原。起初，他们依靠这条内陆水路从新建的城镇把棉花运到加尔维斯敦港口，当时是得克萨斯州最大的城市。1900年以后，美国历史上最具毁灭性的飓风袭击了加尔维斯敦，八千余人因此丧命，布法罗海湾加宽加深，成为航道，于是休斯敦变为一个港口城市。今天，从货运量来看，休斯敦是美国最大的港口，克利夫兰、巴尔的摩、波士顿、匹兹堡、丹佛和华盛顿特区的货运总量也敌不过休斯敦。

得克萨斯湾海岸上原油的发现和汽车时代的来临加重了加尔维斯敦的厄运。美国长叶松森林、滩地三角洲硬木林和沿海的大草原没过多久就被休斯敦货运通道沿岸的钻探平台和几十家精炼厂所取代。接踵而来的是化工厂，再就是二战时的橡胶厂，最后是战后可怕的塑料生产工业。即使得克萨斯州的石油生产在20世纪70年代登峰造极后骤然下跌，但因为休斯敦基础设施全面，世界上的原料还是源源不断地送来这里进行提炼。

插着中东国家、墨西哥和委内瑞拉国旗的油轮抵达了加尔维斯敦海湾得克萨斯城的货运码头。得克萨斯城是个市镇，人口约为5万，这里的石油精炼加工区的面积和居民区、商业区不相上下。比起那些颇有来头的邻居——斯特林化学公司、马拉松石油公司、瓦莱罗能源公司、英国石油公司、美国国际特品公司和陶氏集团——得克萨斯城居民（大多数是黑人和拉美人）的平房湮没在石油化工企业的“几何形”版图里：有圆形的、球状的和圆柱形的，有的又高又薄，有的方方矮矮，有的则又圆又大。

那些高的比较容易出事。

并非所有的都如此，尽管它们看起来模样相似。有些是湿气①净气器：净气塔用布拉索斯河的河水过滤泄出的气体、冷却温度过高的固体，在烟道上方形成了白色的蒸气云。其他是分馏塔，通过从底部加热原油的方法进行蒸馏。混合在一起的碳氢化合物是纯天然、未经加

---

① 湿气：含大量汽油蒸气的天然气体。

工的，其中含有焦油、汽油，也有天然气，它们的沸点各不相同；受热之后，它们便开始在分馏塔中分层，最轻的在最上面。只要膨胀的气体被排出，压力被释放，或者温度最终下降，那么蒸馏的过程还是相当安全的。

比较有难度的是需要在这个过程中添加化学物质，把石油转变成新的物质。在精炼厂，催化裂化塔加热重质烃用的催化剂是粉状的硅酸铝，加热到667℃。从理论上说，该过程使它们的大聚合物链断裂成较小、较轻的链，比如说丙烷或汽油。在此过程中添加氯能够产出喷气燃料和柴油。在高温和添加了氯的情况下，所有这些物质都尤为易爆。

与此相关的异构化作用使用的是铂催化剂，为了生产出燃料辛烷或制造出塑料所需的成分，重组烃分子中的原子需要更大的热量。异构化过程是非常容易挥发的。异构化设备是助燃的，它们与裂化塔相连。如果任何步骤失调，或者温度过高，燃烧就可以减少压力。放气阀把任何多余的物质送上火焰烟囱，并激活控制装置引燃。有时还注入蒸汽，这样的话，那些未冒烟的物质也受到引燃而不污染环境。

一旦出了什么故障，结果将是可怕的。1998年，斯特林化学公司泄漏出苯的同分异构物和盐酸雾，数百人因此住院。这件事与上次的氨气泄漏事故仅4年之隔：泄漏出的1 360千克氨气使9 000人受到伤害。2005年3月，英国石油公司的一个异构化反应烟囱间歇喷射出液烃。液烃接触到空气引发的火灾令15人丧生。那年6月，在同一家工厂中，氢气管道发生爆炸；8月，臭鸡蛋味的氢化硫发生泄漏，英国石油公司的大部分业务暂停了一段时间。没过几天，在位于巧克力湾以南24千米处的一家进行塑料生产的英国石油公司的子公司里，熊熊火焰直冲云霄，高达15米。我们无能为力，只能等待燃料烧尽后火焰熄灭。就这样整整烧了3天。

得克萨斯城最古老的精炼厂建于1908年，弗吉尼亚州的农民合作社创建了这个厂，旨在生产拖拉机所需的燃料。现在这家工厂属于瓦莱罗能源公司。改装成现代厂房之后，它成为美国精炼厂中安全信誉最好的一家，但它做的还是把未经加工的自然资源转变为更加易爆的物质，并从中获取能量。瓦莱罗公司嗡嗡作响、迷宫一般的阀门、测量仪、热交换器、泵、吸收器、离析器、火炉、焚化装置、法兰片和罐槽，被盘旋的楼梯井，弯弯曲曲的红色、黄色、绿色和银色金属管道所包围（银色的管道具有绝缘外包，说明里面的东西温度较高，而且必须保持高温）。很难感觉到这些装置中蕴藏的巨大能量。头顶上方赫然耸立着20座分馏塔和40个排气烟囱。炼焦铲其实是一个带有铲斗的吊架装置，它来回摆动，把看起来颇似沥青的沉淀物（这是精炼原油剩下的冷凝物，留在了分馏塔的底部）倾倒在输送装置中，该装置与催化裂化设备相连，从中可以榨取出另一桶柴油。

所有这些装置的最顶端是火焰烟囱，熊熊的火焰楔子般嵌入苍天。如果产生的压力超过了调节测量仪能够控制的范围，那么这部分有机化学物质就会被燃烧掉，以达到某种平衡状态。钢管的直角转接口是温度高、有腐蚀性的液体汇合撞击之处，一些测量仪能够显示这些部位的状况，预测它们的生命何时终结。任何含有迅速流动的高温液体的东西都会产生应力裂纹，尤其当这种液体是重质石油，其中又含有能够损耗管壁的金属和硫时，这种现象就更为明显了。

所有这些设备都由电脑来控制——等到哪天什么地方出了问题，电脑也无能为力。随后火焰便进入到设备中。我们可以作这样的假设：系统的压力超过了它的最大限度，或者没有人注意到系统超负荷运作。一般情况下总会有人24小时值班监管。然而，如果工厂还在运作的时候人类却突然消失了呢？

"最后总有什么容器会发生故障，"瓦莱罗公司发言人佛莱德·纽豪斯这样说道。他个头不高，性格温和，长着浅棕色的皮肤和灰白色的头发。"或许会发生火灾。"但说到这里，纽豪斯又接着说，自动防故障装置上下的控制阀在事故发生后都会自动启动。"我们会经常性地测量压力、流量和温度。如果发生什么不正常的变化，这个单元会被隔离，这样火焰就不会蔓延到其他单元了。"

但是，如果没人来救火呢？如果从加利福尼亚到田纳西，无人再在煤厂、气厂、核电站和水电大坝上工作了——得克萨斯城的灯能亮着靠的正是休斯敦发的电——所有的一切都没了电源又会如何呢？如果应急发电机没了柴油，无法发送启动封闭阀的信号，那又将如何呢？

纽豪斯躲进裂化塔的阴影中，思考这个问题。他在埃克森美孚公司工作了26年，随后为瓦莱罗效力，而且他确实喜欢这份工作。这个公司未出过安全事故，他感到十分自豪，尤其是对比路对面的英国石油公司——它在2006年被美国环保署评为美国最大的污染企业。想到所有这些基础设施可能会因为失去控制而自焚，他不寒而栗。

"是的，在系统中的碳氢化合物消耗殆尽之前，所有的一切都将被火焰吞没。但是，"他坚持认为，"火焰蔓出石化加工区的概率很小。与得克萨斯州的精炼厂相连的管道都有止回阀，一旦起火立即就能进行隔离。所以，即使工厂发生爆炸，"他边说边指着对面的设备，"不会殃及周围的单元。即使是场大火，我们也有自动防故障装置。"

威尔逊则没那么大的把握。"即使是正常的工作日，"他说，"石化厂每分每秒都是定时炸弹。"作为化工厂和精炼厂的检查员，他亲眼目睹了挥发性、轻质石油馏分在变为二级石化产品之前发生的有趣变化。当乙烯或丙烯腈（一种可用于制造丙烯酸，高度易燃、能够损害人类神经系统的物质）等轻端化学物质处于高压下时，它们经常能透过管道，跑到相邻的单元，甚至相邻的精炼厂中。

他说，如果人类明天就消失，石化精炼厂和化工厂的命运取决于有没有人在离开之前还高兴扳一下开关。

"假设我们有足够的时间正常关闭工厂。高压降到了低压。锅炉被关闭，温度就不会成为什么问题。在反应塔里，重端物质将结成黏稠的块状固体。它们会被装进钢制内胆的容器，包裹在聚苯乙烯泡沫塑料或玻璃纤维绝缘体中，最外面还有一层金属片外壳。几层内胆之间一般都有钢或铜制的管道，里面充满水，用来控制温度。因此，包裹其中的物质会很稳定，直到哪天软水开始腐蚀周围的装置。"

他在工作台的抽屉中翻找了一番，随后又关上。"如果未发生火灾或爆炸，轻端气体将进入大气中。周围任何硫的副产品，终会分解，导致酸雨。你见过墨西哥的精炼厂么？含硫的副产品堆得像山那么高。是美国人把它们处理掉的。不管怎么说，精炼厂的大罐中含有大量的氢。它们极易挥发，一旦泄漏就会飘走，除非闪电先使其燃烧。"

他用手指捋了一下他卷曲、灰棕色的头发，靠在办公室的椅子里。"然后一大批的混凝土设施都会消失殆尽。"

那么，如果人们没有时间关闭工厂呢，比如说突然被抓到了天上或其他什么星系，可一切设备还处于工作状态?

他向前摇动。"一开始，紧急供电装置会启动。它们通常是柴油机。它们在耗尽燃料之前或许能维持工厂的正常运作。之后就会遇上高压和高温的问题了。再没有谁来监控调节装置或电脑系统，于是有些反应会失控，变得一发不可收拾。火灾会发生，因为无法阻止火势的蔓延，多米诺效应便产生了。即使有紧急电动机，喷水器也无法启动，因为没有人来打开它们的开关。一些安全阀会排出气体，但在火焰中，安全阀也会被无情吞没。"

威尔逊在他的转椅里旋转起来。他经常长跑，穿着慢跑短裤和无袖的T恤衫。"所有的管道都将成为火焰蔓延的媒介。气体会从这个区域跑到那个区域。一般说来，紧急情况发生后我们会关闭连接器，但这样的事情不可能发生了。火焰会从这个设备烧到那个装置。大火或许会持续数周，把有害物质排放到大气中。"

又转了一圈之后，他接着开始以逆时针方向旋转。"如果全世界的工厂都遭遇这样的事，你想象一下，该有多少污染物！想想伊拉克的战火。好比战火蔓延到世界的每个角落。"

伊拉克的那些火焰，许多是由于萨达姆·侯赛因烧了气井，但这种人为的破坏并不必要。在管道中流动的液体静电就能引燃天然气井或用氮气加压的油井——用氮加压的目的是获取更多的石油。威尔逊眼前的大屏幕上，序列中有一项正闪闪发光，显示巧克力湾得克萨斯的一家生产丙烯腈的工厂是2002年度美国排放致癌物质最多的企业。

"你看：如果所有人都离开，不等到气井中的气体燃尽，大火是不会熄灭的。通常情况下，引起火灾的是电线或泵。就算不是它们，毕竟还有静电和闪电。油井大火只在地表以上燃烧，因为它需要空气，但到时候就没人盖上气井来灭火了。墨西哥湾或科威特的大量天然气恐怕得烧个没完没了了。石化厂不会燃烧那么久，因为没有那么多的燃料。想象一下，失控的局面、燃烧的工厂……氰化氢之类的云雾状物质冲向天际。得克萨斯州和路易斯安那州的化工区域会弥漫着大量的有毒气体。随着信风的方向，我们便可知道会发生什么。"

在他的设想中，大气中的这些颗粒会引发一场小型的核灾难。"它们还会从燃烧的塑料中释放出二噁英和呋喃之类的氯化物。烟灰中还混合着铅、铬和水银。欧洲和北美因为集中了最大的精炼厂和化工厂，必将成为最大的污染区。但云雾状的污染将向全世界扩散。存活下来的下一代的植物和动物，可能会发生变异，最终影响到进化。"

*

得克萨斯城的北端，美国国际特品公司的一家化工厂久久地遮住了午后的阳光。埃克森美孚公司投资建造的大楼占地800公顷，嵌在一片高高的草原中，现在接管这里的是美国大自然保护协会。石化工业在此兴起之前，这个沿海大草原曾经占地240万公顷，而现在，这个保护区算是仅存的硕果了。到现在，我们所知道的剩下的阿特沃特草原鸡共有40种，而得克萨斯城草原保护区则是20种草原鸡的家园。阿特沃特草原鸡一直被视为北美洲最濒危的鸟类，直到2005年，人们在阿肯色州发现了一种长着象牙色喙的啄木鸟——人们原认为它们已经灭绝。

在求偶期，雄性的阿特沃特草原鸡会在脖颈的一侧膨胀出鲜艳的、气球状的金色气囊。受吸引而来的雌性草原鸡通过产卵的方式来作回应。然而，在没有人类的世界里，这个物种能否生存下去是个值得怀疑的问题。占据它们栖息地的并不仅仅是石化工业设备。这里的草地曾经径直蔓延到路易斯安那州，沿途鲜有树木，地平线上最高大的景观是一两只吃草的水牛。1900年左右，这里的生态发生了变化，石化工业和中国乌桕同时在这里扎根。在中国，乌桕曾是种相当耐寒的植物，它们的种子外面包裹着一层厚厚的能作为农产品的蜡状物，因而能够抵御严寒的冬季。当它们作为农作物被栽种到气候温暖的美国南部地区后，人们意识到这是个错误。因为必须通过进化适应环境的变化，它们不再产生抵御严寒的蜡状物，而是把更多的能量投入到繁衍更多的后代上。

现在，航道两岸只要是未见石化厂烟囱的地方，就肯定长着中国乌桕。休斯敦的长叶松消失了，入侵者乌桕占领了这片土地，它们那偏菱形的树叶在每年秋天都变得深红，萧然落下，似乎是在重温祖先们寒冷的生存环境。美国大自然保护协会为防止乌桕的天篷荫蔽阳光，排挤草原上的须芒草和向日葵，唯一的方法就是每年都得小心翼翼地烧毁一部分树木，给草原鸡腾出一块交配的场所。如果不再有人类来维持这种人造的野生环境，石化储罐不经意的一次爆炸就可能击退这些亚洲来的植物入侵者。

如果石化时代的智人——我们消失后，得克萨斯州石化加工区的储罐和反应塔在一声巨响中同时爆炸的话，等含油的烟雾落定，剩下的将是熔化了的街道、歪扭变形的管道、皱巴巴的盖板和破碎的混凝土。白热光将使盐雾中的金属碎片开始腐蚀，碳氢化合物残渣中的聚合物链也会裂化成较短的链，这种长度更易分解，加速了生物降解的过程。尽管泄漏出有毒物质，但土壤却在焦炭的滋润下变得更加肥沃，一年的雨水促成了柳枝稷的成长。一些生命力顽强的野花也会出现。渐渐地，生命将重新继续。

或者，如果瓦莱罗能源公司的佛莱德·纽豪斯对于自动防故障装置的信念是正确的，或者石油商离开时最后有些良知的行为是给反应塔减压和压住火势，那么得克萨斯州世界一流的石化加工设施消失的速度会来得慢些。在头几年里，防腐涂层会剥落下来。在接下来的20年里，所有存储罐的使用寿命都会到期。土壤中的湿气、雨水、盐分和得克萨斯州的大风都将瓦解它们最后的防御，直到它们泄漏为止。到时候，任何重质石油都会变硬；大自然使其开裂，最终沦为细菌和昆虫的晚餐。

那些还未蒸发的液体燃料将流入土壤。接触到地下水后，它们浮在最上层，因为油比水轻。微生物会发现它们，意识到它们曾经也不过是植物而已，随后逐渐适应以它们为食的生活。石化管道被土壤掩埋，逐渐腐烂，犰狳最终也会回来，在只剩残渣的干净土壤中打洞觅食。

无人照料的油桶、油泵、管道、反应塔、阀门和螺钉会从最薄弱的环节——接合处开始腐烂。"法兰片、铆钉，"佛莱德·纽豪斯说，"精炼厂里这样的东西多得很。"等它们都消失以后，金属墙会坍塌下来，已经习惯于在精炼厂反应塔上面筑巢的鸽子的粪便会加速碳钢的腐蚀，响尾蛇也会在下面空空的建筑结构里生活。海狸在流向加尔维斯敦海湾的河流上筑坝，因此有些地方会洪水泛滥。休斯敦气候温暖，没有结冰和融化的周期循环，但是随着雨天和晴天的交替，三角洲地区的黏质土会经历相当可怕的膨胀和收缩的周期循环。没有基础设施维修人员来修复开裂的部位，不用100年的时间，市中心的建筑就会开始倾斜。

与此同时，货运航道又会自行恢复成以前泥沙淤积的布法罗海湾。在接下来的1 000年里，它和布拉索斯河航道都将周期性地淤积、泛滥，逐渐侵蚀购物中心、汽车经销商和入口处的斜坡，摧毁一幢幢的高楼大厦，让休斯敦的轮廓越来越模糊。

至于布拉索斯河，从得克萨斯城的海岸往下30千米，在加尔维斯敦岛下游、刚过巧克力湾含有污染物质空气的地方，今天的布拉索斯河（意为"上帝之臂"）环绕起两个国家沼泽野生动物保护区，留下岛屿般大小的淤泥，最终注入墨西哥湾。几千年以来，它一直与科罗拉多河和圣伯纳德河共享一个三角洲，有时分享的是入河口。它们的河道并非泾渭分明，而是相互交织，因此某个支流此时还属于这条河流，没过多久又属于那条河流了。

周围的大多数地区海拔都不到一米，是橡树、梣树、榆树和美洲山核桃树组成的甘蔗丛和古老的滩地森林，几年之前这里的甘蔗种植园留下这块地来给牛群提供荫庇。"古老"在这里指的不过是一二个世纪的时间，因为黏质土限制了植物根部的穿透力，所以成熟的树木一般都有些倾斜，直到后来的飓风将它们刮倒。这里的森林布满了野葡萄藤和寄生藤的簇毛，因此人迹罕至，人们害怕毒葛、黑蛇和跟手掌大小相当的金色圆蛛——它们在树干之间织出小型的蹦床那么大的黏稠的网。这里的蚊子数量惊人，即使哪天进化了的微生物真的降解了这个世界上堆积如山的废旧轮胎，这里蚊子的生存也不会受到威胁。

因此，这片被人遗忘的森林招来了杜鹃鸟、啄木鸟以及朱鹭、沙丘鹤和红色琵鹭之类的涉水鸟。棉尾兔和沼泽兔引来了谷仓猫头鹰和秃头鹰，每年春天，成千上万只回归的雀鸟横渡墨西哥湾之后在这里的森林中栖息，其中包括天生丽质的猩红丽唐纳雀和夏日唐纳雀。

布拉索斯河泛滥的时候，这片栖息地下面的黏土又恢复到了从前的样子——那时十几个大坝和娱乐设施都未建起，也没有把河水抽到加尔维斯敦和得克萨斯城的两根管道里。不过河水还是会泛滥的。没人照料的大坝很快就会被淤泥充塞。人类消失100年后，布拉索斯河将一个一个地冲垮它们。

或许根本用不了那么久。墨西哥湾的水温比海洋高些，它渐渐向陆地扩张，与此同时，在过去的一个世纪中，得克萨斯州的海岸也在不断下陷，沉入海湾之中。当人们从地下开采石油、天然气或地下水的时候，土地就在下陷。加尔维斯敦有些地方下沉了3米。得克萨斯城以北的贝敦有一片高消费阶层的特区，这里地面下沉的现象十分严重，在1983年艾丽西娅飓风的袭击中，这片区域完全淹没在水中，现在成了湿地自然保护区。墨西哥湾沿岸海拔超过1米的地方很少，休斯敦的部分地方甚至低于海平面。

陆地在下沉，海面在上升，加上3级强烈飓风"艾丽西娅"，河上的大坝还没腐蚀，布拉索斯河就已经重演8万年之前的一幕。和东面的密西西比河一样，它将淹没整个三角洲，与茫茫大草原连成一片。它也会淹没建立在石油之上的庞大城市，一直冲到海岸。布拉索斯河将吞没圣伯纳德河，与科罗拉多河的某些河段交叠在一起，在海岸线上铺开一层几百千米长的"水被"。加尔维斯敦岛5米高的防波堤不会起什么作用。货运航道两侧的石油存储罐将被淹没；火焰塔、催化裂化设备和分馏装置将和休斯敦的高楼大厦一样，在含盐的洪水中只露出个尖，还未等到洪水退去，它们的地基便已经腐烂。

重新安排好这里的一切后，布拉索斯河会选择新的水道入海——更短的一条水道，因为这样的话离海洋更近些。新的滩地将会在海拔更高的地方形成，最终新的硬木林也会出现（中国乌桕的种子有防水功能，因而它们会是这里永远的殖民者，现在假设它们愿意与硬木分享河岸边的空间）。得克萨斯城将消失不见：淹没的石化厂中泄漏出来的碳氢化合物将会打着漩涡沉入水中，剩下一些重端的原油残渣会像脂肪球一样堆积在崭新的内陆海岸上，最终被微生物吞食。

在地下，加尔维斯敦的牡蛎们将附在氧化了的金属部件上。淤泥和牡蛎壳将缓缓地埋藏它们，也缓缓地被埋藏。几百万年的时间内，这里的沉积层将会有足够的压力把贝壳转变为石灰岩，其中也会夹杂着些古怪的铁锈条纹，还点缀着闪光的镍、钼、铌、铬。数百万年以后，具备一定知识和工具的某人（或某物），会识别出这个原来是不锈钢。然而，没有什么痕迹能够证明这一点了：这些不锈钢曾经高高耸立在得克萨斯的上方，往天空中喷射着火焰。

第十一章

❧

没有农场的世界

I. 林　地

当我们想到文明，我们脑海中出现的通常是一座城市。这并不奇怪：我们刚会建造像耶利哥那样的塔和庙宇的时候，就开始痴痴地向往高楼大厦了。摩天大楼越造越高，庞大的建筑群也越造越大，我们这个世界对人类的建筑并不了解。只有小得多的蜂窝或蚁穴才具备这么高的密度和复杂性。突然间，我们不再像鸟儿和海狸那样用树枝和泥巴笨拙地修补着寿命不长的渔网——我们不再是游牧民族了。我们建造起经久耐用的住宅，这意味着我们开始了定居生活。"文明"这个词来源于拉丁语"civis"，意思是"居住在城镇中的人"。

然而城市的前身是农场。进化史上的飞跃使我们开始播撒种子、放牧牲畜，事实上，我们控制了其他生物。这些比起我们卓越的狩猎技术来具有更加深远的意义和影响。我们现在不仅仅为了食物而采集果实、猎杀动物，我们精心安排着它们的命运，耐心地等待它们生长得更为结实，繁衍出更多的数量。

少数几个农场便能养活很多人，所以生产更多的粮食就能养育更多的人口，于是突然间有很多人开始从事采集果实和放养牲畜之外的工作。除了克鲁马努的洞穴壁画艺术家们——他们或许相当看重他们的艺术才赋，因而觉得有理由不做其他事情。在农业时代到来之前，觅食一直都是这个星球上人类的唯一职责。

农业使我们过上了定居的生活，之后才有了城市化进程。城市的景象变得愈发宏伟壮观，其中农场扮演着重要的角色。在这个世界上，约有20%的土地是耕地，相比之下，城市和乡镇只占3%。如果加上牧场，人类可进行食物生产的土地类型占世界土地总面积的三分之一。

如果我们突然停止犁耕、播种、施肥、除虫和收割，如果我们不再畜养山羊、绵羊、牛、猪、蛋禽、兔子、安第斯豚鼠、鬣蜥和短吻鳄，那么那些土地会不会恢复到农耕时代之前的原始状态呢？我们可能根本不知道它从前的模样。

为了更好地理解我们辛勤耕作的土地到底能不能复原，我们可以列举两个英格兰的例子——老英格兰和新英格兰。

缅因州北温带荒野以南的新英格兰林地中，只要5分钟你便能看到它。只要看着一棵高大的美国五针松，林务官或生态学家经过训练的眼睛便能发现它，这种五针松只生长在从前被烧尽的土地上，而且排列密度均匀。或者他们也能观察一下丛生的硬木——山毛榉、枫木和橡树——它们树龄相仿，在美国五针松的荫庇下生长发芽，可现在五针松已经不知去向，或许是被人砍伐，或许是被飓风卷走了，给硬木的树苗留下一片广阔的天地。

不过即使你没法区别桦树和山毛榉，你也不可能对它视而不见——它就在膝盖高的位置，隐藏在苔藓和落下的树叶中，或包裹在多刺灌木丛里。有人曾来过这里。这些矮矮的石墙在缅因州、佛蒙特州、新罕布什尔州、马萨诸塞州、康涅狄格州和北部纽约州的森林中交叉穿过，这说明人类曾经在这里划分界限。康涅狄格州的地质学家罗伯特·托尔逊写道，1871年的那次围栏调查显示，哈得逊河以东手工垒起的石墙加起来至少长达39万千米，这个数字比地球到月球的距离还要大。

随着更新世最后一次冰期的临近，一些岩石从花岗岩露出地表的那部分中分离出来，之后因为冰川的融化，它们彻底剥落。有些立于地表之上；有些埋于地下的土壤，在冰霜的作用下定期露出地面。和树木一样，从欧洲移民而来的农民得把这里的一切都清除干净才能在新世界中大展身手。他们搬来岩石和巨砾圈出他们的农场，在里面圈养牲畜。

这里离大型集市相当遥远，因而畜养牛销售牛肉并不现实，但为了自己生活所需，新英格兰的农民还是养了很多的牛、猪和奶牛。他们的土地大都是牧场和种秣草地，剩下的是黑麦、大麦、早麦、燕麦、玉米或蛇麻草。他们砍下的树木、拔走的树桩原是一片硬木、松树、云杉的混合林。它们现在又回来了，还成为新英格兰的标志。

与其他地方有所不同，新英格兰的温带森林正在扩张，现在森林的面积已经远远超过美国1776年建国时的森林面积。美国独立后的50年里，纽约州和俄亥俄州之间开凿了伊利运河：这里短暂的冬季和肥沃的土壤吸引着苦苦挣扎的新英格兰农民。内战以后，成千上万的农民不愿意再回去种田，而是去了靠着新英格兰的河流运作起来的工厂和制造厂，要么就去了西部。中西部的森林渐渐消失，而新英格兰的森林则开始收复失地。

农民花了300年时间才建起这些未经灰浆涂抹的石墙，这里的土壤随着季节变换热胀冷缩，于是石墙便发生了弯曲。在接下来的几个世纪中，它们依然会是这里的一道风景线，直到凋零的树叶化作土壤，越积越高，终将它们掩埋。但它们周围生长出的森林与欧洲移民抵达之前的情景，或者更早的印第安人在此生活之前的模样是何其相似啊！如果任其发展，它们会是怎样的一番景象呢？

地理学家威廉·克罗农在他1980年出版的《土地的变迁》一书中提出了挑战性的观点。以前，有些历史学家认为，欧洲人初来美洲新大陆的时候，看到的是一望无际、绵延不绝的原始森林，松鼠在树梢上跳跃，能从科德半岛径直抵达密西西比而不用接触地面。克罗农对此表示质疑。土生土长的美国人一直以来都被描述成原始人类：他们在此生息繁衍，对环境施加影响的能力或许只和松鼠差不多。为迎合清教徒移民对于感恩节的描绘，人们接受了这样的观点：当时美洲印第安人的农业才处于起步阶段，种植的是玉米、大豆和南瓜之类的农作物。

现在我们知道，南北美洲所谓的"原始景观"事实上已经是前代人改造自然的结果了——人类大肆屠杀大型动物后，世界发生了巨大的变化。第一批美洲人每年至少焚烧两次下层林丛，以便让狩猎变得更加容易。大多数火势并不强，只想清除多刺灌木和寄生虫，但他们也有选择地烧毁一些树木，把森林改造成陷阱和漏斗状，以困住野兽。

大概只有鸟类才能穿越从海岸到密西西比河的这条"树梢通道"，即使是飞松鼠也不可能做到这一点，因为要横穿大面积的割刈地带——这里的森林被改造为稀树高原或者索性被夷为平地，没有翅膀是不行的。通过观察闪电开辟出的空地，古印第安人知道种植浆果丛和香草草地能够吸引来鹿、鹌鹑和火鸡。欧洲移民和他们的后代大面积地焚烧森林、获得耕地；而最后这些古印第安人的所作所为与他们并无差异：他们也成为农耕民族了。

然而，新英格兰是个例外。它属于殖民者首先抵达、安居的地区之一；它也能从某种程度上理清一个普遍存在的误区：整片大陆原是片处女地。

"我们现在认为，"哈佛大学生态学家大卫·福斯特说，"殖民之前的美国东部地区曾是一片农耕区，玉米养活着这里众多的人口，人们建起固定的村庄，放火清空土地。确有其事。但不是发生在这里。"

这是一个风和日丽的9月的清晨。我们漫步在马萨诸塞州中部茂密的林地中，这里离北面的新罕布什尔州边境很近。福斯特在几棵五针松中停下了脚步，这里在一个世纪之前还是小麦耕地。在它们荫蔽的林下叶层里，硬木的树苗正悄悄发芽，长势惊人。他说，新英格兰的农民迁往西南部之后，伐木工人来到这里，发现这里竟是一片现成的松林种植园。

"他们花了几十年的功夫想让五针松自我繁衍，但结果令人沮丧。他们砍伐森林后发现，重新长出的并不是五针松，而是一片新的林木——从五针松的荫庇下成长起来的硬木林。他们可没念过梭罗①的作品。"

这里是彼德森村外围的哈佛森林，1907年创建之初是作为一个木材研究中心，现在成了个实验室，研究人类不再使用土地之后，土地会发生什么样的变化。大卫·福斯特是这个实验室的负责人，大部分时间里，他都在大自然中工作，而非教室里。他今年50岁，看起来却要年轻10岁：高高瘦瘦，十分健康，额头前的头发还是黑的。他弯腰看着一条河流，在这里进行耕作的已有4代人，其中的某代人出于灌溉的考虑拓宽了这条河流。沿岸的桦树是新生森林的"先遣部队"；和五针松一样，它们没法从自身的荫庇中繁衍出后代，所以一个世纪之后，树下矮矮的糖枫将取代它们现在的位置。但不管怎么说，这里现在是片名副其实的森林：空气令人心旷神怡，蘑菇从凋零的树叶丛里冒出头来，阳光在一片绿色之中撒下点点碎金，啄木鸟笃笃敲打着树干。

即使是从前农场上工业化实现得最为彻底的地方，森林也已经迅速复活。曾是烟囱的乱石旁有一块长着青苔的磨石，这说明某个农场主曾在这里碾磨铁杉和栗树皮，制作牛皮皮革。

这个磨坊的池塘现在填满了黑色的沉积物。散落一地的耐火砖、金属碎片和玻璃是这间农场唯一剩下的东西。暴露在外的地窖入口长出了厚厚的一层蕨类植物。石墙曾经将室内与野外隔离，但现在则被夹在30米高的针叶林中。

在200年间，欧洲迁移而来的农民和他们的子孙后代夷平了新英格兰地区四分之三的森林，其中也包括这里。再过300年，树干又会像以前那样粗了，早期的新英格兰人用它们来制造船梁和教堂：橡树的直径长达3米，悬铃木的密度是橡树的2倍，五针松足有76米高。福斯特说，早期的殖民者在新英格兰发现了高耸的天然林木，因为这个地方与殖民前的北美其他地区有所不同，这个大陆上的寒冷角落人迹罕至。

"人类曾经在这里生活。但是相关证据表明，在这里进行狩猎和采

① 梭罗（1817—1862）：美国重要作家，受超验主义思想影响。曾经在瓦尔登湖湖畔的野外住了2年。代表作有《论公民的不服从》和《瓦尔登湖》。

集的人数并不多。这里并不适合火耕。在整个新英格兰地区，曾经大概有25 000人，但他们并不在任何一个区域定居下来。从留下的洞痕来看，他们住宅里柱子的直径只有5—10厘米。他们可以迅速拆毁住宅，一夜之间就迁移到其他地方去。"

福斯特说，这里和大陆上其他地方不同，在其他地方，印第安人定居在密西西比河下游的河谷，但在这里，玉米是公元1 100年之后才开始种植的。"从新英格兰考古遗址中发现的玉米加起来也装不满一个咖啡杯。"大多数人都居住在河谷地带——农业最终就是从这里起步的；当然还有沿海地区——居住在海边的人靠采集和狩猎为生，这里有大量的青鱼、西鲱、螃蟹、龙虾和鳕鱼，徒手就能抓到。人们在内地建造起的营帐主要是为了抵御海边严寒的冬季。

"剩下的，"福斯特说，"就是森林了。"这里是一片渺无人迹的荒野，直到欧洲人以他们祖先的名字命名了这片土地，并不断地进行火耕。这些清教徒移民发现的森林地是在最后一个冰川期之后生长出来的。

"现在森林又回来了，所有的主要树种都回来了。"

动物也是。驼鹿之类的动物也自行回到这里。其他的一些动物，比如说海狸，再次被引进到这里，并且大量繁殖。在没有人类的世界中，再没有谁来阻止它们的繁衍，新英格兰地区会恢复到北美大陆（从加拿大到墨西哥北部）从前的样子：海狸筑起的大坝整齐地排列在每条河流上，形成的一块块沼泽地像是沿河的颗颗大珍珠，里面生活着鸭子、麝鼠、白羽鹤和蝾螈。这个生态系统的新成员是山狗，它们目前正企图占据狼的生活环境——不过有种狼的亚种正呈上涨的趋势。

"我们现在看到的山狗比西部山狗要大很多，它们的颅骨和下颚更大。"福斯特说这些话的时候用长长的双臂比划出巨大的犬颅。"它们的猎物也比西部山狗的大，比如说鹿。这种适应不是一天两天的事。从遗传学角度看，有证据表明西部山狗正从明尼苏达州和北部的加拿大迁徙过来，与狼杂交，然后在这里生活。"

他又接着说，新英格兰的农民能在外来植物泛滥之前就离开是件很幸运的事。在外来树种于美洲大陆蔓延开来之前，本土的植物又一次占据了以前的农场。这些土壤中不含任何化学物质；人们从未使用过农药铲除野草、昆虫或真菌来帮助作物的生长。大自然是如何收复耕地的，这便是个典型的例子。旧英格兰的情况则大有不同了。

2. 农　　场

与英国大多数主干道一样，从伦敦向北延伸的M1高速公路也是罗马人建造的。在赫特福德郡，从亨普斯特德一路小跑便可至圣奥尔本——这里曾经是罗马重镇，过了圣奥尔本就是哈彭登村了。从古罗马时代到20世纪晚期，因为伦敦离这里只有48千米的路程，所以伦敦的上班族在这里生活，圣奥尔本在当时是远郊的商业中心，而哈彭登则是一片平坦的农场，除了几道灌木树篱，辽阔的农田一望无际。

罗马人是公元1世纪来到这里的，但早在此之前，大不列颠岛葱郁的森林就已经遭到破坏了。人类于70万年前的冰河时代来到这里，当时英吉利海峡还是一条大陆桥，他们或许是顺着欧洲野牛的足迹而来——它们现在已经灭绝。人类生活在这里的时间十分短暂。根据英国伟大的森林植物学家奥利弗·拉克姆的观点，最后的冰期过后，英格兰的东南部是菩提树和橡树的海洋，还有众多的榛树——它们或许很对石器时代果实采集者的胃口。

大地的景象在公元前4500年左右发生了剧变，因为所有穿越隔离英格兰和欧洲大陆的英吉利海峡的人都携带着农作物和家养的牲畜。拉克姆悲伤地说，这些移民"想把不列颠和爱尔兰改造成近东干燥大草原的样子，农业也正是在这些地区率先发展起来的"。

今天，英国原始森林不到国土面积的百分之一，在爱尔兰更是消失殆尽。大多数林地都有清晰的边界，有迹象表明，几百年来小心翼翼的人类为使其长出大量分枝一直定期修剪，于是这些萌生林可以不断繁殖，让人类用作建材或燃料。罗马人的统治让位于撒克逊的农民和农奴后，它们依然保持着原样，直到中世纪之前都未有改变。

在哈彭登，罗马神殿的遗址只剩下一圈低矮的岩石和植物茎梗形成的墙，在它们旁边是一栋13世纪早期的建筑，叫做洛桑庄园。它采用的是砖石和木材结构，占地1.2平方千米，四周是一条护城河。几百年来，它五易其手，几代主人都不断增加房间的数量，直到1814年一个名叫约翰·本内特·劳斯的18岁男孩继承了它，房间数量才稳定下来。

劳斯先是在伊顿公学接受教育，后来去了牛津大学，学习地质学和化学，这期间他长出了络腮胡子，但并没有拿到学位，而是回到洛桑庄园，用过世的父亲留下的种子改变了这个庄园的面貌。事实上，他的所作所为最终改变了农业的进程和大部分地表的面貌。这些变化在我们消失之后还会持续多久，是农工业者和环保论者争论的焦点。不过约翰·本内特·劳斯是个有远见的人，他好心地为我们留下了不少线索。

他的故事要从"骨头"开始——尽管有些人可能会说，第一个故事是有关白垩的。几百年以来，赫特福德郡的农民一直在挖掘黏土下面的古代海洋生物的白垩色遗骸，然后撒在犁沟里，因为这些物质有助于芜菁和谷物的生长。在牛津大学的课堂上，他了解到，在农田里撒上石灰来滋养农作物的效果比不上减弱土壤的耐酸性能。但什么东西可能成为农作物的养料呢？

德国化学家尤斯图斯·冯·李比希注意到，骨粉能使土壤变得肥沃起来。他写道，把骨粉浸泡在稀释的硫酸中，能让它更加易于被土壤吸收。劳斯在芜菁田里按照这个方法进行了试验，结果效果显著。

尤斯图斯·冯·李比希被认为是"化肥业之父"，但他或许愿意用这个头衔去交换约翰·本内特·劳斯所取得的巨大成功。冯·李比希未曾想到给他的方法申请专利。劳斯意识到，购买骨头、烧透、研磨，然后从伦敦煤气厂运来硫酸，把磨碎的颗粒浸泡在硫酸中，最后还要把变硬的颗粒拿出来再研磨一次——对于繁忙的农民而言，这是件相当麻烦的事。于是劳斯专门干起了这个。申请到专利后，他于1841年在洛桑建立起世界上第一家化肥厂。没过多久，他便开始向所有的邻居销售过磷酸钙。

他守寡的母亲依旧居住在高大的砖石庄园中。或许是在她的坚持下，劳斯的化肥厂很快就搬到了泰晤士河边、靠近格林威治的地区，面积也变得更大。随着化学土壤添加剂的广泛使用，劳斯的厂房越盖越多，生产线也越来越长。他不仅做骨粉和磷肥的生意，也经销两种氮肥：硝酸钠和硫酸铵（后来，这两者都被我们今天普遍使用的硝酸铵所取代）。冯·李比希已经发现了氮是对于植物极其重要的氨基酸和核酸的主要组成部分，但这一次，倒霉的他又没让自己的发现好好派上用处。冯·李比希忙于发表著作的时候，劳斯正在申请硝酸盐混合肥料的专利。

为了知道哪种肥料效果最好，劳斯于1843年开辟了一系列的试验田，这个方法我们今天还在运用。于是洛桑研究中心成为世界上最古老的农业技术站和历时最久的试验田。约翰·亨利·吉尔伯特是一名化学家，他与劳斯合作了60年之久，这两人显然都深受尤斯图斯·冯·李比希的厌恶。他们后来种植了两片田：一片是白芜菁，另一片是小麦。他们把这两片地分割成24块，每一块都采用不同的施肥方法。

混合肥料有的含有很多氮肥，有的含得少，有的完全不含；有的含有他申请了专利的过磷酸钙、骨粉，有的不含磷酸盐；有的含有碳酸钾、镁、钾、硫、钠等矿物；还有生熟两种农家肥料；有些田里撒上了这儿的白垩，有些则没有。在接下来的几年中，有些田里轮种大麦、大豆、燕麦、红三叶草和土豆；有些田定期休耕，有些则一直种植相同的农作物；有些田什么肥料都没有施加，以用作进行对比的参照物。

到了19世纪50年代，他们清楚地看到，在氮和磷酸的共同作用下，作物的产量有所增加，此外，微量的矿物能使有些作物的生长加速，有些减速。合作伙伴吉尔伯特总是勤勉地采集样本和记录结果，只要有他在，劳斯不介意尝试所有能使作物增产的理论——科学结论也好，家庭小诀窍也罢，民间偏方也行。根据他的传记作者乔治·沃恩·代克的说法，他还尝试过象牙灰做的过磷酸钙，还在庄稼上涂过厚厚的一层蜂蜜。今日还在用的那片田上面什么都没种，只有草。洛桑庄园下面远古的草场被划成好几块，施加不同的无机氮化合物和矿物。后来他们又添加了鱼肉，动物的粪便也被添加到几种肥料中。在20世纪，酸雨有所增加，田野被细分成更小的地块，其中的一半被撒上白垩来测试不同pH值下作物的生长情况。

在这个草场实验中，他们发现，尽管无机氮肥能让干草长到齐腰高，但生物的多样性却遭到了破坏。未施加肥料的地块上有50种野草、豆类和药草，但相邻的那块含氮的土地上却只有两三种。农民可不想让其他的种子和他们的作物竞争，他俩对这点确信无疑，但大自然可未必这么想。

颇为费解的是，劳斯也有这样的想法。19世纪70年代的时候，劳斯已经很富裕，他卖掉了他的化肥厂，但是依然痴迷于他的作物实验。他想知道土地的繁殖力何时才会枯竭。他的传记作家记下了这些：劳斯曾经宣布那些认为能够"用几千克化学物质就能种出几吨家畜粪便才能培育出的好庄稼"的农民不过是受到了蒙蔽。劳斯对那些种植蔬菜和从事园艺工作的人说，如果他是他们的话，他会"选择到能以便宜的价格买到大量家畜粪便的地方种植作物"。

农村正竭尽全力满足工业化城市快速增长的食物需求，在这样的情况下，农民不再有条件畜养如此之多的奶牛和猪来产生成吨的有机粪便。19世纪的欧洲人口密集，农民急切地想获得足够的肥料来种植谷物和蔬菜。南太平洋岛屿上累积了几个世纪的鸟类粪便都被铲光；马厩里的粪便被刮得干干净净；甚至有个好名字的人类粪便——"夜间土壤"也被用到了田野上。按照冯·李比希的说法，滑铁卢战役中马和人类的骨头都被磨碎了当成作物的肥料。

到了20世纪，农场的压力变得更大，洛桑研究中心的试验田里添加了除草剂、杀虫剂和污水污泥。现在，通往古老庄园的蜿蜒小道边上竖起了大型实验室，研究化学生态学、昆虫分子生物学和农药化学。劳斯和吉尔伯特接受维多利亚女王的授爵后，成立了垄断价格的企业联合体，这个实验室就属于它。洛桑庄园于是成了全世界访问学者的宿舍。然而，洛桑最宝贵的遗产却隐藏在所有这些闪闪发光的设备后，一间有

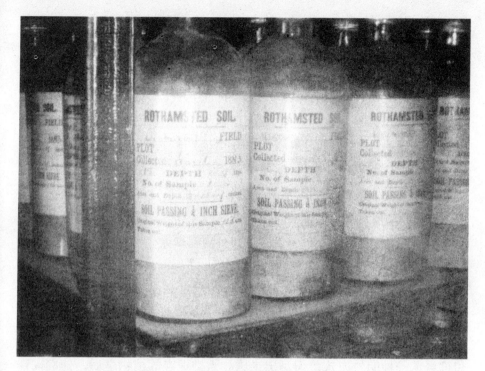

洛桑研究所档案馆

艾伦·韦斯曼摄

着300年历史、窗玻璃上落满了灰尘的谷仓里。

它是一册档案，里面记载着人类160年来为了驾驭植物而做出的种种努力。样本被封存在好几千个5公升的标准瓶中，种类各异，无所不包。吉尔伯特和劳斯把每块试验田里结出的谷物都做成样本，包括它们的茎梗、叶子和它们生长的土壤。他俩还保留了每年的肥料，包括粪便。后来，他俩的接任者甚至还把浇灌在洛桑试验田上的污水污泥也封在瓶里保存起来。

这些瓶子按照时间顺序放置在4.8米高的金属架子上，年代最久远的一直可以追溯到1843年的第一块小麦田。早期样本的模子也在不断改进，1865年之后的瓶子上使用的先是软木塞，再是石蜡，最后是铅。战争年代，瓶子的供应量大大减少，样本便被封存在以前用来盛咖啡、奶粉和果汁的杯子里了。

　　无数的研究人员都曾爬上梯子，辨识着因年代久远而发黄的瓶身标签上写有的字迹，来取出一点样本，比如说1871年4月在洛桑吉斯克罗夫特试验田地下23厘米处采集的土壤。但是还有很多瓶子从未被打开过。除了有机物，他们还保存了那个时代的空气。如果我们突然消失，如果未发生什么空前绝后的地震让这数千只玻璃瓶在地上摔个粉碎，我们就有理由作出这样的猜测：这一项遗产能在我们离开后依然保持完好。不过，用不了一个世纪，"经久耐用"的天花板就会向雨水和寄生虫缴械投降，最机灵的老鼠会知道，某些瓶子只要推向水泥地就会碎裂，里面有能吃的食物。

　　不过，在假设这类破坏之前，如果外星科学家们正好降临到我们这个安静的星球上，发现了我们收集的样本——他们可不像我们这么贪婪，却也没我们活得那么精彩。假设他们发现了洛桑的这些封存在厚厚的玻璃瓶和玻璃罐中的"档案文件"——30万个植物样本。他们很聪明，既然能够抵达地球，那么用不了多久肯定就会明白，这些标签上漂亮的文字和符号是一种编号方式。识别出土壤和人类保存的植物之后，他们或许就意识到，这简直就是人类历史上最后一个半世纪的定时记录。

　　如果他们从最古老的瓶子往后看，他们或许会发现，相对而言，比较中性的土壤并没有持续太长的时间，因为此时英国的工业翻了一番。他们会发现土壤pH值到了20世纪初期急剧下降，因为电器时代的来临导致了煤炭电厂的出现，它们不仅污染了工厂林立的城市，还把污染蔓延到乡村。二氧化氮和二氧化硫的含量在稳步上升，到了20世纪80年代，改进后的重工业设备使两者的含量大幅降低，外星科学家们或许对含有粉状硫磺的样本感到大惑不解，因为这时的农民不得不添加这种成分用作肥料。

　　20世纪50年代初期，洛桑的草场上出现了一样物质，他们或许认不出来：微量的钚。这种物质在大自然中并不存在，赫特福德郡就更不可能有了。正如葡萄酿的酒能体现出每年的天气情况一样，内华达沙漠中的核试验和之后俄罗斯的核试验让远在天边的洛桑的土壤中出现了放射性粒子。

打开20世纪后期的"历史"，外星科学家们会发现瓶子里含有地球上从未有过的新奇物质（如果他们比较幸运，也不会在自己的星球上看到这种物质），比如说塑料中含有的多氯联苯。仅从肉眼的观察，它们和一百年前的样本瓶中的灰尘差不多，似乎一样没什么危害。外星人的眼睛却可能一下就觉察出我们要用气相色谱分析仪和激光光谱仪之类的设备才能看出的威胁。

如果是这样，他们或许会看一眼多环芳烃鲜明的标签。多环芳烃和二噁英这两者本是大自然的火山喷发和森林大火中排放出来的物质，但随着时光的流逝，它们竟忽然从微量物质一跃成为土壤和作物中地位显著的化学物质。外星人定会瞠目结舌。

如果他们和我们一样也是由碳元素构成的生命体，他们可能会吓得一跃而起，或者至少也得后退几步，因为多环芳烃和二噁英这两种物质能够严重损坏神经系统和其他器官。多环芳烃来自汽车和煤炭电厂排出的废烟废气；新铺的柏油马路刺鼻的气味中也含有这种物质。洛桑的农场和其他地方并无两样，人们刻意引进多环芳烃作为除草剂和杀虫剂。

不过二噁英是人类在不知不觉中制造出来的：当碳氢化合物与氯混合的时候，它们便是副产品，不但迟迟难以分解，而且会带来灾难性的后果。除了可以用作变性的内分泌干扰物，最让它们臭名昭著的是，禁用之前，它们被制成剧毒杀虫剂或"橙色剂"———一种使越南整片雨林全部死亡的落叶剂，造反者因此无处藏身。从1964年到1971年，美国在越南喷洒了4万5千立方米的"橙色剂"。已经40年过去了，但遭到喷洒的森林还是没能生长出来。在它们的地盘上生长出来的是一种名为白茅的野草，在全世界都声名狼藉。即便是经常焚烧，它们还是会很快又卷土重来，人们想在这里种上竹子、松木、香蕉或柚木，却屡次失败。

二噁英集中在沉积物中，因而出现在洛桑的污水污泥样本中（从1990年开始，人们认为城市污泥毒性太强，不应该直接倾倒入北海，但它们竟成为肥料在除了荷兰的欧洲农场上广为应用。从20世纪90年代开始，荷兰不仅采取以爱国教育为手段的激励政策，使有机肥种植达到了半数，而且还一直努力说服其他欧盟成员国：其实所有施加在土地上的肥料最终都流入了大海）。

发现洛桑这份珍贵"档案"的未来来客会不会觉得我们曾经企图自杀？从20世纪70年代开始，土壤中的铅含量大幅减少，他们或许会感到些许安慰。然而与此同时，其他金属的含量在增加。尤为明显的是保存下来的淤泥样本，他们会从中发现，所有棘手的重金属在这里齐聚一堂：铅、镉、铜、汞、镍、钴、钒和砷，还有轻一些的锌和铝。

3. 化　学

史蒂文·麦克格雷斯博士弓着背坐在电脑前，光亮的额头下是深陷的双眼，他的视线透过四四方方的老花镜落在大不列颠群岛的地图上。在一颗理想的星球上，或者说，在一颗有机会重生的行星上，地图上标有颜色的这一块块东西根本不应该出现在动物们爱吃的植物中。他指着蓝蓝的那片东西。

"比方说这片东西，它们是1843年以来积聚下来的锌。其他人都不可能看出这个趋势，"他微微吸了口气说，"因为我们的样本是世界上最古老的试验田档案了。"

名为"布罗德博克"的冬小麦田的样本是洛桑最古老的样本之一。通过这个样本，他们获知，土壤中原先百万分之三十五的锌几乎翻了一番。"它们来自大气，因为我们的标准田中什么都未添加——没有化肥、没有粪便，也没有淤泥。然而锌的含量上升了百万分之二十五。"

但是试验田就不同了。这里锌的含量原先也是百万分之三十五，现在高达百万分之九十一。除了百万分之二十五来自大气中沉降下来的工业废物，剩下的百万分之三十一显然另有来源。

"农肥。人们给牛羊吃的饲料中含有锌和铜，使它们长得健壮。在这160年来，农肥使土壤中的锌含量差不多翻了一番。"

如果人类消失，工厂中也不会再排放出含锌的废气，也不会再有谁给牲畜喂养含矿物添加剂的饲料。但是即使在一个没有人类的世界中，麦克格雷斯认为土壤中的金属还是会存在很长的时间。麦克格雷斯说，雨水多少年后才能将它们滤去，使土壤回到前工业时代的状态取决于这些金属物质的构成。

"黏土锁住金属物质的能力是砂土的7倍，因为它的透水性不好。"麦克格雷斯的地图上显示了英格兰和苏格兰沼泽山顶上泥炭覆盖的热区。泥炭的透水性更不好，因而比黏土更为长久地锁住了金属、硫和二噁英等有机氯污染物。

当人们把城市污泥倾倒在土壤上时，即便是砂土也具备固定重金属的能力。只有当植物的根茎吸收它们时，它们才可能离开土壤。麦克格雷斯研究了洛桑1942年以后的胡萝卜、甜菜、土豆、韭葱和各种谷物的档案样本，还有西米德尔塞克斯郡的城市污泥。他假设农作物是每年一收，然后计算出了土壤中业已存在的金属需要多少时间才会消失。

他从一个档案文件抽屉中拿出一张图表，向我们宣布了这个坏消息："我算出，锌需要3 700年。"

人类从青铜时代到现在也不过那么长时间。相比其他金属污染物，这个时间已经算是短的了。他说，镉这种搀杂在人造化肥中的金属，需要两倍的时间才会消失：7 500年。这段时间相当于从人类开始灌溉美索不达米亚平原和尼罗河谷算起，一直到现在。

还有更糟糕的。"铅和铬之类的重金属不容易被农作物吸收，也很难被雨水滤去。它们被牢牢锁定在土壤中。"我们不计后果地把铅排入表层土壤中，可它们在土壤中呆的时间将是锌的10倍：35 000年。35 000年之前地球还处在冰河时期呢。

虽然说不清具体原因，但铬独特的化学特性使其成为最最顽固的金属：麦克格雷斯预计需要7万年。铬进入人体后会伤害黏膜组织，而它潜入人类生活的主要途径是鞣革工业。次要途径是老化的镀铬水槽龙头、制动衬面和催化式排气净化器。但相比于铅，铬还只是个小问题。

人类很早以前就发现了铅，但最近才意识到它会损害神经系统、认知发展、听力和基本的大脑功能。它还会导致肾脏疾病和癌症。在英国，罗马人从矿脉中冶炼出铅，制造管道和圣餐杯。铅管制造业在工业革命期间持续发展，洛桑庄园暴雨雨沟上颇有年代的顶饰用的也是铅。

　　但是老式的铅管制造业和冶炼业只使铅在生态系统中的含量上升了几个百分点而已。在接下来的35 000年内到来的天外来客会不会觉察出汽车燃料、工业废气、煤炭电厂才是让我们的世界中充满铅的真凶呢？我们离开了，就没有谁再来从满是金属物质的土地中收获庄稼，麦克格雷斯因此猜测植物会继续吸收它们，死亡和腐烂的时候又将它们释放出来，循环往复。

　　为适应环境，烟草和一种名为鼠耳水芹的花卉发生了遗传学上的变异，它们能够吸收并蒸腾出一种最为可怕的重金属毒素——汞。不幸的是，植物无法把金属物质放回到我们当初挖掘出土的深度。汞蒸腾出去之后便随着雨水降到其他地区。史蒂夫·麦克格雷斯说，我们可以根据多氯联苯的情况推断出汞的命运。多氯联苯曾被用于塑料、杀虫剂、溶剂、纸张影印和液压机液体。1930年，人们发明了这种物质，1977年被禁，因为人们发现它能扰乱免疫系统、运动功能、记忆和性发育。

　　刚开始，对多氯联苯的禁令似乎挺有效果：洛桑的"档案"清楚地显示，在20世纪八九十年代，土壤中多氯联苯的含量显著下降，到了21世纪，这个数字几乎达到了前工业社会的水平。然而令人遗憾的是，事实证明它们不过是从使用它们的温带地区一路漂移而去，遇到北极和南极的冷空气气团以后便又降落下来。

　　结果是，因纽特人和拉普兰人女性的乳汁、海豹和海鱼的脂肪组织中多氯联苯的含量都在不断升高。除了两极"持久稳固的有机污染物"——比如说多溴化联苯阻燃剂多溴联苯醚，多氯联苯也是导致两性的北极熊数量越来越多的"嫌疑犯"。不管是多氯联苯还是多溴联苯醚，都是大自然原先并不存在、后来人类制造出来的物质。它们是碳氢化合物和相当活跃的卤素（例如氯和溴）混合在一起的产物。

　　持久稳固的有机污染物在英文中用的是首字母缩写（POP），听起来并不让人觉得十分沉重，因为这些物质让人想到的是生意和买卖。设计的初衷就是希望能够持久和稳固。多氯联苯是起润滑作用的液体；多溴联苯醚是不让塑料熔化的保温绝热材料；DDT用作杀虫剂。销毁它们的方式是不同的。可有些物质，像多氯联苯一样，几乎没有表现出可生物降解的迹象。

在接下来的几千年中，未来的花木不断循环着我们留下的金属和那些持久稳固的有机污染物，有些植物忍受了下来，有些习惯了土壤中的"金属风味"，比如黄石国家公园间歇泉周围的植物（尽管它们花了几百万年的时间才适应下来）。然而，剩下的物种——比如我们人类——将死于铅、硒和汞中毒。死亡的是某个物种中最弱的成员，而这个物种则会越来越强，因为它会进化出新的特性，比如说忍受汞和DDT的特点。有些物种则遭到大自然优胜劣汰的选择，走向灭绝。

从约翰·劳斯兜售化肥的年代起，我们便在犁沟中播撒它们。我们消失之后，化肥的影响还能持续多久则因情况不同有所差异。有些土壤的pH值随着硝酸盐慢慢稀释成硝酸，几十年之后便能复原。其他地方，比如说因为铝的自然聚集而形成有毒的区域，就什么都长不出来，直到凋零的落叶和微生物让土壤重生为止。

可是磷酸盐和硝酸盐的最大危害并不在于土壤，而是水域。富营养化水中的水草疯狂生长，湖泊和河流三角洲的生物因缺氧而窒息，连下游一两千米的地方也遭到牵连。只有浮在死水上的绿藻一片繁茂——它们吸收了淡水中太多的氧气，一切生活在水中的生物都因此死亡。当绿藻也死亡的时候，它们的腐烂加速了污染的过程。清澈的潟湖变成了含硫的污水坑，富营养河流的河口膨胀成一片茫茫的"死亡之区"。墨西哥湾密西西比河口的"死亡之区"堆积着明尼苏达州一路携带而来的浸透了化肥的沉积物，现在的面积已经比新泽西州更大了。

在没有人类的世界里，所有的人造化肥将不再使用，地球上物种最丰富的生物区域——携带自然沉积物的大河在入海口遭受的来自化学物质的巨大威胁也将解除。只要度过一个生长的季节，从密西西比到萨克拉门托三角洲，再到湄公河、长江、奥里诺科河和尼罗河的毫无生气的污染空间区域会开始收缩。有规律的潮涨潮落会让河水变得澄清。密西西比三角洲的渔夫如果在10年之后突然醒来的话，眼前的一切会令他大吃一惊。

4. 基　因

20世纪90年代，人类迈出了历史上前所未有的一步：我们不仅仅把一个生态系统的动植物群落引入另一个生态系统，还把其他基因植入到现有生态系统中的某种植物或动物身上。这些基因重复着相同的工作：一次又一次地复制它们自己。

一开始，人们认为转基因生物（GMO）能使农作物自行产生杀虫剂或疫苗，或者使它们对与之竞争生存空间的野草喷洒的农药产生抗体，或者让作物和动物变得更加符合市场需求。这种产品上的改进使土豆的保存期限变得更长；人工养殖的大马哈鱼被植入北冰洋鱼类的DNA后一年四季都能分泌生长激素；人工诱发的奶牛可以产出更多的牛奶；成为商品的松树，纹理图案变得更漂亮；斑马鱼和水母被注入荧光物质，产出的后代成为在黑暗中闪闪发光的水族馆新宠。

于是我们变得愈发大胆，我们使用作动物饲料的植物产生抗生素。大豆、小麦、稻米、红花、油菜籽、紫花苜蓿和甘蔗都乘上了转基因的快车，生产出从血液稀释剂到抗癌药物再到塑料的一切物品。我们甚至采用转基因手段增强健康食品的营养，让它们含有 β 胡萝卜素或银杏精华素等物质。我们能种出抗盐的小麦和抗旱的木材，也能让作物的繁殖能力增强或减弱——这完全取决于我们想要的是哪个结果。

美国忧思科学联合会和西欧大约一半的省份和国家（其中包括英国的大部分地区）都对此表示担忧和批评。他们害怕的是，如果什么新的生命体将来像野葛一样疯狂繁殖，我们何以应对？他们坚持认为，像孟山都公司使用"润道浦"的玉米、大豆和油菜籽等作物，危险性更是翻了一倍——它们的分子坚如铁甲，连该公司最强力的、能杀死周围一切生物的除草剂也拿它们无能为力。

他们如此担忧的原因，一是长期对野草使用"润道浦"牌草甘膦只会让大自然进化出不怕"润道浦"的野草种类，于是农民就会加大除草剂的剂量。第二，许多作物是依靠花粉的传播来繁殖的。在墨西哥的实验表明，经转基因强化的玉米侵略了周边的农田和异花传粉的自然物种，这个结果激发起食品产业对大学研究人员的否定和压力——正是食品产业为昂贵的遗传学实验提供了大部分科研经费。

翦股颖草这种在高尔夫球场上使用的草皮，是出于商业目的而培育出的物种。翦股颖草的转基因在俄勒冈州的天然草场中被发现，尽管这里距离培育基地有数千米之远。水产业曾担保说，生育能力超强的转基因大马哈鱼不会与北美洲的野生大马哈鱼交配，因为它们是饲养在笼子中的，但这一切纯属欺骗：智利河口的大马哈鱼数量大肆泛滥——这个国家是从挪威进口鱼种之后才刚刚有了大马哈鱼。

就算是超型计算机也无法预知泄漏到大自然中的人造基因在生态系统的无限可能性中会制造出什么来。经过无数年的进化，有些基因会在往后更加激烈的竞争中败下阵来。不过，这可是场公平的较量，其他基因可能会抓住机会来适应环境，使自身得以进化。

5. 农 场 之 外

洛桑的科研工作者保罗·普顿迎着11月的细雨，站在没膝的冬青树林里，他的周围是人类停止农业生产之后将长得铺天盖地的一种生物。保罗·普顿长着瘦长个子，他在路那头几千米之外的地方出生，对这片土地的了解绝不逊色于任何作物。他刚从学校毕业就来这里工作，现在已经白发苍苍。他接管的实验从他出生前就开始做了，这个工作就这样持续了30多年。他在想，等他变成骨灰、成为土壤养料后，这些实验也进行不了多久了。但他知道，总有一天，他粘满了泥巴的长靴下葱绿繁茂的野草将成为洛桑实验中唯一有意义的事物。

它们也是唯一不需要照料的生物。在1882年，劳斯和吉尔伯特突然想到围出2 000平方米的"布罗德博克"——那片被分别添加了无机磷肥、氮、钾、镁和钠的冬小麦田，结出的谷物故意留着，都未曾收割，他们想看看会有什么样的结果。次年，一种靠自身传种的新型小麦出现了。再下一年，情况还是一样，尽管豕草和缓缓爬行的治伤草都参与到争夺这片土壤的战争中来了。

到了1886年，只有3棵又矮又小、难以辨认的小麦秆还在生长。翦股颖草也大肆入侵到这里，还有一些星星点点的黄色野花，包括长得颇似兰花的香豌豆。次年，小麦——这种罗马人到来之前就种植下来的中东谷物——被这些卷土重来的、土生土长的植物彻底击溃征服。

大概在这个时间段，劳斯和吉尔伯特终止了另一块800米之外的土地上的实验，这块田的面积大约1万2千平方米出头，名叫"吉斯克罗夫特"。从19世纪40年代到70年代，他们在这块土地上种植豆类，但30年之后，他们清楚地看到，即使有化学肥料的帮助，持续不断地种植豆类而不进行轮作是个错误。没过几个季节，"吉斯克罗夫特"就看着红三叶草在地里扎根发芽了。后来就只好和"布罗德博克"一样，靠围栏来保卫自己了。

至少早在洛桑的实验开始前的2个世纪，人们就已经在"布罗德博克"上撒了当地的白垩，但是地势较低的"吉斯克罗夫特"——如果没有挖好排水沟就很难耕作——并没有撒上白垩养料。两块田的实验停止之后的几十年里，"吉斯克罗夫特"的土壤日趋酸性。人们在"布罗德博克"上撒了好几年厚石灰，所以它的pH值并未下降。复杂的植物，比如说繁缕和多刺的荨麻，开始在那里露面，10年之内，榛树、山楂、桦树和橡树的树苗都会在那里站稳脚跟。

不过，"吉斯克罗夫特"一直都是鸭茅、紫羊茅、牛尾草、翦股颖草和簇状的发草组成的草地。30年之后，树木会逐渐荫庇这里的空地。与此同时，"布罗德博克"的树木会长得愈发高耸和密集。到1915年，又有10个树种在这里安家落户，其中包括枫树和榆树、黑莓灌木和英国常春藤铺成的深绿色地毯。

随着20世纪的时光流逝，这两块地依然沿着各自的轨迹从农田变为林地，但是随着日趋成熟，两者的差异也愈发明显，折射出它们各自有别的农耕历史。人们把它们称为"布罗德博克野地"和"吉斯克罗夫特野地"——对于加起来还不到1万6千平方米的两块地，这名字听起来有些狂妄，不过在一个原始森林面积不剩1%的国度中，这名字或许是恰如其分的。

1938年，柳树在"布罗德博克"的周围萌芽，但后来又被醋栗树和英国紫杉木所取代。"在这里，在'吉斯克罗夫特'，"保罗·普顿把扎到灌木上的派克风衣解下来，并说道，"这些植物以前并不生长在这里。40年前，冬青树突然生根发芽。现在它们长得到处都是。我们不知道为什么会这样。"

有些冬青灌木已经长到了树那么高。在"布罗德博克"，常春藤盘上了每一棵山楂树的树干，覆盖了森林的地面；可这里不同，这里除了树莓没有什么地被植物。最先统治"吉斯克罗夫特"休耕地的草本植物已经完全消失不见，但喜欢酸性土壤的橡树长得遮住了光线。有固氮作用的豆荚的过度种植、氮肥的施加和几十年的酸雨，三者的共同作用使"吉斯克罗夫特"成了"土壤透支"的典型范例——它已经酸化，营养物质被沥滤一空，只剩下没几种植物还在这里生存。

即便如此，由橡树、树莓和冬青构成的森林算不上是一片贫瘠之地。只要时机到来，生命便会生生不息。

"布罗德博克"的情况不同，它只长出一棵橡树，原因便在于播撒了两个世纪之久的白垩保持了磷酸盐的含量。"但最终，"普顿说，"它们会被雨水冲干净。"如果如此，就再也不可能复原了，因为一旦起到缓冲作用的钙层流失，就不可能自行复原了，除非人类回到这里，用铁铲播撒白垩。"有朝一日，"他的声音很低，瘦瘦的面孔仔细关注着他毕生的工作，"这片农田会恢复成林地和灌木。所有的草都会消失的。"

如果没有我们，这个过程无需一个世纪。石灰层流失之后，"布罗德博克野地"便会成为第二个"吉斯克罗夫特"。正如生活在树林中的原始人类一样，它们的后代会乘风而去，直到这两块残留的林地长成一片、蔓延开来，洛桑的所有农田都将恢复成未曾农耕时的样子。

在20世纪中期，商业化使小麦的梗茎短了一半，但它们结出的谷物却增加了。它们是转基因作物，在所谓的"绿色革命"期间，人们研发了这些作物来消除世界上的饥饿问题。它们显著的产量使几百万无粮可食的人填饱了肚子，但同时也对印度和墨西哥等国家人口的膨胀起了推

"布罗德博克"小麦田与"荒野"（左上树木）

洛桑研究所，2003年

波助澜的作用。在进行基因重组之前，它们要经历强行杂交和氨基酸的随机结合，它们的成功存活取决于化肥、除草剂和杀虫剂之间比例的调配——这些物质能保证这些实验室里繁殖的生命体不受到外界现实环境的潜在威胁。

在没有人类的世界中，没有任何作物能在野外生存下去，虽然劳斯和吉尔伯特废弃"布罗德博克野地"之后，小麦还坚持生存了4年时间。有些杂交品种是不育的，或者，它们产生的后代是有缺陷的，所以农民不得不每年购买新的种子——这对于种子公司来说是笔不错的买卖。这些田野上大都种植着谷物，但杂交的品种注定将藏身于此，以后，田野会在氮和硫的作用下急剧酸化，在新的土壤生成之前变成营养物质所剩无几的酸土。土壤的更新需要以下前提：耐酸的树木先要在这里扎根生长几十年，接下来的几百年中，凋零的树叶和腐烂的树木要被微生物分解为腐殖质——而这些微生物必须得受得了工业化农业留给它们的贫瘠土壤。

这些土壤下面是沉积了3个世纪的各式重金属和各种持久稳固的有机污染物，这些物质对于阳光和土壤而言都是新鲜货。生机勃勃的根系经常将它们翻掘出土。多环芳烃等人造复合物由于太重而无法被风带到北极地区，它们或许紧紧堵塞住土壤的气孔，导致负责分解的微生物无法进入，从而永远地留在了土壤中。

*

在1996年，伦敦的新闻记者劳拉·史宾妮在《新科学家》杂志上写了一篇文章，假想自己生活的城市在被人们废弃250年之后恢复成从前的沼泽的样子。自由了的泰晤士河在倒塌的建筑浸着水的地基中流淌，金丝雀码头塔经受不住常春藤的重量而崩溃。次年，罗纳德·赖特的小说《科学传奇》描写了500年之后的模样，他想象的泰晤士河沿岸长满了棕榈树，清澈的河水绕过肯维岛，淌到闷热的红树林河口，最后注入温暖的北海。

英国"后人类时代"的命运与整个地球的未来连在一起，在两幅图景中艰难地寻求平衡点：一是恢复成温带森林，二是突然成为炎热难忍的热带。有点儿讽刺的是，未来也可能转变为我们最后在英格兰西南部沼泽中看到的某种情形——柯南道尔的巴斯克维尔猎狗曾在这里朝着寒冷的迷雾大声嚎叫。

达特穆尔高原是英格兰南部地势最高的地方，它活像一个两千多平方千米的秃脑袋，上面时而露出一片片断裂的花岗石大突岩，边缘是农田和几片林地——它们越过了陈旧的灌木树篱的边界。达特穆尔高原于石炭纪末期形成，当时大不列颠的大部分地区还在海平面以下，于是海洋生物的外壳变成了现在埋藏于地下的白垩层。白垩层下面是花岗岩，3亿年前，花岗岩和下面的岩浆一起上升成为一个圆顶形的岛屿——有人害怕，海平面的上升会再次让达特穆尔高原成为一个岛屿。

经历了几个冰期，地球上许多水都结成了冰，于是海平面下降了，我们现在的这个世界才渐具雏形。最后一个冰期中，本初子午线附近升起了一块高达1.6千米的冰层。冰层停下的地方形成了特穆尔高原。高原的花岗岩山顶（地质上称为"突岩"）上还可以看到冰川时期的遗留物。如果大不列颠群岛上还存在第三种气候的可能性，那么山顶上剩下的冰层则可能就是未来气候的征兆了。

如果格陵兰岛冰盖的融水阻隔或逆转了墨西哥暖流——是它使英国比同纬度地区的美国哈得逊湾温暖得多，那么第三种可能就会成为现实。因为这个争议颇多的可能性是全球变暖的后果，所以或许压根不会产生冰层，但是会不会形成永久冻土和苔原地带就很难说了。

这件事发生在12 700年前的达特穆尔，当时全球的循环系统相当缓慢、几近停止：没有冰层，只有坚硬的岩石地表。接下来发生的一切具有预示的作用，因为它或许展现了联合王国未来的模样。同时也令人充满希望，因为我们知道这一切终将过去。

冰期持续了1 300年。在这段时间里，达特穆尔圆顶形的花岗岩岩床中留有的水结了冰，导致地表下面的巨大岩石发生了断裂。后来，更新世时期结束了。永久冻土层融化了，暴露出破碎的花岗岩——这就是所谓的"突岩"，沼泽的数量大大增加。在接下来的2 000年时间里，一条大陆桥连接着英国和欧洲大陆，松树来这里生长，再就是山毛榉和橡树。鹿、熊、海狸、獾、马、兔子、红松鼠和欧洲野牛也和植物一样相继跨越大陆桥。一些主要的食肉动物也尾随而至：狐狸、狼，还有今天英国人的祖先。

和美国人以及更早的澳大利亚人一样，他们焚烧树木，因为这样可以更容易地找到猎物。除了高高的突岩，当地环保团体视为珍宝的、贫瘠的达特穆尔高原其实也是人类的杰作。它曾是一片被不断焚烧的森林，后来的年降水使它成为一条浸满了水的"泥炭毯子"，树木无法再在这里生存——现在只有泥炭层里残余的木炭才能证明它们曾在这里生活。

随着人类把大块的花岗岩围成圈子做成他们小屋的地基，达特穆尔高原被塑造成了新的模样。他们把它们铺开成长长的、低矮的石墙，石墙未用灰浆砌合，横跨整个地区，至今依然十分清晰。

　　石墙把这里划成几块草地，用来畜养牛羊和达特穆尔著名的小型马。最近，人们把牲畜带离了这里，想效仿苏格兰风景如画的石南开阔地，但是无济于事，因为欧洲蕨和多刺的金雀花成了这里的主人，而不是紫色的石南。但是金雀花适合的环境是以前的苔原，它冰冻的表层融化成软绵绵的泥炭层，在这些沼泽边散步的人肯定不会陌生。这里或许会再次变成苔原，不管人类在或不在。

　　在世界其他地方，在人类照料了几千年、曾为农田的地方，气候变暖的趋势导致的生态将类似于我们今天的亚马孙河流域。树木将支起巨大的天篷遮蔽土地，唯有土壤还会记得我们。在亚马孙流域，肥沃的黑土层被称为"特拉普若塔①"，里面的木炭让我们想起几千年前的古人类在一列列宽宽的种植带里栽下的树木——我们今天把它们视为原始丛林。这里的树木并非被焚烧，而是慢慢被烤焦成炭，所以营养丰富的碳、氮、磷、钙和硫组成了容易分解的有机物进入到土壤中，而非排入大气。

　　约翰尼斯·莱曼曾经描述过这个过程。他是康奈尔大学一批土壤学家中最年轻的一个——这些土壤学家研究黑沃土的时间不亚于洛桑创始人约翰·劳斯的后人做化肥实验的时间。木炭让土壤变得肥沃，尽管频繁耕作，但土壤并未贫瘠。看看茂盛的亚马孙流域吧：莱曼和其他人都相信，哥伦布发现美洲新大陆之前就有大量人口在此生活，直到欧洲的疾病使他们的人口锐减，只剩下零零散散的部落靠着祖先种下的坚果树林维持生计。我们今天看到的一望无际的亚马孙流域，这个世界上最大的森林区，正迅速重回这片黑沃土，速度之快让欧洲殖民者根本没有觉察到它一度消失过。

　　"生产和使用树木炭灰的方法，"莱曼写道，"不仅仅极大地改善了土壤的质量、增加了农作物的产量，还为我们提供了一种新的方法来

---

① 特拉普若塔：葡萄牙语，意为"黑色的沃土"。

大幅度、长期地降低大气中二氧化碳的含量。"

在20世纪60年代，英国大气科学家、化学家和海洋生物学家詹姆士·拉福洛克提出了他的"盖亚①假说"：他把地球描绘成一个巨大的生物群落，地球上的土壤、大气、海洋组成了一个循环系统，而生活在地球上的植物和动物群落则调控着这个系统的运作。他现在害怕这个生机勃勃的星球正在发高烧，而我们就是病毒。他建议我们得把重要的人类知识汇编成一个手册（他后来又添了一句，要印在耐用些的纸张上），写给接下来几千年中的幸存者们——他们可能都蜷缩在南极和北极，因为在海洋吸收足够的碳、恢复生态平衡之前，这里是异常炎热的星球上唯一能够住人的地方了。

如果真是如此，那些不知名的亚马孙农民的智慧就显得引人注目了，我们应该记住他们的方法，这样我们下次转世投胎再来到世上的时候就可以采用一种不同的农耕手段了（挪威正把世界上各类作物的种子存放到北极的岛屿上，希望它们在其他地方能够躲过不知名的劫难。这件事也不是没有可能性）。

如果并非如此，如果没有人回来耕作或畜养动物，森林将成为世界的统治者。丰沛的雨水滋润下的牧场会引来新的食草动物——或者也可能有古老的，比如长鼻目动物和树懒的新品种在地球上生息繁衍。然而，其他地方就没这么好运了，它们会因过度炎热而成为新的撒哈拉沙漠。比如说美国的西南部：这里原先是齐腰高的草地，可到了1880年，牛群的数量突然从25万头激增到150万头；现在，新墨西哥州和亚利桑那州正面临史无前例的旱灾，因为没了草原也就丧失了蓄水的能力。他们或许只好等待了。

撒哈拉沙漠曾经也有河流和池塘。只要有耐心——尽管不幸的是，不是人类有生之年能目睹的——河流和池塘还会回来。

---

① 盖亚：希腊神话中大地女神的名字。

第三部

第十二章

❧

古代与现代奇迹的命运

在全球变暖和洋流冷却这两者之间，如果真像某些理论模型所提出的那样——一方会减弱另一方的力量，那么欧洲精心呵护的机械化农场在没有人类的情况下便会长满雀麦草、牛毛草、羽扇豆、德国蓟、开花的油菜籽和野生芥菜。几十年之内，橡树的枝叶会从以前种植小麦、黑麦和大麦的酸性田野中萌发出来。刺猬、山猫、野牛和海狸会大量繁殖，野狼从罗马尼亚往北迁徙，如果欧洲气候更寒冷些的话，驯鹿也会从挪威南下。

大不列颠群岛的生物将会有点儿与世隔绝，因为上升的海平面还在继续拍打多佛港业已向后倾斜的石灰岩峭壁，英国和法国之间三十多千米宽的海峡也正变得越来越宽。欧洲矮象和河马曾经横渡海峡抵达塞浦路斯，它们游过的距离几乎是英吉利海峡的两倍，所以我们有理由认为，总有些什么动物会试图穿越这里。真空绝缘的毛皮能让北美大驯鹿浮在水面上，它们能渡过加拿大北部的湖泊，因此它们的驯鹿同胞们或许真的可以游到英国。

人类的交通瘫痪之后，如果有些冲动的动物试着取道英吉利海底隧道抵达英国，还真的很有可能成功。就算没有维修人员，海峡隧道也不会像世界其他地区的许多地铁那样很快进水，因为它只穿过一个地质层——不怎么渗水的泥灰土岩床。

到底会不会有动物来尝试横渡海峡呢？这完全是另一码事。所有的3条英吉利海底隧道———一条铁路往西，一条铁路往东，还有一条平行的中央通道起到后勤服务的作用——都裹在混凝土之中。这意味着50千米之内，既没有食物也没有水，而且一片漆黑。不过，某些大陆上的物种通过这个途径抵达英国倒也不是全无可能：生物体有能力在世界上最不适合居住的地方生存下来——从南极冰层上的苔藓到98℃的海底火山口生活的海虫——这或许就是生命本身的真正意义。当然，体型小巧、好奇心却很大的动物，比如说田鼠或挪威鼠，肯定会通过英吉利海底隧道，一些性急的野狼也会顺着鼠类的气味来到英国。

英吉利海底隧道是我们这个时代的奇迹，耗资210亿美元；在中国建设河流大坝之前，它是世界上最昂贵的建设项目。海底隧道在地下泥灰土层的保护下，或许能维持几百万年，是人类建筑史上最为持久的一项工程，不过它最终会在大陆板块的漂移作用下被一扯为二，或者像一个缩紧的手风琴一样被碾得粉碎。

不过，即使完好无损，也不意味着功能健全。英吉利海底隧道的终端离两国各自的海岸都只有几千米的距离。英伦的入口福克斯顿比目前的海平面高出近60米，所以被水冲裂的可能性并不大，不过将它与英吉利海峡分隔开来的石灰岩峭壁会受到严重的侵蚀。更大的可能性是：上升的海平面会进入法国的入口考克莱尔——因为它比加来平原的海面只高出4.9米。如果真是这样，海底隧道不可能全部进水：隧道的建设完全遵循泥灰土地层的地势起伏，中部有所下降，后又上升，而海水流向的是地势最低的地方，因而隧道的部分地区将免于水患。

虽未进水，但即使对于勇敢的迁徙生物而言，它也不再有什么价值。当我们投资210亿美元建造这个工程史上的奇迹时，我们做梦也未曾想到海水的上升会让这一切都化为乌有。

古代世界的自豪的建设者也一样不走运，他们创造了7大奇迹，却也未曾想到它们压根儿不能万古永存，现在剩下的就只有埃及的胡夫金字塔了。尽管森林的年代久远，但雄伟高耸的树木最终会倒塌下来，胡夫金字塔也一样，在过去的4 500年中，它下沉了9米。一开始，金字塔的损失很严重，中世纪时，占领这里的阿拉伯人把它的大理石外壳拆下来建设开罗城。现在，暴露在烈日下的石灰石和其他山丘一样慢慢土崩瓦解，再过100万年，它看起来就再也不会有金字塔的样子了。

其他6大奇迹用的材料就更加经不起时间的考验了：一个是一尊巨型的木质宙斯像，外面镀上了黄金和象牙，但它在人类搬运的过程中被摔碎了；一个是空中花园，现在我们在巴格达以南50千米处的巴比伦宫殿的旧址中找不到任何它的遗骸；一个是罗得斯的巨型青铜雕像，它在一次地震中因为承受不住自身的重量而倒塌，后来碎落的青铜被当成废料卖了；还有3个都是大理石结构——希腊的庙宇葬身火海，波斯摩索罗斯王的陵墓被十字军夷为平地，亚历山大法罗斯岛的灯塔也被地震摧毁。

让它们步入世界奇迹之列的或许是它们令人振奋的美——比如说希腊的阿耳忒弥斯神庙，但更大程度上只是因为它们规模宏大。古人的创造史时常令我们心悦诚服。有座建筑或许并没有那么悠久的历史，却气势磅礴，给人留下了最为深刻的印象。这项建筑工程整整持续了2 000年，历经3个朝代，绵延6 437千米，这座城墙雄伟壮丽，地位显赫，它不仅仅成为大地上的一个显著标记，甚至还改变了大地的面貌。中国的长城令世人震惊。尽管是个谬误，但人们还是普遍认为：从外太空也可以看到长城。它警告未来的外星入侵者，地球是被人们守护着的。

然而，长城在地球的外壳上不过是一层波纹罢了，它不可能万世永存，而且远远比不上大多数地质年代的寿命。长城的建材靠捣烂的泥土、石头、烘制的砖块和木料混合而成，糯米甚至也当起了胶泥，如果没有人类的维护，它又岂能抵御水和树根的侵袭？如果没有人类社会，它将会彻底瓦解，只剩下石头。

在盛大的公共建设工程里，没有什么能与这个1903年动土的现代奇迹相提并论。1903年是纽约地铁竣工的一年。但我说的这个奇迹是人类对板块构造的挑战——人们把300万年前漂移到一起的两块大陆分离开来。巴拿马运河的开凿史无前例，至今也没有什么工程能与之媲美。

尽管早在30年前人们就开凿了分离非洲和亚洲的苏伊士运河，但这项工程相对较为简单，像一个外科手术一般在空旷无垠、没灾没祸、没有山丘的沙漠平地上开了个口子。开凿苏伊士运河的法国公司后来又来到了90千米宽的南北美洲州地峡，得意洋洋地以为这次和上次一样易如反掌。不幸的是，他们低估了这一切：茂密的丛林潜伏着疟疾和黄热病；暴风骤雨；河流湍急；陆脊的最低点海拔都有82米。这个公司还未完成工程的三分之一就已宣布破产，在施工过程中死亡的工人高达22 000名，这些都让法国上下震惊不已。

9年之后的1898年①，在哈瓦那港，美国的一艘战舰或许因为锅炉爆炸而沉没，于是西奥多·罗斯福以此为借口把西班牙的势力从加勒比海驱逐了出去。美西战争原来旨在解放古巴和波多黎各，但是让波多黎各人没有想到的是，美国竟然吞并了他们的国家。对于罗斯福，它正好可以为暂不存在的运河作一个不错的装煤站，这样穿梭于大西洋和太平洋之间的轮船就不用往南绕到南美洲再往北行驶了。

罗斯福认为巴拿马的价值高于尼加拉瓜，因为它坐落于活火山之间的湖泊可以进行航运，能够省下不少挖掘的劳力。在当时，南北美洲的地峡部分依然属于哥伦比亚，尽管巴拿马人为了脱离遥远的波哥大②时断时续的统治已经起义3次。美国想用1 000万美元借用哥伦比亚领土上10千米宽的地带以建造运河，却遭到了哥伦比亚的拒绝，于是罗斯福总统派遣了一艘炮舰去支持巴拿马人的反叛，最终取得了胜利。一天以后，罗斯福就背叛了巴拿马人，他让那家开凿运河的破产的法国公司中的一名法国籍工程师担任巴拿马的大使，而这位工程师在收受了不少好处后立即在符合美国人利益的协议上签了字。

---

① 1898年：事实上，巴拿马运河由法国始建于1881年，但此工程于1889年被废弃。美国于1903年巴拿马宣布独立后获得它的建筑权。作者这里所说的"9年之后"，显然是以1889年为基准点计算的。

② 波哥大：哥伦比亚首都。

这件事让美国在拉丁美洲的声誉受损，拉美人一直把美国视为霸道的帝国主义外国佬。但它也成全了人类工程史上最令人难以置信的壮举——这是11年之后的事了，而且因此葬身的建筑工人又多了5 000人。一个多世纪以后，它依然是个空前绝后的伟绩。除了改变大陆板块的构造，增加两大洋之间的沟通，巴拿马运河也把世界的经济中心移到了美国。

我们实实在在地改变了大地的构造，它似乎注定会延续好几个时代。可是在没有人类的世界里，大自然需要多少时间就能把人们在巴拿马千辛万苦分开的大地重新合并起来呢？

*

"巴拿马运河，"阿巴迪尔·佩若斯说，"就像是人类在地球表面划出的一道伤痕，大自然当然会去试着早日愈合。"

佩若斯是运河大西洋一端的开闸负责人，从这里经过的贸易占全球贸易总量的5%——这取决于少数负责让"伤口"永远处于开裂状态的水文学家和工程师。佩若斯长着方方的下巴，言语温和，现在是一名电机工程师，他20世纪80年代到这里工作的时候只是个还在巴拿马大学念书的实习机械师。他每天都要检查世界上最富新意的机器。

"以前，波特兰水泥是新鲜货。但在这里，它可不管用。钢筋混凝土当时还没有发明出来。水闸所有的墙体都如金字塔般高大。它们的强化作用靠的无非是巨大的重量。"

他在一只巨大的混凝土船闸旁边站着，一艘满载着橙子的中国货船正顺着导航指挥驶入其中——它的目的地是美国东海岸，上面装载的是7层楼那么高的集装箱。水闸有33.5米宽。这艘船有3个足球场那么长，驶入水闸的时候两边剩下的空间只有60厘米。两辆机车（被称为"牵引机"）在两侧分别把船体拖入空间相对不大的水闸。

"电也是新型能源，当时纽约还未建好第一个发电厂。但是巴拿马运河的建造者决定使用电机，而不是蒸汽机。"

进入水闸之后，水通过管道注入水闸，船体升高了8.5米，这个过程需要10分钟。水闸的另一端是加顿湖，在长达半个世纪的时间里它一直是世界上最大的人工湖。为了建造这个人工湖，人们淹没了整片桃花心木森林，不过没有步法国人的后尘——法国人决定挖掘另一条苏伊士这样的海拔为零的运河，但这是个命中注定的大失败。他们除了需要移走大部分陆脊，还需要改变一下查格雷斯河的航道：查格雷斯河流域雨量丰沛，它发源于丛林高地，入海口就在运河的中部。在巴拿马长达8个月的雨季中，查格雷斯河携带的泥沙只需短短几天（如果不是几个小时的话）就足以堵塞狭窄的人工通道。

于是美国人建造了一个"水上楼梯"，每一端都有3个水闸，让抬升的水注入查格雷斯河因为筑坝而形成的湖泊——通过这条"水道"，船只可以浮起来驶过法国人未能成功穿凿的山区。这些水闸需要借助197立方米的水才能让一条船浮起来通过这里——这些淡水来自被截流的河流，等船只通过以后这些水就在重力的作用下被排放到大海中。尽管重力是随时随处存在的，但开关闸门的电则取决于操作员，他们让水力发电机维持正常的运作。这台水力发电机还负责放闸查格雷斯河的河水。

当然也需要蒸汽机和柴油机作为辅助的动力源，但是佩若斯说，"如果没有人类，也就没有电力。必须有操作人员来决定电力的来源、到底是打开还是关闭涡轮等等。如果这个系统中缺少了人类，系统就会瘫痪。"

无法正常工作的设备是那个2米厚、可以移动的空心钢门，它足有24米高、20米宽。每个水闸都有扇备用闸门，它们的轴承是塑料做的，在20世纪80年代，人们用塑料轴承取代了原先的黄铜铰链，因为它们每过几十年就会受到腐蚀。如果没有能源和动力会如何？如果闸门开了却没关上又会如何？

"那么一切都完蛋了。最高的水闸高于海平面42米。即使它们是关闭着的，一旦防渗的密封板掉落，那么水就进来了。"这些密封板是钢制的，覆盖在闸门的前缘缝翼上，每隔15—20年就必须更换一次。军舰鸟从佩若斯头顶掠过，投下一片阴影，于是佩若斯抬头望了它一眼，然后就继续观看两扇闸门在中国货船驶过后缓缓关闭。

"水闸可以泄掉整个湖的湖水。"

查格雷斯河向西南汇入加顿湖，然后折向西北注入加勒比海。从太平洋抵达加顿湖需要横穿20千米长的陆脊，这条陆脊在库莱布拉（陆脊的最低点）把巴拿马从纵向一分为二。要从那么多的土壤、氧化铁、黏土和玄武岩中开辟通道在任何地方都是件让人畏惧的事情，但即便目睹了法国人经历的大灾难，人们还是没有能够真正意识到浸水的巴拿马泥土是多么不稳固。

库莱布拉起初只有90米宽。一场又一场可怕的泥石流让人们几个月的挖掘工作都毁于一旦，它们重新填没沟渠的时候还掩埋了货车的车厢和蒸汽挖土机，于是工程师们不得不加宽斜坡、减缓坡度。最后，从阿拉斯加延续到火地岛的山脉硬是被巴拿马一条人造的山谷所截断，它裂口的距离是基底的6倍之多。挖掘这条山谷需要6 000名工人连续工作7天。他们挖出7 600多万立方米的泥土，如果把这些泥土压紧，就能形成一颗直径为500米的小行星了。竣工之后的一百多年中，库莱布拉河道的工程从未真正停止过。因为泥沙持续沉积，小塌方不断发生，所以每天，当船只从这边通过巴拿马运河的时候，挖泥装置、抽气泵和蒸汽挖土机都在另一边奋力工作着。

库莱布拉河道东北32千米处绿色的大山中，两名巴拿马运河水文学家——墨德斯托·艾奇佛斯和约翰尼·奎瓦斯站在阿拉胡埃拉湖上的混凝土桥墩上。这个湖泊也是因为筑坝而形成的，这个大坝于1935年建造在查格雷斯河的上游。查格雷斯分水岭是世界上最多雨的地区之一，巴拿马运河竣工后的头20年中，这里发生了好几次洪涝灾害。防潮水闸开启的时候，航运被迫停止几个小时，以防湍急的河水损坏船身。1923年的洪水连根拔起了桃花心木的树干，在加顿湖上掀起一阵汹涌的波涛，力量之大足以掀翻湖上的船只。

马登大坝上的混凝土墙挡住河水形成了阿拉胡埃拉湖，也为巴拿马城输送电力和饮用水。不过为使蓄水库的水不往外泄，工程师们不得不填没了水库边缘凹陷的地方，用泥土筑起一道壁垒。在下游，巨大的加顿湖也被周围泥土筑起的几个副坝所包围。有些大坝上密布着热带雨

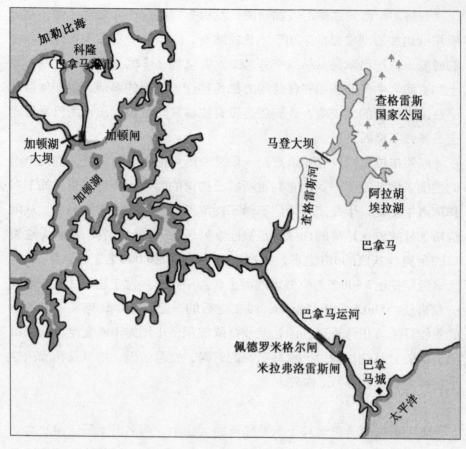

巴拿马运河地图

弗吉尼亚·诺瑞绘

林，未经特殊训练的眼睛根本无法辨别出它们是人造大坝了——这就是艾奇佛斯和奎瓦斯为什么每天都必须到这儿来的原因了：他们可不能让大自然抢占先机。

艾奇佛斯身材魁梧，穿着蓝色的雨衣。他解释道："这里的一切都长得飞快。我刚来这里工作的时候，过来寻找10号大坝，却怎么也找不着。大自然把它吞噬了。"

奎瓦斯闭着眼睛点了点头，回想起与树根的数场激战——树根能让用泥土筑起的大坝土崩瓦解。另一个敌人是被截流的河水。每当有暴雨来袭，这些人经常在这里通宵作战，既要把河水拦截在查格雷斯湾中，又要从混凝土墙上的4个水闸中放出足够的水，确保大坝不被冲垮——两者之间要达到一种平衡。

可是，如果哪天没有人来维护堤坝呢？

艾奇佛斯想到这点耸了耸肩，因为他的脑海里浮现出大雨中的查格雷斯河。他说："它会像一头憎恶牢笼的困兽。河水会失控。如果没有什么阻碍河水的上升，那么它会淹没大坝。"

他说到这里停了下来，看着一辆敞篷小货车驶过凸起的路面，这条路一直延伸到大坝的顶部。"如果没有人在这里开启防潮水闸，湖水里会满是树枝、树干和垃圾，到了某个阶段，所有这一切都会冲向大坝，还有连着大坝的这条路。"

奎瓦斯生性安静，他一直处于思考之中。"如果河水漫过大坝的顶部，那么浪头就会很大，它会像瀑布那样侵蚀大坝前面的河底。一场大洪水就能冲垮大坝。"

他们同意说，就算这样的事情不会发生，泄洪闸最终也难逃生锈的命运。"到了那时，"艾奇佛斯说，"一个6米高的浪头就会彻底将其冲垮。"

他们看着下面的湖泊。6米以下，一条2.4米长的短吻鳄浮在大坝的阴凉处一动不动，然后突然箭一般地穿过蓝色的水面扑向一只刚探出头的倒霉的水龟。马登大坝的混凝土结构看起来固若金汤，但在某个雨天，它或许就轰然倒下。

"就算它逃过一劫，"艾奇佛斯说，"如果这里没有人，查格雷斯河的沉积物会填满这个湖泊。到那时，有没有这个大坝都是一回事。"

巴拿马城的河水溢入从前的运河区，这里是块金属防护网拦起的围地，驻港船长比尔·哈夫穿着牛仔裤和高尔夫衬衫，坐在满是地图的墙壁和监视器前方指挥晚间的船只顺利通过运河。他是生在这里、长在这里的美籍公民，他的祖父是运河区的运货代理商，于20世纪20年代来到这里生活。随着新千年钟声的敲响，美国把运河的主权交还给了巴拿马政府，不过在此之后，哈夫就搬到了佛罗里达。但他30年的工作经验使他很受欢迎，于是他现在成为巴拿马政府的雇员，每隔几个月就回美国调养一阵。

他在一个屏幕上调出加顿湖大坝的画面。加顿湖大坝是个低矮的泥土墩，宽30米。它没入水中的坝基要厚20倍。如果观察者不够细心，那就看不出什么问题来，但总有人在时刻关注着它。

"大坝下面有泉水。有几股泉水已经穿透过来。如果水是清澈的，那就没问题。清水是透过岩床渗过来的。"哈夫把他的座椅推到身后，抚了一下下巴周围的胡须。"如果泉水里开始携带泥土，那么大坝也就没多少时日了。不用几个小时就会完蛋。"

这实在令人难以想象。加顿湖大坝的中心部分是365米厚、理论上压根不渗水的岩石和沙砾，接合剂是被称为"矿粉"的液状黏土——人们把下面挖干净的水道中的水添加到矿粉中，并在两面岩石墙间夯实。

"是矿粉把沙砾和其他一切原料黏合起来。它们是寿命最短、首先剥落的东西，然后沙砾也会散落下来，这样大坝的材料就再也没法黏合在一起了。"

他打开老松木写字台的一个长抽屉，拿出一个装地图的柱状匣子。地峡的图表已经发黄，他揭开塑料封口，指着离加勒比海9.6千米的加顿湖大坝。在现实中，大坝长达2.4千米，气势磅礴，但在地图上，相比身后蓄起来的滔滔河水，它显然只是个狭窄的隘口。

他认为水文学家奎瓦斯和艾奇佛斯的观点是正确的。"就算不是在第一个雨季到来的时候，在接下来的几年里马登大坝也将走到生命的尽头。那个湖泊的水会倾泻到加顿湖里。"

到了那时，加顿湖两侧的水闸都会开始漏水，注入大西洋和太平洋。刚开始的那段时间里，粗心大意的观察者不会看出什么端倪，"除了乱蓬蓬的草。"现在，依照美国军事化标准进行维护和管理的运河还是一片整洁，但到了那时就会杂草丛生。不过，在棕榈树和无花果树在这里扎根之前，洪水就会把这里淹没。

"汹涌的河水会从水闸泄出，从两侧冲入泥沙中。一旦某个水闸的墙体倒塌，那么大坝的末日也就到了。加顿湖的湖水将暴溢而出。"他说到这里停顿了一下。"如果加顿湖的水没有倾入加勒比海的话就会是刚刚说的那种情况了。如果20年无人维护，我可不认为泥土筑起的大坝还会完好，尤其是加顿湖大坝。"

查格雷斯河曾让无数法国和美国的工程师头大不已，也让成千上万名建筑工人命丧九泉，到了那时，解放了的查格雷斯河就会沿着它从前的河道入海。大坝倒塌了，人工湖消失了，查格雷斯河又开始往东流，于是太平洋那侧的巴拿马运河将会干涸，随后南北美洲大陆又会重新连为一体。

南北美洲大陆是在300万年前连接在一起的。随着两块大陆上的生物穿越中美洲的地峡，地球历史上最大的物种交流就这样开始了。

在此之前，两块大陆一直都是分开的——自从24 000万年前泛古陆时期的超大陆发生分裂后，南北美洲就一直处于分开的状态。在那段时期，两块大陆上的生物各自经历着差异巨大的进化过程。和澳大利亚一样，南美洲生活着各种各样的有袋哺乳动物，从树懒到狮子无一不是把幼仔藏在育儿袋中。在北美洲，繁殖能力更强的胎盘哺乳动物出现了——这种动物最终取得了进化的胜利。

人类开凿的巴拿马运河只有一个多世纪的历史，这么短的时间对于物种的进化并没有什么意义，而且运河的宽度只够两艘船勉勉强强擦肩而过，这对于生物进化而言也算不上什么障碍。比尔·哈夫思忖着，等到植物的根系穿透高大空旷、曾经船来船往的混凝土船闸并最终将它们粉碎，不用几个世纪它们就会变成盛满雨水的窟窿，黑豹和美洲虎会来这里团团转悠，因为复苏了的貘、白尾鹿和食蚁兽会来这里饮水。

人造的V字形凿槽持续的时间会比那些混凝土船闸久一些，它标志着人类开始动工的位置。西奥多·罗斯福1906年来到巴拿马亲自探察工程进度时说："（这）是人类工程史上最大的伟绩。他们的辛勤努力会为后人造福。"

这位颇具传奇色彩的美国总统创立了国家公园体系，也建起了北美帝国主义。如果我们消失了，他的话挺有预见性。但是库莱布拉河道的高墙塌陷下来之后，最后一个颇具传奇色彩、见证罗斯福对美洲远大预见的纪念碑还会依然耸立。

*

在1923年，雕塑家格曾·博格鲁姆被授命为最伟大的几位美国总统雕刻塑像，每一寸都和早已消逝的奇迹之——罗得斯巨型雕像一样雄伟壮观。塑像的背景是南达科他州的整个山坡。这几位总统分别是：开国元勋的乔治·华盛顿；起草了《独立宣言》和《权利法案》的托马斯·杰斐逊；解放农奴、统一南北的亚伯拉罕·林肯；博格鲁姆执意要添上西奥多·罗斯福，因为是他开凿了巴拿马运河。

博格鲁姆为美利坚的宏伟巨著择址拉什莫尔山，它海拔1 745米，由纹理细密的前寒武纪花岗岩构成。博格鲁姆于1941年死于脑出血，当时他还未开始雕刻总统雕塑的躯干部分。但是雕像的面部已经永久地刻在了岩石中；1939年，他亲眼目睹了他心目中的偶像——特迪·罗斯福①的塑像举行了落成仪式。

他甚至把罗斯福标志性的特征——一副夹鼻眼镜也凿进了岩石。这块岩石形成于15亿年以前，是美洲大陆上最具抗耐性的岩石。根据地质学家的说法，拉什莫尔山花岗岩每1万年才被侵蚀掉2.5厘米。按这个速度，除非小行星撞击地球，或者在这片板块构造稳定的大陆中部发生剧烈地震，否则这尊18米高、纪念罗斯福开凿巴拿马运河伟大功绩的塑像至少还能矗立720万年。

大猩猩进化成人类也没花那么久时间。我们离开之后，地球上会不会出现和我们一样具有创造力、好胜心强、情感丰富、内心矛盾的生物呢？他们依然能感到西奥多·罗斯福炯炯有神、敏锐机警的目光正注视着他们。

---

① 特迪·罗斯福：西奥多·罗斯福的昵称。

第十三章

ⁿᵒ

没有战争的世界

战争会极大地摧毁地球生态系统：看看越南战争中被投毒的丛林就知道了。但是如果没有化学添加剂，战争竟往往是大自然的拯救者。20世纪80年代的尼加拉瓜游击队反叛战争中，米斯基托海岸的渔业和木材开采业全面瘫痪，但灭绝的龙虾和加勒比松树的数量很快便大幅反弹。

这个过程连10年都不需要。如果在50年时间里没有人类的话……

*

山坡上布满了地雷，这就是马勇恩如此喜欢它的原因。或者可以这么说，他真正喜欢的是：这里成熟的柞栎、韩国柳树和稠李树林是个"地雷区"，让人类望而却步。

为韩国环境运动联盟协调国际运动的开展，马勇恩乘坐着丙烷驱动的白色起亚大篷货车穿过11月的蒙蒙迷雾。和他同行的人有保护区专家安昌熙、湿地生态学家金京元、野生动物摄影师朴钟学和陈益泰。他们刚刚清除干净一个韩国军事检查站——他们穿过黄黑相间、迷宫一般的混凝土路障后才进入这片禁区。警卫人员身穿冬季迷彩服，放下M16步枪欢迎韩国环境运动联盟的到来——他们最后一次来这里是一年以前的事情，从那时起，这里便竖起了一块标牌，表明这里同时也是丹顶鹤保护区的环境检查站。

当大家在等待文件审核的时候，金京元注意到检查站周围茂密的灌木丛中有几只灰头啄木鸟和两只长尾山雀，还听到中国夜莺清脆的鸣叫。随着大篷货车缓缓开来，惊起一对颈部有色环围绕的雉鸡和几只蓝翼喜鹊——这些漂亮的鸟儿现在在韩国已经不那么常见了。

他们进入了韩国北部边境的平民统制区①。半个世纪以来，几乎没有人生活在这里，尽管政府允许农民在这里种植稻谷和人参。又驶过五千多米的砂土路面——两侧是带刺的铁丝网，斑鸠栖息在这里，上方的红色三角标志警告人们这里是布雷区——他们来到一块标牌下，上面用韩语和英语写着：非军事区（DMZ）。

即使是韩国人也把这里称为"DMZ"，它长243千米、宽4千米，从1953年9月6日开始就成为无人居住的区域。交换战犯后，朝鲜战争结束了，不过，就像一分为二的塞浦路斯一样，冲突从未真正平息过。第二次世界大战末期，前苏联对日本宣战，就在这天，美国在广岛投下了原子弹，这时的朝鲜半岛就开始了分裂状态。没到一周，日本就宣布投降了。美国人和前苏联人同意将日本从1910年就实施占领的朝鲜半岛分而治之，于是朝鲜半岛问题也成为冷战双方关注的焦点。

1953年的停战协定结束了双方在38度纬线上的对峙状态。"三八线"南北两千米的区域被划为无人居住的非军事区。

非军事区的大部分地区都是山脉。"三八线"顺着江流和川溪的河道而行，事实上是一片低洼地，纷争发生之前的5 000年里，人们在这里种植稻谷。被人们废弃的稻田现在被排满了地雷。从1953年停战之后，除了短暂的军事巡逻和逃离朝鲜的亡命之徒，人类几乎未曾涉足这里。

没有人类，这片幽灵之地成为各种生物的聚集地，因为它们几乎没有其他地方可去。这个世界上最危险的区域变成了最重要（尽管颇有无心插柳柳成阴的味道）的野生动物避难所，否则它们或许就从地球上消失了。亚洲黑熊、欧亚山猫、麝香鹿、中国獐、黄喉貂、濒临灭绝的一

---

① 平民统制区：指的是严格限制平民进出的地区。

种山羊——喜马拉雅斑羚和即将绝种的黑龙江豹都在这里生活，尽管这里只是一个暂时的安身之处：这一小块地方只能让它们各自种群内的健康个体存活下来。如果非军事区的北部和南部一夜之间也变成渺无人烟的地方，那么它们就有机会扩散、繁衍、夺回它们从前的领地，从此生生不息。

马勇恩和他的同行并不知道没有这条人为地理分界线之前的朝鲜半岛是个什么样子。他们都是三十几岁的人，长大成人的过程也是他们目睹国家从贫穷走向繁荣的过程。经济腾飞让几百万韩国人相信——他们能和经济迅速崛起的美国人、西欧人和日本人一样拥有一切。对于这些年轻人而言，拥有一切的涵义也包括拥有这个国家的野生动物。

他们抵达了一个加固的瞭望台中，韩国人曾把它作为碉堡。在这儿，243千米长、盘绕着锋利铁丝网的双层围栏向北折了个急弯后沿着海岬绵延一千米之长，继而又向南绕回。停战协定迫使南北朝鲜双方不得进入分界线南北两千米的范围，所谓的分界线就是非军事区中线上的一排并不引人注目的柱子，警告双方都不得逾越。

马勇恩解释说："对方也是这样做的。"在地形条件允许的地方，双方都不会放过任何侵占地盘和从高处监视对方一举一动的机会。这个炮台的煤渣砌块上的"伪装色"并不起到任何隐藏的作用，而是震慑，活像一只好斗的公鸡，唯一不同的是，它威胁对方的不是竖起的鸡冠和羽毛，而是军火和武器。

在海岬的北端，非军事区的周围尽是连绵数千米的崎岖山脉和空旷荒野。尽管双方自1953年以来就未交过火，军事战略区上方的扩音喇叭不断播放着污辱性的言语、军事颂歌，甚至是《威廉泰尔序曲》这样的不和谐的主题，声音穿过整片非军事区。这几十年来，嘈杂喧嚣的声音一直在朝鲜的山区回荡，山坡变得越来越秃，因为人们砍伐树木用作柴火。令人悲哀却不可避免的水土流失导致了山洪暴发、农业灾害和饥荒。如果有朝一日整个朝鲜半岛都没了人烟，那么，北部地区如果想让生物恢复欣欣向荣的景象，恐怕得花上很久的时间了，而它的南部将会

韩国非军事区
艾伦·韦斯曼摄

留下不计其数的高楼大厦，等着大自然来一一瓦解。

在处于两个极端之间的低洼地带，有5 000年历史的稻田仅在半个世纪的时间里就恢复了湿地的面貌。韩国博物学家架起照相机，调整好便携型单筒望远镜的位置；就在这时，芦苇上方的空中滑过一队浑身雪白的鸟类，它们共11只，排得整整齐齐。

它们滑翔时竟寂静无声。这就是韩国的珍稀动物——丹顶鹤。论体形，它们是最大的鹤；论珍贵程度，它们是除鸣鹤之外世界上最罕见的鹤。它们的周围是4只体型相对较小、同样濒危的白颈鹤。它们从中国或西伯利亚飞来，大部分鹤在这个非军事区过冬。如果没有这个非军事区，它们或许也就不复存在了。

它们接触地面的时候十分轻盈，因而不会引爆一触即发的地雷。在亚洲，丹顶鹤地位显赫，是吉祥与平安的象征，这些能带来好运的

"入侵者"徜徉徘徊在200万大军白热化的紧张对峙中，在这片意料之外的野生动物避难所中飞来飞去，掠过每隔几十米就有一个的灰泥垒筑的碉堡。

"小丹顶鹤。"金京元小声说了句，他的镜头锁定了两只在河床上趟水的小丹顶鹤，它们长长的鸟喙扎在水下寻找块茎，不过鸟冠还是幼鸟才有的褐色。活着的丹顶鹤只剩1 500只，每一只小鹤的出生都意义重大。

在它们身后，是朝鲜版的"好莱坞标牌"——山上竖立着白色的韩语，宣布伟大领袖金正日至高无上的地位和对美国的敌视。他们的韩国敌人用巨大的招牌予以还击——成千上万的电灯泡闪闪发光，几千米之内都能看到，传达着资本主义生活富裕的信息。每隔几百米就有一个涂满政治宣传的瞭望塔，每两个瞭望塔之间就有一座碉堡，里面的眼睛透过瞭望孔注视着非军事区对面的敌方活动。这种对峙延续了3代人，可敌对双方中的许多人竟还是有血缘关系的亲戚。

丹顶鹤在这片紧张的气氛中缓缓升起，落在分界线两边阳光明媚的平地上，安详自若地享用芦苇美食。看着如此高贵典雅的鹤，没有人敢说自己内心不渴望和平，但实际上，如果不是双方白热化的对峙状态，这片区域也就不可能成为无人区，这些禽类很有可能面临灭绝。东面，首尔的郊区正悄悄向北推移，慢慢贴近"平民统制区"，开发商也摆出了一副一等伸缩铁丝网被拆除就要占领这片炙手可热的地产的姿态。朝鲜则与它主要的资本主义敌人合作起来，在边境上建起一个大型工业园区，利用起它最丰富的资源：无数廉价的劳动力——他们需要食物，也需要住处。

生态学家们这一个小时都在观察王鹤——这种鸟生活在自然环境里，身高将近1.5米。负责保卫边境的士兵们面无表情，眼都不眨一下地监视着他们的举动。其中一名士兵走过来检查他们用三角架支起的施华洛世奇40倍单筒望远镜。他们叫他看王鹤。他斜眼一瞥，他那上了膛的榴弹发射枪朝着天空，午后的影子慢慢斜向朝鲜寸草不生的山坡。一束光线突然照射在一座白茫茫的山脊上。这座山名为丁字山，从一块平原上高高耸起，南北朝鲜曾在这里数次交锋，争夺平原。那个士兵告诉他们有多少英雄为守住这座小山献出了生命，又有多少仇敌被他们所歼灭。

他们从前就听说过这个了。"除了南北朝鲜之间的差异，还应该告诉人们，我们共享一个生态系统。"马勇恩这么回答。他指着一头正在草坡上攀爬的水羚。"总有一天两个国家会统一，但无论如何我们都有必要保护生态环境。"

回来的路上，他们穿过漫长而平坦的"平民统制区"，这片山谷中放眼望去都是稻谷的残茬。这里的土地被镜子般烁烁反光的融雪水划分为人字形的犁沟——这些融雪水一到黄昏又会冻结成冰。到12月份，气温会下降到−11℃。地上犁耕的几何图形仿佛在天空中也映衬出了片片图案。一排排丹顶鹤展翅高翔，加入其中的还有构成了巨大"人"字的大雁军团。

趁着下来享用稻谷午餐的鸟儿还未离去，研究小组决定停下来照相，将它们迅速统计一遍。这里共有35只丹顶鹤，它们活脱脱就像是从日本绢画里走出来的：生机勃勃的白色躯干、鲜红色的鸟冠和黑色的脖子。其中95%是粉脚的白颈鹤。还有3种大雁：山地雁、豆雁和对栖息地较为挑剔的雪雁，因为在韩国严禁射杀这些鸟类，所以它们数量繁多，没人高兴来统计它们的数量。

在非军事区卷土重来的天然湿地中看到鹤类，不能不说是件让人振奋的事。在鳞次栉比的耕田中，收割时总有些收割机遗漏的稻谷，它们很容易就能找到食物饱餐一顿。如果人类在这个世界上消失，这些鸟类到底是会享受天伦之乐还是招来灭顶之灾呢？大自然进化的丹顶鹤本该靠嫩芦苇为生，但是历经几千代的发展，丹顶鹤现在却生活在机械化收割的水稻田里。如果没了农民，如果"平民统制区"大面积的稻田变为沼泽，鹤类和大雁的数量会下降吗？

"水稻田并非丹顶鹤生存的理想环境，"金京元说话的时候正从他的单筒望远镜中看着天空，"它们需要芦苇的根茎，而不仅仅是谷物。

大面积的湿地都变为农田，它们别无选择，为了过冬只好靠吃稻谷储存能量。"

在非军事区荒废的稻田中，长出的芦苇和金丝雀蔓草即使对于这些数量锐减的物种而言也只能是杯水车薪，因为朝鲜和韩国都在河的上游筑起了大坝。"即使在冬天，他们也抽取河水，在温室里种植蔬菜，这时降雪正在补充蓄水层中的水。"金京元这样说。

首尔有2 000万人口，朝鲜就更多了，如果不再需要农业生产来填饱这些人的肚子，那么一年四季都在抽水的水泵就会停止工作。这样水位就会回升，野生动物也会回来。"这会缓解植物和动物所受的煎熬，"金京元说，"简直是天堂。"

非军事区就是这样：杀戮之地成了这些濒危的亚洲生物的避难所。人们甚至传说几乎灭绝的西伯利亚虎也在这里藏身，尽管这很可能只是个美好的愿望而已。这批年轻的博物学家的梦想恰恰就是他们波兰和白俄罗斯的同行正在大声疾呼的：把战区改造为公园。全世界的科学家在"非军事区论坛"上齐聚一堂，他们向政治家呼吁，如果韩国和朝鲜愿意珍惜他们共同拥有的环境，或许真的可以在不失颜面的情况下实现和平，造福人民。

"想象一下朝鲜半岛版的'葛底斯堡和约塞米蒂大联合'吧。"非军事区论坛的创办人之一、哈佛大学生物学家E.O.威尔逊说。尽管清除所有的地雷得花不少钱，但威尔逊相信旅游业的收入会超过农业或地产开发的收益。"20世纪的100年里，在这里发生的所有事件中，最重要的将会是这个公园的落成。它将是朝鲜半岛人民最为珍贵的遗产，也将为世界的其他地区树立好的典范。"

人们没有放过非军事区周边的任何土地，所以尽管这是个美好的愿望，却濒临破产。之后的一个周日，马勇恩回到了首尔，参观了城北山区中的华溪寺——它是韩国最为古老的佛寺。他坐在饰有雕龙和镀金菩萨的亭子中，倾听佛门子弟吟诵《金刚经》，佛祖教导他们：万事皆空，一切不过是梦、是幻、是泡沫、是影子，就像露水一般。

"没有永恒的世界，"身穿灰色长袍的住持玄觉后来告诉他说，

"正如我们终有一死,这个世界也一样。"但是,他也告诉马勇恩,佛教的教义并非是在反对保护我们这个星球。"肉体是开悟的媒介。我们有义务照顾好自己。"

然而现在,人口的数量与保护地球之间的关系却成为一个尤其复杂的佛教公案。即使是曾经无比神圣和宁静的韩国寺庙也面临威胁。为了缩短首尔郊区到市区之间的交通距离,人们在这条线路之下又开凿了一条8车道的隧道。

"在这个世纪里,"E.O.威尔逊说,"我们得让人们认识到,人口得逐渐减少,直到人类对这个世界的影响大大减弱。"他说话的时候有一种科学家特有的斩钉截铁。他雄心勃勃地想对生命的复原能力探个究竟。然而,如果排除地雷,开发旅游业,那么房地产商肯定会觊觎这块上等的地盘。如果双方妥协的结果是建立一个历史自然主题公园,再在周围进行房产开发的话,那么恐怕非军事区唯一剩下的物种就是我们自己了。

韩国和朝鲜——以及这个和犹他州差不多大小的半岛上的一亿人口——最终将在居住者人口的沉重压力下自行灭亡。可是,如果人类突然消失,即使非军事区对于西伯利亚虎而言或许太小了点儿,"还是会有一些西伯利亚虎,"威尔逊沉思了一下,"生活在朝鲜和中国的边界。"他的脑海里浮现出西伯利亚虎繁衍生息、遍布亚洲的样子,而狮子呢,也一路抵达了南欧,于是他的声音里不由得充满了激情。

"不需要多久,剩下的大型动物就会大量繁殖,迅速蔓延开来,"他接着说道,"尤其是食肉动物。它们很快就会吃掉我们的牲畜。几百年之后,世界上的家畜所剩无几。狗会恢复野性,但它们不可能存活得太久,因为它们根本没有竞争的能力了。人类引进的物种将会受到大自然的淘汰。"

E.O.威尔逊自信地说,事实上,人类所有改造自然的努力——比如说我们煞费苦心地改进的马匹品种——最终都将回复到原先的状态。"如果马有幸存活下来,它们会退化成普氏野马"。普氏野马是唯一真正处于野生状态的马类了，它们生活在没有树木的蒙古大草原上。

　　"人类一手培育出来的植物、农作物和动物不到一二百年就会灭绝。许多生物会消失，但是鸟类和哺乳动物会继续生活下去，它们的体形会变得小些。整个世界将恢复成人类文明出现前的模样，宛若一片荒野"。

第十四章

❧

没有我们的鸟类

I. 食　物

朝鲜半岛非军事区的西端，汉水河口的一个泥泞而平坦的岛屿上栖息着地球上最为罕见的大型鸟类：黑面琵鹭。全世界只剩下1 000只了。朝鲜的鸟类学家悄悄地告诉他们河对面的同行：他们饥饿的同胞兄弟正游泳过河窃取琵鹭的鸟蛋。韩国的禁猎令也保护不了非军事区以北领土上的大雁。那里的鹤类也没法享用收割机上洒落下来的稻谷大餐，因为朝鲜人用的是人力收割的方式，人们连最小的谷粒也不会放过。没有什么可供鸟儿填饱肚子。

在一个没有人类的世界里，鸟类还能得到些什么呢？它们又会留下些什么呢？在与我们共存的一万多种鸟类中，小到体重比不过一分钱硬币的蜂鸟，大到重达270千克的恐鸟，有130种鸟类已经灭绝。这个数字不过1%，如果不是因为它们灭绝的故事实在令人震惊，那我们说不定还会觉得这个数据挺鼓舞人心的呢。恐鸟站起来高达3米，体重是非洲鸵鸟的2倍。公元1 300年左右，人类发现了最后一片大型板块——新西兰，玻利尼西亚人统治了这里，没花200年时间就消灭了恐鸟。350年之后，当欧洲人来到这片土地上时，剩下的只有一堆堆大型鸟类的尸骨和毛利人的传说。

其他遭受屠杀的鸟类还包括印度洋毛里求斯岛上的一种不会飞的渡渡鸟。它们不知道怎样躲避人类，于是，在不到100年的时间里，它们就死于葡萄牙水手和西班牙殖民者的棍棒下和蒸锅里。因为长相酷似企鹅的大海雀也会到北半球进行活动，所以它们苟延残喘得更久一些，但不管怎么说，从斯堪的纳维亚到加拿大的狩猎者还是成功地将它们彻底杀戮。疣鼻鸭是一种不会飞、体形庞大的鸭子，靠树叶为生，它们很久之前就在夏威夷岛上销声匿迹了；我们对它们知之甚少，但我们知道它们葬于谁手。

所有这些杀戮鸟类的行为中，最令人发指的一桩发生在一个世纪之前，我们至今都难以描绘这种暴行有多么罪恶。就好比我们聆听天文学家解释整个宇宙的奥妙，这堂课或许很快就成了耳边风，因为这堂课的研究对象（当它们活着的时候）并不在我们的视野之内。美洲候鸽的尸检清楚地证明了这个道理：任何我们以为无穷无尽的东西，或许也是会消失的。

早在我们建起家禽养殖场，大批量地生产鸡胸肉之前，大自然就已经为我们做了类似的事情——北美洲盛产候鸽。所有人都觉得这是世界上数量最为庞大的鸟类。鸟群绵延500千米，数量达几十亿之多，占据了整条地平线，飞过之处的天空一片昏暗。几个小时过去了，但鸟群似乎还未显露出通过的迹象，因为后面的鸟还在接踵而至。这些不怎么文明的鸽子弄脏了我们的人行道和雕像，但最能吸引人类眼球的是：它们灰蓝的身体，粉色的胸部，显然十分美味。

它们吃下的橡树果、山毛榉果子和浆果多得难以想象。我们杀戮它们的方法之一是切断它们的食物来源，当时我们砍倒了美国东部平原的森林，种植我们自己的食物。另一种方法是用散弹猎枪，一枪就能射出一排铅制的弹头，打下好几十只鸟。1850年之后，大多数中心地带的森林都被改造成了农场，狩猎变得易如反掌，因为几百万只美洲候鸽全都栖息在剩下的树林里。塞满候鸽尸体的货车每天都抵达纽约和波士顿。此时人们已经清楚地意识到它们不可思议的数量事实上正在锐减，但是

美洲候鸽

插图作者菲利斯·沙罗夫

极度的疯狂驱使猎手们以更快的速度屠杀它们，而它们呢，还是呆在那片森林里等着屠宰。到了1900年，一切都结束了。剩下的几只可怜的家伙被关在辛辛那提的动物园的笼子里，当动物园的管理者意识到它们竟然是候鸽的时候，一切都已经太晚了。1914年，他们眼睁睁地看着这世界上最后一只美洲候鸽死去。

在后来的岁月中，美洲候鸽的故事像寓言一样被人反复提及，但只有一部分人真正理解这个故事的主旨。猎手们自发建起了一个保护自然的组织——"鸭子有限公司"，他们买下几千万亩的沼泽地，以保证所有的猎物都有栖息地和繁殖地。然而，在这个世纪里，人类处于智人历史上最善于发明的时期，所以保护鸟类的生命不单单意味着保证猎鸟活动可以持续下去，而是要复杂艰巨得多。

2. 能　源

北美人并没怎么听说过拉普兰①铁爪鸟，因为它们的行为习惯并不

---

① 拉普兰：欧洲最北部的一地区，包括挪威北部、瑞典和芬兰以及俄罗斯西北部的科拉半岛。这个地区大部分在北极圈之内。

太符合我们对候鸟的概念。正如人们更为熟悉的燕雀会迁徙到赤道地区一样，拉普兰铁爪鸟夏季的时候在高纬度的北极区进行繁殖，它们到了冬季便迁徙到加拿大和美国广阔的平原地区过冬。

它们长得很漂亮，身材大小类似于雀类，小小的黑色面庞仿佛戴上了半截白色面罩，翅膀和颈背上点缀着赤褐色的斑纹，不过大多数时候我们都只能远距离观察：成百上千只模糊不清的小鸟在冬季草原的风中盘旋飞舞，在茫茫田野上觅食。然而，1998年1月23日清晨，我们在堪萨斯州的锡拉丘兹终于看清了它们的模样——约1万只拉普兰铁爪鸟冻僵在地面上。前夜的暴风雨中，一群铁爪鸟撞死在几座无线电广播发射塔上。在迷雾和大雪中，唯一能看见的就是塔上闪烁的红灯，铁爪鸟显然是朝它们而去的。

不管是事情的经过还是铁爪鸟的死亡数量都算不上是什么异乎寻常的事，不过就一个晚上而言，这个死亡数量可能还是颇高的。发射塔的基座旁堆满了鸟的尸体，这类报道在20世纪50年代引起了鸟类学家的关注。到了80年代，人们估计一座塔上每年要撞死2 500只鸟。

2000年，美国鱼类及野生物保护委员会统计出77 000座高于60米的塔，为了避免飞机的撞击，每座塔上都必须安有警示灯。如果这项统计数据无误，就意味着单单在美国，每年就有接近2亿只鸟因撞击塔身而殒命。事实上，这个数字已经被刷新，因为手机信号发射塔崛起的速度实在太快。到2005年，这个数字暴涨到175 000。这些新建的塔使得鸟类的死亡数量达到了5亿——这项数据也只不过是保守估计而已，因为食腐动物在我们还未发现之前就处理了一部分长着羽毛的受害者。

密西西比州东部和西部的鸟类学实验室的研究生正在进行一项令人毛骨悚然的夜间任务，他们来到发射塔，收集鸟类的尸体，有红眼绿鹃、田纳西莺、康涅狄格莺、橙顶虫森莺、黑白苔莺、灶巢鸟、画眉鸟、黄嘴杜鹃……这份清单越变越长，俨然成为北美洲所有鸟类的大汇总，其中包括红顶啄木鸟等稀有品种。死伤最为严重的是候鸟，尤其是在夜间飞行的候鸟。

有一种叫长刺歌雀，它们有黑色的胸部和浅黄色的背，这种生活在平原上的鸣禽在阿根廷过冬。通过研究它们的眼睛和大脑，鸟类生理学家罗伯特·贝森发现进化赋予它们的特征在电子信息时代竟成为致死的原因。长刺歌雀和其他候鸟有超强的方向感：它们脑袋里有感知磁场的结构，靠着这个它们可以确定地球磁场的方位。它们确定方位的机制还包括它们特殊的视力。光谱中波长较短的光线——紫色、蓝色和绿色，能够给它们指引方向。如果只剩下红色的光波，它们就会失去方向感。

贝森的研究还表明，物种的进化使得候鸟在恶劣的天气下飞向有亮光的地方——在人类发明电之前，"有亮光的地方"指的是月亮，它能帮助候鸟在糟糕的天气情况下找到方向。因此，每当大雾或风雪遮掩了其他一切，塔上有规律的红色灯光对于鸟儿而言是种致命的诱惑，正如希腊水手无法抗拒歌声美妙的海妖一般。发射塔的电磁场破坏了候鸟的导向系统，它们飞蛾扑火般涌向灯塔，而灯塔的张索则成为这台巨大鸟类绞杀器的刀刃。

在一个没有人类的世界里，广播电台不再播音，红色的灯光也不再闪烁；每天多达10亿个的手机电话通讯也将断开；一年之后，几十亿鸟类的生命将有幸保全下来。然而，只要我们还在这里，发射塔便仅仅是个开头，对于那些未被当作美食的鸟类而言，人类文明对它们不经意的屠杀还将继续下去。

这里还有另一种类型的塔，它们为钢格架结构，平均高度为45米，每隔300米左右就有一座。除了南极洲，每块大陆的横向、纵向和斜向都有它们的踪迹。悬挂在它们之间的是金属铝外包的高压电缆，发电厂把几百万伏咝咝作响的电流输入到我们的高压电网。有些厚达8厘米；为了减轻重量、节省开支，所有的高压输电线路都不是绝缘的。

北美洲所有的输电线路加起来的长度几乎可以往返月球两次。随着人类对森林的开垦和砍伐，鸟类学会了在电话线和高压线上栖息。只要不碰到其他电线或地面而形成闭合回路，它们就不会触电身亡。不幸的是，鹬、鹰、苍鹭、火烈鸟和鹤的翅膀会同时接触到两根电线，或者擦到没有绝缘的变压器。带来的结果不仅仅是受到电击。猛禽的喙或脚会立即熔化，羽毛会燃烧起来。好几只被人们俘获和饲养后放归大自然的加利福尼亚秃鹫就是这样丢了性命，还有不计其数的秃头鹰和金雕也是同样的命运。墨西哥奇瓦瓦市的研究结果表明，新建的钢筋电线杆就好比一根根巨大的接地线，所以即便是体型较小的鸟也难逃一死，它们的尸体落在一堆堆已经死亡的老鹰和土耳其兀鹫上面。

其他的研究结果显示，比起在站在电线上触电而死的，更多的鸟类是直接撞上了电线而丧命的。即使没有电网，美洲的热带地区和非洲最可怕的陷阱依然等待着候鸟的到来。那里大部分的地区都被开垦成农田，收成大多用来出口，能够供候鸟在迁徙途中落脚的树林越来越少，供水鸟栖息的安全的湿地也越来越少。正如气候的变迁，环境变化的影响难以估量一样，在北美洲和欧洲，有些鸣禽的数量自从1975年以来已经减少了三分之二。

如果没有人类，路边的森林会在几十年之内恢复原样。另外两个引起鸣禽死亡的罪魁祸首——酸雨，以及喷洒在玉米、棉花、果树上的杀虫剂——一旦我们离开，它们将立即消失。DDT被禁之后，秃头鹰再次出现在北美大陆上，这对于那些正与化学药剂的残液作斗争的生物而言是个好兆头。我们人类借助这些化学药剂改善了生活。不过，DDT的浓度达到百万分之几的时候才有毒性，可二噁英的浓度只要达到万亿分之九十就已经产生威胁，此外，二噁英无法排出体外，直到生物的生命终结。

在其他研究项目中，根据美国联邦政府管辖下的两家机构的预计，每年约有6 000—8 000万只鸟淹死在水箱里或撞死在疾驰的车辆的挡风玻璃上，1个世纪之前，这些宽阔的高速公路还不过是马车慢跑的小道。我们消失的时候也是高速交通消失的时刻。不过，人类对鸟类生命的最大威胁却并不是汽车。

大多数情况下，在建筑物坍塌之前，玻璃早就破碎了，其中一个原因就是粗心大意的鸟儿敢死队队员们不断重重地撞在窗玻璃上。穆伦贝尔格学院的鸟类学家丹尼尔·克莱姆当时正在攻读博士学位，他招募了纽约郊区和伊利诺伊州南部的居民，让他们记录下撞到第二次世界大战之后建起的住宅厚玻璃上的鸟类数量和种类。

"鸟类可不懂得玻璃不能通过。"克莱姆言简意赅。即使他把玻璃竖在田野当中，周围没有任何墙壁，鸟类也不会注意到它们的存在，直到最后那残酷的一刻夺走它们的生命。

大鸟或小鸟，老鸟或幼鸟，雄鸟或雌鸟，白天或夜晚——这根本无关紧要，克莱姆经过20年的研究得出了这样的结论。鸟儿分不清透明玻璃或涂膜反射玻璃。这是个坏消息，因为到了20世纪后期，安装了反射玻璃的高楼大厦不仅仅局限在城市的中心了，候鸟记忆中满是野地和森林的远郊地区也一样。他说，即使是天然公园的游客中心，也通常"安上了玻璃，于是每隔一阵子，就有鸟儿撞死在这些建筑上。游客们本来是来这看鸟的"。

根据克莱姆1990年所作的预测，每年有1亿只鸟因为撞上玻璃而折断脖子。现在，他认为这个数字就算乘以10——这意味着单单在美国就有10亿——也可能太保守了。北美洲总共大概有200亿只鸟。另外有1.2亿只死于狩猎——正是狩猎这种消遣导致了猛犸和候鸽的灭绝——这些数字加起来之后就十分惊人了。人类在鸟类身上埋下的另一个祸根将延续到人类的身后之时——除非鸟类灭绝，它们无所吞噬的时候才会停止下来。

3. 吃撑了的掠食者

在20世纪90年代初期，威斯康星州野生动植物学家史坦利·坦普尔和约翰·科尔曼从不需要踏出家乡一步，就能在自己的研究领域作出全球性的概括。他们的研究课题是个公开的秘密——这个课题使人们变得缄默，因为很少有人愿意承认，不管在什么地方，约有三分之一的家庭中隐藏着一个或多个"连环杀手"。这个坏家伙被人们视为吉祥的象征，平时总爱咕噜咕噜，从前像个帝王一样懒洋洋地闲荡在埃及的神庙中，现在又慵懒地睡在我们的家具上；它只在高兴的时候讨好一下我们，不管是醒是睡（它一半的生命都花在睡觉上了）都散发出一种高深莫测的神秘气质，哄骗我们给它关爱和食物。

然而，一旦到了野外，家猫就会抛开自己作为亚种的家猫特性，立即开始匍匐潜行，仿佛又变回了野猫——它们在基因上与野生的小型豹猫相同，在欧洲、非洲和亚洲的部分地区我们依然可以找到这种猫，但是已经十分稀有了。尽管在几千年的时间里，狡猾的猫逐渐适应了人类提供的舒适生活，足不出户的家猫的寿命也越来越长，但是根据坦普尔和科尔曼的研究报告，它们从未丧失捕猎的本能。

也有可能，这种舒适的生活反而让它们的本能变得更加敏锐。当欧洲殖民者第一次将它们带到新大陆的时候，美洲的鸟类从未见过这种悄无声息、攀爬树木、搞突然袭击的掠食者。美国有北美大山猫和加拿大猞猁，但这次外来的猫种只有它们的四分之一那么大，生育能力却十分强大：对于庞大的鸣禽数量，它们算是完美的匹配，不过也总有点让人担忧。正如克洛维斯的闪电大屠杀，猫猎杀鸟类不仅仅是为了填饱肚子，有时看起来完全是一种娱乐的手段。"即使人类一日几餐地把猫喂饱，"坦普尔和科尔曼写道，"它们还是继续猎杀小动物。"

在过去的半个世纪里，人口数量翻了一番，可家猫繁殖得更快。根据美国国家统计局对宠物数量的登记，坦普尔和科尔曼发现，从1970年到1990年，美国家猫的数量从3 000万激增到6 000万只。不过，真正的总数也应该包括野生的猫，它们在城市里有聚居地，统治了谷仓旁的场地，占领了林地，密度比起同等体型的掠食者——比如说黄鼠狼、浣熊、臭鼬和狐狸要大得多。其他掠食者根本无法靠近人类的住宅。

许多研究证实，生活在巷子里的野猫每年捕杀28只小动物。坦普尔和科尔曼的观察表明，生活在农场上的野猫，猎杀的次数要高得多。把他们的发现与手头现有的数据对比后，他们估计在威斯康星州的郊区，200万只猫每年至少猎杀780万只鸟，最多则可能达到21 900万只。

这还只是威斯康星州的郊区而已。

如果算的是全国，这个数字可能会达到几十亿。无论确切的数字到底是多少，猫在没有人类的世界里照样可以活得潇洒。人类把它们带到本不属于它们的大陆和岛屿上，而现在，它们的数量超过了任何同等体形的掠食者，竞争力也更强。我们消失后，鸣禽必须与机会主义者的后裔打交道。这些机会主义者哄骗我们为其提供食宿，我们喊它们的时候，它们却嗤之以鼻、置之不理，可它们又时不时理睬我们一下，好让我们愿意继续喂养它们。

*

鸟类学家史蒂夫·希尔提是世界上最厚的两本鸟类学导读著作（研究方向是哥伦比亚和委内瑞拉的鸟）的作者。他和鸟类打了40年交道，发现了一些人类引起的奇怪变化。他在阿根廷安第斯湖区、接近智利边境巴利洛切的城外观察一种鸟：阿根廷大西洋海岸的黑背鸥——它们现在遍布整个国家，数量是以前的10倍有余，靠垃圾掩埋场的垃圾为生。"我看到它们翻过巴塔哥尼亚高原，跟着人类的垃圾飞，就像麻雀尾随洒落的谷粒一样。现在湖面上鹅的数量大大减少了，因为海藻鸥以它们为食。"

如果这个世界没有人类的垃圾、枪支和玻璃，希尔提估计，生物的数量会重新恢复从前的平衡。有些物种间的平衡需要更长的时间才能复原，因为温度的变迁使生物的活动范围发生了有意思的变化。有些生活在美国东南部地区的褐色打谷鸟懒得迁徙了；红翅乌鸦甚至越过了中美洲，跑到加拿大南部过冬，可它们现在遭遇到一种地道的美国南部鸟——嘲鸫。

作为一名专业的观鸟导游，希尔提目睹了鸣禽的数量是如何大幅下降的，即使那些非观鸟者也注意到了这里愈发深沉的死寂。在他出生的密苏里州，唯一一种蓝背白喉的莺消失了。每年秋季，蓝鹏莺会离开密苏里州东北部的奥扎克高地，前往委内瑞拉、哥伦比亚和厄瓜多尔的安第斯山脉森林。人们为了获得咖啡或古柯，每年都砍倒大量的树木，于是成千上万只来这里栖息的鸟不得不挤入一片日益缩小的地方来过冬，而这里没有足够的食物养活所有的鸟。

有件事依然让他振奋："在南美洲，真正灭绝的鸟类很少。"这可是件大事，因为南美洲的物种比其他地方都要多。300万年前美洲大陆还连为一体的时候，巴拿马地峡的南面就是群山连绵的哥伦比亚——这里地形种类丰富，从沿海丛林到高山沼泽一应俱全，于是俨然成为物种大汇集的区域。哥伦比亚有1 700余种鸟类，但它老大的头衔经常受到厄瓜多尔和秘鲁鸟类学家的挑战，这意味着世界上还存在地位更为重要的生物栖息地。但通常情况下，形势并不乐观：厄瓜多尔的白翼薮雀现在只生活在安第斯的一个山谷中。西北面委内瑞拉的灰头莺的生活范围被局限在某个山顶上。人们现在只有在里约热内卢北面的一个牧场上才可以看到巴西的红喉唐纳雀了。

在一个没有人类的世界里，幸存下来的鸟类将把南美洲树木的种子传播到各地，这些本地的树木曾经被一排排外来的埃塞俄比亚小粒咖啡树所取代。没有人除草，新长出的树苗会与咖啡树争夺营养。几十年之内，它们的树阴将减缓入侵者的生长速度，它们的根系也会紧紧地扼住入侵者，直到它们窒息而亡。

古柯原产于秘鲁和玻利维亚的高原地区，但如果种到其他地区则需要农药的帮忙。如果没有人们的精心照料，它们在哥伦比亚活不过半年。古柯死亡后的整片区域会像放牧的草原一样，这里的森林会不知不觉地褪去，剩下的荒野仿佛一块空空如也的棋盘。希尔提最大的担心就是亚马孙流域的小型鸟类，它们习惯了浓密的荫庇，无法忍受强烈的阳光。许多鸟类之所以灭绝就是因为它们不愿意穿越空旷无树的地区。

一位名叫埃德温·维尔斯的科学家在巴拿马运河竣工之后发现了上述问题。因为加顿湖水漫溢，有些山体被淹成了孤岛。其中最大的、面积达18 000亩的巴洛科罗拉多岛成了史密森热带研究所的实验室。维尔斯开始研究如何喂养蚁鸟和地鹃，可是，它们却毫无征兆地突然消失了。

"18 000亩对于一种不愿涉水觅食的生物而言，空间太小了点儿，"史蒂夫·希尔提说，"在被草原隔开的森林中，道理也是一样的。"

查尔斯·达尔文曾在加拉帕戈斯观察雀类，为人类做出了巨大贡献。那些在岛屿上生存下来的鸟因为不断适应岛上的环境条件，最终变得独具一格，只有在这个岛上才能找到这种鸟的踪迹。然而，当人类带来了猪、山羊、狗、猫和老鼠的时候，岛屿的环境条件便发生了质变。

在夏威夷，人们虽然在宴会上狼吞虎咽烤野猪肉，但这点儿数量怎么也不足以改变它们对森林和沼泽地造成的大破坏。为了保护外来的甘蔗不被外来的老鼠啃食，夏威夷的甘蔗种植者于1883年从其他地区引进了猫鼬。今天，老鼠依然猖獗：老鼠和猫鼬最喜欢的食物就是土鹅和筑巢的信天翁的鸟蛋——信天翁已经所剩无几，在夏威夷的主岛上苟延残喘。第二次世界大战后没多久，一架美国运输机在关岛降落，澳大利亚的褐树蛇悄悄藏匿在起落架舱里抵达了这里。不到30年的时间内，树蛇和几种当地的蜥蜴消灭了岛上半数的鸟种，幸存下来的也被列入了濒危物种。

到哪天我们人类自己也灭绝了，我们留下的"遗产"会在引进的掠食者身上得以体现。对于大多数没有天敌、繁殖猖獗的掠食者，唯一能够限制它们数量的方法就是各种"斩草除根计划"——我们想借此消除自己曾经犯下的错误。一旦我们消失，也就没有人再来实施这些计划，于是啮齿动物和猫鼬将会继承南太平洋上众多可爱岛屿的领土权。

尽管信天翁的大部分时间都靠着巨大有力的翅膀翱翔蓝天，但它们毕竟还是得到地面上进行繁殖。不管人类有没有消失，它们都已经很难拥有一片安全的立足之地了。

第十五章

⤜⤏

热 点 遗 产

I. 风　　险

它的发展速度惊人，就像是一连串的链式反应。1938年，一位名叫恩里科·费密的物理学家从法西斯意大利前往斯德哥尔摩，他因研究中子人工引发原子衰变而被授予诺贝尔奖。之后他并未停下脚步，而是和他的犹太妻子一起逃到了美国。

同年，有消息传出两名德国化学家通过中子轰击的方式使铀原子分离。他们的工作证实了费密的实验切实可行。他的猜测是正确的：当中子轰击原子核的时候，它会释放出更多的自由中子。每个中子都像霰弹猎枪的子弹一般分散开来，只要手头有足够的铀，它们就会去轰击更多的原子核。这个过程是个连锁反应，释放出大量的能量。他怀疑纳粹德国正在研究这项技术。

1942年12月2日，在芝加哥大学拥挤的球场上，费密和他新的美国同事第一次实现了受控键式核反应。他们的基本反应堆是一堆蜂窝状的石墨砖，其中嵌有铀。他们把涂有镉的直棒伸入其中，吸收中子，这样他们就能确保铀原子的指数裂变不失控。

没过3年，他们就在新墨西哥州的沙漠中做了个全然相反的实验。这次的核反应完全不受控。爆炸释放出巨大的能量，短短1个月的时间内，这项实验重复了两次——不过是在日本的两座城市。10万余人当场毙命，此后的许久死亡依旧笼罩着这两座城市。从此以后，人类见识了核裂变致命的两个杀手锏：可怕的杀伤力，以及随之而来的漫长折磨，人们感到恐惧的同时也痴迷于它的巨大力量。

如果我们明天就离开这个世界——假设我们并非是被炸成碎片——我们会留下3万个完好的核弹头。没有我们，它们也没有爆炸的可能性。一枚基本铀弹中的可裂变原料被人为分成好几堆，如果想进行必要而关键的引爆，这几堆可裂变原料必须在一定的速度和精确度下相互撞击，而大自然不具备这些要素。投掷、敲击、把它们扔到水里或压在大石头的下面都不可能引发爆炸。在某颗老化的炮弹里，浓缩铀光滑的表面碰到一起的可能性是很小的，就算有这样的可能，只要不是以子弹发射的速度相互撞击，那么肯定不会引发爆炸——尽管现场会一片狼藉。

钚武器只含有一个可裂变球，它必须在外力的作用下精确压缩，密度至少压缩成原来的两倍后才会爆炸。其他情况下，它不过是个有毒的金属块。但是，反应室终将遭到腐蚀，这些设备中的热核物质会泄漏到自然环境里。终极武器钚-239的半衰期是24 110年，即使洲际弹道导弹的弹头5 000年可以分解，它里面含有的钚（一般是4.5—9千克）大都不会降解。它会放出 α 射线：皮毛或厚厚的皮肤能够抵御这些大质量的质子和中子，但任何吸入它们的生物都将不幸地面临灭顶之灾（对于人类而言，百万分之一克就能导致肺癌）。125 000年以后，剩下的钚不到450克，但却依然致命。250 000年以后，它才会逐渐消失在地球的天然背景辐射中。

不过，就算到了那时，生活在地球上的生物也得和441个核电站排出的渣滓作斗争——这些渣滓依然能导致它们的死亡。

2. 遮 阳 屏 障

当铀这样的大而不稳定的原子自然衰变时，或者，当我们强行让它们裂变时，它们会释放出带电的粒子和与X光射线强度相当的电磁辐射。两者都能使细胞和DNA发生畸变。当这些畸形的细胞和基因不断繁殖和复制的时候，我们就见识了另一种"链式反应"，它的名字叫癌症。

因为背景辐射无处不在，所以生物体不得不做出相应的调整，有些适应，有些进化，还有些灭绝。每次我们提高天然背景辐射的量，我们就强迫活组织做出回应。人类驾驭核裂变制造原子弹、建立核电站之前的20年，我们事实上已经为一个电磁怪物解开了束缚——60年之后，我们才意识到这个愚蠢行为的后果。这回，我们没让辐射泄漏，而是任凭它悄悄进入我们的生活。

它便是紫外线。从原子核中释放出来的时候，它的能量远远低于 γ 射线，但它的含量却突然间跃到地球上出现生命以来的最高峰。这个数字还在节节攀升，虽然我们想在下半个世纪纠正这个错误，但我们不合时宜地离开却使它永远地处于上升状态了。

我们都知道紫外线能让我们变得时髦。有点儿古怪的是，它们自己竟然还创造出一个臭氧层，保护我们不受到太多紫外线的辐射。回到从前，那时地球表面原始的黏性物质不受任何保护地暴露在阳光紫外线的侵袭下，突然在历史性的一刻——或许是因为闪电的火星——世界上第一个生物分子结合体成形了。活细胞在高能的紫外线的照射下迅速变异，使无机化合物产生了代谢变化，并转变为新的有机物。最后，这些有机物中的一种对原始大气中的二氧化碳和阳光起了反应，排放出一种新的气体：氧气。

这样，紫外线便有了新的任务。它们把结合在一起的一对氧原子（O_2分子）拆开。两个分开的氧原子立即就和周边的O_2分子结合起来，形成了O_3——臭氧。但是紫外线轻而易举又把臭氧分子中多余的那个氧原子分离出来，又形成了氧气。那个氧原子瞬间又粘上另一对氧分子，形成更多的臭氧，直到它吸收更多的紫外线后再次被拆开……

渐渐地，在地表上方16千米的地方出现了平衡状态：臭氧不断地形成、拆解、再次结合，因而一直在吸收紫外线，使它们无法直接抵达地面。随着臭氧层逐步稳定，受它保护的地面生命也日趋繁盛。最终，进化出来的生物已经不再能够适应之前的紫外线水平。再后来，不能忍受紫外线侵袭的生物中出现了我们人类。

自生命起源以来，氧气和臭氧间的平衡一直处于相对稳定的状态。然而，到了20世纪30年代，人类却开始破坏这种平衡。那时起，我们开始使用氟利昂，它的化学名称应该是氟氯化碳，是冰箱里的人造氯合物。人们把它简称为"CFC"。当我们把它们用于气溶胶罐和哮喘药物吸入器中，把它们吹入聚苯乙烯泡沫来生产一次性咖啡杯和跑鞋的时候，它们看似颇具惰性，十分安全。

1974年，加利福尼亚大学欧文分校的化学家F.舍伍德·罗兰和马里奥·莫利纳觉得纳闷：既然氟氯化碳难以与任何物质结合，那么等冰箱和人造物质寿命终止后，它们跑到哪里去了呢？最后，他们得出结论，迄今为止无法分解的氟氯化碳肯定是飘进了平流层，受到紫外线的强烈照射。能破坏分子结构的紫外线分离出单质氯，于是单质氯疯狂地吞噬那些保护地面不受紫外线侵袭的氧原子。

直到1985年，才有人开始关注罗兰和莫利纳的研究成果。就在这一年，南极洲研究人员、英国人乔·法曼突然发现天空上出现一片空洞。几十年以来，氯一直都在侵蚀我们的紫外线屏障。从那以后，世界上的国家史无前例地团结一致，试图逐步淘汰侵蚀臭氧层的化学物质。虽然卓有成效，但却依旧喜忧参半：对臭氧层的破坏减缓下来，但黑市上氟氯化碳的交易却越发活跃，在有些发展中国家，使用它来满足"国内基本需求"依然被视为合法。即使是我们今天普遍使用的替代品——氢氯氟烃，也只不过是个稍微温和一些的臭氧层破坏者，按照人们的计划也是要逐步淘汰的。可是，用什么来替代它们呢？这个问题可不好回答。

除了臭氧层的破坏，氢、氟氯化碳和它们最为普遍的无氯替代品氢氟烃都会使二氧化碳加剧全球变暖的可能性上升好几倍。当然，如果人类的破坏活动停止下来，这些混合物也就不再被使用了，但是我们对臭氧层的损害在很长一段时间内还将继续。目前最好的设想就是南极上空的空洞和其他地区臭氧层变薄的现象能在2060年——破坏性的物质消失殆尽的时候恢复原样。这个设想的前提条件是我们得找到安全的替代品，还要处理掉现有的、暂未飘散到上空中的所有破坏性物质。不过，人们在设计之初就希望这些物质不可破坏，所以要想销毁它们实在是代价高昂。我们需要使用氩等离子弧和旋转窑等高能尖端设备，但世界上的大多数地区都无此技术。

因此，还有几百万吨的氟氯化碳仍在使用，或者残留在老化的设备里，再或者被制成了樟脑球。这种现象在发展中国家尤为显著。如果我们消失，几百万含有氟氯化碳和氢氯氟烃的汽车空调、几千万家用和商用电冰箱、冷藏卡车和有轨电车、家用和工业冷气设备最终都将开裂，释放出我们在20世纪犯下的大错——氟氯化碳。

所有这些都将上升到平流层，渐渐愈合的臭氧层又将旧病复发。庆幸的是，这一切不可能同时发生，所以这个慢性病不会立即致死。否则，等我们醒来之后，依然活着的植物和动物都不得不进化成能够抵御紫外线的品种，或者于无处不在的电磁辐射中变异求生。

3. 策略与现实

半衰期长达70 400万年的铀-235在天然铀矿中，只是相对不太重要的一部分，只占重量的7%，但是我们人类现在已经浓缩出好几千吨，用在核反应堆或炸弹中。为得到浓缩铀，我们先得把铀-235从铀矿中提炼出来，通常是用化学手段将其转化为一种气体混合物，然后放入离心分离机中旋转，不同原子重量的物质会逐步分开。这个过程之后剩下的是铀-238，它的半衰期长达45亿年。仅美国就至少有50万吨。

人类利用铀-238，因为它是一种密度极高的金属。在最近的几十年中，人们发现当它和钢铁结合在一起的时候，能够有效地穿透精加工的装甲，包括坦克的金属壳。

既然有这么多的贫铀，美国和欧洲的军队觉得使用它们会比从国外购买非放射性的钨（主要产自中国）要便宜很多。贫铀射弹的口径不等，有子弹般大小、25毫米规格的，也有0.9米长、120毫米、含内置推进器和稳定尾这种规格的。贫铀武器的使用让攻击方和被攻击方都备感愤怒，因为这涉及人类健康问题。贫铀武器所攻击之处，火光一片，剩下的只有灰烬。不管是不是贫铀，弹头中都含有大量的浓缩铀-238，碎片中的辐射超过正常背景辐射水平的1 000倍。我们消失之后，未来的考古学家或许会出土几百万个密度超高的军火弹头——它们是克洛维斯矛尖的现代版本。它们看起来更加触目惊心，而且发现者很可能对它们一无所知——它们释放辐射的时间甚至会长于这个星球的寿命。

除了贫铀，有些事物更受到我们的关注，它们会在我们离开之后依然存在——不管我们明天就消失，还是在25万年之后。这是个大问题，所以我们想挖空整个山脉来储存它们。迄今为止，美国还只有一处这样的存储点。它位于新墨西哥州东南地区地下600米处的盐丘结构中，类似于休斯敦地下的化学物质存储窟。废料隔离试验工场始于1999年，用于堆放核武器和国防研究产生的碎片。它能够存放17.5万立方米的废料，这相当于156 000个208升的圆桶的容量。事实上，这里接收的大多数含钚的碎片都是用容器装载的。

废料隔离试验工场在设计之初并非是用来存放核电站废料的地方。仅美国一个国家，核电站废料的数量就以每年3 000吨的速度递增。它是个垃圾掩埋场，用于处理所谓的"低危废料"和"中危废料"——武器装配手套、鞋套，还有在核弹头精加工工业中受到污染的在清洗溶液里浸泡过的碎布。它还接收生产上述物品的机器残骸，甚至是生产间的墙体。它们都被装在热缩塑料包里，有大块热管道、铝制导管、橡胶、塑料、纤维素，还有长达几千米的配线。这个试验工场刚运作5年，20%的空间就满了。

全国上下二十多个高危核工厂的废料都运到这里，比如说华盛顿汉福德原子能研究中心——长崎原子弹的钚就是在这里提炼的，还有新墨西哥州的洛斯阿拉莫斯——第一批原子弹的组装地。在2000年，野火袭击了这两个地方。官方报道称，未被掩埋的放射性废料也是安全的，但如果这个世界没有消防员，它们不可能安全。除了废料隔离试验工场，美国所有的核废料存储仓都只是暂时的。如果长此以往，大火最终会将它们摧毁，一团团含有放射性物质的灰烬会弥漫整个大陆，甚至飘入海洋。

洛基场地核武器储备库是位于丹佛西北26千米处丘陵地带的国防研究中心，它第一个向废料隔离试验工场输送废料。到1989年，美国在洛基场地制造出核武器钚引爆装置，这一行为并不符合国家对安全性的规定。在几年的时间里，成千上万含有钚和铀的切削油圆桶就这么堆放在光秃秃的地面上。后来有人突然发现放射性物质从圆桶中泄漏出来，解决方案竟是铺上沥青，掩盖出事现场。洛基场地泄漏出来的放射性物质频频污染当地的河流。人们荒唐地把水泥拌入放射性的污泥，试图减缓它们从破裂了的蒸发塘中泄漏出来的速度。辐射就这样逃逸到空气中。1989年，美国联邦调查局关闭了这个研究中心。到了新千年，为了彻底清理洛基场地，打通公共关系，人们花掉了几十亿美元，之后，这里被转变成一个国家野生动植物保护区。

与此同时，丹佛国际机场旁边的落基山军火库也经历了类似的改造。RMA是一家制造芥子气、神经瓦斯、燃烧弹和凝固汽油弹的化学武器厂，和平年代则生产杀虫剂。它的核心区域被称为世界上污染最为严重的地区。人们在RMA的安全缓冲区发现了过冬的秃头鹰，它们靠着大量的草原野狗维持生计。之后，这里也成为一个国家野生动植物保护区。这需要我们排干军工厂的一个湖泊，并把它封闭起来。以前，这湖里的鸭子只要一上岸就会立即一命呜呼，铝船纷纷出动捞起它们没花一个月就腐烂了的尸体。尽管人们计划再花一个世纪的时间来整治和监管有毒地下水污染物质，等待它们被稀释到安全的程度，但是今天，和麋鹿同样大小的长耳鹿已经把这片过去无人涉足的地方当成了避难所。

不过，一个世纪的时间对于铀和钚的残渣而言实在是没有什么作用，因为它们中最短的半衰期也长达24 000年，其余更长。洛基场地的终极钚武器被运往南卡罗莱纳州。在萨凡纳河畔的国防废料处理中心，两栋高楼（"核燃料回收谷"）里满是污染物质，没人知道这么一个地方如何可能恢复自然状态。在这儿，高放射性核废料和玻璃丸一道在熔炉中熔化。灌入不锈钢容器后，这些废料便成为厚厚的放射性玻璃。

这个处理过程被称为"玻璃化"，欧洲采用的也是这个方法。玻璃是人类发明的最简单、最耐用的物质之一，这些热辐玻璃砖或许将成为寿命最长的人造物质。不过，在英格兰温斯盖大型核反应中心这样的地方（它在关闭之前曾经发生过两起核事故），玻璃化废料被存放在空气冷却设备中。如果有一天，这个世界永远地断了电，添加了玻璃的放射性材料会慢慢腐烂，而这个装满辐射物质的封闭隔间也会变得越来越热，最终碎裂。

在泄漏放射性油的洛基场地，人们把地上的沥青刮除干净，连同地下0.9米深的泥土，也运往了南卡罗莱纳州。处理中心的800幢建筑里，超过一半被夷为平地，其中也包括那个臭名昭著的"无限之屋"——这里的污染水平高到了仪器无法测量的程度。有几幢建筑大部分位于地面以下；闪闪发光的钚片是原子弹的引爆器，而手套式操作箱则用于操控钚片，等钚片之类的装置被拆除以后，整个地下室就被掩埋。

废墟之上，人们种植了须芒高草和格兰马草，让这里成为麋鹿、山狮和普里勃草原跳鼠的家园。尽管厂房的中心区域酝酿着罪恶，但这些动物还是在36 000亩的安全区里大量繁殖。这是个可怕的行业，不过动物们看起来过得还不错。虽然人们对野生动植物管理人员受到的辐射量进行有计划的监测，但保护区的工作人员也承认，人们并没有对野生动植物进行基因测试。

"我们关注的是人类健康，而非对动物的伤害。就算在辐射中暴露30年，也是能够接受的剂量。大多数动物不会活那么久"。

它们或者真的不会活那么久，但它们的基因会延续下去。

洛基场地因为难度太高或反射性太强无法移动的物质，都盖上了混凝土和6米厚的掩埋物，以后这里会严禁野生动植物保护区的旅行者入内，尽管人们还未决定采用何种方式来禁止。洛基场地大多数的废料都被运到废料隔离试验工场，法律规定美国能源部在接下来的一万年中都有义务劝阻人们不要靠近这里。人类语言变化的速度太快，只要五六百年的时间就变得面目全非、无法辨别了，不过不管怎样，人们还是决定在告示上写上7种语言，外加图片。它们会被刻在高达7.6米、重达20吨的花岗岩标石上。23厘米厚、经过煅烧的黏土和氧化铝圆板上也会重复相同的说明，被随机掩埋在试验工场的附近。地下核危险的更多信息也将出现在3个一模一样的房间墙面上，其中两个房间埋在地下。整个区域的外面围绕着一圈10米高的土制隔离护堤，面积达1.3平方千米，同时埋入的还有磁铁和雷达反射器，竭尽全力地来让未来的人明白：下面潜伏着什么危险。

有朝一日发现这里的什么人或什么动物到底能不能读懂或注意到这些信息中隐藏着的危险呢？这个问题也许没什么现实意义：为子孙后代建造起这个唬人的复杂系统肯定要等几十年以后、废料隔离试验工场全部被填满的时候才开始真正筹划起来。才过5年，人们便发觉钚-239正从废料隔离试验工场的排气管中泄漏出来。随着盐水渗透盐丘结构，放射性衰变使这里升温，地下的塑料、纤维素和放射性核素会有什么反应呢？我们无法预测。鉴于此，排放放射性的液体是被禁止的，除非它们自行挥发，不过，很多埋在地下的瓶瓶罐罐中含有的污染残渣都会随着气温的上升而蒸发。容器的顶部空间被空出来聚集氢和甲烷，可是，这些空间是否足够呢？废料隔离试验工场的排气管会正常工作还是突然阻塞呢？这些都是未来之谜。

4. 便宜得不可思议

美国最大的核电站是38亿瓦特的帕洛维德核电站，它位于菲尼克斯城外的沙漠中。在这里，水在受控原子反应的加热下变成了蒸汽，为通用电器公司最大的3个涡轮提供动力。世界上大多数反应堆的工作原理类似，正如恩里科·费密的第一个原子堆，所有的核电站都使用能够吸收中子的镉棒来抑制或激化反应。

在帕洛维德核电站的3个反应堆中，这些起抑制作用的镉棒散置在17万根铅笔那么细、4.2米长的锆合金空心棒中，首尾相连地接在铀球上。每个小球的能量都不逊色于一吨煤炭。这些镉棒被一捆捆束成数百个单位，水从它们旁边流过，使它们冷却，水蒸发的时候便推动了蒸汽涡轮。

这些四四方方的反应核被放置在13.7米深的青绿色水塘里，总重量高达五百余吨。每年，它们都要消耗掉30吨左右的燃料。人们用起重机把包裹在锆合金棒中的核废料转移到反应堆安全壳外面一幢平顶的建筑中，在那儿，核废料被倾倒到一个类似大游泳池的临时储藏池里，这个池子也有13.7米深。

自从帕洛维德核电站1986年开始运作以来，用过的燃料就这样一直堆积着，因为没有什么其他地方能够接纳它们。在世界各地的核电站，废燃料池的核废料经过压缩又被制成许许多多燃料组件。此外，世界上441个正在运作的核电站每年排放出13 000吨高级核废料。在美国，大多数核电站没有更多的空间来建造废燃料池，所以，在人们找到永久掩埋场之前，现在废燃料棒只好放在"干桶"中做成"木乃伊"——这其实是个外包混凝土的钢罐，里面的空气和水分都被吸收得一干二净。帕洛维德核电站2002年就开始使用这个方法，它们一层一层往上堆，看起来像是个巨大的热水瓶。

所有的国家都想一劳永逸地埋藏这些废料。所有国家的公民都害怕地震这样的灾害会让这些埋在地下的废料重见天日，也担心负责运输它们的卡车可能会在开往垃圾掩埋场的途中失事或被人劫持。

与此同时，有些废弃的核子燃料已经积攒了几十年，在存储罐中腐烂。奇怪的是，比起刚刚废弃的燃料来，这些颇有时日的废料的反射性可以增强100万倍之多。在反应堆里的时候，它们逐渐变异成比贫铀质量更重的元素，比如钚和镅的同位素。这个过程一直在废料堆中持续，放射性棒也在相互交换中子，放出 α 和 β 粒子、γ 射线，还有热量。

如果人类突然离开，没过多久冷却池里的水就会沸腾和蒸发——在亚利桑那州的沙漠中，蒸发速度是相当惊人的。等贮藏架上的废料暴露到空气中以后，热量会点燃燃料棒的金属外层，大火便开始蔓延，夹带着大量的放射性物质。不管是帕洛维德核电站，还是其他地方的反应

添加核燃料：帕洛维德核电站3单元

汤姆·汀格摄，《亚利桑那共和报》提供，1998年12月29日
（允许使用该图并不代表《亚利桑那共和报》对使用场合表示赞同）

堆，废料大楼在建造之初就是临时的，而不是个永久性的坟墓，砖石结构的屋顶更像是折扣商店的方顶，而不是预应力混凝土结构的反应堆安全壳。这样的房顶在放射性火焰的煎熬下不会支撑太久，许多污染物质都会泄漏出去。不过，这还不是最大的问题。

帕洛维德核电站的蒸气柱像巨大的白色蘑菇一样上升到沙漠中的杂酚场上空的6.4千米处，每分钟有170升的水变成蒸汽，冷却帕洛维德核电站的3个裂变反应堆（美国唯一一个不建在河流、海湾或海岸上的核电站，使用的水是循环利用的菲尼克斯污水）。两千多名员工的工作保证了管道不会堵塞、垫圈不会渗漏、过滤器也经过回洗，因而一个核电站几乎可以说是个城镇，拥有自己的警察和消防队。

现在假设核电站中的工作人员需要紧急疏散，假设他们得到了预先警报，把所有的减速介质都塞入反应堆中心来阻止核反应、停止发电，关闭了整个核电站。一旦工作人员撤出，帕洛维德核电站与电网之间的连接就会被自动切断。应急发电机和全天工作的柴油机将开始运作，保证冷冻液的循环，因为即使反应核的裂变已经停止，铀依然处于衰变状态，产生的热量大概是正常运作的反应堆的7%。这些热量产生的压力足以使冷却液在反应核循环流动。安全阀也会时不时地打开，释放出温度过高的水，等到压力回落的时候再次合上。不过热量和压力会再度升高，于是安全阀就得不断地开启和闭合。

到了某个阶段，要么是没有了冷却液，要么是安全阀堵塞了，再要么就是柴油泵断了电。不管哪个发生在先，冷却液都会停止流动，等待补充。与此同时，需要经历70 400万年才丧失一半放射性的铀燃料依然处于反应状态。于是，13.7米深的水便一直处于沸腾中。这种状态最多持续几周，反应核的顶部就会无遮无掩地暴露出来，熔化的日子也就不远了。

如果核电站还处在发电状态，而人们就已经消失或逃走的话，它就会一直运作下去，直到哪天某个零件开始损坏——以前，维修人员每天都要检查这成千上万个零件。零件损坏后，核电站便会自动关闭；如果没有自动关闭，那么熔化的日子也就为时不远了。1979年，宾夕法尼亚州三哩岛核电站的一个阀门出了故障，一直处于开启状态，于是便发生了类似的情况。在2小时15分钟之内，反应核的顶部不见了，于是这里变成了一个火山口。燃料流到了反应器的底部，并开始逐渐烧穿15厘米厚的碳钢。

人们意识到这一点的时候，碳钢已被烧透了三分之一。如果没有人发现这个紧急状况，大火便会进入地下室，开启着的阀门中溢出的水接近1米，2 778℃的"火山熔岩"若接触到这些水就会发生爆炸。

核反应堆中的浓缩裂化原料不像核弹头中那么多，所以这会是个蒸气爆发，而非核爆炸。但是反应堆的安全壳并没有防御蒸气爆发的能力。门和焊缝被炸开之后，空气会立即涌入其中，引燃里面的所有物质。

反应堆的燃料补给周期为18个月，如果这个反应堆正好到了需要补给燃料的时候，那么熔化坍塌的可能性比较大，因为几个月以来的衰变积累起来的热量相当惊人。如果燃料是新近添加的，那么最后的结果尽管也是灾难性的，但却没有前者那么可怕。较低的温度将导致火灾而不是熔化。如果燃烧气体在变为液体之前松动了燃料棒，那么铀球就会撒落一地，在充满污染烟雾的反应堆安全壳内部释放出放射性物质。

反应堆安全壳并不是完全密封的。没有了电、没有了冷却系统，大火和燃料衰变释放出的热量便从接缝和通风孔中挤出。随着燃料的不断衰变，更多的裂缝产生了，有毒物质泄漏出来，直到哪天不再坚固的混凝土彻底破裂，放射性物质一涌而出。

如果地球上的人类全部消失，这441个核电站（有些还不止一个反应堆）都将自动运作，直到它们相继进入温度过高的状态。因为燃料补给一般都是错开进行的，当一些反应堆发电的时候，剩下的一些处于关闭状态，所以比较可能的情况是一半在燃烧，一半在熔化。不管是哪种情况，放射性物质将以可怕的方式泄入空气和周围的河流或海洋，而且，如果是浓缩铀的话，它们或许会延续到下一个地质时代。

那些流向反应堆地面的熔化了的反应核并非像有些人所想：会从这里进入地面，再从那里出来，好像那些毒火山一样。放射性的熔渣会与周围的钢铁和混凝土结合，然后最终冷却下来——希望"冷却"这个词对于一堆保持高辐射的熔渣而言是个正确的措辞①。

这可是个大不幸，因为这些东西如果可以自行深藏于地下，对于地上的生物是件好事。可是那些曾经颇具科技含量的合金将会凝结成一个致命的金属块：从此之后的几千年里，它都将成为创造它的智慧生物和靠近它的无辜动物的墓碑。

5. 辐射下的生命

它们一年之内就向我们逼近。那个4月，切尔诺贝利核电站的4号反应堆发生爆炸，鸟类绝迹，几乎未见它们筑巢。爆炸之前，切尔诺贝利几乎快要成为世界上最大的核电站，拥有十几个兆瓦特级别的反应堆。后来，1986年的一个夜晚，操作上的失误和设计上的缺陷酿造了这场人为的大灾难。在这场爆炸（尽管不是核爆炸）中，只有一幢大楼遭到摧毁，但蒸发的冷却液形成了巨大的放射性蒸气云雾，核反应堆里的放射性物质就随着这团云雾泄漏到周边地区和空气中。那个星期，俄罗斯和乌克兰的科学家发了疯一般地取样，企图通过土壤和蓄水层追踪放射性污染物的去向，然而，这个鸟类绝迹的世界一片死寂，不得不让人感到灰心丧气。

不过，来年春天，它们又回来了，而且居住下来。看着北美家燕毫无保护地盘旋在高辐射的反应堆周围，不禁叫人难过，尤其当你自己全副武装地蜷缩在一层层屏蔽 α 粒子的羊毛和亚麻外套里，戴着消毒帽和消毒口罩，以防钚的微粒进入你的头发和肺部。你希望它们快点飞走，飞得远远的。不过，它们的出现具有迷惑作用。它们让一切看起来都如此正常，让人以为这场大灾难似乎并没有那么糟糕。即使发生的是最大

---

① 在英语中，"hot"这个词既具有"高温"的意思，也有"高放射性"的意思。

的灾难，生命也会照常继续下去。

生命照样延续，但生命的基点已经悄然变化。许多燕子孵出了白化变种的幼鸟。它们吃昆虫，喂养幼鸟，和往常一样迁徙。可是再接下来的这个春天，白色斑点鸟再也没有回来。难道因为基因上的严重缺陷，它们没法飞到南非过冬了吗？难道与众不同的颜色使它们在异性的眼中失去了魅力？还是太容易引起掠食者的注意？

切尔诺贝利的爆炸和大火之后，煤矿工和地道工挖了个地道通到4号反应堆的地下室，又铺上一层混凝土板，防止反应核接触到地下水。这样做似乎没什么必要，因为反应核的熔化已经终止，在该单元的底部形成一团重达200吨、结了冰的致命糊状物。在挖掘地道的两周时间里，人们给工人递下伏特加酒，还告诉他们，伏特加酒能让他们免于辐射疾病的侵袭。然而，事实并非如此。

就在这时，人们开始建造反应堆防事故外壳。和切尔诺贝利一样，前苏联所有的压力管式石墨慢化沸水反应堆都没有这个结构，因为没有它们的话燃料补给的速度会更快。当时，不计其数的放射性燃料已经被吹到了周围反应堆的顶部，这个过程中泄漏出来的辐射量是1945年广岛原子弹爆炸的100—300倍。不到7年，这个仓促建造起来的、笨重的5层混凝土外壳上布满了斑点和小洞，看起来颇像生锈的驳船船体，辐射让这个外壳变得更加不堪，于是鸟类、啮齿动物和昆虫竟在里面筑起了巢。雨水渗透进去，没人知道动物粪便和被辐射污染的温暖的污水坑中酝酿着何种邪恶。

隔离区是核电站周围半径为30千米的真空圆环，这里成为世界上最大的核废料倾倒处。埋藏的几百万吨放射性垃圾中有一整片松林——它在爆炸发生后的几天内就全部死亡，但是人们却没法将其焚烧，因为焚烧后产生的烟雾含有致命物质。爆炸中心点和钚区周围10千米之内的范围更是禁区了。这个区域中所有的车辆和机械都忙于清理工作，比如高耸着的巨大起重机就是如此，可它们因为放射性太强而不被允许离开这个区域。

然而，云雀却一边鸣叫一边栖息在它们高辐射的钢铁吊臂上。反应堆废墟的北面，松树重新萌芽，长长的枝条不规则地蜷曲着，松针的长度也不一。无论如何，它们是活着的，也还是绿色的。到了20世纪90年代，幸存下来的森林中遍布着满身是辐射的狍子和野猪。后来又有了驼鹿，山猫和野狼也紧跟其后。

混凝土板虽有一定的防护作用，但并未阻止被放射物质污染的水流入旁边的普里比亚特河，然后又顺流而下进入了基辅的饮用水系统。普里比亚特是个公司城①，5万人口从此地撤离，有些行动不够快的人还是让放射性碘进入了他们的甲状腺。那条通往普里比亚特的铁路桥，至今依旧因为辐射太强的缘故而无人涉足。不过，往南6千米，你可以站在河上，身处今日欧洲最好的鸟类观赏区，看着沼泽鹰、黑燕鸥、鹬鸰、金雕、白尾鹰和罕见的黑鹳轻轻飞过废弃了的冷却塔。

在普里比亚特，密密麻麻地矗立着20世纪70年代丑陋的混凝土结构大厦，卷土重来的白杨、紫苑和丁香从人行道里破土而出，入侵到高楼大厦中。废弃的沥青街道长出了一层苔藓。周边的村庄里，除了一些年老的农民被允许在这里安度他们时日不多的晚年以外再无人烟，砖块上剥落的灰泥湮没在参差不齐的灌木林中。木材搭建的村舍，屋顶上的瓦片已经被野葡萄藤和白桦树苗取而代之。

过了河就是白俄罗斯，不过辐射可不管有没有国界。反应堆的大火持续了5天，前苏联送上天空的云雾往东飘去，受到污染的雨水不会降到莫斯科，它降落在前苏联最肥沃的谷物产地，那里距离切尔诺贝利160千米，位于乌克兰、白俄罗斯和俄罗斯西部诺沃兹波科夫地区的交界处。除了反应堆方圆10千米之内的区域（没有什么地方受到的辐射比这里强），前苏联政府还隐瞒了些什么，害怕引发全国上下的食物恐慌。3年之后，研究人员发现了这个秘密，诺沃兹波科夫地区的大多数人也撤离了，留下了大片种植谷物和土豆的集体所有制的田地。

降落下来的放射性粒子主要是铯-137和锶-90，它们是铀裂变的副产

---

① 公司城：一个城镇，其居民依靠一家公司的经济支援来维持零售备用品贮存、学校、医院和住房供应。

品，半衰期大致为30年。它们将严重地污染诺沃兹波科夫地区的土壤和食物链，这种情况至少要延续到公元2135年。在此之前，这里所有的食物都不安全，不管对人还是对动物而言。"安全"这个概念很有争议。现在估计，因为切尔诺贝利事件而死于癌症或血液、呼吸疾病的人将达到4 000—100 000。较低的这个数字来自国际原子能组织的统计，这个组织具有双重身份，它既是世界原子能的监管机构，又是核能的行业公会，这难免影响到数据的可信度。较高的统计数字来自公共健康和癌症疾病的研究人员，以及"国际绿色和平组织"等环保团体，他们一致认为现在下定论还为时过早，因为辐射的影响会随着时间的流逝日渐彰显。

不管哪个数据是正确的，考虑的都只是人类的死亡率而已，但事实上辐射也影响到其他生命体，在一个没有人类的世界里，我们身后的植物和动物都将面临更多起切尔诺贝利事件。对于这场灾难引发的基因损伤程度，我们还知之甚少：科学家还没来得及统计数量，那些基因上受到破坏的突变异种就已沦为掠食者的美食。有研究表明，切尔诺贝利燕子的生存率远远低于欧洲其他地区迁徙而来的同类。

"最为糟糕的设想是，"经常来这儿进行研究的南卡罗莱纳大学生物学家提姆·穆索说道，"我们或许会看到一个物种的灭绝：基因突变导致的大灾难。"

"对于生物多样性和当地动植物群落的数量而言，人类的有些行为比最可怕的核电站事故更具破坏性。"得克萨斯技术大学的放射生态学家罗伯特·贝克和乔治亚大学萨凡纳河生态实验室的放射生态学家罗纳德·切瑟闷闷不乐地这样说道。贝克和切瑟收集了切尔诺贝利高辐射区中田鼠的细胞变异信息。另一项对切尔诺贝利田鼠的研究表明，和燕子的情况一样，田鼠的寿命也比其他地区的啮齿同类短一些。不过，它们看来正通过提早性成熟和生育的时间来进行弥补，所以它们的数量并没有减少。

如果真是这样，大自然也许会加快物种选择的速度，新一代的幼年田鼠中具备较强抵御辐射能力的个体将有更大的生存机会。也就是说，变异而来的强者将更加适应变化的环境。

　　切尔诺贝利的大地虽然受到辐射，但它那出奇的美景还是消除了人们的顾虑，于是人们便满心期待地想要重振大自然的雄威，再次引进了几百年来未曾在这里看到的传奇动物：欧洲野牛。它们来自白俄罗斯境内的比亚沃维耶扎原始森林，和波兰的那片一样，它们都是欧洲大森林的遗迹。目前，它们正静静地吃草，甚至也啃下味苦的艾草——这种草在乌克兰语中的发音竟也是"切尔诺贝利"。

　　它们的基因能否抵抗得住辐射的挑战呢？这个问题只有许多世代之后才能知道了。它们或许还面临更多的挑战：新建的防事故外壳如棺材一般罩住了再无使用价值的遗骸，但它可不保证能维持很久。等它的顶部最终瓦解的时候，里面和周围冷却池里放射性的雨水就会蒸发，形成新一轮的放射性尘埃，刚刚焕发出生机的切尔诺贝利的动植物又将会把这些放射性尘埃吸入体内。

　　爆炸之后，斯堪的纳维亚半岛的放射性核总量过高，驯鹿因此死于非命，而非葬身掠食者之腹。土耳其的茶叶种植园受到了均一的核辐射剂量，于是土耳其的袋泡茶被乌克兰用来校准放射量测定器。如果我们任凭全世界441个核电站的冷却池自行蒸发、反应核熔化和燃烧，那么笼罩在地球上方的烟雾将变得更为凶险。

　　我们依然生活在这里。除了动物，人类也悄悄搬回切尔诺贝利和诺沃兹波科夫的污染区域。理论上说，他们是擅自占用土地的违法分子，但是政府当局并不十分劝阻这些绝望而贫困的人迁往这个闻起来清新、看起来干净的空旷地，只要没人去查看那些放射量测定器就好。他们中的大多数并不仅仅为了得到免费的住处。和回归这里的燕子一样，他们回来是因为他们曾经在这里生活。不管这里是否受到污染，它都宝贵而不可取代，即便是要付出折寿的代价。

　　这里是他们的家园。

第十六章

❦

我们的地质记录

I. 洞　穴

我们消失之后，人类生存遗迹中规模最大、延续时间也许最久的一个却是人类最新的产物。这里矛隼翱翔，位于加拿大西北地区的首府耶洛奈夫。如果你也从这里飞过，你会发现，原来它是个800米宽、300米深的圆洞。其实，这里有许多大型的洞穴，而我们所说的这个是干燥的。

不过，不用一个世纪的时间，其他洞穴或许也会变干。60度纬线以北，加拿大境内的湖泊数量比全世界其他地方的总和还多。西北行政区将近一半的面积都不是土地，而是水。冰川时期，这里形成了不少洞穴，冰川消退的时候，有些冰山就陷入到这些洞穴中。等它们融化的时候，这些泥土的锅状陷落中盛满了富含矿物的水，剩下无数的冰碛物在苔原上晶莹闪烁。不过它们大面团一般的模样挺容易使人误解：这里是寒带地区，蒸发速度缓慢，而且降雨量不比撒哈拉沙漠多。现在，这些锅状陷落周围的永冻土开始融化，冰冻的泥土中贮藏了好几千年的冰川融水在慢慢渗走。

假如加拿大北部的锅状陷落全部干涸，那么人类便也失去了一处遗产。我们上面提到的这个洞穴和它附近新近形成的两个小洞穴共同组成了"艾卡提"——加拿大首个金刚石矿。必和必拓钻石勘探公司的卡车，轮胎直径达3.4米，载重量达240吨，从1998年开始，它们一年365天、一天24小时全天候工作，即使是在－33℃的低温下也未曾停止过，每天被运往轧碎机的矿石达到9千吨。这里产出的宝石质量上乘，价值130万美元，但数量却极其稀少。

他们发现，在5 000万年之前形成的火山通道中，从深深的地下涌出的岩浆里含有纯净的结晶质碳。有些物质比这些宝石还要珍贵，它们沉积于熔岩流过之处留下的凹陷中。这还是始新世的事了，当时我们今天布满苔藓的冻土层还是一片针叶树林。最初倒下的树木肯定是被烧焦的，但随着周围一切冷却下来，其他树木便被埋在柔软的灰烬中。它们与空气隔绝，北极地区的严寒和干燥使它们保藏下来，采矿人发现的冷杉和红杉的树干甚至未变成化石，还仅仅是木材：这些完好无损、有着5 200万年历史的木质素和纤维素可以追溯到史前，那时恐龙刚刚灭绝，哺乳动物填补了它们的空白。

世界上最古老的一种哺乳动物依然在这里生活，这些更新世的动物之所以能够生存下来是因为它们身体极其健硕，能够抵御人类避之不及的严酷气候。麝牛栗黄色的毛皮是我们现在所知道的最暖和的有机纤维，保温绝热的能力是羊毛的8倍。因纽特人把麝牛的绒毛称为"北极金羊毛"，用来追踪北美驯鹿群的红外线卫星摄像机对麝牛几乎没有作用。可就是这些"北极金羊毛"使麝牛在20世纪初期几乎招致灭顶之灾，猎手们把它们的毛皮卖到欧洲，制成马车的挡风篷。

今天，剩下为数不多的几千头麝牛被保护起来，唯一合法获得"北极金羊毛"的方法是收集粘在苔原植被上的缕缕绒毛，这是个劳心费力的工作，所以一件超软的麝牛绒毛制成的毛衣售价可达400美元。不过，如果北极的气候日益温和起来，那么这层绒毛又会成为它们毁灭的原因——即使人类（或者至少是他们嘈杂不休的排放碳元素的行为）消失，麝牛或许还是难逃气温升高带来的灾难。

如果永冻土层解冻太多，它会融化深埋在地下、在甲烷分子周围形成"水晶笼"的冰块。据估计，这些冰冻起来的甲烷沉积物有4 000亿吨，它们被称为"笼状包合物"，位于苔原下面近千米处，在海洋的下面，蕴藏量则更为丰富。有人计算，所有这些深埋着的冰冻天然气至少相当于所有我们现在所知道的传统燃气和石油储量的总和。它们又充满诱惑，又叫人畏惧：因为它们数量惊人，一旦冰盖融化，泄漏出来的甲烷也许会急速加剧全球变暖，温度之高将会是25 000万年前二叠纪大灭绝之后绝无仅有的。

就现在而言，在更加便宜和干净的能源出现之前，我们唯一可以依赖的储量丰富的矿石燃料将在地球表面烙下更深的痕迹，而不仅仅是一个钻石矿或铜矿、铁矿和铀矿等等。等水灌满它们，或风蚀作用下的碎屑填没它们之后，这个洞穴将完好无损地延续好几百万年。

2. 高　　地

"只有俯视时才能欣赏它的美景，如果可以用'欣赏'这个词的话。"苏珊·拉批斯这样说道。她是个飞行员，一头红发，乐观开朗，也是北卡罗莱纳非盈利组织"南之翼"的志愿者。她的飞机是单引擎的"塞斯纳-182"，红白蓝三色相间。从飞机的窗户中，你俯瞰的是一个平坦的世界，平坦得一如几千米高的曾经被冰层铲平的大地。世界曾经和西弗吉尼亚一模一样。

或者是弗吉尼亚、肯塔基、田纳西，因为在这些州境内的阿帕拉契亚山区近万平方千米的土地现在一样被煤炭公司挖得平平整整。20世纪70年代，这些煤炭公司发现比起开凿山洞和清理矿地，最便宜的做法是把山顶以下三分之一的整个儿山打碎成粉末，用水冲洗一遍，滤出煤炭，把剩下的东西丢弃到一边，再用水统统冲走。

这片平坦和空旷让人震惊，就算是亚马孙河冲击的威力也不能与其匹敌。朝每个方向看去，都是空空如也。白色小点交织成的网络是下一轮的爆破装置，它们是这片赤裸的高地上唯一剩下的东西了——这里曾经险峻陡峭、绿树葱茏。人们对地下煤炭的需求是如此强烈，每隔一秒

西弗吉尼亚开山采矿图

V.斯多克曼摄，俄亥俄山谷教育合作协会/"南之翼"组织提供

钟就有100吨煤炭被挖掘出来，甚至连砍伐树木的时间都挤不出来了：橡树、山胡桃树、木兰和黑莓硬木直接被推土机铲平，挖个洞，用原先这里石炭世晚期的碎石埋起来——这些碎石被称为"覆盖层"。

单单在西弗吉尼亚，流经这些洞穴的1 600千米长的河流也被埋入地下。当然，河流总能找到出路——它们推开了矿石的残渣，未来的几千年里，它们肯定会重新出现，同时也带出超出正常含量的重金属。但是根据世界对能源的需求，工业地质学家——那些抗议工业的人相信，美国、中国和澳大利亚的煤炭储量够人们用上600年。如果以这种方式采矿，人们可以用更快的速度获得更多的能源。

如果沉迷于能源的人类明天就消失，地面下所有的煤炭都将保留到世界末日。不过，如果我们还要再呆上几十年的话，很多煤炭便等不到那天了，因为我们会把它们挖出来做燃料。尽管可能性不大，但如果这个计划进展得顺利，煤炭能源最让人头疼的副产品或许将再一次进入地下，为遥远的未来又添上一笔人类的遗赠。

这个副产品便是二氧化碳。现在人们逐渐达成共识，认为大气中二氧化碳的含量不该太高。这个计划正得到越来越多人的关注，尤其是工业化的拥护者——这自然有些矛盾，但完全迫于公共关系的压力。这个计划便是清洁地使用煤炭，也就是说，在二氧化碳从煤炭驱动的发电厂烟囱里排出之前就把它们截获，排入地下。永远地封在地下。

这个计划的工作流程会是这样的：先给二氧化碳加压，然后注入咸水含水层。在世界的大多数区域，盐水蓄水层都位于不具备渗透性的盖层以下，离地面有300—2 500米。假设二氧化碳在那儿会被溶解，形成性质温和的碳酸——就像带有咸味的法国毕雷矿泉水一样。渐渐地，碳酸会和周围的岩石发生化学反应，岩石会溶解，慢慢沉积为白云石和石灰石，从而把温室气体锁定在岩石中。

从1996年开始，挪威斯达托尔石油公司每年都会截获100万吨的二氧化碳，排入北海海底的含盐砂石含水层中。在加拿大阿尔伯达省，人们把二氧化碳封闭在废弃的天然气井中。20世纪70年代的时候，联邦律师大卫·霍金斯与数个符号学家一起探讨这个问题：此后一万年后的人类将如何对待位于今天新墨西哥州的废料隔离试验工场地下的核废料？现在，作为自然资源保护委员会气候中心的主任，霍金斯思考的是如何告知未来的人不要在这种无色气体的储藏库上钻孔，以防大地会出乎意料地打着饱嗝把它们吐出来。

截获气体、加压、将地球上每个工厂和发电站的二氧化碳注入地下……除了费用问题，人们还关心的是：这种气体的泄漏难以察觉，即使是千分之一的泄漏，最终也会等同于我们现在排入大气的总量。可是，未来的人不会意识到这一点。不过要是非要做个选择，霍金斯还是宁可埋藏的是碳而不是钚。

"我们知道大自然有本事蕴藏气体而不泄漏：甲烷就被封存了几百万年。但问题是，人类有这个本事吗？"

3. 考古学上的间断

我们摧毁山脉，可又在无意间堆起了丘陵。

弗洛里斯市位于危地马拉佩滕伊察湖的北面。从这里往东北驾车出发，沿着平坦的游览路线开40分钟，映入眼帘的便是蒂卡尔的废墟。这是玛雅文明城市旧址中最古老的一座，白色的庙宇在一片丛林上拔地而起，高达70米。

相反方向的路故意没铺，从弗洛里斯市一路驶来，山路通往西南方向，我们就这样痛苦颠簸了3个小时。山路在肮脏不堪的前哨地萨雅可施算是到了尽头，这里，一座玛雅金字塔的顶端放置着一挺军队的机关枪。

萨雅可施坐落在帕幸河之上，河水缓缓流经西面的佩滕省，与乌苏马辛塔河和萨利纳斯河交汇一处，形成了危地马拉与墨西哥的天然国境线。帕幸河曾是翡翠、精细陶器、凤尾绿咬鹃尾羽和美洲虎兽皮的贸易通道。再近一些，贸易逐渐包括走私桃花心木和雪松木、危地马拉的高原罂粟制成的鸦片，还有抢劫而来的玛雅文明史前文物。在20世纪90年代初期，木质的摩托艇出现在流速缓慢的帕幸河支流——佩特克斯巴顿河上，它们携带的东西在佩滕可是货真价实的奢侈品：波状的镀锌屋顶和斯帕姆牌午餐肉。

它们都是运往营地的。范德比尔特大学的亚瑟·迪马斯特用桃花心木板在一片空旷的丛林中建起了这个营地，旨在进行人类历史上最大的考古挖掘工作，解决我们最大的谜团：玛雅文明的消失。

一个没有我们的世界，我们怎么可能认真地思考这样的问题呢？我们想象过外星人，还有他们致命的射线武器，但这不过是想象罢了。想象我们浩大精深、势不可挡的文明真的要彻底了结，埋在层层尘土和蚯蚓的身下，永远地被人遗忘——这就像描绘宇宙的边际一样困难。

然而，玛雅人的确存在过。他们的世界看起来似乎会世世代代繁荣昌盛，这个文明到达巅峰期的时候，比我们现在的文明更加根深蒂固。

600万玛雅人至少在这里居住了1 600年，这里的生活与加利福尼亚南部地区颇有相似之处：数个城邦构成了欣欣向荣的大都市，沿着低地一路蔓延开去的密密麻麻的郊区鲜有不纳入其版图的，这片低地包括今天墨西哥尤卡坦半岛、伯利兹城和危地马拉的北部地区。他们精湛的建筑学、天文学、数学和文学让同时代的欧洲人感到自惭形秽。同样让人惊讶、让人难以理解的是，这么多人口怎么可能居住在同一片热带雨林中呢？几千几百年来，他们就是在如此脆弱的环境中种植作物、养育后代，而今天，一些擅自占用土地的贪婪之辈没过多久就把这里全部破坏。

不过，让考古学家更为困惑的是玛雅文明的突然没落。从公元8世纪开始，位于低地之上的玛雅文明在短短100年间就消失殆尽。在尤卡坦半岛的大部分地区，只剩下零零散散的玛雅人遗迹。危地马拉北部的佩滕省一度是一个真正的没有人类的世界。雨林植被不久便蔓延于球场和广场上，遮蔽了高高的金字塔。1 000年之后，这个世界再也不会知道他们曾经存在过。

但是大地能容纳幽灵，即便是整个民族的幽灵。考古学家亚瑟·迪马斯特身体健壮、胡子浓密，是路易斯安那州的阿卡迪亚人①，他拒绝了哈佛大学的教授职位，因为范德比尔特大学给了他发掘这里的机会。在萨尔瓦多完成研究生毕业野外考察工作时，迪马斯特分秒必争地去抢救一些古代遗址，因为这里即将建起一个大坝，成千上万的人被转移，而他们中的许多人成了游击队员。他这个小组的3名工人被指控从事恐怖活动，他向上级官员请求后，他们被释放，却也未能躲过被暗杀的命运。

他在危地马拉的最初几年里，游击队和军队在遗址发掘点周围不过几千米的地方相互追踪，不少人在双方的交叉火力中丧生——他们使用的语言源自象形文字，迪马斯特的小组当时一直在破解这种语言。

"印第安那·琼斯②虚张声势地侵入了肤色黝黑的第三世界——这

---

① 阿卡迪亚人：美国路易斯安那州南部的几个民族之一，是18世纪从阿卡迪亚放逐的法国殖民者的后裔。
② 印第安那·琼斯：史蒂文·斯皮尔伯格执导的探险电影三部曲中主人公的名字。

里的人充满威胁，无法沟通，于是，美国人用装腔作势的豪言壮语吓住了他们，夺走了他们的宝藏，"他一边说话一边整理自己浓密的黑发，"他要是来这里，恐怕只能坚持5秒钟。考古学可不是收集发光物体，它关注的是它们的情境。我们也是情境中的一部分。我们的工人在烈日下工作，他们的孩子正患疟疾。我们来这里研究古代文明，而我们最后了解到的却是现代文明。"

在一个潮湿的夜晚，他在科尔曼汽化灯下奋笔疾书，彻夜未眠，周围伴随的是吼猴杂乱的叫声。在接近2 000年的时间里，玛雅人发展出一套方法来调和城邦间的矛盾，却没有破坏彼此的社会进步。不过就在那时，突然出了问题。饥荒、干旱、疫疾流行、人口过剩和环境资源的劫掠都曾经成为玛雅文明突然消失的罪魁，但不管是哪一种，都无法解释如此大规模的消亡。没有证据表明这里曾遭到外星人的侵略。玛雅社会稳定而和平，于是经常被人传为佳话、奉为典范，似乎不大可能因为发动侵略而被他们自身的贪婪之心吞噬。

不过，在雾气腾腾的佩滕，这个推测似乎正是历史事实——他们通往毁灭的道路看起来如此熟悉。

从佩特克斯巴顿河到道斯皮拉斯国，在蚊虫飞舞的绞杀藤和帕尔米拉灌木中蜿蜒了几个小时之后，这段崎岖的山路延伸到一处陡峭的悬崖。这是迪马斯特的小组发掘出的7个主要遗址中的第一个。高耸的雪松、木棉树、流出树胶的人心果树、桃花心木和面包坚果树从铺盖在佩滕石灰岩上的薄薄的一层土壤中拔地而起。在悬崖峭壁的边上，玛雅人建起了城市，亚瑟·迪马斯特等考古学家现已确认：这里曾经就是名为佩特克斯巴顿的联邦王国。现在看起来像丘陵和山脊的地方实际上是金字塔和墙体，当时的人们用燧石制成的扁斧打造当地的石灰岩石块，建成了这些建筑，而现在，它们完全被土壤和一片成熟的雨林所遮掩。

道斯皮拉斯国周围的丛林里，充满了巨嘴鸟和鹦鹉喋喋不休的吵闹。20世纪50年代，人们发现了这片茂密的丛林，但又过了17年，才有人意识到，它附近的山丘竟然是一座67米高的金字塔。实际上，对于玛雅人而言，金字塔表现的是山峰，而它们经过雕刻的大块巨石（专业名称叫"石柱"）则是树木的象征。在道斯皮拉斯国附近发掘出土的石柱上雕刻有点横相间的图形符号，这说明在公元700年左右，它们神圣的统治者打破了把冲突限制在最小范围的规矩，开始侵占周围的佩特克斯巴顿城邦。

一块生苔的石柱上，这位统治者裹着严严实实的头巾，手执盾牌，站在一名手脚被捆绑的俘虏的背上。社会解体之前，典型的玛雅战争是根据占星术上的星体运行来发动的，给人留下的第一印象便是残酷之极。敌对的皇室的男性被俘虏后会受到羞辱，游街示众，有时会长达几年。最后，人们挖出他的心脏，或者将其斩首，或者将其折磨致死——在道斯皮拉斯国，一个俘虏被紧紧捆绑成圆球状，被当作球场上的玩物，直到他的脊梁断裂。

"不过，"迪马斯特说，"相比之下，他们不会给对方带来整体性的打击，不会破坏田地或建筑，也不会入侵对方的领地。典型的玛雅祭典仪式战争，会把损失代价降到最低。他们通过持续不断的小范围战争缓解领导人之间的紧张对立，不会危及整个社会，以此来维持和平。"

他们的社会在自然的荒野和人类的策略之间达成了一种动态的平衡。山坡上，玛雅人把鹅卵石紧紧地填塞在一起，筑起了座座石墙，这样，丰富的腐殖质就不会被雨水冲走，成了种植作物的梯田中的肥料。而现在，1 000年来形成的冲积层已经将它们全部掩埋。除了湖泊和河流，他们还挖掘沟渠，排干沼泽，把土壤堆积成微微隆起的长条形，这样既能保证土壤的肥沃，又能防止水土流失。不过，大多数时候，他们还是在模仿雨林的生态环境，为不同的作物提供不同的荫庇。成排的玉米和大豆可以为西瓜和南瓜的藤蔓遮阳；果树又可以为它们遮阳；小片森林地也被保留在农田中，为果树遮阳。其实这只是个幸运的意外罢了：他们没有链锯，只好把最高大的树木留在那里了。

旁边是擅自占用土地的现代人建起的村落，那里的情况就截然不同了：沿着采伐业的运输路线，平板载货拖车正使劲把雪松和桃花心木运走。在这里居住的人是高地上逃来的难民，说的是玛雅语和基切语——20世纪80年代，这场镇压叛乱的军事行动杀害了数以万计的危地马拉农民。火山地区砍伐加焚烧的轮耕方式在雨林地带被证明是场灾难，于是这些人发现，周围的荒地逐渐蔓延，种出的玉米穗也又矮又小。为了防止这批人到考古遗址进行抢劫，迪马斯特筹措资金为当地人提供医生和工作。

几个世纪以来，位于低地的玛雅政治和农业体系一直都卓有成效，直到道斯皮拉斯国开始破坏古老的规矩。在公元8世纪，新的石柱开始出现，颇富创造性和个性的雕塑被整齐划一的军队形象所取代。庙宇的阶梯十分精美，每一层上都雕刻着漂亮的象形文字——它们记录着战胜蒂卡尔和其他城邦中心的荣耀，而战败的城邦的文字则被道斯皮拉斯国的文字所取代。掠夺土地，这是第一次。

通过与敌对的玛雅城邦战略结盟的方式，道斯皮拉斯国转变为富有侵略性、超越国界的政治力量，它的影响力沿着帕幸河河谷向北延伸，一直到今天的墨西哥边境附近。它的工匠在石柱上描绘了这样的场景：道斯皮拉斯国辉煌的统治者穿着美洲虎皮制成的靴子，脚踩一个浑身赤裸的战败的国王。道斯皮拉斯国的统治者积聚了惊人的财富。在一个1 000年来无人涉足的洞穴中，迪马斯特和同事发现了他们储藏在此的成百上千件彩饰壶罐，上面装饰有翡翠、燧石和作为祭品的人类的骸骨。在他们发掘出来的坟墓中，皇室成员嘴里含的满是翡翠。

到公元760年，他们和盟友统治的疆域是一个普通玛雅王国的3倍之多。不过现在，他们为自己的领土圈起了围栏，大多数时间就在高墙后面度过了。一项不寻常的发现目睹了道斯皮拉斯国的末日。一场出其不意的失败之后，他们再也没有建起自我吹嘘的纪念碑。相反，住在城市外围的田野中的农民离开了自己的家园，跑到典礼广场的中心位置建起一座村落。他们惶恐不安，于是从统治者的坟墓和主殿上剥下饰面材料，在围地的周围竖起一圈堡垒，没了承梁的殿堂土崩瓦解，成了一堆碎石。这就相当于把华盛顿纪念碑和林肯纪念堂拆了，用来加固一堆帐篷。堡垒的石墙越建越高，高过了宫殿的屋顶，当然也高过了雕刻着象形文字、炫耀胜利的台阶，亵渎的意味也就愈发浓重了。

这些粗糙的堡垒会不会是许久之后才建起来的呢？他们发现的面石与台阶紧密地贴合在一起，中间并未夹杂泥土，所以问题的答案也就不言而喻了。道斯皮拉斯国的公民，要么是被迫臣服，要么对先前贪婪的统治者感到怒不可遏，这一次可是他们的自发行为。他们把宏伟壮观、刻有象形文字的阶梯深埋起来，因而一直没有人知道它们的存在，直到范德比尔特大学的一名研究生在1 200年之后将其发掘出来。

难道是因为土地没法满足不断增长的人口，所以佩特克斯巴顿的统治者就开始强占邻国的财富，于是招来多米诺骨牌效应，最终导致了洪水般汹涌的战争？迪马斯特认为，如果真是如此，也应该反过来解释：对财富和权力不加节制的欲望把他们变成了侵略者，于是招来了报复，他们不得不放弃城市易受攻击的外围地区，在中心地区加紧生产，最终导致土地超出了承受能力。

"社会发展出太多的杰出人物，他们都渴望得到些异国他乡的小玩意儿。"他描述着的这个文明不堪贵族阶层的重负而摇摇欲坠——他们都想得到凤尾绿咬鹃的尾羽、翡翠、黑曜石、精燧石、民间彩饰艺术品、漂亮的承梁屋顶和动物毛皮。贵族阶层十分奢华，却没有生产能力，作为社会的寄生虫，他们为满足自身的随心所欲，吸走了太多社会的活力。

"想继承王位的后嗣太多了，他们急于通过割礼仪式来确立自身的地位，因此王朝战争就升温了。"他解释说，他们需要筑起更多的殿堂，工人消耗的热量越高，需要的食物也就越多。更多的人口才能有更多的食物生产者。战争通常引起人口的增长——比如在阿兹特克、印加和中国都不例外，因为统治者需要更多的"炮灰"。

危险加剧，贸易中止，人口密集——这些因素在雨林中是致命的。人们在长期作物身上花的精力越来越少，食物的多样性遭到破坏。流亡者居住在石墙后面的农场上，只耕种附近的一些区域，引发了生态灾难。他们的统治者过去看似无所不知、无所不能，但事实上却沉湎于自私自利、鼠目寸光；于是他们对统治者的信任随着生活质量的下降而跌至谷底。人们丧失了信心，仪式活动终止了，他们放弃了城市的中心。

附近的普塔德奇米诺半岛上有个佩特克斯巴顿湖，它旁边的废墟竟是道斯皮拉斯国最后一任君主的堡垒。3条护城河使这个半岛与大陆隔离，其中有一条深至岩床，估计挖河所消耗的人力是建城的3倍。"这相当于，"迪马斯特认为，"把一个国家75％的预算都花在了国防上。"

这是一个失控了的绝望的社会。他们发现矛头嵌在城堡的石墙里——石墙的内部也同样如此——这就证明了普塔德奇米诺的统治者最终被围剿的命运。这里的纪念碑不久之后就被广袤的森林所吞噬：在一个没有人类的世界里，人们建起的高山般的建筑都将很快回归黄土。

"你我都对各自的社会充满信心，而这个社会却分崩离析，最后湮没在一片丛林之中，如果你也仔细看看自己的社会，"亚瑟·迪马斯特说，"你会发现，生态和社会之间的平衡十分微妙，也十分脆弱。如果哪里出了问题，一切都可能结束。"

他弯下腰，从潮湿的地面上拾起一片陶器碎片。"2 000年之后，会有人眯缝着眼睛盯着这些碎片，企图研究是哪里出了问题。"

4. 蜕　变

道格拉斯·欧文是名古生物学家，也是史密森国家自然历史博物馆馆长。从博物馆办公室地面上的一个木条箱里，他抽出一条20厘米长的石灰岩石块。他在南京和上海之间的一个磷酸盐矿里发现了它。他把黑色的矿石底面朝上，上面布满了已经成为化石的原生动物、浮游生物、单壳软体动物、双壳软体动物、头足纲动物和珊瑚。"这里的生物活得不错。"他指了指一条微微发白的火山灰构成的线条，这线条把下半部分与暗灰的上半部分分隔开来。"这里的生物活得就糟糕得很。"他耸了耸肩。

"后来过了很久，它们的日子才慢慢好起来。"

几十个中国古生物学家花了20年的时间来研究这种岩石，最后确定那条微微发白的线条代表的是二叠纪时期的大灭绝。岩石中闪亮的小水珠里含有金属元素，通过分析其中的锆石晶体，欧文和麻省理工学院的地质学家萨姆·波林把那根线条的年代精确地定在25 200万年前。底部黑色的石灰岩是丰富的沿海生物的写照：它们的周围是一块巨大的大陆，陆地上有树木、爬行和飞行的昆虫、两栖动物和早期的食肉爬行动物。

"然后，"欧文点了点头，说，"这个星球上95％的生物突然灭绝了。这其实是件好事。"

道格拉斯·欧文一头浅黄棕色的头发，一个这么有名望的大人物看起来竟然带着几分孩子气。然而，当他否认最近的这次生物大灭绝是杀戮行为所致的时候，他的微笑不再轻率，而是带着沉思。几十年以来，他们一直在仔细研究西得克萨斯山脉、中国古老的采石场和纳米比亚、南非的沟壑，苦苦思索到底发生了什么。他到现在依然不知道确切原因。在西伯利亚，在一场长达100万年的火山喷发中，岩浆冲破巨大的煤炭沉积层喷薄而出（当时西伯利亚属于泛古陆或者说超大陆的一部分），于是地面被玄武岩岩浆所覆盖，在有些地区厚达5千米。大气中充斥着煤炭燃烧释放出来的二氧化碳，硫酸伴着雨水从天而降。生物的大灭绝或许源于哪颗小行星的撞击——它比许久之后撞击在恐龙群中的那颗更加大，而且显然是撞击在我们现在称为南极洲的那片泛古陆上。

不管到底发生了什么，在接下来的几百年中，地球上最为普遍的脊椎动物是一种用显微镜才能看到的有齿虫类。即便是昆虫也遭受了大面积的死亡。难道这真的是件好事吗？

"当然。这为中生代的出现铺平了道路。古生代时期已经持续了将近4亿年。古生代本身还不错，但新旧交替的时候到了。"

二叠纪结束后，幸存下来的少数生物再也没有什么竞争，其中一种扇贝状的蛤蜊只有1美元的一半大小，名叫"乔黎亚"。它们数量惊人，今天，在中国、犹他州南部和意大利北部，它们的化石几乎嵌满了岩石层。螃蟹等灵活机动的机会主义者是它们的天敌。它们在原先的生态系统中只扮演次要角色，而现在突然间——至少对于地质上的时间而言能够算是"突然"——有机会在全新的生态系统中创造出崭新的环境了。现在唯一需要做的就是进化出一个大螯，夹开不会逃走的软体动物的贝壳。

从此，世界沿着截然不同的轨迹朝前发展，这个世界的主人是精力充沛的掠食者，它们从刚开始的无比渺小一直发展成欣欣向荣的恐龙王国。与此同时，超大陆分裂为好几块，并逐渐分散开来。又过了15 000万年，另一颗小行星撞击了今天的墨西哥湾，恐龙体形太大，不方便躲藏，也无法适应环境的变化，于是又到了重新洗牌的时候。这一次，另一种轻快敏捷的脊椎类哺乳动物——它们曾经是生态系统中的配角——抓住了成为主角的机会。

对生物大灭绝的解释总是指向单一的原因，这个理论也不例外，但他认为不单单是一颗小行星的作用。生物的大灭绝会不会暗示着某种哺乳动物的统治期也终将结束？历史会重演吗？生物灭绝理论的专家道格拉斯·欧文致力于研究如此漫长的一段时间，因而我们人类几百万年的历史对他而言短暂得无需纳入考虑的范畴。他又一次耸了耸肩。

"人类最终也将走向灭绝。到目前为止，万事万物都遵循这个规律。这和死亡是一个道理：没有理由认为我们会有所不同。但生命还将延续下去。起初或许只是微生物而已，或者是满地乱爬的蜈蚣。然后生命将日益繁盛、生生不息，无论我们是否在这里。我觉得来到这里是件有趣的事，"他说，"我可不想让大家来为此事感到担忧。"

华盛顿大学古生物学家彼得·沃德预测，如果人类继续生活在这里，地球上耕地的面积将跃居首位。他相信，我们为获取食物和原材料、满足工作的需要、消除寂寞的心情而种植或驯养的有限的动植物中，总会有什么物种最终进化为未来世界的主宰。

但是如果人类明天就消失，我们的大部分家畜都竞争不过数量繁多的野生掠食者，或者直接沦为它们的美餐，尽管有些未完全丧失野性的家畜具有极其强大的复原能力。美国大盆地和北美沙漠中逃过一劫的野马和野驴最终将会退化成更新世末期灭绝了的马科动物。澳洲野狗曾经迅速消灭澳大利亚有袋的食肉动物，它们在漫长的年代里一直都是处于食物链顶端的掠食者，人们根本没有意识到它们最初是东南亚商人的家畜。

夏威夷岛上，除了宠物狗的后代再也没有什么掠食者了，于是牛和猪将成为岛屿的主人。在其他地方，狗甚至还能帮助家畜存活：火地岛上的牧场主经常说，澳大利亚牧羊犬看护羊群的本能根深蒂固，甚至比它们自己的生命更为重要。

不过，如果人类一直处于这个行星的食物链顶端，而且因为人口实在众多而只好开垦更多的田地来维持食物生产，那么彼得·沃德对未来的设想还是具有说服力的，不过人类想要完全统治大自然也是不可能的事。啮齿动物和蛇这类体形较小但繁殖迅速的动物在冰川以外的环境下都能生存，野猫的存在使两者不断进化；而野猫本身也具备强大的繁殖能力。沃德在他的作品《未来进化》中做了一番这样的想象：老鼠进化成袋鼠的大小，跳跃能力超强，长出了尖尖的獠牙，而蛇则学会了飞翔。

不管是耸人听闻还是哈哈一笑，至少在现在，这些场面还只是新奇的幻想而已。史密森学会的道格拉斯·欧文说，每次灭绝给我们的启示是，千万别以为看着幸存生物的模样就能够推断出500万年之后的情景。

"会有很多令人意想不到的事情发生。让我们面对现实吧：谁能预测出海龟的存在呢？谁能想到竟然有生物能够将内部的组织翻到外部来，把肩胛带隐藏到肋骨的里面而形成一个甲壳呢？要不是海龟的存在，没有哪个脊椎生物学家会提出有动物能够进行这样的进化：人们会笑掉大牙。你唯一能做的正确预测是生命还将延续，而且未来会很有意思。"

第四部

第十七章

我们走向何方

"如果人类消失了，"鸟类学家史蒂夫·希提说，"地球上至少三分之一的鸟类根本不会注意到这件事。"

他指的是生活在亚马孙丛林盆地、广袤的澳大利亚热带旱生林和印度尼西亚山坡上的鸟类，它们与世隔绝。其他可能注意到这件事的动物——比如说，因为被猎杀而濒危的大角羊或黑犀牛——会不会庆祝我们的离去呢？这是我们无法获知的。我们只能读懂少数几种动物的情感，而且大多数是驯服的动物，譬如狗和马。它们会思念吃喝不愁的生活，也许还有它们亲切的主人，虽然它们被链子和缰绳束缚。我们认为最聪明的物种——海豚、大象、猪、鹦鹉和我们的同胞黑猩猩、倭黑猩猩或许压根儿就不会特别想念我们。尽管我们颇费周折想要保护它们，但事实上真正的危险却来自我们自己。

没了我们就不能生活的生物才会悼念我们的离去，因为它们对人类有依赖性，比如说生活在头和身体部位的虱子。后者经历了特殊的进化，不仅能寄生于人体，还能靠我们的衣服为生，这在各种生物中（大概除了服装设计师吧）算是个显著的特点。命运同样悲惨的还有毛囊螨虫，它们极小，我们的睫毛中就生活着成百上千只螨虫，尽管我们对它们深恶痛绝，但它们对我们却有所帮助——它们大口咀嚼皮肤细胞的同时却也使我们免于头皮屑过多之苦。

我们身上大概寄生了两百多种细菌，尤其是在大肠、鼻孔、口腔和牙齿上。我们的每一寸肌肤上都含有好几百种微小的葡萄球菌，腋窝、胯部和脚趾间则高达上千种。它们的基因几乎都适应了这种寄生生活，所以当我们离去的时候，它们也会随之消失。能在我们的尸体上大开欢送宴的恐怕为数不多，就算是毛囊螨虫也不会如此：与普遍存在的迷信说法恰恰相反，死亡以后毛发根本不会再长了。失去水分后，我们的身体组织逐渐缩小，结果便是暴露在外的发根让发掘出土的死者看起来似乎需要理一下发。

如果我们所有人突然间同时死去，按照惯例，食腐动物会在几个月之内清理完我们的尸骨，除非谁的骨架落入了冰川的缝隙而被冰冻起来，或者谁陷入了深深的泥潭，氧气和生物"救援人员"尚未抵达之时就被全部覆盖起来。然而，那些我们在葬礼上小心安葬、先于我们去了未知世界的亲友会怎么样呢？人类的遗骸能存在多久？我们美化了自身的形象制造出芭比娃娃和肯，可我们万古之后还能像它们那样可被辨识吗？我们不计成本保存和密封的尸体又能持续多久呢？

麦克·马休斯说，在现代世界的大部分地区，我们要做的第一步是涂抹防腐剂，但这只能临时延缓腐烂的速度。马休斯是明尼苏达大学的殡尸科学项目的一员，他教授防腐处理，还有化学、微生物学和葬礼历史。

"涂抹防腐剂只能维持到葬礼结束。身体组织会暂时凝固一下，但它们不久后又会开始分解。"马休斯解释道，因为对身体进行彻底消毒是不可能的，所以埃及的木乃伊制作者会把死者的所有器官都摘除。器官肯定是最先开始腐烂的。

随着尸体pH值的变化，天然酶变得活跃起来，残留在肠道内的细菌不需要多少时间就会和酶菌联起手来。"其中有一种和阿道夫的美味鲜嫩肉粉的作用是一样的，它们分解我们的蛋白质，使它们易于吸收。无论有没有经过防腐剂处理，一旦我们的机体停止运作，它们便也无法生存。"

到了美国内战时期，防腐处理才逐渐盛行，当时是用来把牺牲的战士运送回家。很快就会被分解的血液被手头可得的任何不易分解的物质所代替。通常情况下会是威士忌。"一瓶苏格兰威士忌就有不错的效果，"马休斯承认，"我用过好几次。"

实践证明砒霜的效果更好，而且价格也更便宜。它在19世纪90年代被禁，但在此之前，它被广泛使用，较高的砷含量对于考察美国古墓的考古学家来说有时是个问题。通常情况下，他们发现尸体照样腐烂，但砷却留了下来。

砒霜之后便是我们今天使用的甲醛了，它与生产酚醛树脂（第一种人造塑料）采用的是同一种苯酚原料。最近的几年，绿色葬礼运动者抗议使用甲醛，因为它氧化之后就会变成蚁酸——红火蚁和蜂刺中含有的毒素，此外还会污染地下水：粗心大意的人类，坟墓中竟也存在污染。他们还反对传统的入葬方式：吟诵完"来自尘土，回归尘土"的神圣悼文，人们让尸体入土，却又自相矛盾、竭尽全力地使其与泥土隔绝。

密封处理的第一步是棺材。松木制成的简陋盒子已经让位于青铜、纯铜和不锈钢材质的石棺，或者38万立方米的温带和热带硬木制成的棺材——人们每年砍伐硬木的目的竟然就是埋于地下。事实上，它们并不是真正地埋在地下，因为我们蜷缩于其中的那个盒子还被另一个盒子所包裹，这个封套所用的材质通常是普通的灰色混凝土。它得支撑泥土的重量，就像在老式的墓地里，当下面的棺材腐烂和破碎的时候，墓穴不会下沉，墓石也不会倾倒一样。因为棺材的盖子并不具备防水功能，所以液体和水分便会从棺材底部的小洞和缝隙中进入其中。

赞成绿色葬礼的人们提倡使用材质容易很快降解的棺材，比如说纸板箱或者柳条筐，再要么就什么棺材都不用：不经任何防腐处理，裹尸布中的尸体直接入土，将剩下的营养还赐大地。虽说历史上大多数人都是以这种方式入葬的，但在西方国家，只有屈指可数的几个墓地允许这种方式；而采用"绿色墓石"的墓地就更是少得可怜了——所谓的绿色墓石就是种上一棵树，它马上就能汲取逝者的赐赠。

殡葬业强调的是尸体保存的重要性，这个行业的工作人员却给了我们更加实在的忠告。比起青铜墓室，混凝土的封套显得比较粗糙了，但就算是如此紧密的青铜棺材在洪水中也会露出地表、随波逐流，尽管它的重量赶得上一辆汽车。

芝加哥威尔伯特殡葬服务公司是最大的棺材制造商，副总裁迈克尔·帕扎说道，挑战就在于"坟墓和地下室不同，它们没有排水水泵"。他的公司采用的"三保险"解决方案，经过压力测试能经受超过1.8米的水所产生的水压：这就相当于，上升的地下水位把一块墓地变成了一个池塘。它有一个混凝土的内胆，外面镀上一层防锈的青铜，再外面覆盖着丙烯腈-丁二烯-苯乙烯：丙烯腈、苯乙烯和聚丁橡胶组成的混合物，这种塑料可能是世界上最难以销毁、最抗压绝热的物质了。

棺材的盖子附上了一层特殊的丁基密封物质，与无缝的塑料封套紧密贴合。帕扎说，密封物质或许是世界上强度最高的物质。他提到俄亥俄州的一个私人测试实验室，他们的报告享有专利。"他们给它加热，让它受紫外线辐射，把它浸泡在酸性液体中。测试报告说它的寿命能长达几百万年。我听了觉得很不舒服，可他们毕竟都是博士。想象一下，在未来的什么时候，考古学家能发现的竟然只有这些矩形的丁基环。"

不过，他们能发现的逝者的遗迹并不会太多，可我们对他们却付出了很多心血，昂贵的开支、防腐蚀防辐射的聚合材料、濒危的硬木，还有各种重金属——对于桃花心木和胡桃木而言，人们把它们从泥土中拔出来的目的竟然就是再塞回其中。没有了摄入的食物可供分解，体内的酶会去溶解那些细菌尚未吞噬的组织，在几十年的时间里，酶的作用会和酸性防腐剂的作用叠加在一起。这对于密封物质和丙烯腈-丁二烯-苯乙烯制成的塑料封套又是个考验，但它们轻而易举便能通过，因为它们的寿命比我们的骨骼更长。如果那些考古学家在青铜、混凝土和其他一切物质都被分解，只剩下丁基密封物质的时候到来，那么我们的遗骸看起来将像人骨汤里的一丝点缀了。

撒哈拉、戈壁和智利的阿塔卡马这样的沙漠几乎没有降水，偶尔会出现几具天然的木乃伊，衣服和毛发完好无损。有时候，融化的冰川和冻土层里也会出现我们活人的祖先，他们死了很久，样子也相当可怕，但还是保存了下来，比如说，1991年人们在意大利的阿尔卑斯山脉发现了一具铜器时代的身覆皮革的猎人的尸体。

可是，我们这些现在活着的人，却很难留下什么持久的痕迹了。现在，人们很少直接葬在矿物质丰富的泥沙里——它们最终能取代我们骨骼中的钙质，让我们的骨架变成岩石。我们因为不懂而做了件荒唐的事情：我们剥夺了自己和所爱之人真正得以永存的机会——化石。我们极尽奢华地将肉体万般保护，到头来却失去了让大地接纳我们的资格。

*

人类一起消失的概率极低，更不用说立刻消失了，但是也并非全无可能。只有人类死亡，而其他一切事物都照常生活的可能性更是微乎其微，但也绝非是零。托马斯·希埃赞克博士是美国疾病控制中心特殊病原体分部的负责人，他担心有些物质能够夺去数百万人的生命。他以前是军队的兽医微生物学家和滤过性病原体学家，他提供的咨询服务小到生物攻击人类造成的威胁，大到其他物种引起的意外灾难，比方说他曾经帮助辨别SARS的冠状病毒。

有些未来设想十分严峻，尤其在我们现的这个时代里，那么多人都居住在一些被称为"城市"的特大号皮氏培养皿中，在这里，微生物齐聚一堂、兴旺繁盛。虽然如此，但希埃赞克博士并不认为有什么传染媒介能够消灭整个物种。"目前还没有发生过这样的事。我们试验过毒性最强的药剂，但就算如此，还是有一些能够幸存下来。"

在非洲，埃博拉病毒和马尔堡病毒这类间或发生、令人恐惧的疫疾杀害了村民和传教士，当然还有大批的医疗卫士工作者也因此丧生——剩下的一些逃离了医院。不管是何种情况，最终打破传染链条的行为只不过是命令工作人员穿上防护服装，在接触病人之后用肥皂和水进行清洗。这类疾病通常的发源地是缺乏这些保护装备的贫困地区。

"做好卫生工作是关键。即使有人企图将埃博拉病毒传播到国外，或许还真有一些通过家人和医院工作人员间接传播的案例，可是只要有足够的警惕和防备，它很快就会死亡。除非它进化成什么生存能力更强的病毒。"

埃博拉病毒和马尔堡病毒等危险性很高的病毒来源于动物身上——人们怀疑是吃水果的果蝠——并且通过体液传播在人类之间传染蔓延。自从埃博拉病毒侵入呼吸道以后，美国马里兰州迪特里克港军事基地的研究人员想证实，恐怖分子有没有可能制成埃博拉病毒炸弹。他们制造出一种气雾剂，能把这种病毒重新传播到动物体内。"然而，"希埃赞克说，"它没法使吸入的颗粒小得可以通过咳嗽或喘息轻易传播给人类。"

但如果是埃博拉病毒中不断变异的一种"累斯顿"，那我们就可能遇上麻烦了。到目前为止，它还只能杀害人类以外的灵长类动物。然而，与其他类型的埃博拉病毒不同，它是通过空气传播的。此外，如果杀伤力超强、目前为止还只是通过血液或精液传播的艾滋病病毒也变成了空气传播的疾病，那么它肯定将毁掉整个人类。希埃赞克认为这不太可能。

"它有可能改变自己的传播途径。但实际上，目前的这种传播方式对于HIV病毒的生存十分有利，因为患病者会在短时间内把病毒传播到周边地区。进化是需要一个理由的。"

即便是最致命的靠空气传播的各种流行性感冒也没能消灭所有的人，因为人们慢慢形成了免疫性，研发出流行性疾病的疫苗。可是，如果哪个神经错乱、精通生化的恐怖分子把什么病毒嫁接在一起，制造出进化速度比人类的免疫能力发展速度更为迅猛的新基因结合体——或许，可以把什么病毒的基因物质剪下来嫁接到种类多样的SARS病毒中，然后这种新型病毒既能通过性交传播，又能通过空气蔓延，可此时的人们还没来得及出台消除病毒的方案，这又该怎么办呢？

希埃赞克承认，人们也可能设计出极其恶毒的病毒来，正像有些能够改造基因的杀虫剂一样，改写基因到底有什么后果谁也不知道。

"这就好比人们培育不太能携带滤过性毒菌的蚊子。当他们把实验室培育的蚊子放出来的时候，发现它们的竞争能力很糟糕。做起来并不和想起来一样简单。在实验室合成一种病毒是一回事；让它见效就是另一回事了。想让它成为一种新型的传染性病毒，你需要不计其数的遗传因子，先让它感染一个宿主细胞，然后再培育出一大堆的后代。"

他带着几分忧伤笑了几声。"人们或许会在尝试的过程中招来杀身之祸。其实有很多事情可以去做，它们没那么复杂，也不需要煞费苦心。"

*

我们自己还在不断完善避孕措施，因此到目前为止可以说并不害怕让全体人类生育能力下降的反人类阴谋。尼克·博斯壮姆是牛津大学未来人类研究所的主任，他不止一次地用电脑统计过人类灭绝的可能性，而且他认为这种可能性在不断增加。日益步入误区的纳米技术（不管是有意还是无心）和对超常智慧走火入魔般的追求都激发起他强烈的研究兴趣。我们以后创造出来的医疗器械只有原子大小，能在我们的血液中来回巡逻，消除疾病，可有朝一日我们突然自食恶果；或者，能自我复制的机器人变得数量过剩，甚至比我们还聪明，最后把我们挤出了这个生存空间……不管是哪种情形，他注意到，这些所谓的技术"至少是几十年以后的事"。

加拿大安大略省圭尔夫大学的宇宙学家约翰·莱斯利在其1996年发表的学术巨著《世界末日》中与博斯壮姆持相同的看法。不过，他也警告道，谁也不能担保我们现在玩弄高能粒子加速器的行为不会导致宇宙物理性质的破坏——我们的星系正是在这个真空的宇宙中旋转运行的，或者甚至引发新一场宇宙大爆炸。尽管他后来又添上了"如果不小心"这句话，但似乎并没能起到什么安慰的作用。

他俩都属于用道德伦理去衡量时代的哲人。在这个时代，机器思考得比人类更快，但一次次的事实也证明它们并非全无缺陷。他俩反复提到一个前代科学家从未担心过的现象：尽管大自然把瘟疫和流星抛向我们，但到现在为止，人类每次都得以幸存；科技却是我们自己抛向自己的危险。

"乐观地看，科技到现在也未能将我们消灭，"尼克·博斯壮姆这样说。除了收集世界末日必将到来的证据，他也研究如何才能延长人类在地球上的生存时间。"不过，要是我们真的灭绝了，我觉得更有可能是因为新科技的发展，而非环境的破坏。"

对于地球上的其他生物而言，这可能不会有什么区别，因为不管是科技的发展还是环境的破坏让我们消失，毫无疑问会殃及许多其他物种，导致它们的灭绝。来自外太空的动物园管理者把我们抓走，却把其他一切都留在这里的可能性实在太小；而且我们太过自恋了——凭什么他们就只对我们感兴趣呢？他们就不能对我们曾经狼吞虎咽的诱人的资源大餐垂涎三尺吗？或许没过多久，我们的海洋、森林和生活在其中的生物就会觉得，比起超能力的外星人来，还是我们要好一些——他们可能会把一根星际吸管插到地球的海洋中，抱着同样的目的，我们也曾经用虹吸管抽干山谷中的整条河流。

"从定义上说，我们才是外来入侵者。除了非洲，处处都有入侵。智人所到之处，生物就会灭绝。"

莱斯·奈特是"人类自愿灭绝运动"（VHEMT）的发起者，他深思熟虑、善于言辞、发音清晰、语调严肃。他和那些主张把人类从饱受摧残的地球上驱逐出去的激进分子不一样——比如说安乐死教派，流产、自杀、鸡奸和食人是教义的4大支柱，他们的网站上还指导人们如何屠宰人类的尸体，其中还包括一张制作烤肉调料的处方——奈特并不厌恶人类，也不对任何人遭受的战争、疾病或痛苦感到幸灾乐祸。作为学校的一名教师，他重复着相同答案的相同数学题。

"没有病毒能够消灭我们60亿人口。就算是高达99.99%的死亡率也会留下65万具有自然免疫机能的幸存者。事实上，疫疾可以让一个物种变得更加强大。5万年之后，我们又会恢复到现在那么多人口了。"

他说，战争也不可能消灭全体人口。"不计其数的人死于战火，但人类的数量还是持续上升。在大多数情况下，战争都会刺激获胜方和失败方多生孩子，最终结果就是总人口有增无减。此外，"他又说，"杀戮行为是不道德的。大规模的屠杀并不是改善生活水平的方法。"

尽管他居住在俄勒冈州，但他说，他的这个运动在各地都在展开——他指的是互联网，他们的网站有11种语言的版本。在地球日展览会和环境问题大会上，奈特绘制的图表认可了联合国的预测——从全国范围来看，到了2005年人口增长率和出生率都将下降。可好笑的是第三张图表，上面的数字仍在直线上升。

"我们有太多人口大国。中国的人口增长率降到了1.3%，但每年增加的人口依然有1 000万。饥荒、疫疾和战争频频发生，却依然赶不上我们的人口增长率。"

他们这场运动的口号是"希望我们活得长久并灭绝"，他们提倡人类要避免痛苦和大规模的灭绝方式，因为奈特觉得，再要认为我们都能共享同一个地球、共同汲取它的资源就未免太天真了——这个事实虽然残酷，却清晰无误。与其面对让我们和其他一切生物大批死亡的可怕资源战争和饥荒，"人类灭绝志愿运动"提倡让人类轻松地走上死亡之路。

"假设我们都同意停止生儿育女，或者在什么病毒的袭击下，所有人类的精子都丧失了发育能力。最早意识到这个问题的将是危机重重的怀孕监测中心，因为再也没有人会进入这里。好事是，不出几个月的时间，提供流产的机构将停业破产。5年之后，再也不会有5岁以下的孩子悲惨地死去。"

他说，所有活着的孩子的生活环境将得到改善，因为他们变得十分珍贵，也不是可有可无、被随意丢弃。所有的孤儿都会有人收养。

"21年之后，再也没有了青少年，于是也就没了青少年犯罪。"到那时，人们开始接受这个事实，按照奈特的估计，人们精神上的觉悟将会取代恐慌，因为人们渐渐意识到人终有一死。这是个进步。世界上的食物会大有盈余，资源变得像从前一样丰富，水也是。海洋也会充满活力。因为我们不需要建造新的房屋，所以森林和湿地的面积也会扩大。

"世界上不再会有资源冲突，我想我们也不会在战争中浪费彼此的生命。"像那些退休了的企业高管突然在园艺中找到了静谧和安详一样，奈特想象我们度过余生的方式是帮助这个日益回归自然的世界清除那些难看和无用的东西，追求活泼与可爱——可我们曾经竟用这些鲜活愉快的事物去换取那些毫无价值的丑陋之物。

"最后的人类可以静静地享受他们最后的日落，他们知道，他们已经尽了最大的努力把这个星球还原成伊甸园的模样。"

*

在这个时代，自然的现实在衰落，与之相伴的是，虚拟的现实却在兴起。与"人类灭绝志愿运动"持相反观点的人并非那些把人类死亡换取优质生活嗤为疯狂的人，而是一群深受敬仰的思想家和知名的发明家，他们也许把灭绝理解成智人的事业。这些人把自己称为超人类主义者，他们希望开辟虚拟空间，研发出把他们的思想转变为电路信号的软件，这些电路系统会在众多领域赛过我们的大脑和肉体（顺便说一句，也包括永远不会死亡）。通过电脑（不过是一大堆硅罢了）的巫术、记忆模型和机械附件提供的大量机会，人类的灭绝就像丢弃容量有限、不怎么耐用的容器一样微不足道，而这些容器也实在是容不下我们过多的科技念头。

超人类主义（有时被称为"后人类"）运动中的显著人物有牛津大学哲学家尼克·博斯壮姆；举世闻名的发明家雷·库兹威尔——光学字符识别机、平台扫描仪和印刷品阅读机的发明者；还有三一学院的伦理学家詹姆士·休斯，他是《电子公民》和《为什么民主社会必须回应崭新的未来人类》的作者。尽管对知识和权力过度崇拜，他们抛出的永生不死和超自然能力的诱饵还是引起了人们的关注，他们乌托邦一般的信仰——认为一台完美的机器就可以违反熵的定律——也几乎令人动容。

机器人和电脑要想逾越物体和生命体这条鸿沟，最大的障碍在于没有人有本事制造出一台有自我意识的机器：如果没有感知的能力，超级计算机尽管能计算我们周围的事物，却从来不能思考它自己在世界中的位置。不过，人们也经常就这个问题展开争论。更主要的一个缺陷在于，没有哪台机器曾在无人维护的情况下自行运作。即便是静止不动的零件也有出错的时候，自我监测维修的功能也会有问题。如果通过拷贝备份的方式来挽救这个局面，那么结果会是，满世界的机器人都会拼命想复制到最新的技术，因为最有竞争力的知识只会转移到最新的技术中。这就好比低等灵长类动物的抓尾巴游戏，可毫无疑问，还不如抓尾巴来得有趣呢。

即使后人类主义者以后真的成功地将他们自己转变为电路信号，这也不可能是眼前的事。对于我们其他人，我们依然对以碳为本的身躯充满情感和坚持，而志愿灭绝运动的倡议者莱斯·奈落曙光般朦胧的预言触到了我们心灵的柔软之处：目睹着许多生物和美好事物的崩溃和消逝，人类真的感到了疲惫。没有了我们，世界如释重负，放眼望去，处处都是欣欣向荣、美好奇妙的野生动植物群落……这个设想最初颇具诱惑。然而接踵而至的是失落和刺痛，因为人类编织的一切美好将与我们造就的邪恶和暴行一同消逝。如果人类最奇妙的杰作——孩子再也不会在青青的草地上打滚和嬉戏，那么，我们还能留下些什么呢？我们的精神还能真正地永存不朽么？

大大小小的宗教对死后的生活有着不同的描绘，这个问题目前没有定论。我们全部消失以后，什么才会成为所有信条和不可知论者共同关注的焦点呢？是说出灵魂深处的感受，因为这是我们无法压抑的需求。可是，我们最伟大、最富创造性的表达方式此时还剩下哪些呢？

第十八章

❧

我们身后的艺术

在 图森，有个金属物理雕塑工作室是由仓库改造而来的。在这个工作室的背后，两名铸造工人穿上皮上衣和皮护腿套裤，戴上石棉和不锈钢网丝制成的手套，套上安全帽和护眼罩。他们从一个耐火砖窑中取出一只非洲白背兀鹫双翼和躯体的预热陶瓷铸模，只要把它们浇铸和焊接到一起，便是一件为费城动物园制作的、与兀鹫同等大小的青铜制品了。作品的作者是野生动物艺术家马可·罗西。工人们把铸模注入口朝上放入一个装满沙子的转台，这个转台沿着轨道慢慢把铸模送入一个圆桶形状、表面覆有钢铁的液体甲烷炉。他们早已把一块9千克重的锭铁放入其中，它已经在1 111℃的高温下熔化成液体青铜，浇在耐热的陶瓷容器里——航天飞机上的瓷砖用的就是这种材质。

炉子斜安在一个轮轴上，把熔化的金属倒入准备好的模具中几乎不费吹灰之力。在6 000年前的波斯，成捆的木材被用作燃料，山坡上的黏土洞穴被当作铸模，而不是陶瓷的外壳。今天，我们用铜硅合金取代了古代人使用的铜砷或铜锡混合物，除了这点，制造不朽的青铜艺术品的工艺并没有发生什么大的变化。

同样，铜和金银一样，也属于贵金属，具有防腐蚀性。我们的祖先先是发现它像蜂蜜一般从篝火旁的一块孔雀石里慢慢渗出。等它冷却下来后，他们发现它不但具有延展性，而且经久耐用，样子也十分美观。

他们尝试熔化其他岩石，把各种金属液体混合在一起，于是力量空前的人造合金便从此诞生。

他们试验的岩石中有些含有铁。铁是一种坚硬的贱金属，但很容易氧化。和炭灰混合在一起以后，它的抗腐蚀能力会有所上升，如果不辞辛劳地用风箱打上几个小时的气，吹走多余的炭，那么铁的强度会变得更高。1855年前，锻钢的产量仅够制作几把珍贵的大马士革剑，其他领域用得很少，后来亨利·贝西默发明的马力强劲的鼓风机最终将钢铁从奢侈品转变为普通商品。

大卫·欧尔森是科罗拉多州矿业大学材料科学的领头人。不过，他说，别被满眼的钢筋建筑、蒸汽压路机、坦克战车、铁轨或不锈钢餐具的光泽所蒙蔽。青铜雕塑的寿命比它们都长。

"贵金属制造的物品或许会万世永存。任何提炼自无机化合物的金属最终都将回归化合物的形态，比如说氧化铁。它们以那种形态存在了几百万年。我们只是从氧那儿把它们借来，制成能量更高的状态。最终它还是会恢复原状。"

即使是不锈钢，"它是一种神奇的合金，需要完成它特殊的使命。你的厨房抽屉永远都那么漂亮。但如果任其暴露在氧气和盐水中，它就不行了。"

青铜艺术品有两大优势。稀有的贵金属，比如金、铂和钯，几乎不和大自然中的任何物质结合在一起。铜的蕴藏量更大一些，地位也没有那么显赫，当它与空气和硫接触的时候就会发生化学反应——不过它不像铁，生锈的话就会粉碎——结果是在表面形成一层5—8厘米厚的薄膜，它能保护内部不受到进一步腐蚀。这些铜绿本身就很可爱，青铜雕塑中含的铜超过90%，可以说作品的部分魅力就是来自于铜绿。合金不仅能增加作品整体的强度，还能使铜变得更容易焊接和更加坚硬。欧尔森认为西方文化的产物中寿命最长的将是1982年前的铜制硬币（它们实际上是青铜，其中含有5%的锌）。不过现在，美国分币几乎全部是用锌制成的了，里面微量的铜只是为了纪念一下以前钱币的颜色——这些钱币的价值曾与面值相当。

新版的硬币含97.5%的锌，如果扔到海洋中便会发生电解，大约一个世纪后，亚伯拉罕·林肯的头像注定要和贝类粘在一起。要是冰河袭击了我们这个温度不断上升的世界，雕刻家弗雷德里克·奥古斯梯·巴陶第用不太厚的铜片制成的自由女神像从基架上掉落下来的话，尊贵庄严的她就只好在曼哈顿港湾的海底慢慢氧化了。再后来，她那碧玉色的铜绿会越变越厚，直到她彻底变成一块岩石，不过雕刻家的审美意图恐怕要让鱼儿们练练脑筋了。到那时，非洲的白背兀鹫或许已经灭绝，不过马可·罗西怀着对它们的敬意制成的青铜作品还会保留下来——这是费城的遗产。

即使比亚沃维耶扎原始森林在欧洲焕然新生，它的创始人的青铜纪念雕像——纽约中央公园里骑在马背上的亚盖洛国王，寿命或许会比这片森林更长，可能会一直延续到遥远的某天，年迈的太阳变得温度过热，地球上的生命纷纷灭绝。雕像北面是位于中央公园西部的工作室，曼哈顿艺术作品修护学家芭芭拉·埃佩鲍姆和保罗·希姆斯坦耐心地使依然完好的旧材料维持在艺术家需要的高能状态。他们清楚地知道基本元素能保持很久。

"我们能了解中国古代的纺织品，"希姆斯坦说，"是因为丝绸以前被用来包裹青铜制品。"丝绸分解腐烂许久后，它的纹理印在了铜绿所形成的铜盐上。"可我们只能从煅烧陶瓷花瓶上的图画了解古希腊的纺织品了。"

埃佩鲍姆有着精力充沛的深色眼眸，留着短短的浅色头发。她说，陶瓷是一种非金属矿物，几乎处于最低的能量状态。她从架子上取下一只三叶虫的幼虫，二叠纪的泥土将其变成了化石，忠实展现了它的每个细节，25 000万年后竟依然可以清晰辨认。"除非你把它们弄碎，否则陶瓷几乎是不可摧毁的。"

不幸的是，历史上大多数的青铜雕像都不见了，它们被熔化制成武器。这是个悲剧。"95%的艺术品都不复存在，"希姆斯坦边说边用指关节抚过他灰色的山羊胡子，"我们对古希腊和古罗马的绘画艺术一无所知：唯有通过普林尼①等作家的讲述，我们才略知一二。"

梅斯奈纤维板制成的桌子上摆放着一幅油画作品，这是他们为一名私人收藏家准备的。这幅油画完成于20世纪20年代，画的是一名长着髭须的奥匈帝国贵族，他的表袋上饰有珠宝。在潮湿的走廊中挂了几年之后，画面逐渐松弛，而且开始腐蚀。"除非把它们挂在有4 000年历史、可没有一点水分的金字塔里，否则，几百年里都置之不理的话，帆布上的画就会变得一塌糊涂。"

水是生命之源，却也是艺术之墓——除非索性保存在水中。

"如果外星人出现在我们消失以后，所有的博物馆屋顶都已经漏水，里面所有的馆藏都已腐烂，那他们就应该在沙漠里挖个洞，跳到水里去。"希姆斯坦这样说。如果pH值不是太低，又没有氧气，那么水下的纺织品也能得以保存。把它们从水里打捞出来将是十分危险的事——就算是铜，在海水中沉浸了数千年之后也与周边的化学环境形成了新的平衡，一旦离开水就会出现问题，因为氯化物会转变成盐酸。

"另一方面，"埃佩鲍姆说，"我们告诉那些咨询时代文物密藏容器的人，防酸盒中的碎布优质纸能一直保存下去，只要不沾水分。这就好比埃及的纸草。"考比斯图片档案公司拥有的防酸纸（其中包括世界上最大的相片收藏集子）被密封在宾夕法尼亚州西部的一个地方，这里原先是座石灰石矿场，位于地下60米。这个地下室配有减湿器，温度保持在零度以下，所以这些纸张至少可以保存5 000年。

当然，除非停电。尽管我们全力以赴，但事情总会有点差错。希姆斯坦说，在干燥的埃及，有个世界上最为珍贵的图书馆，里面藏有亚历山大大帝时期的50万卷纸草卷轴，有些还是亚里士多德的手稿。人们一直以来都悉心保管，直到有一天，有个主教点燃了火炬清除那里的异教信仰，于是一切都结束了。

"至少我们对它们还有所了解。"他在自己蓝色细条纹的围裙上揩了下手。"最让人伤心的是，我们完全不知道古代的音乐是什么样的。

---

① 普林尼：古罗马执政官和作家，他的书信提供了有关古罗马人生活的珍贵信息。

我们有一些古乐器，但演奏出的音乐肯定是不同的。"

两位出色的保管人员都认为，我们现在录制下来的音乐，或者储存在电子媒介上的音乐，保存下来的可能性都不大，更别指望被有知觉力的生物理解——在遥远的未来，他们可能会对一堆轻薄的塑料碟片感到大为困惑。现在有些博物馆用激光把知识精巧地蚀刻在性质稳定的金属铜上。这是个不错的想法，不过前提是阅读蚀刻的装置得和它们一样长寿。

人类所有具备创造性的表达方式中，也许音乐是最能引起人们共鸣的吧。

*

在1977年，卡尔·萨根问多伦多画家兼无线电广播制作人乔恩·龙博格，一名艺术家该如何向从未见过人类的受众表达出人类的特性？萨根和康奈尔大学的同事天体物理学家弗兰克·德雷克此前刚受到美国国家航空航天局的邀请，来设计一种"旅行者号"宇宙飞船可以携带的、能表现出人类特征的东西。这艘宇宙飞船将去探索其他行星，之后会继续在星际空间遨游，或者会永远遨游下去。

萨根和德雷克也参与了另外两个太空探测项目——它们是人类离开太阳系的唯一两个太空探测项目。"先驱者10号"和"前驱者11号"分别在1971年和1972年驶入太空，它们的任务是探索是否可以在小行星带中航行，以及观测木星和土星。"先驱者10号"在1973年穿越了木星磁场的辐射离子带，发回木星的小行星的图像资料，然后继续前行。人们最后一次接收到来自它的讯号是在2003年，此时的它距离地球已有130亿千米之远。200万年以后，它将途经（但不会很靠近，也不会有危险）红色的毕宿五：金牛星座的"眼睛"。"先驱者11号"继同胞兄弟之后在木星周围旋转了一年，后来在重力作用下驶向土星。这是1979年的事情。它向着人马星座的方向驶去；在接下来的几百万年中，它都不会途经任何星体。

两艘"先驱者"都携带有一块15厘米×23厘米的镀金铝板，拴在飞船的框架结构上，上面有萨根的前妻琳达·萨尔茨曼绘制的蚀刻版画———一对赤裸的男女。他们旁边的图画描述了地球在太阳系中的位置、太阳在银河系中的位置，还有在宇宙中相当于电话号码的东西：氢的变迁状态，还有我们能够收听到的波长。

萨根告诉乔恩·龙博格，"旅行者号"携带了更多关于我们的信息。电子媒体的时代到来之前，德雷克就已经发明出一种方法，可以在一张30厘米的镀金铜碟片上记录下声音和图像，还有一根播放指针和一幅他们希望能被人理解的、关于如何播放碟片的图解说明。龙博格是萨根的著作的插图画家，所以萨根希望他能担任声像录音碟的设计总监。

构思和设计出的这个东西要能够展现人类生活，本身也是一件艺术品，而且携带着的信息或许是人类审美表达的最后碎片。这个想法让人害怕。镀金铝盒里装有人类的记录，盒盖也会由龙博格来设计。升空以后，这个盒子会暴露在宇宙射线和星际尘埃的侵蚀下。保守地估计，它至少能保存10亿年，或许还会久得多。到了那时，地壳构造上的剧变或膨胀的太阳可能会把我们留存在地球上的痕迹全部转变为基本的分子。人类的作品若想获得永存的机会，这可能是条捷径。

在飞船升空以前，龙博格只有6周的时间来进行思考。他和同事组织了一场投票，参与者是世界重量级的语言学家、思想家、艺术家、科学家和科幻小说作家，看看到底什么才可能让高深莫测的观众和听众们理解我们的意图（多年以后，龙博格又参与设计了新墨西哥州的废料隔离试验工场警告入侵者地下有放射性物质的告示牌）。这个碟片会携带人类54种语言的录音问候，还有几十种地球生物的声音，从麻雀到鲸一应俱全，以及心跳、海浪拍岸、手挂式风钻、火焰的噼啪声、雷声和母亲的吻等各种声音。

图片里有DNA和太阳系的图解，还有大自然、人类建筑、城镇、都市风光、妇女给婴儿喂奶、男人们狩猎、孩子注视着地球仪、运动员竞技、人们进食等照片。因为发现这些资料的外星生命或许不会意识到照片可不仅仅是些抽象的曲线，龙博格又把一些地方的轮廓勾勒了一番，帮助他们区分人像和背景。在一张五世同堂的家庭的合影中，他勾勒出每个成员的轮廓，并添上了能够传达他们各自身材大小、体重和年龄的符号。在一张人类夫妻的照片中，他勾勒出的女性的子宫是透明的，露出里面正在茁壮成长的胎儿。他希望艺术家的设想和未曾谋面的观众的想象力之间可以跨越漫长的时间和辽阔的空间产生交流。

"我的工作不仅仅是寻找这些图像，而且还要给它们排序，使它们传递的信息量大于单独的图片之和。"此时此刻，他在夏威夷莫纳克亚山双子座天文台附近的家里回想起当时的情景。从宇宙旅行者可能认出的物体开始——比如说太空中拍摄的行星和星辰的光谱——他按照进化的顺序进行排列，从地质概括到生物圈，再到人类的文化。

他也以相同的方式给声音排序。尽管他是名画家，但他感觉音乐比图像更有交流的可能性，外星人或许还会为此痴迷。这是因为韵律是通过物理振动得以展现的，还因为，"对我而言，除了自然，音乐是穿透灵魂最值得依赖的方式。"

这张碟片里有26个选段，包括俾格米人①、纳瓦霍人②、阿塞拜疆风笛、墨西哥流浪乐队、查克·贝里③、巴赫和路易斯·阿姆斯壮的音乐。龙博格最喜欢的候选音乐是莫扎特《魔笛》中黑夜女王的咏叹调。在这个选段中，女高音歌手埃达·摩斯在巴伐利亚国家歌剧院展现了人类声音的上限，这是所有标准歌剧剧目中的最高音——F调。龙博格和碟片的制片人——滚石唱片公司的前任剪辑人蒂莫西·费瑞斯坚持要让萨根和弗兰克·德雷克把这段放在里面。

他们还引用了克尔恺郭尔④的语句："莫扎特进入了那个不朽的小圈子，他的名字和作品永远不会被时光遗忘，因为它们会是永恒的记忆。"

有了"旅行者号"，他们为能让这句话变得更加真切而感到荣幸。

两艘"旅行者号"都在1977年发射升空。1979年，它们都驶过了木星，两年之后抵达土星。它们在木星的行星木卫一上发现了活火山，这

① 俾格米人：属一种矮小人种，身长不足1.5米。
② 纳瓦霍人：居住在亚利桑那、新墨西哥和犹他州东南部的美洲印第安人。
③ 查克·贝里（1926年-？）：全名查尔斯·爱德华·安德森·贝里，人们称他为"查克"。美国音乐家和歌手，被认为是最早、最有影响的摇滚乐表演者之一。
④ 克尔恺郭尔（1813-1855年）：丹麦著名哲学家，现代存在主义先驱。

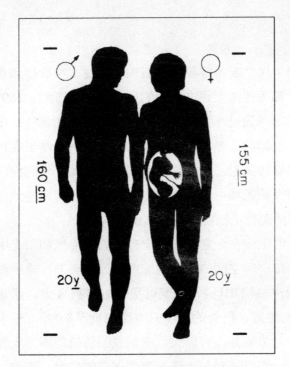

乔恩·龙博格为"旅行者号"上的镀金铜碟片绘制的男人与女人的图像

乔恩·龙博格绘，2000年

个消息曾经轰动一时。后来，"旅行者1号"钻到了土星的南极附近，让我们第一次领略了土卫六的风采，然后它弹出太阳系的椭圆形平面，逃往星际空间，事实上已经超越了"前驱者10号"。它现在是离开地球的最远的人造物体。"旅行者2号"充分利用了百年不遇的行星直线排列的机会，造访了天王星和海王星，现在离太阳越来越远了。

龙博格观看了"旅行者号"的第一次升空。碟片的镀金套子上描绘着它自己故乡的示意图，以及怎样使用里面的碟片——通过象形符号，龙博格、萨根和德雷克希望在太空间航行的智慧生物能够理解上面的意思，不过被发现的可能性实在渺茫，而我们得知其被发现的概率更是微乎其微。尽管如此，"旅行者号"和它们携带的记录却都算不上我们探访行星邻居的先驱。就算几十亿年以后，无情的宇宙尘埃会将它们也磨损成尘埃，但是，我们还有另一个办法来让外太空的生物了解我们生活的世界。

*

19世纪90年代，塞尔维亚裔美国人尼古拉·特斯拉和意大利人古列尔默·马可尼都为传送无线电信号的设备申请了专利。1897年，特斯拉在纽约演示了如何通过水体从船舰向海岸传播脉冲信号，与此同时，马可尼也在大不列颠的众多岛屿上做着相同的事——终于在1901年，他把长波无线电信号传送过了大西洋。后来，他俩为了专利权而彼此控告，当然，也为了发明无线电所获得的专利权税。不管孰是孰非，那时跨越海洋和大陆传播无线电已经成为家常便饭。

再后来，电磁波——它的波长比有毒的 γ 射线和阳光中的紫外线还要长得多——在广阔空间内的传播速度和光速等同。电磁波向外太空发射的时候，距离每增加1倍，强度就呈平方倍数减少，这意味着距离地球1.6亿千米的地方，信号的强度只有距离地球8 000万千米处的四分之一。尽管这样，信号并没有消失。电磁波的传输范围进入银河系后，银河尘埃会吸收一些电波辐射，进一步削弱它的信号。不过，它还会继续前行。

1974年，弗兰克·德雷克用世界上最大的碟形无线电望远镜播送了一条3分钟的广播问候，这个碟形无线电望远镜是波多黎各阿雷西博天文台的射电望远镜，其巨大的抛物面天线直径达300米，功率达50万瓦特。它含有一系列的二进制脉冲信号，描绘出1—10的序列、氢原子、DNA、我们太阳系的图表和人类的简单图像，外星的数学家或许会认出它们原来是一种依靠图画来表现的信息。

德雷克后来解释说，这种信号比普通的电视信号强100万倍，它的目的地是武仙星座的M13星团，22 800年之后才可能抵达。即便如此，因为后来有人强烈抗议这种行为可能会把地球的位置暴露给比人类更先进、具有掠夺性的外星智能生物，所以国际社会的射电天文学家达成共识，再也不会单方面地暴露自身的位置而让地球面临风险。最近，加拿大的科学家违反了这个协议，朝天空发射激光。不过，德雷克的无线电信号至今从未收到回应，就更不用说袭击了，有可能穿越紧密的信号波的物体不可能具有分析统计的意义。

此外，这个秘密或许早就泄露出去了。在之前的五十多年里，我们一直都在发送信号，到现在，恐怕得用很大或很灵敏的接收装置才能收集到这些信号了。不过，考虑到我们想象的智能生物数量还不少，所以这件事也并非全无可能：1955年，人们在好莱坞建起电视工作室的事情已过去4年多，而带有《我爱露西》电视节目的声音和影像的信号也经过了牧夫星座的大角星——距离太阳最近的恒星。半个世纪之后，露西装扮成小丑溜进里基的热带风情夜总会的画面已经在五十多光年（或者483万亿千米）以外了。银河系的直径长10万光年，纵向为1 000光年，而我们的太阳系处于银河平面内几乎是中心的位置，这意味着到了公元2450年，不断前进的无线电波将载着露西、里基和他们的邻居梅特塞斯一家的图像出现在银河系的顶端和底部，然后进入银河系之外的广阔空间。

电波的前方将有几十亿个其他星系，我们虽然能推算出与它们之间的距离，但却已无法真正理解这些天文数字的含义。等《我爱露西》的电视节目抵达它们的时候，我们也并不清楚那里的生物会有什么反应。在我们看来，远方的星系正在离彼此远去，它们走得越远，离开的速度也就越快——这个天文学上的怪论，或许能道出宇宙空间的基本结构吧。电波走得越远，就会变得越微弱，看起来也会更长。在离我们现在100多亿光年的宇宙边缘，我们这个星系发出的光线在一些高智慧生物眼里只会剩下红色光，因为它的波长最长。

无线电波沿途经过的众多星系会进一步歪曲它们所携带的新闻，这则新闻讲的是1953年的事：著名女演员露西尔·鲍尔和丈夫戴希·阿纳兹生下了一名男婴。大爆炸是宇宙最初的一声啼哭，多数科学家们认为它发生在至少137亿年以前。电波还得和大爆炸产生的背景噪声作斗争。这个关于露西生活的喜剧节目的声音信息一直在以光速传送，穿透一切物质。但是到了某个阶段，电波信号会变得比宇宙背景天电还要微弱。

不过，就算断断续续，露西节目的信号还是会抵达远方，甚至会在电视重播的强劲超高频的刺激下变得更强。无线电波会像光线一样不断前行。对于有限的宇宙和我们有限的知识而言，它们是永存的，载着我们这个世界的图像，也载着我们的时代和记忆。

无线电波携载的图像不过记录了人类历史的100年。等到"旅行者号"和"先驱者号"都化作宇宙尘埃，这些无线电波最后将成为我们在宇宙间留下的所有痕迹。这绝非短暂的刹那，而是硕果累累、跌宕起伏的时代。不管是谁在时间的边缘等待我们的讯号，他都会接收到许许多多的信息。他们或许不会理解《我爱露西》，但他们肯定会听到我们的笑声。

第十九章

大海，摇篮

鲨鱼以前从未见过人类，也很少有人见过如此之多的鲨鱼。

除了月光，鲨鱼从前见过的赤道的夜晚总是黑暗而深沉的。鳗鱼也是如此。它们长着鳍和锋利的牙齿，仿佛一条条1.5米长的银色缎带。船长甲板上的聚光灯深深探入被夜色笼罩的大海，鳗鱼被彩色的光束所吸引，纷纷跃入海洋调查船"白冬青号"的钢铁船身。等它们意识到水里原来是几十条白尾鲨、黑尾鲨和灰鳍鲨的时候，已经为时太晚。这些饥饿的鲨鱼沸腾激昂，疯狂地绕着圈子。

一场暴风雨匆匆而来、匆匆而过，把带着丝丝暖意的雨帘吹过了环礁湖。船就锚在这里，人们在甲板上摆开宴席，潜水能手们在餐桌上铺开一层塑料防水布，塑料布上吃剩的鸡骨已经被雨水打湿。科学家们依然徘徊在"白冬青号"的栏杆边，成千上万斤重的鲨鱼吸引了他们的目光——鲨鱼证明自己是位居这里食物链金字塔的统治者，鳗鱼在起伏的波浪间跳跃的瞬间就沦为它们的美食。在过去的4天里，这些人每天下水两次，游在这些狡猾的掠食者之间，统计它们和其他水生生物的数量：有打转的七彩岛礁鱼，也有色彩斑斓的珊瑚森林；有长着绒毛的蛤蜊，有五颜六色的海藻，还有微生物和病毒。

这里是金曼礁，世界上最难抵达的地方之一。肉眼很难发现它的存在：太平洋水下4.6米的地方便是这条10千米长、偃月形的珊瑚礁地带，

金曼礁灰礁鲨
美国鱼类与野生动物保护委员会J.E.马拉戈斯

距离瓦胡岛①的西南部大约1 600千米。这里海水的颜色不是深蓝，而是碧绿，这便是发现这里的最大线索了。退潮时分，两个小岛仅伸出海平面1米，露出暴风雨沿着礁石垒起的蛤壳和碎石。在第二次世界大战期间，美国军方计划把金曼礁作为夏威夷群岛和萨摩亚群岛之间的停泊站，却从未投入使用过。

　　"白冬青号"上二十多名科学家和他们的赞助单位——斯克里普斯海洋研究所来到了这个没有人类的海洋世界，同睹人类来到世界之前珊瑚礁的模样。珊瑚礁可以说是海洋里的热带雨林，但如果没有这条底线，人们对于什么才是健康的珊瑚礁就不可能达成共识，而如何保护这些水域的多样性、如何恢复它们从前的模样就更加无从谈起了。尽管筛

_____

① 瓦胡岛：美国夏威夷群岛的主岛，为主要旅游区，包括威基基海滩、钻石山口和位于珍珠港的
　　美国海军基地。

帕尔迈拉环礁白斑笛鲷

美国鱼类与野生动物保护委员会 J.E.马拉戈斯

选数据的过程还得延续好几个月，但研究者已经发现了与传统认识相悖的证据，他们自己也觉得有点儿违背常识。但这个证据就在这里，拍打着船体的右舷。

　　这种红鲷鱼重11千克，长着显而易见的尖牙，几乎无处不在。有一条红鲷鱼还咬破了摄影师的耳朵。在这片鲨鱼和红鲷的世界里，大型食肉动物的数量似乎超过其他任何生物。如果真的如此，那就说明金曼礁的食物链金字塔是头朝下的。

　　正如生态学家保罗·科林沃克斯在其1978年出版的具有开创意义的著作《为什么大型猛兽如此稀少》中所说，大多数动物都以那些体型小于自己、数量多于自己的生物为食。因为它们摄取的能量中大概只有10%能够被身体吸收，所以数不清的小昆虫必须一口一口地吞下10倍于自身体重的食物才行。昆虫本身也会成为数量相对较少的小型鸟类的食物，而这些鸟转而又成为数量更少的狐狸、野猫和大型肉食性鸟类的食物。

科林沃克斯在书中写道，食物链金字塔的形状不仅取决于生物的总数，更取决于它们的重量："林地里所有昆虫数量的总和是所有鸟类的好几倍；而所有鸣禽、松鼠和老鼠的总重量又是狐狸、老鹰和猫头鹰的好几倍。"

参加2005年8月的这次远征考察的科学家来自美洲、欧洲、亚洲、非洲和澳大利亚，没有谁对上述结论在陆地上的适用性产生异议。然而，大海或许是个特别的地方。或者说陆地才是例外也对。不管世界上有没有产生人类，地球表面三分之二的面积是大海，海面上的"白冬青号"随着震颤地球的脉动轻轻地上下颠簸。如果站在金曼礁的角度，我们或许无法轻易分割空间的界限，因为太平洋无边无际，它与印度洋和南极洲相接，涌过白令海峡进入北冰洋，而北冰洋又与大西洋水乳交融。地球上的大海曾经一度是能够呼吸和繁殖的所有生命的摇篮。如果海洋消失了，一切都会结束。

"黏液。"

杰里米·杰克逊弯着腰躲进"白冬青号"上层甲板上的遮阳篷下。这艘船曾是海军的货运船，船尾被改造成了研究无脊椎动物的实验室。杰克逊是斯克里普斯协会海洋古生态学家，他四肢颀长，扎着长长的马尾辫。他提出一种王蟹可能缩短了生物进化进程的理论——它直接从海洋来到陆地，有了人形。他就是本次远征考察的牵头人。杰克逊在加勒比海地区度过了职业生涯的大部分时间，目睹了捕鱼业和全球变暖现象把瑞士干酪一般的活珊瑚礁夷为平地，只剩下苍白的残渣。随着珊瑚礁的死亡和崩溃，在珊瑚礁的缝隙中生活的无数生物，以及以它们为食的生物都被一种滑溜溜的、让人恶心的东西所取代。杰克逊弯腰看着几盘子的海藻，它们是海草专家詹尼弗·史密斯之前在前往金曼礁的途中收集的。

"光滑的坡面都是黏液，"他又对她说了一遍，"还有水母和细菌：它们就相当于生活在海洋里的老鼠和蟑螂。"

4年之后，杰里米·杰克逊受邀请来到帕尔迈拉环礁。它位于莱恩群岛的最北端，是太平洋上的一个小列岛，赤道从这里穿过，岛的一半属于基里巴斯，另一半属于美国。近来自然保护协会买下了帕尔迈拉环礁，用作珊瑚礁的研究基地。二战期间，美国海军建了个飞机场，开通了通往这里的一条环礁湖的航线，并把大量军需物资和208升的柴油圆桶倾倒到另一个环礁湖，后者后来被冠以"黑色环礁湖"的称号，因为这里的永久居住者是二噁英。除了美国鱼类和野生物保护委员会为数不多的工作人员，帕尔迈拉环礁无人居住，岛上被废弃的海军建筑已有一半被海浪吞噬。一半淹没在水中的船壳现在成了一个种满椰子树的播种箱。椰子树是外来引进的植物，它们几乎击垮了本土的皮孙木森林，老鼠取代了陆地蟹的位置，成为这里数量最多的掠食者。

然而，杰克逊跳下水的那一刻，对岛屿的印象便发生了巨大变化。"海底的10%都难以看到，"他考察归来后对斯克里普斯协会的同事恩瑞克·萨拉说道，"鲨鱼和大型鱼类阻挡了我的视线。你真该去那瞧瞧。"

萨拉来自巴塞罗那，年纪还很轻，是一名致力于保护环境资源的海洋生物学家。他从来不知家乡的地中海里有什么大型的海洋生物。在古巴海岸一个警力严管的保护区内，他看到了留存下来的重达140千克的石斑鱼。杰里米·杰克逊查询了西班牙海事活动记录，一直往上追溯到哥伦布时期，终于证实重达360千克的石斑鱼怪物曾经一度在加勒比海的珊瑚礁里大量产卵，与之相伴的还有重达450千克的海龟。哥伦布的第二次航海驶向了新大陆，大安的列斯群岛附近的海域中是密密麻麻的绿海龟，他的大型帆船在它们身上驶过，几乎搁浅。

杰克逊和萨拉合著了几篇论文，告诉我们：我们被时代的普遍观念所欺骗，错误地认为颜色各异、体型小巧的鱼类穿梭珊瑚礁不过是原始时期的事情了。其实，就在200年前，船只还会与鲸群相撞，而体型巨大的鲨鱼也数量众多，经常游上河岸捕食牛羊。他们认为莱恩岛北部的人口可能会减少，也怀疑动物的数量会增加。靠近赤道的一端是基里地马地岛（或者叫圣诞岛），它是世界上最大的珊瑚环礁，五百多平方千米的土地上住着一万人口。接下来是塔布阿埃兰（范宁）和7.77平方千米的泰拉伊纳（华盛顿），分别住着1 900人和900人。再接下来是帕尔迈拉，上面只居住着10名研究人员。48千米之外是一个沉入海中的岛屿，唯一剩下的是曾经环绕在周边的珊瑚礁——金曼岛。

除了干椰肉和一些猪肉被当作食物，基里地马地岛上并没有农业。2005年的远征考察是萨拉组织的，头几天里，"白冬青号"上的研究人员发现岛屿上的4个村落不断涌出营养物质，还发现珊瑚礁外部覆盖着黏液，鹦嘴鱼之类的食草鱼在这里群集，这些都让他们吃惊不小。在塔布阿埃兰，越来越多的海藻把遇难货船腐烂了的钢铁当作饵料。人口过密的小岛泰拉伊纳竟然完全不见鲨鱼和笛鲷的踪迹。居住在岛上的人们用来复枪射杀海龟、黄鳍金枪鱼、红足鲣鸟和瓜头鲸。珊瑚礁上长出了一层10厘米厚的绿色海草。

被海水淹没的金曼礁位于群岛的最北端，它曾经和夏威夷的大岛一样大，上面还有一座火山。如今，它的火山口沉入了礁湖，剩下的珊瑚环礁也只是依稀可见。因为珊瑚与喜欢日照的细菌是共生关系，所以随着金曼岛的下沉，珊瑚礁也会消失。金曼的西端已经完全淹没，只剩下一片偃月形的地带，"白冬青号"就从这里驶入礁湖，停泊下来。

研究小组的第一次潜水统计到70头鲨鱼。上岸后，杰克逊大为惊异地说："这里最古老的岛屿沉没在海浪之中，好比一个93岁高龄、离辞世之日还只有3个月的老人，可它却未遭到人类的蹂躏，是这里最健康的岛屿。这也太讽刺了。"

研究小组的科学家身穿紧身潜水衣，带着卷尺、防水笔记板和1米长的塑料长矛（来吓退牙齿锋利的鱼类），下水统计金曼不连续的环礁周围生活着多少珊瑚、鱼类和无脊椎动物。他们在透明的太平洋水下插入多条25米长的样条线，在线条两头各4米处的范围内进行取样。为了检查整个珊瑚礁群落的微生物情况，他们吸干净了珊瑚黏液，拔走了海草，在数百个一升装的烧瓶里灌满了海水的样本。

除了天性好奇的鲨鱼、脾气糟糕的笛鲷、鬼鬼祟祟的海鳗和1.5米长、成群结队来回穿梭的康马氏鲛，在研究人员身边游过的是蜂拥的梅鲷、躲躲藏藏的孔雀鱼、鹰鱼、雀鲷、鹦鹉鱼和刺尾鱼，还有以黄蓝为主色调、令人眼花缭乱的各种刺蝶鱼，以及黑黄银三色的蝴蝶鱼那些斑纹状、交叉条纹状和箭尾状的变种。珊瑚礁周围物种丰富、数量繁多，每种生物都能找到适合自己的生存方式。有些鱼类依赖这种珊瑚，有些则食用那种，有些兼食珊瑚和无脊椎动物，还有一些嘴部尖长，可以伸入缝隙吃到微小的软体动物。有些鱼在其他同类睡觉的时候在珊瑚礁周围巡游，然后它们在夜晚交接班。

夏威夷海洋协会的艾伦·弗里德兰德是这次考察活动中的鱼类专家。他解释道："这就好比潜水艇中的'热铺'。人们值班4—6小时后就会换班，所以床铺一直都是暖和的。"

生机勃勃的金曼礁相当于广袤沙漠中的一片绿洲，距离大陆有好几千千米，所以无论是商业还是种植业都不方便在此进行。印度尼西亚、新几内亚和所罗门群岛是太平洋中珊瑚礁生物最为繁多的三角区域，金曼礁的三四百个鱼种还比不上那里的一半。但是，人类用炸药和氰化物大肆捕捉观赏鱼的行为却让那些地方的生态几近崩溃，大型的掠食鱼类也因此销声匿迹。

"世上再也找不出像塞伦盖提国家公园这样物种全面的地方了。"杰里米·杰克逊这样说。

不过，金曼礁就和比亚沃维耶扎原始森林一样，是个时间机器，也是保存完好的珊瑚礁遗骸，而这些珊瑚礁曾经包围着这片蓝色海洋中的每个绿色岛屿。珊瑚研究小组在这里发现了五六种不为人知的物种。工作人员带回了一些奇怪的软体动物。而微生物研究小组发现了成百上千种新型的病毒和细菌，主要原因是以前从未有人为珊瑚礁生态环境绘制过微生物的清单。

甲板下一个闷热的货箱里，微生物学家弗里斯特·荣威按照自己圣地亚哥的实验室在这里建起了一个微型的实验室。他和小组成员使用的是直径仅一微米的氧探针，把它连接在微型传感器和手提电脑上，精确演示了他们之前在帕尔迈拉收集的海藻是如何挤占了活珊瑚生存空间的。在自制的、盛满海水的小玻璃方箱中，他们放置了一点儿珊瑚和海草藻类，两者之间用玻璃隔膜彻底隔开，就算是细菌也无法穿透。然而，海藻产生的糖类物质竟能通过，因为它们能溶解在海水里。当寄生在珊瑚上的细菌开始以这种丰富的营养物质为生时，它们便消耗掉了所有可以获得的氧气，于是珊瑚黯然死亡。

为了证明这点，微生物小组往方箱中滴了一些氨苄青霉素，杀灭吸氧过度的细菌，结果那些珊瑚真的健康存活下来。在一个相对凉爽的下午，荣威从货箱里爬出来。他说："海藻中的物质溶解后导致了珊瑚的死亡。"

可是这些海藻都是从何而来的呢？"在正常的情况下，"他把直到腰间的黑色长发撩起，让脖子透透风，接着解释说，"珊瑚和海藻应该处于平衡的状态，有些鱼类会啃食海藻。但是珊瑚周遭的水质下降，或者如果你把食藻的鱼类赶出这个生态系统，海藻就占上风了。"

在金曼礁这样的健康海域中，每毫升的海水中含有100万个细菌，它们通过地球的"消化系统"控制着营养物质和碳的运动。然而，在人口密集的莱恩岛周围，他们采集到的样本中含有的细菌数量是这个数字的15倍。它们消耗了大量的氧气，珊瑚因此窒息，于是海藻获得了更大的生存空间，也就滋生出更多的微生物细菌。杰里米·杰克逊害怕的就是黏乎乎的物质形成恶性循环，弗里斯特·荣威也承认这样的事或许真的会发生。

"微生物并不是很在意我们和其他物质在不在这儿。它们对我们或许只是有点儿好奇而已。事实上，地球上没有微生物的时间只是短暂的一刹那。几十亿年来，它们一直都在这里生活。等到哪天太阳开始膨胀，我们便会灭绝，剩下的只有微生物，它们还将存在几百万年或几十亿年。"

他说，要等到太阳晒干地球上的最后一片水域的时候，微生物才会灭绝，因为它们需要水进行生长和繁殖。"不过我们可以用冷冻干燥的方法将它们保存起来。我们发射到太空中的所有设备上都带有微生物，尽管我们竭尽全力想把它们清除干净。一旦它们进了外太空，我们就有理由相信某些微生物或许会生存几十亿年之久。"

不过微生物永远都不可能像复杂的细胞结构那样占据整个环境，也不会创造庄稼和树木，吸引更加复杂的生命体居住其中。微生物能够创造的唯一物体就是一团团的黏液——地球上最初的生命形式。这是种倒退。不过让这些科学家放心的是，金曼礁还未发生这么可怕的事。三五成群的宽吻海豚陪伴在潜水工作船的旁边，在"白冬青号"的前后徘徊，时而一跃而起拦截空中的飞鱼。水下的物种更加丰富，有身长不足1厘米的虾虎鱼，有"派柏"轻型飞机那么大的蝠鲼，有许许多多的鲨鱼，还有笛鲷和狗鱼。

这里的珊瑚礁所幸未受污染，桌珊瑚、盘珊瑚、圆珊瑚、脑珊瑚和花珊瑚一片旺盛的景象。有时候，珊瑚礁几乎消失在五颜六色、前来啃食海藻的鱼群中了。考察队证实了这个悖论：小型鱼类之所以会数量繁多，原因在于吞食它们的大型掠食者。在食肉鱼类的压力下，食草鱼类的繁衍速度就变得更快。

"这就好比你割草一样，"艾伦·弗里德兰德解释说，"你割的次数越多，草长出来的速度也就越快。如果你一段时间置之不理，草就会停止生长。"

金曼礁的鲨鱼可不会遇上这样的事。鹦鹉鱼鸟喙似的门牙经过长年的进化，已经可以啃下黏性最强的海藻；为了保持高速的繁衍速度，它们甚至可以变性。健康的珊瑚礁能够为小型鱼类提供避难所，躲在隐蔽处和缝隙中的小鱼就能在成为鲨鱼的美食之前繁衍后代，这样珊瑚礁便能保持周边生态系统的平衡。因为植物和藻类的营养转移到寿命短暂的小型鱼类体内，所以寿命较长、处于食物链顶端的掠食者慢慢成了数量最多的生物。

考察队收集的数据后来表明，鲨鱼、笛鲷和其他的食肉鱼类占金曼礁生物的85%。到底有多少多氯联苯悄悄进入了食物链、充满了生物的身体组织呢？这将成为未来研究的课题。

就在远征考察的科学家们离开金曼礁的前2天，他们驾驶着潜水船来到偃月形礁石北部隆起的一对月牙形小岛。在浅处，他们看到了叫人兴奋的景观：那是一群黑色、红色和绿色的长着尖刺的海胆，它们吃起海藻来胃口可不小。1998年厄尔尼诺导致了气温的起伏不定，加上全球变暖，加勒比海域90%的海胆因此丧命。不正常的水温使珊瑚虫受到不小的惊吓，它们驱散了与自身紧密共生、负责光合作用的海藻——它们用糖分交换珊瑚排泄出的氨肥，以这种方式达到两者间的平衡，它们的颜色便是珊瑚的颜色。不到一个月，加勒比海域超过半数的礁石变成了苍白的珊瑚骨，如今布满了黏液物质。

和世界上其他地方的情况一样，金曼岛的边缘地带也露出了苍白的"疤痕"，不过，在水生动物的疯狂啃食下，入侵的海藻总算受到了抑制，外层粉红色的珊瑚虫让礁石的伤口慢慢愈合起来。研究人员小心翼翼地避开海胆的尖刺，爬上海岸。不出几米，他们就来到了蛤壳和碎石堆的迎风坡，被眼前的景象吓了一跳。

放眼望去，从这头到那头，每座小岛上都铺满了破碎的塑料瓶、聚苯乙烯漂浮物的碎片、尼龙的货运绳索、比克打火机、被紫外线晒得一塌糊涂的泡沫橡胶凉鞋、尺寸不一的塑料瓶盖、日本护手霜的软管，还有一大堆颜色各异、面目全非的塑料制品碎片。

这里唯一的有机残骸是红足鲣鸟的骨架、破旧的木质舷外支架和6个椰子。第二天，科学家们完成最后一次潜水考察后打道回府，背回了好几十个装得满满的垃圾袋。他们不再天真地以为能把金曼礁恢复成人类发现这里之前的原始状态了。亚洲方向来的波涛将卷来更多的塑料制品；不断上升的气温将让更多的珊瑚（或许是全部的珊瑚）变成苍白的尸体——除非珊瑚和负责光合作用的海藻伙伴能够很快达成新的共生协约。

他们现在意识到，即使是鲨鱼，也是人类干涉自然环境的证据。整整一周的时间里，他们只在金曼礁发现一条身长1.8米以上的大家伙，其余显然还处在发育期。过去的20年里，专门收集鲨鱼鳍的人肯定在这里出现过。在香港，鱼翅汤能卖到每碗100美元的价格。他们把鲨鱼的胸鳍和背鳍切下来，然后把肢体伤残却依然存活着的它们扔回大海。没了导航的"舵"，鲨鱼便沉入海底，窒息而死。虽然人们想要禁止这道美味佳肴，但在近海里，估计每年有1亿条鲨鱼以这种方式悲惨地死去。

这里健壮的幼鲨如此之多，至少说明有足够数量的鲨鱼躲过了人类的刀刃来实现种族的复兴。这多少给了我们一点鼓舞。无论有没有多氯联苯的存在，它们至少看起来一片欣欣向荣。

那个夜晚，恩瑞克·萨拉在"白冬青号"的护栏边看着灯光下的一场骚乱。他说："每年，人类夺取1亿条鲨鱼的性命，可鲨鱼攻击的人数也许只有15个。这可不是一场公平的战斗。"

恩瑞克·萨拉站在帕尔迈拉环礁的海岸上，等待一架"湾流系列"的涡轮螺桨飞机在跑道上降落，来把远征考察队的成员载回檀香山。这个飞机跑道还是第二次世界大战期间建造起来的。这段路程大概需要3小时。从那儿，科学家们会把他们收集来的数据传播到世界各地。他们的再次会面将通过电子方式进行，之后合著的论文也需经过同行评审。

帕尔迈拉碧绿的礁湖清澈而纯净，美丽的热带景观正悄悄掩去破碎的混凝土石板的痕迹，成千上万只乌黑的燕鸥把这里当成了家园。这里最高的结构是从前的一根雷达天线，如今一半身躯已被铁锈吞噬。再过几年，它就会完全消失在椰子树和杏仁树中。如果人类所有的活动也突然停止（萨拉认为这会比我们预料的来得早），北莱恩群岛的珊瑚礁会恢复成过去几千年里繁盛兴旺的样子——当时的它们还未被带着渔网和鱼钩的人们所发现（或者随船携带的还有老鼠，在勇敢的玻利尼西亚水手乘着独木舟横渡无边无际的大海的时候，繁殖能力强大的老鼠便是最好的食物）。

"就算有全球变暖的问题，我认为珊瑚礁在两个世纪之内就能恢复。它们会散布在各个地方，有些地方会聚集起大量的大型掠食者。其他一些珊瑚会布满海藻，但是海胆会及时地恢复数量，鱼类也是，接着珊瑚的复苏就来临了。"

他浓密的黑色眉毛弯成拱形，展望着未来的图景。"再过500年，如果人类又回到这个世界上，就肯定不敢跳入海里了，因为有那么多张嘴巴都在等待着食物的到来。"

六十多岁的杰里米·杰克逊是这次考察活动中年纪较大的生态学家。这里的大多数人都和恩瑞克·萨拉一样，是三十多岁的年轻人。这一代的生物学家和动物学家已经越来越习惯于把"保护"这个字眼加在自己的头衔中。他们的研究对象也包括被这个世界上的顶级掠食者——人类本身所染指或伤害到的生物。这是不可避免的事。他们知道，再过50年，珊瑚礁的面貌会和现在大有不同。所有的科学家和现实主义者都这样认为，但是看着金曼礁附近的生物在天然的生态平衡中繁衍生息，他们更是坚定了要重新恢复人与自然间平衡的决心——趁人类还在、还能为之赞叹的时候。

一只椰子蟹从这里蹒跚而过。椰子蟹是世界上最大的陆生无脊椎动物。头顶上方，杏仁树叶中有纯白色的东西在摇曳，那是漂亮的白燕鸥新生的幼鸟。萨拉摘下太阳眼镜，摇了摇头。

"我真是太为之震惊了，"他说，"生命竟有能力抓住一切可以依附的事物。一有机会，它就四处蔓延开来。像我们这样有创造力的智慧生物肯定会找到实现生态平衡的方式。我们显然还有许多需要学习的地方，但我并未对我们人类放弃希望。"

在他脚下，无穷无尽的小贝壳颤颤悠悠地移动着，是寄生蟹给了它们新的生命。"就算我们没能找到实现生态平衡的方式，既然地球能从二叠纪的废墟中复活，那么它也必然能从人类的蹂躏中康复。"

不管到时有没有人类幸存下来，地球最近的这次大灭绝总会有结束的时候。一连串的生物灭绝将从头到尾安安静静，这一次可不是二叠纪的重演，也没有小行星的鲁莽撞击。大海依然如故，虽然受到围困却还是保持着无限的创造力。尽管它得花上10万年的时间才能吸收我们从大地中挖掘出来、排放到大气中的碳元素，但它最终还是会把这些元素转变为贝壳、珊瑚和其他什么生物。"从基因组的层面上看，"微生物学家弗里斯特·荣威说，"珊瑚和我们人类之间的区别很小。这就是我们源自相同地方的有力证据。"

　　曾几何时，珊瑚礁的周围涌动着三四百千克的石斑鱼群；只要把篮子浸入海水中就能捕获鳕鱼；牡蛎每隔3天就能把切萨皮克海湾的海水全部过滤一遍……海岸边也出没着不计其数的海牛、海豹和海象。可是就在几个世纪的时间里，珊瑚礁被夷为平地，长满海草的海床被铲得一干二净，密西西比河的河口出现了新泽西州大小的"死亡区域"，鳕鱼也灭绝了。

　　我们采用机械化的手段疯狂捕鱼，开启卫星定位的鱼类追踪系统，用硝酸肥进行灌溉，还血腥屠杀海洋哺乳动物，虽然如此，但人类比起海洋来还是渺小的。因为史前人类无法到海中捕猎，所以地球上除了非洲，海洋是大型生物躲过陆地上的灭绝劫难的唯一避风港。"大多数的海洋物种都受到了严重的伤害，"杰里米·杰克逊说，"尽管如此，它们依然存活着。如果人类真的消失，它们大都能够重焕生机。"

　　他接着又说，就算全球变暖或紫外线辐射导致了金曼礁和澳大利亚大堡礁的死亡，"它们也才生存了7 000年而已。冰川期的到来曾经一次次将珊瑚礁击倒，但它们又一次次复活了。如果地球持续变暖，新的珊瑚礁将出现在更南和更北的地方。世界一直都在变化，它不是个一成不变的地方。"

　　接下来能看到的陆地是距离帕尔迈拉环礁西北1 500千米的约翰斯顿环礁，它从蔚蓝的太平洋深处崛起，周围绿宝石般的一圈海水包围着这个肮脏的岛屿。和帕尔迈拉一样，它也曾是美国的飞机基地，可是到了20世纪50年代，它成了雷神导弹的核试验区域。12枚热核弹头在这里爆炸，试验失败的那枚导弹把含钚的残骸撒满了整座岛屿。后来，人们把成吨的受辐射的土壤、受污染的珊瑚和钚清送到了垃圾掩埋场，于是约翰斯顿环礁又变成了冷战后化学武器的焚烧地点。

　　2004年关闭之前，俄罗斯和东德的沙林神经瓦斯，美国的橙色落叶剂、多氯联苯、多环芳烃和二噁英都在这里焚烧。约翰斯顿环礁面积只有2.59平方千米，简直就是把切尔诺贝利和落基山军火库合二为一了——不过它的命运和后者相同，后来被改造成为美国野生动植物保护区。

有潜水者声称在环礁的一边看到了箭尾刺蝶鱼，而在另一边看到了一个不知是什么的四四方方的怪物。然而，尽管约翰斯顿是个"血统杂糅"之地，却并非一处废墟。珊瑚礁看起来长得很健康，也更经得住气候的考验——或者是因为习惯了温度的缓慢攀升。就连僧海豹也加入了在这里筑巢的热带鸟和鲣鸟的行列。不管在约翰斯顿，还是切尔诺贝利，我们给大自然的最大侮辱或许会让它动摇和震颤，但最受其害的毕竟还是我们自己过度放纵的生活方式。

或许有朝一日，我们将学会控制自己的食欲或繁殖速度。不过现在假设突然发生了什么难以置信的事情，我们一夜之间就消失，那又会出现什么样的场面呢？在几十年的时间里，不会再有新的氯和溴泄漏到天空中，于是臭氧层的空洞将愈合，紫外线的水平也会下降。几百年之内，多数超标的工业二氧化碳都会消散，大气和浅滩都会凉爽下来。重金属和二噁英会越变越淡，渐渐从生态系统中消失。等多氯联苯和塑料纤维循环了数千数万遍以后，任何难以分解的物质都将埋入地下，直到哪天它们变了质或沉入地幔之下。

早在此之前，世界上所有的大坝都会积满淤泥，河水将漫溢而出——这会比我们消灭鳕鱼和候鸽所花的时间更短暂。江河又将把营养物质带到大海；大多数生命体在此繁衍生活，而我们脊椎动物最初就是从大海中爬上了海岸。

最后，我们将历经轮回。世界会重新开始。

尾声

我们的地球，我们的灵魂

常言道，我们不可能活着摆脱生活。地球亦是如此。大约50亿年之后，太阳会膨胀成一个红色的巨人，把所有行星重新吸回它炽热的子宫。现在土星上的温度为－161℃。可到了那时，它的卫星——土卫六上的水冻冰层将融化殆尽，或许会有有趣的生物从它的甲烷"湖泊"中慢慢爬出。这些生物从有机质淤泥中爬出来后，没准还会遇上执行卡西尼航天任务的探索器"惠更斯"——2005年1月，它乘着降落伞来到这里，从下降的途中到电池用完这90分钟的时间里，它为我们献上了土卫六的照片：河床状的槽道从表面粗糙的橙色高地一直延续到茫茫沙丘。

不幸的是，不管哪种生物发现了"惠更斯"，它们都无从知道它从何方而来，也不会知道我们人类曾经存在过。美国国家航空航天局的项目主管经过一番争吵，否定了装载乔恩·龙博格设计的图解说明的计划，这次嵌入了一块金刚石——它至少能将我们的这个故事剪辑保持50亿年，对于生物的进化而言，这段时间足以孕育出新的观众了。

对我们这些依然在地球上生活的人来说，现在最重要的是我们人类能否顺利度过许多科学家所说的"地球最近的一次大灭绝"——和剩下的生命携手度过这个危机，而不是将它们摧毁。我们从化石和现存的记录中学到了自然历史给我们的教训：如果我们独自前行，势必支撑不了多久。

各式各样的宗教为我们提供了不同的未来（这些未来通常是在另一个世界），尽管犹太教和基督教等都提到要以救世主的身份统治这个地球，而统治的时间呢，根据不同说法，从70年到7 000年不等。因为根据教义，世间之事会导致邪恶之徒的数量大幅减少，所以7 000年似乎也讲得通（除非如教义而言死者真的复活，那可就要引发资源和住房的危机了）。

然而，宗教对哪些才算"正直的人"却众说纷纭，所以无论相信哪种宗教都只是一个信仰问题。关于谁才能生存的问题，除了"适者生存"的进化论，科学并没有为我们提供任何其他的标准，而且任何种族中的强者和弱者也有着相似的比例。

等我们最终离开这里，或者这里抛弃了我们之后，这个星球和星球上其他居民的命运又将如何呢？宗教不屑于回答这个问题，或者比不屑的态度还糟糕。人类之后的世界要么自由，要么毁灭，虽然按照印度教的说法，它将重新开始。佛教也认为整个宇宙会重新开始，或许可以理解为一个周而复始的宇宙大爆炸理论（如果这真的发生，没有我们的世界会继续存在下去吗？回答是："谁会知道呢？"）。

按照基督教的说法，旧的地球会熔化，而新的地球也会诞生。它不需要太阳，因为上帝和耶稣的永恒之光照亮了夜晚的黑暗——它显然与现在的地球截然不同了。

"世界的存在服务于人，因为人才是所有生物中最值得尊敬的，"土耳其苏菲派的大师阿布杜尔·哈默特说，"生命中充满循环。种子发育成大树，大树结出我们食用的水果，而我们死后也归于大地。一切都是为了人类。如果人从这个循环中消失，大自然就会崩溃。"

他所讲授的伊斯兰苦行反映出：万事万物，从原子到我们的星系，都处于循环往复的状态，也包括不断新生的大自然，至少目前为止是这样。和霍皮教、印度教、犹太-基督教、索罗亚斯德教一样，他预言世界终会终结（根据犹太教，时间本身也会结束，但只有上帝知道其中的玄机了）。"我们看到了征兆，"阿布杜尔·哈默特说，"和谐已被打破。善被恶所超越。世上更多的是不公正、剥削、腐败和污染。我们正在面对这一切。"

这是个令人熟悉的假想：善与恶最终分道扬镳，分别来到了天堂和地狱，其他的一切都烟消云散、化为乌有。阿布杜尔·哈默特还说，除非我们能够减缓这个过程。所谓的善人就是那些能够致力于恢复和谐、加速大自然重获新生的人。

"我们悉心照料自己的身体以求长寿。我们也该做些什么让这个世界更加长寿。如果我们好好珍惜，尽我们所能让它持续下去，就能推迟最后审判日的到来。"

我们真的能吗？提出"盖亚假说"的理论家詹姆士·拉福洛克预言道，除非事情很快出现转机，否则我们最好还是用不需要电的什么媒介把重要的人类知识藏匿在两极吧。大卫·弗曼是"地球优先"这个组织的创始人、"环保游击队员"的领导者——他们几乎不认为人类有资格在生态系统中享有一席之地。他现在正担任"回归野性研究所"的负责人，这个智囊团致力于保护生物学和他们自身的愿望。

这个愿望包括人类要献上几座"超级连接大桥"。所谓"超级连接大桥"指的是跨越整个大陆的走廊，人类通过这些通道可以更好地与野生动植物共存。其实他们的希望也依赖于"超级连接大桥"的实现。在北美大陆，他认为至少该建4条走廊：它们要跨越太平洋、落基山脉、大西洋和北冰洋-北温带地区。在每条走廊上，更新世时期便已灭绝的顶级掠食者和大型动物将得以复活，或者是那些与它们最为接近的生物——在美洲已经消失的骆驼、大象、猎豹和狮子的非洲近亲。

危险么？弗曼和他的同事认为，这是人类应该付出的代价，在一个再次恢复平衡的生态系统中，我们有可能生存下来。如果不这样，随着我们把大自然剩下的生物推进黑洞，我们自身也终将被其吞没。

这个计划让"闪电大灭绝理论"提出者保罗·马丁见到了肯尼亚的

大卫·威斯腾，他正努力阻止大象推倒最后一批干渴的金鸡纳树。马丁提议说：把一些长鼻动物送到美洲来吧。让它们再次开始适应奥塞奇的橙子、鳄梨和其他水果与种子——它们进化得如此之大就是因为大型动物能够以它们为食。

然而，世界上最具破坏性的并非大象，而是生活在广袤的地球大地上的另一类生物。尽管我们企图无视这个事实，却是自欺欺人。全球范围内，人口数量每隔3天就会增加100万。因为我们无法真正控制这些数字，它们将越变越大、失控和毁灭，正如其他因为数量过多而无法继续在这个"盒子"中生活的物种一样。我们要做的是证明作为智慧生物，我们确实与众不同，而不是因自取灭亡而让众多的物种成为献祭。

明智的解决方案需要我们的勇气和智慧，需要让我们的知识接受考验。它有时候或许会让我们感到痛苦和沮丧，但不会有毁灭性的后果。从今往后，我们或许得限制世界上所有有生育能力的女性都只生一个孩子。

就算严格实施这个严酷的措施，我们也无法精确预测人口的数量：比如说，较低的出生率也会导致较低的婴儿死亡率，因为人们会精心呵护珍贵的新一代成员。塞尔盖·谢尔博夫博士是奥地利科学院维也纳人口统计研究所研究小组的领导人，也是世界人口项目的分析员，他把联合国对2050年的人口预期寿命作为参照点，计算出如果从现在开始所有有生育能力的女性都只生一个孩子的话，人口数量会发生什么样的变化（2004年，平均每个女性生育2.6个孩子。根据联合国的这份报告，到2050年，这个数字会降为2）。

如果女性从明天开始就只生一个孩子的话，到本世纪中叶，我们目前65亿的人口将会减少10亿（如果按照目前的生育速度，到时人口将达90亿）。如果我们保持"一个母亲只生一个孩子"的政策，到那时，地球上所有物种的生活都将经历剧变。因为人口的自然死亡，所以未来的人口再也不会以如今的疯狂速度增长了。到了2075年，人口数量几乎会减少一半，只剩下34.3亿，而我们对这个世界的影响也会以更快的速度

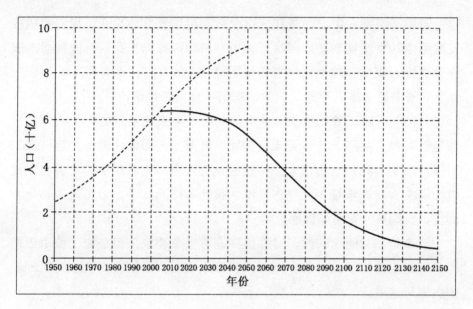

世界人口前景

……联合国中线预测：2004年每个女性平均生育2.6个孩子，到2050年，这个数字下降为2。
来源：联合国秘书处经济和社会事务部人口司（2005年）。
——假设所有有生育能力的女性从此以后只生一个孩子的人口预测。来源：奥地利科学
院维也纳人口统计研究所研究小组领导人塞尔盖·谢夫博夫博士。

乔纳森·本内特绘制

下降，因为我们所作所为的影响会因为在生态系统中引发的连锁反应而
扩大。

　　到距今不到一个世纪的2100年，我们将只有16亿人口：这个数字只
相当于19世纪的水平，后来能源、医药和食品生产上的重大进展使人口
数量翻倍、再翻倍。当时那些发现简直就像奇迹一样。如今，"好东
西"似乎到处泛滥了，我们却在沉溺其中的同时也把自己推向了危险的
边缘。

　　不过，要是人口数量真的可以降下来，我们就能充分享受人类的发
展和智慧带来的益处，人类的存在也会得到有效控制。智慧或许来自于
已经无法挽回的损失和消亡，也来自于目睹世界变得日益美好而产生
的喜悦之情。蛛丝马迹不会掩藏在数据之中，而是存在于每个人的窗
外——清新怡人的空气中，会让四季都充满鸟鸣。

如果不控制人口，而是任凭这个数字再增长50%的话，我们的科技发展能像20世纪初期那样再次扩大可利用的资源吗？我们听说机器人或许会被投入使用。微生物学家弗里斯特·荣威在"白冬青号"的甲板上休息，看着鲨鱼来回穿梭，突然说起另一种可能性理论：

"我们可以试着利用激光或类似的粒子波束在遥远的行星或其他星系建造东西。实际上，这会比我们发射航天器去那里快得多。也许我们可以为人类编码，然后在太空中造出一个人来。生命科学的发展会令此成为现实。物理学是否允许这样做，我就不得而知了。不过就生物化学而言，我们真的有可能如愿。"

"除非，"他承认说，"那里真的有生命迹象。但是粒子波束还是得携带些生命的'火种'，因为没有迹象表明我们能在有意义的时间范围内离开这里。"

如果我们真的能这样——找到一个大得足以容纳我们所有人的富饶星球，然后全息克隆我们的身体，穿过光年的距离上传我们的思想——没有了我们的地球最终倒也能过得很好。没了除草剂，野草（有时也被视为生物的多样性）会入侵我们机械化的农场和广袤无垠、只种松树的商业种植园。不过在美国，一段时期内，所谓的野草可能大都为野葛。它们是1876年引进美国的，当时日本把它们作为庆祝费城百年华诞的礼物，最后，肯定有什么生物能够进化出吃野葛的能力。与此同时，再也没有园丁不停地拔除这些贪婪的植物了，还没等美国南方城市里空空如也的房屋和摩天大厦倒塌下来，它们或许就消失在浅绿色的光合作用毯子之中了。

随着20世纪末期电子时代的到来，我们逐渐有能力操纵宇宙最基本的粒子，从此以后，人类的生活发生了迅速的变化。变化到底有多快呢？举个例子：一个世纪之前，马可尼的无线电和爱迪生的留声机还未问世的时候，地球上所有的音乐都不是录制的。而如今，不是录制的音乐只占很小的几个百分点，其他都通过电子方式进行拷贝或播放。此外，每天有几万亿的文字和图像也通过这种方法进行处理。

无线电波不会消失，和光线一样，它们不断前行。人类的大脑也会发射频率很低的电子脉冲：它们和用来跟潜水艇进行沟通的无线电波十分相似，只是强度要弱很多罢了。不过，超自然主义者坚持认为我们的头脑是一个个传输器，只要掌握特殊的方法就能像激光一样聚焦起来，跨越遥远的距离进行交流，甚至可以凭意念做事。

这看起来没什么说服力，但它至少也是祷告的一种方式。

我们的脑电波就像无线电一样，势必会不断向前传播——可是，传播到哪里呢？太空现在被描述成一个不断膨胀的泡沫，但这种构想也只是个理论而已。鉴于有神秘的宇宙曲率，也许我们有理由相信，我们的脑电波说不定最终会回到这里。

或者甚至会有这么一天：我们早已消逝，可却不堪忍受没有地球的寂寞——我们曾经如此愚蠢地在这个美丽的星球上自取灭亡。我们，或是我们的记忆，也许乘着宇宙的电磁波搭上回家的航船，久久萦绕着我们深爱的地球。

致　　谢

20^{03年6月，我厌倦了再看到土壤干旱、树皮甲虫和大火吞噬我长}久以来称为家园的亚利桑那森林，于是便逃往北部我觉得气候温和的纽约。那个夜晚，我来到朋友的小木屋，正巧遇上了历史上第一个袭击卡次启尔的龙卷风。第二天，我们正在探讨如何移除一段2米多高的云杉树苗——它像一根标枪一样插入了我们的屋檐，而就在这时，我收到了乔西·格劳休斯的信息。

乔西是《发现》杂志的编辑，最近她重读了我几年之前在《哈珀斯》上发表的一篇文章，它描述的是人类逃离切尔诺贝利的情景，以及大自然如何捷足抢占我们留下的空白。不管有没有钚，已成为一片废墟的核反应堆周围，没有了我们的生态系统看起来似乎状态很好。她突然问我："如果所有地方的人类都消失的话，世界会变成什么样呢？"

我明白，这个问题看似简单，实则艰深。我们可以假设和想象人类不复存在，却依然可以神奇地观察到这个世界接下来的变化；从这个没有任何威胁的想象视角来看待地球目前数以万计的问题和重压。从观察中，我们或许能够学到些什么。乔西让我写的文章使我产生了这个想法：写一本书来详细论述她提出的那个问题。是她最先有了这个想法，我对此表示感谢。

我的代理人尼古拉斯·埃立森认为这将是一本引人入胜的书，还为我找到了合适的编辑。托马斯邓恩出版社/圣马丁出版社的约翰·帕斯利一直以来都在给我鼓励，尤其是在我的调查研究陷入低谷的时刻。我要感谢尼克①和约翰，他们不仅为我提供专业的技能和咨询，还一直提醒我写这本书的原因，给我支持。

　　写一本真实展现没有人类的世界将如何继续下去的书，必然会陷入一种进退维谷的状态：如果没有许多人的帮助，这本书也不会有问世的一天。许多人的名字将出现在这几页上，他们用双眼、心灵和专业的技能帮助我理解我们的星球，对此我深表感激。还有许多人的重要贡献或许在我的叙述中体现得并不明显，但这只是出于节省篇幅的考虑：如果我把所有人帮助我的故事都罗列在书中，那恐怕这本书的重量会是现在的4倍。

　　在他们中，我十分感谢马萨诸塞州阿姆赫斯特诚信发展与建设公司的皮特·杰索普，还有他的设计师同事安娜·诺瑞、凯尔·威尔逊和本·古德尔。因为除了阿姆赫斯特的建筑师克里斯·里德和劳拉·菲奇，他们也为我解释了建筑结构的细节问题——我在其中居住了大半辈子，却从未想过它们的结构问题。我也曾与建筑师艾尔文·摩尔和亚利桑那州立博物馆的古代文物修护专家克里斯·怀特一同漫步在另一处我称之为"家"的地方——图森，这些经历给了我启发，也让我汗颜，因为我意识到周围的许多环境我都未曾真正仔细地观察过。在纽约，领导重新设计炮台公园的景观建筑师劳拉·斯达和斯蒂芬·怀特豪斯提供了不少深刻的见解，也提出了很多我需要研究的问题，这样我才能知道如果没有人类的继续维护，高楼大厦、基础设施和城市景观的命运将会如何。

　　我还要感谢布鲁克林植物园的史蒂文·克莱门茨，他花了好几个小时给我做讲解，当然，纽约植物园的丹尼斯·史蒂文森、查克·皮特斯和植物标本馆负责人芭芭拉·提尔斯也出了不少力。在布朗克斯动物

① 尼克：尼古拉斯的昵称。

园的大道上，埃里克·杉德森和他的曼纳哈塔项目给了我不少灵感。纽约市公共运输局的查尔斯·西顿安排我参观了地铁，颇有亲和力的保罗·舒博和皮特·布里法为我担当了很好的向导。纽约库珀学院土木工程系主任杰米尔·阿曼得博士、纽约大学多才多艺的科学家泰勒·弗克和物理学家马蒂·霍弗特也在我身上花了很多时间。也正是有了杰瑞·德尔·图弗的慷慨陈述，我现在意识到桥梁原来远不仅仅是通往另一端的途径而已。

外太空是我们能够抵达的最远的地方，我真的很幸运能和一位真正的火箭科学家做邻居。亚利桑那大学的天体物理学家乔纳森·鲁奈从事的就是这振奋人心的工作：他为我们带来了外太空的图像，使我们了解宇宙。他颇有语言天赋，能够将十分复杂的宇宙问题用大学新生，甚至是我都能听懂的言语表达透彻。用《我爱露西》的电视节目来解释无线电信号的传播情况就是受了他的启发。

因为工作需要，我之前去过许多地方，这些经历都成了这本书的大背景，但还有好多地方我并未去过。在这些我未曾涉足的地方，我得感谢所有付出了知识和耐心的人，是他们慷慨地给我上了一堂堂精彩的课程。

在厄瓜多尔，我得感谢格洛里亚·巴托洛和卢西雅诺·阿希古：他们是新一代的萨帕拉领导人，正带领人民走向复兴。

目睹波兰和白俄罗斯的比亚沃维耶扎原始森林，我感觉仿佛踏入一片圣域。我希望每个欧洲人都能带着一颗朝圣之心去那里看看，让这片独一无二的大自然的传家之宝印刻在我们的记忆中。我要感谢安德烈·巴别克、勃格丹·雅洛泽维兹和赫奥瑞·卡祖卡，不仅感谢他们带我参观，也要感谢他们值得学习的勇气和原则性。

在风光秀丽却不幸南北分裂的塞浦路斯岛上，联合国维和部队的洛德克·希博不厌其烦地带我参观了"绿线"地区。北塞浦路斯土耳其共和国外交部的阿苏·穆塔洛格鲁、植物学家穆斯塔法·柯马尔·梅拉克力、艺术家和园艺家海克麦特·乌鲁珊带我参观了瓦罗沙、卡帕斯和许多其他地方。在凯里尼亚，我要感谢CEVKOVA环境保护信托社的柯南·阿塔柯尔、博提尔·温丁、弗希利提·阿尔考克，还有已故的艾伦·凯文德。当然也不能忘了身兼美国古典吉他演奏家、新闻记者和小说家的安东尼·维勒——他曾在塞浦路斯居住了很长时间，给了我许多意见和指导。

在土耳其，我深深地感激另一名小说家埃利弗·沙法克给予我的帮助和想象。他把我介绍给厄育普·坎和大卫·朱德森，他们是新闻记者，同时也为伊斯坦布尔的《改革日报》担任编辑。厄育普又转而把我介绍给专栏作家麦丁·穆尼尔认识。我在这些朋友那儿受到了丰盛的吃喝款待，他们给了我灵感，也赐予我难忘的友谊：了解到世上真会有这样的友谊便是田野考察的最大收获。在卡帕多西亚，出色的向导阿梅特·塞斯金把我带到了内夫谢希博物馆，见到了考古学家穆拉德·埃尔图格鲁尔·居尔雅——另一个我无比珍惜的朋友。还有敬业的新闻记者梅利斯·萨内丹姆，在我和梅弗拉纳教育和文化协会的苏菲派大师阿布杜尔·哈默特交谈时，他为我们充当翻译。我有幸目睹他的苦行门徒献上穆斯林的旋转舞，也感谢他提醒我看到这一点：人类不仅能进行世俗生活，也有权拥有超凡之美。

大卫·威斯腾对此书的贡献不仅在于几天以来的交谈赐予我灵感，也不仅在于他为我驾驶他的"塞斯纳"飞机，还在于他激励了整整一代同人致力于保护他最爱的东赤道非洲生态系统。我感谢非洲动物保护中心的萨曼塔·罗素和兹匹·瓦纳库塔、奈洛比大学的伊万斯·马格万尼和非洲野生生物基金会的海伦·吉乔希博士——感谢他们的友好、亲切和宝贵建议。

《芝加哥论坛报》的通讯记者保罗·萨洛佩克为该书提供和推荐了不少非洲的地点。在奈洛比，我和世界自然保护联盟东非地区办公室的凯利·威斯特和Envision Multimedia公司的奥斯卡·希姆斯进行了长时间的餐间谈话，我之所以能把非洲的环境问题融入这本书的主题中，与此次对话有很大关系。在肯尼亚，几名导游和博物学家带我参观了我自己永远都无法发现的地方和野生生物：他们是大卫·基马尼、弗朗西斯·卡胡塔、文森特·基雅曼、乔·尼叶加、约瑟夫·莫顿古、约翰·阿哈洛、册佛公园副园长凯瑟琳·瓦姆巴尼和教育主任露西·马柯斯，还有马阿塞玛拉民族文化村的雷莫瑞亚·尼秋和帕托亚斯·欧莱·桑提安。

在坦桑尼亚，我得感谢奥杜威碎石峡谷的约瑟夫·比法和带我参观塞伦盖提主要景点的布朗尼·马塔基。在坦噶尼喀湖，基戈马和冈贝地区简·古道研究所的凯伦·茨威克和迈克尔·威尔逊非但学识渊博，而且热情好客，旅行的日子里能与他们交谈真是件幸事。一天傍晚，在纽约大学攻读博士学位的凯特·岱特维拉向我详细地解释清楚了一个长期困扰着我的问题。我尤其要感谢亚利桑那大学的湖泊学家安迪·科恩，他给了我诸多建议，使我见到了上述朋友，并慷慨地和我分享他在这个地区的丰富经验。

我之所以能够获准参观韩国非军事区，要归功于驻韩美军和韩国军队快速的程序审批。国际鹤类基金会的乔治·阿奇巴德博士为我的程序审批准备工作出了不少力，还有他在非军事区论坛的同事：霍尔·希利、哈佛大学的E.O.威尔逊博士和宾夕法尼亚州立大学的金赫昌博士。在韩国，我受到了韩国环境运动联盟热情而周到的招待，在所有我接触过的非政府组织中，这个组织留给我的印象最为深刻。我由衷地感谢我旅途上的伴侣：安昌熙、金京元、朴钟学和陈益泰，尤其是马勇恩——很高兴认识这位细心、能干、有敬业精神的人。

在英国，我发现了伦敦塔以北48千米处有一货真价实的宝藏——洛桑研究所。感谢保罗·普顿向我展示了洛桑研究所重要的档案文献和历时已久的实验，也感谢理查德·布洛米卢和史蒂夫·迈克尔格雷斯有关土壤添加剂和污染物的讨论。再往南，我之所以能对地形有所了解，要归功于陪我一同进行达特穆尔高原之旅的泰维斯托克考古学家汤姆·格里弗斯，以及同我交谈的埃克塞特大学地理学家克里斯·凯瑟代恩。在英国南部海滨的沙滩上，普利茅斯大学的理查德·汤普森带我进入了研究塑料的世界，而塑料也已成为我这本书中最为持久（"持久"这个词可以从多个方面理解）的一个隐喻：人类无心的行为带来的严重后果。我要感谢他和他的学生马克·布朗，以及他推荐的美国塑料专家：北卡罗莱纳州研究三人组的托尼·安德瑞蒂，还有艾尔基塔海洋研究基地的查尔斯·摩尔船长。

　　参观从休斯敦绵延至加尔维斯敦的石油化工加工区可以说是既容易又困难。我说容易是因为你不可能错过这里——在得克萨斯海湾弧状的沿岸，石化加工区几乎无处不在。我说困难是因为不管是出于隐私权的考虑还是不那么合情合理的原因，要想获得进入石油化工厂的批准可绝非易事。新闻记者在这里差不多被视为污染物质。这种行为是一种自我保护的反应，我想我可以理解，却多少还是觉得有些可惜。我要感谢得克萨斯南部大学的胡安·帕拉斯为我到处奔波、收集资料，也要感谢得克萨斯石化公司的环境健康安全负责人迈克尔斯·琼斯最后终于接待了我，当然还有得克萨斯城瓦莱罗精炼公司的发言人弗莱德·纽桑。在这里，几位科学家和生态学家让我看到了人类在与用途广泛却问题多多的石油衍生物打交道之前的世界是什么样子——或许还有以后的前景：他们是得克萨斯海岸分水岭项目中的约翰·雅各布、大自然保护协会的布兰登·克劳福德、得克萨斯加尔维斯敦A&M公司的萨米·瑞，还有尤其要感谢得克萨斯公园和野生生物协会的湿地生物学家安迪·希泼斯。

　　在洛基场地国家野生动物保护区，我得感谢美国鱼类和野生物保护委员会的凯伦·鲁兹、美国能源部的乔·莱古瑞，还有帝王山的约翰·让普、约翰·考希和鲍勃·尼宁格。在早前的落基山军火库，我要感谢保护区的经理迪安·让诺和马特·凯尔斯。史密森学会热带研究所的巴拿马人类学家斯坦利·海克卡顿·莫雷诺从生态学的角度向我阐述了里程碑一般的巴拿马运河的现状，阿贝迪尔·佩雷斯、莫德斯托·埃奇弗、约翰尼·库瓦斯和比尔·胡夫友好地领我参观。在加拿大西北地区，北极地区的导游和飞机驾驶员、绰号"苔原"的汤姆·范斯带我领略了加拿大美妙绝伦的荒野景观，也包括金刚石开采区；必和必拓钻石勘探公司让我参观了他们的"艾卡提"金刚石矿：手握5 200万年历史、尚未石化的红木，我还真是吃惊不小。

孩提时代我就想当一名科学家，不过我说不出想当什么样的科学家，因为万事万物都能引起我的兴趣。如果不是成为古生物学者，我又该怎样才能成为一名天文学家呢？做一名新闻记者是我的荣幸，这个职业让我有机会接触各个学科的科学家，也有机会目睹世界各地的名胜。陪伴我去危地马拉道斯皮拉斯国的考古学家亚瑟·迪马斯特令我度过了生命中最难以忘怀的旅程。核物理学家安德里·德米丹科和沃洛迪亚·提克希、景观建筑师大卫·胡尔瑟、系统分析师基特·拉森，还有已故的、我们深深缅怀的俄勒冈大学的环境教育学者约翰·鲍德温陪同我参观切尔诺贝利的经历也同样历历在目。几年之前去南极洲执行任务之后，国家科学基金会、《洛杉矶时报》杂志、加利福尼亚大学圣芭芭拉校区的光学物理学家瑞·史密斯和生物学家芭芭拉·普里泽林、分子加利福尼亚大学旧金山校区的生物学家丹纳博·凯伦兹与我们分享了他们对臭氧层缺失的尖端研究成果，至今依然大大影响着我们对这个问题的看法。我数次出入亚马孙流域，在此期间，爬虫学家比尔·拉玛教会了我许多东西。在靠近家园的地方，大卫·弗斯特陪我参观了哈佛森林，美国森林服务中心的地理学家弗莱德·斯万逊、哲学家和自然作家凯斯林·迪安·摩尔陪我参观了俄勒冈州颇有历史的树林，这都让我深深感动。

至今我依然与史密森学会灭绝研究专家道格拉斯·欧文保持联系。我要感谢进行水产渔业研究的生物学家黛安娜·帕普里亚斯、民族植物学家吉瑞·保罗·纳博罕、有害物质专家恩瑞克·梅迪纳、风险评估工程师鲍勃·罗伯茨、斯坦福大学的"垃圾学家"威廉·瑞赛、古鸟类学家大卫·斯黛德曼（是他发现了加勒比洞穴中最后的地懒）、鸟类学家史蒂夫·希提（他是名兢兢业业的鸟类观赏导游，让我的行李和文字都增加了分量），还有生物学家兼人类学家皮特·沃谢尔——他清晰地帮我理顺了这一切的关系。我感谢他们慷慨地与我分享多年以来的科研成果。美国忧思科学联合会的核安全工程师大卫·洛赫鲍姆以及原子能协会的核运作与工程学的主任亚历克斯·玛瑞恩让我得以了解核电站的内部结构。我还得感谢原子能协会的发言人米奇·辛格和美国能源部废料隔离试验工场的苏珊·斯科特，还有为我争取到帕洛维德核电站采访权的亚利桑那公共服务中心。加利福尼亚大学欧文校区的格莱格瑞·本弗特不仅是名出色的物理学家，所写的科幻小说还荣获了"星云奖"。在他的帮助下，我所思考的时间、过去和未来都更有深度。这可不是件小事，我很感激他。

图森的国际野生动植物博物馆在古生物学家理查德·怀特的领导下成为一所研究和教育中心——和其他许多知名的博物馆一样，这里的馆藏最初是猎手们收集来的大型狩猎活动的战利品。第一次带我来到这里的人是著名的古生态学家保罗·马丁，他把这里称为"反思的地方"。我全神贯注地听他讲了好几个小时，颇受启发；他十分熟悉大灭绝理论的科学文献和著作，不时迸发出一些意见和建议，其中也包括对自身理论的质疑和挑战。对此我都深表感激。围绕这个话题的最后一个访谈是和C.万斯·海恩斯进行的，他帮我把所有针锋相对的学术观点整理出来，这样，哪位学者做出了什么贡献便一目了然了。

杰里米·杰克逊和恩瑞克·萨拉邀请我参加了斯克里普斯海洋研究所赞助的、前往南太平洋莱恩群岛的"2005年远征探险活动"。几个月以来的交谈让我受益匪浅。对于这些，我的感激之情实在无以言表。旅途中，许多科学家让我获知了许多知识，仅在本书的最后一章中选出一些人的名字罗列出来根本无法表达出我对所有人的感恩之心。我要感谢斯克里普斯海洋生态学家和调研带头人斯图亚特·桑丁，微生物学家鲍勃·爱德华兹、欧尔加·帕托斯和圣地亚哥的弗里斯特·荣威，菲律宾无脊椎生物学家玛谢尔·马雷，"印度洋珊瑚礁退化项目"的珊瑚礁专家大卫·欧布拉和美国鱼类和野生物保护委员会的吉姆·马拉戈斯，国家海洋与大气管理局的鱼类学家爱德华·德马蒂尼和夏威夷海洋协会的鱼类学家艾伦·弗里德兰德，加利福尼亚大学圣芭芭拉校区的海洋植物学家詹尼弗·史密斯，澳大利亚詹姆斯库克大学的珊瑚疾病专家利兹·丁斯黛尔，还有两名在旅途中开始了重要职业生涯的斯克里普斯海洋研究所的研究生：史蒂夫·斯姆瑞加和梅利沙·罗斯。史密森学会的潜水安全性指挥员迈克尔·朗、电影制片人索姆斯·萨姆海斯和摄影师萨弗·基兹尔卡亚的出现同样使我受益不少。研究帕尔迈拉环礁的生态学家亚历克斯·威格曼向我提供了许多关于陆地环礁生态学的知识。最后，我还要感谢文森特·贝肯船长和"白冬青号"上的所有船员——他们专业的技能和好客的热情让我们得以进行科学研究。

我对甲烷包合物和碳截存作用的理解还要归功于西弗吉尼亚摩根城国家能源和技术实验室的查尔斯·布莱恩、修·古斯瑞和斯科特·克莱拉，还有国家自然资源保护委员会的大卫·霍金斯。"南之翼"组织的苏珊·拉批斯和柯尔河环保工作者的朱迪·邦兹向我展示了西弗吉尼亚山脉从前的模样，并告诉我人们得付出什么样的代价才能直面这种毁灭、与之抗争。感谢北美杀虫剂行动网的董事莫尼卡·摩尔，是她告诉我农业中使用化学物品对身体健康造成的影响；感谢科罗拉多州矿业大学材料科学的领头人大卫·欧尔森为我解释了金属合金的寿命；感谢卡西尼航天项目的地球科学家卡罗林·波可，她告诉我地球之外的世界是个什么样子。美国疾病控制中心特殊病原体分部的负责人托马斯·希埃赞克博士和威斯康星州首席卫生官员、国家传染性流行病专家杰弗·戴维斯又将我的思绪带回到地球上，他们对庄严事业的献身精神给我留下了深刻印象。我也应该感谢明尼苏达大学的迈克尔·马修斯和韦恩州立大学的迈克尔·威尔克，他们向我解释了尸体防腐处理的科学，还有芝加哥威尔伯特殡葬服务公司的迈克尔·帕扎。

无论是探讨研究，还是科研著作，牛津大学语出惊人的尼克·博斯壮姆一直挑战着我在诸多领域的想法。我同样感谢犹太法师迈克尔·格兰特和巴鲁赫·克莱恩、尊敬的罗德尼·理查德、"准备狂喜"组织的托德·斯特兰德博格、苏菲派的大师阿布杜尔·哈默特、尊敬的玄觉住持，他们对人类之后的地球有着不同的设想，却一样能激荡我们的思维。他们所有人都信仰着世界上的某种宗教大派，但我灵魂中漫溢的却是他们的共同点：对人类的博爱和仁慈。"人类自愿灭绝运动"的发起者莱斯·奈特也心怀同样的情感，他想让大自然的造人实验告一段落；"回归野性研究所"的负责人大卫·弗曼也一样，只不过他的方法是让人类与地球上剩下的物种和谐共处，而不是相互冲突。我尤其应该感谢世界人口项目的沃尔夫冈·鲁兹博士，还有他的同事——奥地利科学院维也纳人口统计研究所的塞尔盖·谢尔博夫博士，是他们把含有重要信息的统计方案转变为易懂的数字——我们每个人都能看懂的数字。

我还要感谢亚利桑那大学新闻系的雅克莱恩·夏基和拉丁美洲研究中心，是他们鼓励我把年度国际新闻研讨会与我在巴拿马的调研工作联系在一起。还有，我的厄瓜多尔之旅是得到了我在Homelands Productions的挚友和合作伙伴的鼎力支持，他们一直以来都不断给我以鼓励：他们是桑迪·托兰、乔恩·米勒和塞西丽亚·威斯曼。在那儿，特邀制片人南希·罕德也给了我很大协助。

许多其他的亲朋好友都在我从事研究和写作的关键时刻给了我巨大的支持，既有物质和精神上的帮助，也有道德上的帮助，有些帮助还是匿名的，显得有点儿神秘（厨房烹饪之类的帮助我就不提了）——他们在我最需要他们的时候给我激励和鼓舞。不管是给我建议、批评、见解，给我情感和信念上的支持，还是提供食物和住宿，我都要感谢你们：艾莉森·德明、杰弗·雅各布逊、玛尼·安德鲁斯、德拉姆·哈德利、丽贝卡·威斯特、玛丽·考金斯、卡尔·基斯特、吉姆·希莱、巴里·洛佩兹、德巴拉·瓦特尼、查克·波顿、玛丽·马莎·迈尔斯、比尔·温、特里·温德林、比尔·波斯尼克、帕特·莱尼尔、康斯坦扎·维埃拉、黛安娜·哈德利、汤姆·米勒、泰德·罗宾斯、芭芭拉·费利、迪克·坎普、乔恩·希普斯、卡罗琳·柯宾、克拉克·斯特拉德、普蒂塔·费恩、莫利·维尔莱特、玛温·莎弗和琼·克拉弗茨，尤其要感谢我能干的研究助理朱莉·肯特纳。这张感谢清单也包含了一些家庭：努巴·亚历山尼亚、丽贝卡·柯赫和艾比·柯赫·亚历山尼亚；凯伦、本尼格诺、伊莱亚斯和阿尔玛·桑切兹—艾普勒；还有罗谢尔、皮特、布莱恩和帕豪尔·霍夫曼。

对于那些美化这本书的艺术家们，我也深表感激。电子魔术师马可利·鲍埃尔让曼纳哈顿项目的枯燥数据变得栩栩如生。詹努斯·科贝尔一直在拍摄波兰比亚沃维耶扎原始森林；出于同样的对大自然的激情，维维安·斯多克曼记录下了现已消失的西弗吉尼亚山脉从前的模样。考古学家穆拉德·埃尔图格鲁尔·居尔雅和生物学家吉姆·马拉戈斯都贡献了一些图片，展现出各自对地表以下的世界有着不同的专长：一位拍摄的是土耳其中部的地下城市，另一位拍摄的是太平洋的珊瑚礁。《亚利桑那州共和报》的摄影师汤姆·汀格为我们提供了核电站反应堆核心的内部结构照片——恐怕很少有人敢进入这里，但我们的生活却几乎没有一天离得开这个地方。

彼得·叶芝的照片上是塞浦路斯残垣断瓦的瓦罗沙，渗透着一种特殊的沧桑感：30年之前，他和妻子正是在这里相遇的。他在拍摄这张照片的时候，一根野草正巧吹到了照相机的镜头上，在他的同意下，索尔工作室的荣恩·斯宾塞做了一番图片处理，把挡在镜头前的野草去掉了。荣恩和他的同事布莱克·希恩斯还通过技术处理把彩色照片改成了黑白照片。

安纳波利斯的插图画家菲利斯·萨洛夫绘制的复活了的美洲候鸽正展翅高飞，但这幅插图并未全部反映出她精致、细腻的彩色原稿，不过她提供的这张带有灰度色标的插图倒也别具风味。我没法表达自己有多么感激卡尔·布尔，他为这本书绘制的滑距兽、大地懒和我们的祖先非洲南方古猿全都是原创作品。

艺术家乔恩·龙博格对本书的贡献远远不止他为宇宙飞船"旅行者号"绘制廓影图这一件事情。乔恩的宽广视野向我们证明了艺术是如何翱翔于我们既定的能力框架之外。艺术所昭示的精神让我们不禁惊异，因为这种精神让我们感觉自己能够通往永恒。他保存下来的声音和图像中蕴含了艺术的精神，他所做的一切必将是人类不朽的伟绩。我对他深深感激。我还要感谢曼哈顿艺术作品修护学家芭芭拉·埃佩鲍姆和保罗·希姆斯坦，不仅因为他们对这本书有所贡献，也因为他们对我们所有人奉献良多。

在图森的金属物理雕塑工作室和铸造厂，托尼·贝恩和简·鲁克用寿命最长的金属合金——青铜保存下了人类的艺术表达。我通过一位雕塑家认识了他们——我的好运有些不可思议，因为这位雕塑家正是我的妻子贝姬·克拉维茨。如果说有什么物质能延续到世界末日的那天，那么青铜雕像作品（比如她塑造的那些优雅形体）的可能性比其他任何人造物质都高。其他人来告诉我这一点的时候，我泰然自若，全然没觉得有什么可惊讶的。尽管我并未施加什么笔墨，但这里还是有个大前提：如果没有她，这本书就不可能存在。

还有另外一个大前提：我们所有人类都应感谢芸芸众生。没有了它们，我们不可能生存。这个问题十分简单，我们无法忽视它们的存在，正如我无法对爱妻视而不见一样——当然，我们也无法无视生育和养育我们所有人的慈祥的地球母亲。

没有了我们，地球母亲将默默承受、继续生活；可是，如果没有了她，我们根本无从存在。

——艾伦·韦斯曼

参 考 书 目

◦◦◦

书:

Addiscott, T.M. *Nitrate, Agriculture, and the Environment.* Wallingford, Oxfordshire, U.K.: CABI Publishing, 2005.

Andrady, Anthony, editor. *Plastics and the Environment.* Hoboken: John Wiley & Sons, Inc., 2003.

Audubon, John James. *Ornithological Biography, or an Account of the Habits of the Birds of the United States of America.* Edinburgh: Adam Black, 1831.

Benford, Gregory. *Deep Time.* New York: Avon Books, 1999.

Bobiec, Andrzej. *Preservation of a Natural and Historical Heritage as a Basis for Sustainable Development: A Multidisciplinary Analysis of the Situation in* Białowieża *Primeval Forest, Poland.* Narewka, Poland: Society for Protection of the Białowieża Primeval Forest (TOPB), 2003.

Cantor, Norman. *In the Wake of the Plague: The Black Death, and the World It Made.* New York: Free Press, 2001.

Colborn, Theo, John Peterson Myers, and Dianne Dumanoski. *Our Stolen Future: Are We Threatening Our Own Fertility, Intelligence, and Survival?—A Scientific Detective Story.* New York: Dutton, 1996.

Colinvaux, Paul. *Why Big Fierce Animals Are Rare: An Ecologist's Perspective.* Princeton, N.J.: Princeton University Press, 1978.

Cronon, William. *Changes in the Land: Indians, Colonists, and the Ecology of New England.* New York: Hill and Wang, 1983.

Cronon, William, editor. *Uncommon Ground: Rethinking the Human Place in Nature.* New York: W.W. Norton & Company, 1995.

Crosby, Alfred W. *Ecological Imperialism(Second Edition).* Cambridge: Cambridge University Press, 2004.

Demarest, Arthur. *Ancient Maya: The Rise and Fall of a Rainforest Civilization.* Cambridge: Cambridge University Press, 2004.

Department of Economic and Social Affairs, Population Division, United Nations. *World Population Prospects: The 2004 Revision Highlights.* New York: United Nations, February 2005, vi.

Depleted Uranium Education Project. *Metal of Dishonor, Depleted Uranium: How the Pentagon Radiates Soldiers and Civilians with DU Weapons(Second Edition).* New York: International Action Center, 1997.

Dixon, Douglas. *After Man: A Zoology of the Future.* New York: St.Martin's Press, 1981.

Dreghorn, William. *Famagusta and Salamis: A Guide Book.* Lefkosa, Northern Cyprus: K. Rustem and Bros., 1985.

Dreghorn, William. *A Guide to the Antiquities of Kyrenia,* Nicosia: Halkin Sesi, 1977.

Dyke, George V. *John Lawes of Rothamsted: Pioneer of Science, Farming and Industry.* Harpenden: Hoos, 1993.

Erwin, Douglas. *Extinction: How Life on Earth Nearly Ended 250 Million Years Ago.* Princeton, N.J.: Princeton University Press, 2006.

Evans, W.R., and A.M. Manville II, editors. *Transcripts of Proceedings of the Workshop on Avian Mortality at Communication Towers.* August 11, 1999, Ithaca, N.Y.: Cornell University, 2000, published on the internet at http://www.towerkill .com/ and http://migratorybirds.fws.gov/issues/towers/agenda.html.

Flannery, Tim. *The Eternal Frontier: An Ecological History of North America and Its Peoples.* Melbourne: The Text Publishing Company, 2001.

Flannery, Tim. *The Future Eaters: An Ecological History of the Australasian Lands and People.* Sydney: Reed Books/New Holland, 1994.

Foreman, Dave. *Rewilding North America: A Vision for Conservation in The 21st Century,* Washington D.C.: Island Press, 2004.

Foster, David R.*Thoreau's Country: Journey Through a Transformed Landscape.* Cambridge: Harvard University Press, 1999.

Garrett, Laurie. *The Coming Plague.* New York: Farrar, Straus and Giroux, 1994.

Hall, Eric J. *Radiation and Life.* London: Pergamon, 1984.

Hilty, Steven L., and William L.Brown. *Birds of Colombia.* Princeton N.J.: Princeton

University Press, 1986.

Hoffecker, John. *Twenty-Seven Square Miles: Landscape and History at Rocky Mountain Arsenal National Wildlife Refuge.* U.S. Fish and Wildlife Service, 2001.

Jefferson, Thomas. *Notes on the State of Virginia, 1787.* Chapel Hill: University of North Carolina Press, 1982.

Kain, Roger, and William Ravenhill, editors. *Historical Atlas of South-West England.* Exeter: University of Exeter Press, 1999.

Koester, Craig. *Revelation and the End of All Things.* Grand Rapids, Mich.: Wm. B. Eerdmans Publishing Company, 2001.

Kurtén, Björn, and Elaine Anderson. *Pleistocene Mammals of North America.* New York: Columbia University Press, 1980.

Kurzweil, Ray. *The Singularity Is Near: When Humans Transcend Biology.* New York: Viking, 2005.

Langewiesche, William. *American Ground: Unbuilding the World Trade Center.* New York: North Point Press, 2002.

Leakey, Richard, and Roger Lewin. *The Sixth Extinction: Patterns of Life and the Future of Humankind.* New York: Doubleday, 1995.

LeBlanc, Steven A. *Constant Battles.* New York: St. Martin's Press, 2003.

Lehmann, Johannes, et al. *Amazonian Dark Earths: Origin, Properties, Management.* Dordrecht; Boston; London: Kluwer Academic, 2003.

Leslie, John. *The End of the World: The Science and Ethics of Human Extinction.* London: Routledge, 1996.

Lovelock, James. *The Ages of Gaia: A Biography of Our Living Earth.* New York: W.W. Norton & Company, 1988.

Lovelock, James. *Gaia: A New Look at Life on Earth.* Oxford: Oxford University Press, 1979.

Lovelock, James. *The Revenge of Gaia.* London: Allen Lane/Penguin Books, 2006.

Lunine, Jonathan I. *Earth: Evolution of a Habitable World.* Cambridge: Cambridge University Press, 1999.

Mann, Charles C. *1491: New Revelations of the Americas Before Columbus.* New York: Alfred A. Knopf, 2005.

Marcó del Pont Lalli, Raúl, editor. *Electrocución de Aves en líneas Eléctricas de México: Hacia un Diagnóstico y Perspectivas de Solución.* México, D.F.: INE-Semarnat, 2002.

Martin, Paul. *The Last 10,000 Years: A Fossil Pollen Record of the American Southwest.* Tucson, Ariz: The University of Arizona Press, 1963.

Martin, Paul. *Twilight of the Mammoths: Ice Age Extinctions and the Rewilding of America.* Berkeley, Calif: University of California Press, 2005.

Martin, Paul, and H.E.Wright, editors. *Pleistocene Extinctions: The Search for a Cause.* New Haven, Conn: Yale University Press, 1967.

McCullough, David. *Path Between the Seas: The Creation of the Panama Canal 1870–1914.* New York: Simon & Schuster, 1977.

McGrath, S.P. and P.J.Loveland. *The Soil Geochemical Atlas of England and Wales.* London: Blackie Academic and Professional, 1992.

McKibben, Bill. *The End of Nature, 10th Anniversary Edition.* New York: Doubleday/ Anchor Books, 1999.

Moorehead, Alan. *The Fatal Impact: The Invasion of the South Pacific 1767–1840.* New York: Harper & Row, 1967.

Moulton, Daniel, and John Jacob. *Texas Coastal Wetlands Guidebook.* Texas Parks & Wildlife, no date.

Muller, Charles. *The Diamond Sutra.* Toyo Gakuen University, Copyright 2004, http:// www.hm.tyg.jp/~acmuller/bud-canon/diamond_sutra.html.

Mwagore, Dali, editor. *Land Use in Kenya: The Case for a National Land Use Policy.* Nakuru, Kenya: Kenya Land Alliance, no date.

Mycio, Mary. *Wormwood Forest: A Natural History of Chernobyl.* Washington D.C.: Joseph Henry Press, 2005.

Outwater, Alice. *Water: A Natural History.* New York: Basic Books 1996.

Ponting, Clive. *A Green History of the World.* London: Sinclair-Stevenson, 1991.

Potts, Richard. *Humanity's Descent: The Consequences of Ecological Instability.* New York, William Morrow & Co., 1996.

Rackham, Oliver. *Ancient Woodland: Its History, Vegetation and Uses in England.* London: E. Arnold, 1980.

Rackham, Oliver. *The Illustrated History of the Countryside.* London: Weidenfeld & Nicolson Ltd., 1994.

Rackham, Oliver. *Trees and Woodland in the British Landscape.* London: Dent, 1990.

Rathje, William, and Culllen Murphy. *Rubbish! The Archeology of Garbage.* Tucson, Ariz.: University of Arizona Press, 2001.

Rees, Martin. *Our Final Hour.* New York: Basic Books, 2003.

Rothamsted Experimental Station. *Rothamsted: Guide to the Classical Field Experiments.* Harpenden, Hertsfordshire, U.K.: AFRC Institute of Arable Crops Research, 1991.

Safina, Carl. *Eye of the Albatross.* New York: Henry Holt and Company, 2002.

Safina, Carl. *Song for the Blue Ocean.* New York: Henry Holt and Company, 1998.

Sagan, Carl, F.D. Drake, Ann Druyan, Timothy Ferris, Jon Lomberg, and Linda Salzman Sagan. *Murmurs of Earth: The Voyager Interstellar Record.* New York: Random House, 1978.

Schama, Simon. *Landscape and Memory.* New York: Alfred A. Knopf, 1995.

Simmons, Alan. *Faunal Extinction in an Island Society: Pygmy Hippopotamus Hunters of Cyprus.* New York: Kluwer Academic/Plenum Publishers, 1999.

Steadman, David, and Jim Mead, editors. *Late Quaternary Environments and Deep History: A Tribute to Paul Martin.* Hot Springs, S.Dak.: The Mammoth Site of Hot Springs, South Dakota, Inc., 1995.

Stewart, George R. *Earth Abides.* New York, Houghton Mifflin Company, 1949.

Strum, Shirley C. *Almost Human: A Journey into the World of Baboons.* New York: Random House, 1987.

The Texas State Historical Association. *The Handbook of Texas Online.* Austin, Tex.: University of Texas Libraries and the Center for Studies in Texas History, 2005, http://www.tsha.utexas.edu/handbook/online/index.html.

Thomas, Jr., William L. *Man's Role in Changing the Face of the Earth.* Chicago: University of Chicago Press, 1956.

Thorson, Robert M. *Stone by Stone: The Magnificent History in New England's Stone Walls.* New York: Walker & Company, 2002.

Todar, Kenneth. *Online Textbook of Bacteriology.* Madison, Wisc.: University of Wisconsin, Department of Bacteriology, 2006, http://textbookofbacteriology.net.

Turner, Raymond, H. Awala Ochung', and Jeanne Turmer. *Kenya's Changing Landscape.* Tucson, Ariz.: University of Arizona Press, 1998.

Wabnitz, Colette, et al. *From Ocean to Aquarium.* Cambridge, U.K.: UNEP World Conservation Monitoring Centre, 2003.

Ward, Peter, and Donald Brownlee. *The Life and Death of Planet Earth.* New York: Henry Holt and Company LLC, 2002.

Ward, Peter, and Alexis Rockman. *Future Evolution.* New York: Times Books, 2001.

Weiner, Jonathan. *The Beak of the Finch: A Story of Evolution in Our Time.* New York: Alfred A. Knopf, 1994.

Western, David. *In the Dust of Kilimanjaro.* Washington, D.C.: Island Press, 1997.

Wilson, Edward. O. *The Diversity of Life(1999 Edition).* New York: W.W. Norton & Company, 1999.

Wilson, Edward. O. *The Future of Life.* New York: Alfred A. Knopf, 2002.

Wrangham, Richard, and Dale Peterson. *Demonic Males: Apes and the Origins of*

Human Violence. New York: Panther/Houghton Mifflin Company, 1996.

Yurttaş, Şükruü. *Cappadocia.* Ankara: Rekmay Ltd., no date.

Zimmerman, Dale, Donald Turner, and David Pearson. *Birds of Kenya and Northern Tanzania,* Princeton, N.J.: Princeton University Press, 1999.

论文：

Advocacy Project. "The Zapara: Rejecting Extinction." *Amazon Oil,* vol.16, no.8, March 21, 2002.

Allardice, Corbin, and Edward R.Trapnell. "The First Pile." Oak Ridge, Tenn.: United States Atomic Energy Commission, Technical Information Service, 1955.

Alpert, Peter, David Western, Barry R.Noon, Brett G.Dickson, Andrzej Bobiec, Peter Landres, and George Nickas. "Managing the Wild: Should Stewards Be Pilots?" *Frontiers in Ecology and the Environment,* vol.2, no.9, 2004, 494–99.

Andrady, Anthony L. "Plastics and Their Impacts in the Marine Environment." *Proceedings of the International Marine Debris Conference on Derelict Fishing Gear and the Ocean Environment,* August 6–11, 2000 Hawai'i Convention Center, Honolulu, Hawai'i.

Avery, Michael L. "Review of Avian Mortality Due to Collisions with Man-made Structures." *Bird Control Seminars Proceedings,* University of Nebraska, Lincoln, 1979, 3–11.

Avery, Michael, P.F. Springer, and J.F. Cassel. "The Effects of a Tall Tower on Nocturnal Bird Migration—a Portable Ceilometer Study." *Auk,* vol.93, 1976, 281–91.

Ayhan, Arda. "Geological and Morphological Investigations of the Underground Cities of Cappadocia Using GIS." Master's thesis, Department of Geological Engineering, Graduate School of Natural and Applied Sciences, Middle East Technical University, 2004.

Baker, Allan J., et al. "Reconstructing the Tempo and Mode of Evolution in an Extinct Clade of Birds with Ancient DNA: The Giant Moas of New Zealand." *Proceedings of the National Academy of Sciences,* vol.102, no.23, June 7, 2005, 8257–62.

Baker, R.J., and R.K. Chesser. "The Chornobyl Nuclear Disaster and Subsequent Creation of a Wildlife Preserve." *Environmental Toxicology and Chemistry,* vol.19, 2000, 1231–32.

Barlow, Connie, and Tyler Volk. "Open Living Systems in a Closed Biosphere: A New Paradox for the Gaia Debate." *BioSystems,* vol.23, 1990, 371–84.

Barnes, David K.A. "Remote Islands Reveal Rapid Rise of Southern Hemisphere, Sea Debris." *The Scientific World Journal,* vol.5, 2005, 915–21.

Beason, R.C. "The Bird Brain: Magnetic Cues, Visual Cues, and Radio Frequency (RF) Effects." *Proceedings of Conference Avian Mortality at Communication Towers,* August 11, 1999, Cornell University, Ithaca, N.Y.

Beason, R.C. "Through a Bird's Eye—Exploring Avian Sensory Perception." USDA/ Wildlife Services/National Wildlife Research Center, Ohio Field Station, Sandusky, Ohio, http://www.aphis.usda.gov/ws/nwrc/is/03pubs/beason031.pdf.

Bjarnason, Dan. "Silver Bullet: Depleted Uranium." Producer Marijka Hurkol, Canadian Broadcasting Corporation, January 8, 2001.

Blake, L., and K.W.T.Goulding. "Effects of Atmospheric Deposition, Soil pH and Acidification on Heavy Metal Contents in Soils and Vegetation of Semi-Natural Ecosystems at Rothamsted Experimental Station, UK." *Plant and Soil,* vol.240, 2002, 235–51.

Bobiec, Andrzej. "Living Stands and Dead Wood in the Białowieża Forest: Suggestions for Restoration Management." *Forest Ecology and Management,* vol.165, 2002, 121–36.

Bobiec, Andrzej., H. van der Burgt, K.Meijer, and C.Zuyderduyn. "Rich Deciduous Forests in Białowieża as a Dynamic Mosaic of Developmental Phases: Premises for Nature Conservation and Restoration Management." *Forest Ecology and Management,* vol.130, 2000, 159–75.

"Bomb Facts: How Nuclear Weapons Are Made." *Wisconsin Project on Nuclear Arms Control,* Novermber 2001, http://www.wisconsinproject.org/pubs/articles/2001/ bomb%20facts.htm.

Bostrom, Nick, "Are You Living in a Computer Simulation?" *Philosophical Quarterly,* vol.53, no.211, 2003, 243–55.

Bostrom, Nick. "Existential Risks: Analyzing Human Extinction Scenarios and Related Hazards." *Journal of Evolution and Technology,* vol.9, March 2002.

Bostrom, Nick. "A History of Transhumanist Thought." *Journal of Evolution and Technology,* vol.14, no.1, 2005, 1–25.

Bostrom, Nick. "When Machines Outsmart Humans." *Futures,* vol.35, no.7, 2003, 759–64.

Bromilow, Richard H., et al. "The Effect on Soil Fertility of Repeated Applications of Pesticides over 20 Years." *Pesticide Science,* vol.48, 1996, 63–72.

Butterfield, B.J., W.E. Rogers, and E. Siemann. "Growth of Chinese Tallow Tree (*Sapium sebiferum*) and Four Native Trees Along a Water Gradient." *Texas Journal of Science* [*Big Thicket Science Conference Special Issue*], 2004.

Canine, Craig. "How to Clean Coal." *On Earth,* Natural Resources Defense Council, fall, 2005.

Cappiello, Dina. "New BP Leak in Texas City Is Third Incident This Year." *Houston Chronicle,* August 11, 2005.

Cappiello, Dina. "Unit at Refinery Has Troubled Past." *Houston Chronicle,* August 11, 2005.

Carlson, Elof Axel. "Commentary: International Symposium on Herbicides in the Vietnam War: An Appraisal." *BioScience,* vol.30, no.8, September.1983, 507–12.

Chesser, R.K., et al. "Concentrations and Dose Rate Estimates of [134, 137]Cesium and [90]Strontium in Small Mammals at Chornobyl, Ukraine." *Environmental Toxicology and Chemistry,* vol.19, 1999, 305–12.

Choi, Yul. "An Action Plan for Achieving an Eco-Peace Community on the Korean Peninsula." In Peninsula: *DMZ Ecosystem Conservation.* The DMZ Forum, 2002, 137–42.

Clark, Ezra, and Julian Newman. "Push to the Finishing Line: Why the Montreal Protocol Needs to Accelerate the Phaseout of CFC Production for Basic Domestic Needs." *EIA Briefing 61-1,* Environmental Investigation Agency, July 2003.

Cobb, Kim, et al. "El Niño/Southern Oscillation and Tropical Pacific Climate During the Last Millennium." *Nature,* vol. 424, July 17, 2003, 271–76.

Cohen, Andrew S., et al. "Paleolimnological Investigations of Anthropogenic Environmental Change in Lake Tanganyika." *Journal of Paleolimnology,* vol.34, 2005, 1–18.

Cole, W. Matson, Brenda E. Rodgers, Ronald K. Chesser, and Robert J. Baker. "Genetic Diversity of *Clethrionomys glareolus* Populations from Highly Contaminated Sites in the Chornobyl Region, Ukraine." *Environmental Toxicology and Chemistry:* vol.19, no.8, 2000, 2130–35.

Coleman, J.S., and S.A Temple. "On the Prowl." *Wisconsin Natural Resources Magazine,* December 1996.

Coleman, J.S., S.A. Temple, and S.R. Craven. "Cats and Wildlife: A Conservation Dilemma." *1997 USFWS and University of Wisconsin Extension Report,* Madison, Wisc, 1997.

"Complaints by Workers Mar Bloom in Flower Farms." *The Nation*(Nairobi), August 24, 2005.

"Contact-Handled Transuranic Waste Acceptance Criteria for the Waste Isolation Pilot Plant Revision 4.0." WIPP/DOE—02-3122, December 29, 2005.

"Contaminants Released to Surface Water from Rocky Flats." Technical Topic Papers, Rocky Flats Historical Public Exposures Studies, Colorado Department of Public Health and Environment, no date.

"Continued Production of CFCs in Europe." Environmental Investigation Agency, September 20, 2005, http://www.eia-international.org/cgi/news/news. cgi?t=template&a=270.

de Bruijn, Onno, Heorhi Kazulka, and Czesł aw Okolow, editors. "The Biał owieża Forest in the Third Millennium." *Proceedings of the Cross-border Conference held in Kamenyuki (Belarus) and Biał owieża (Poland)*, June 27–29, 2000.

DeMartini, Edward. "Habitat and Endemism of Recruits to Shallow Reef Fish Populations: Selection Criteria for No-take MPAs in the NWHI Coral Reef Ecosystem Reserve." *Bulletin of Marine Science*, vol.74, no.1, 185–205.

DeMartini, Edward, Alan Friedlander, and Stephani Holzwarth. "Size at Sex Change in Protogynous Labroids, Prey Body Size Distributions, and Apex Predator Densities at NW Hawaiian Atolls." *Marine Ecology Progress Series*, vol.297, 2005, 259–71.

de Waal, Frans B. M. "Bonobo Sex and Society." *Scientific American*, March 1995, 82–88.

"Depleted Uranium." World Health Organization Fact Sheet No.257, Revised January 2003.

Diamond, Jared. "Blitzkrieg Against the Moas." *Science*, vol.287, no.5461, March 24, 2000, 2170–71.

Diamond, Steve. "A Brief History of Johnston Atoll." *15th Airlift Wing History Office Web*, Hickam AFB, Hawaii, http://www2.hickam.af.mil/ho/past/JA/ JA_history_home.html.

Donlan, Josh et al. "Re-wilding North America." *Nature*, vol.436, August 18, 2005, 913–14.

Doyle, Alister. "Arctic 'Noah's Ark' Vault to Protect World's Seeds." *Reuters*, May 30, 2006.

Ellegren, Hans, et al. "Fitness Loss and Germline Mutations in Barn Swallows Breeding in Chernobyl." *Nature*, vol 389, October 9, 1997, 593–96.

Erickson, Wallace P., Gregory D.Johnson, and David P.Young, Jr. "A Summary and Comparison of Bird Mortality from Anthropogenic Causes with an Emphasis on Collisions." *USDA Forest Service General Technical Reports*, PSW-GTR-191, 2005, 1029–42.

Erwin, Douglas. "Impact at the Permo-Triassic Boundary: A Critical Evaluation."

Rubey Colloquium Paper, *Astrobiology,* vol.3, no.1, 2003, 67–74.

Erwin, Douglas. "Lessons from the past: Biotic Recoveries from Mass Extinctions." *Proceedings of the National Academy of Sciences,* vol.98, no.10, May 8, 2001, 5399–5403.

Evans, Thayer. "Fire Still Smoldering at BP Unit near Alvin; an Investigation to Determine the Cause Must Wait Until Blaze Is Out." *Houston Chronicle,* August 12, 2005.

Fiedel, Stuart, and Gary Haynes. "A Premature Burial: Comments on Grayson and Meltzer's 'Requiem for Overkill.'" *Journal of Archaeological Science ,* vol 31, no.1, January 2004, 121–31.

Fleming, Andrew. "Dartmoor Reaves." *Devon Archaeology: Dartmoor Issue,* vol.3, 1985 (reprinted 1991), 1–6.

Foster, David. R. "Land-Use History (1730–1990) and Vegetation Dynamics in Central New England, USA." *Journal of Ecology,* vol.80 no.4, December 1992, 753–71.

Foster, David R., Glenn Motzkin, and Benjamin Slater. "Land-Use History as Long-term Broad-Scale Disturbance: Regional Forest Dynamics in Central New England." *Ecosystems,* vol.1, 1998, 96–119.

Friedlander, Alan, and Edward DeMartini. "Contrasts in Density, Size, and Biomass of Reef Fishes Between the Northwestern and the Main Hawaiian Islands: the Effects of Fishing down Apex Predators." *Marine Ecology Progress Series,* vol.230, 2002, 253–64.

Galik, K., B.M.Senut, D.Pickford, J.Treil Gommery, A.J.Kuperavage, and R.B.Eckhardt. "External and Internal Morphology of the BAR 1002' 00 *Orrorin tugenensis* Femur." *Science,* vol.305, September 3, 2004, 1450–53.

Gamache, Gerald L., et al. "Longitudinal Neurocognitive Assessments of Ukranians Exposed to Ionizing Radiation After the Chernobyl Nuclear Accident." *Archives of Clinical Neuropsychology,* vol.20, 2005, 81–93.

Gao, F., et al. "Origin of HIV-1 in the Chimpanzee *Pan troglodytes troglodytes.*" *Nature* vol.397, February 4, 1999, 436–41.

Gochfeld, Michael. "Dioxin in Vietnam—the Ongoing Saga of Exposure." *Journal of Occupational Medicine* vol.43, no.5, May 1, 2001, 433–34.

Gopnik, Adam. "A Walk on the High Line." *The New Yorker,* May 21, 2001, 44–49.

Graham-Rowe, Duncan. "Illegal CFCs Imperil the Ozone Layer." *New Scientist,* December 17, 2005, 16.

Grayson, Donald K., and David J.Meltzer. "Clovis Hunting and Large Mammal

Extinction: A Critical Review of the Evidence." *Journal of World Prehistory,* vol.16, no.4, December 2002, 313–59.

Greeves, Tom. "The Dartmoor Tin Industry—Some Aspects of Its Field Remains." *Devon Archaeology: Dartmoor Issue,* vol.3, 1985 (reprinted in 1991), 31–40.

Grunwald, Michael. "Monsanto Hid Decades of Pollution: PCBs Drenched Ala. Town, But No One Was Ever Told." *Washington Post,* January 1, 2002, online clarification, 1/5/02; clarification corrected 1/11/02, http://www.washingtonpost.com/ac2/wp-dyn?pagename=article&node=&contentId=A46648-2001Dec31.

Gülyaz, Murat Ertuğrul. "Subterranean Worlds." In *Cappadocia.* Istanbul, Ayhan þahenk Foundation, 1998, 512–25.

Gushee, David E. "CFC Phaseout: Future Problem for Air Conditioning Equipment?" *Congressional Research Service,* Report 93-382 S, April 1, 1993.

Habib, Daniel, et al. "Synthetic Fibers as Indicators of Municipal Sewage Sludge, Sludge Products, and Sewage Treatment Plant Effluents." *Water, Air, and Soil Pollution,* vol.103, no.1, April 1,1998, 1–8.

"Halocarbons and Minor Gases." Chapter 5 in *Emissions of Greenhouse Gases in the United States 1987-1992,* Washington, D.C.: Energy Information Administration Office of Energy Markets and End Use, U.S. Department of Energy, DOE/EIA-0573, October, 1994.

Harmer, Ralph, et al. "Vegetation Changes During 100 Years of Development of Two Secondary Woodlands on Abandoned Arable Land." *Biological Conservation,* vol.101, 2001, 291–304.

Hawkins, David G. "Passing Gas: Policy implications of leakage from geologic carbon storage sites." In J.Gale and J.Kaya, editors, *Proceedings of the 6th International Conference on Greenhouse Gas Control Technologies.* Kyoto, Japan, October 2002, Amsterdam: Elsevier, 2003.

Hawkins, David. "Stick it Where??—Public Attitudes Toward Carbon Storage." *Proceedings from the First National Conference on Carbon Sequestration,* DOE/National Energy Technology Laboratory, May 2001.

Hayden, Thomas. "Trashing the Oceans." *U.S. News & World Report,* vol.133, no.17, November 4, 2002, 58.

Haynes, C.Vance. "The Rancholabrean Termination: Sudden Extinction in the San Pedro Valley, Arizona 11,000 B.C." In Juliet E.Morrow, and Cristóbal Gnecco, editors. *Paleoindian Archaeology: A Hemispheric Perspective.* Gainesville: University Press of Florida, 2006.

Haynes, Gary. "Under Iron Mountain: Corbis Stores 'Very Important Photographs' at

Zero Degrees Fahrenheit." *News Photographer,* January 2005.

Herscher, Ellen. "Archaeology in Cyprus." *American Journal of Archaeology* vol.99, no.2, April 1995, 257–94.

Holdaway, R.N., and C.Jacomb. "Rapid Extinction of the Moas (Aves: Dinornithiformes): Model, Test, and Implications." *Science,* vol.287, no.5461, March 24, 2000, 2250–54.

Hotz, Robert Lee. "An Eden Above the City." *Los Angeles Times,* May 15, 2004.

Howden, Daniel. "Varosha Doomed to Rot Away in a Lonely Mediterranean Paradise." *The Independent,* April 26, 2004.

Ichikawa, Mitsuo. "The Forest World as a Circulation System: The Impacts of Mbuti Habitation and Subsistence Activities on the Forest Environment." *African Study Monographs,* suppl.26, March 2001, 157–68.

Jackson, Jeremy B.C. "Reefs Since Columbus." *Coral Reefs* 6 (suppl.), 1997, S23–S32.

Jackson, Jeremy B.C. "What Was Natural in the Coastal Oceans?" *Proceedings of the National Academy of Sciences,* May 8, 2001, vol.98, no.10, 5411–18.

Jackson, Jeremy B.C., et al. "Historical Overfishing and the Recent Collapse of Coastal Ecosystems." *Science,* vol.293, July 27, 2001, 629–38.

Jackson, Jeremy B.C., and Kenneth G.Johnson. "Life in the Last Few Million Years." *The Paleontological Society,* 2000, 221–35.

Jackson, Jeremy B.C., and Enric Sala. "Unnatural Oceans." *Scientia Marina 65* (supp.2), 2001, 273–81.

Jewett, Thomas O. "Thomas Jefferson, Paleontologist." *The Early America Review,* vol.3, no.2, fall 2000.

Jin, Y.G., et al. "Pattern of Marine Mass Extinction Near the Permian-Triassic Boundary in South China." *Science,* vol.289, July 21, 2000.

Joy, Bill. "Why the Future Doesn't Need Us." *Wired,* vol. 8, no.4, April, 2000.

Kaiser-Hill Company, L.L.C. "Final Draft: Landfill Monitoring and Maintenance Plan and Post Closure Plan, Rocky Flats Environmental Technology Site Present Landfill." January 2006, http://192.149.55.183/NewRelease/PLFMMPlandraft final23Jan061.pdf.

Kassam, Aneesa, and Ali Balla Bashuna. "The Predicament of the Waata, Former Hunter-gatherers of East and Northeast Africa: Etic and Emic Perspectives." Paper presented at the Ninth International Conference on Hunters and Gatherers, Edinburgh, Scotland, September 9–13, 2002.

Katz, Miriam E., et al. "Uncorking the Bottle: What triggered the Paleocene/Eocene thermal maximum methane release?" *Paleoceanography,* vol.16, no.6, December 2001, 549–62.

Katzev, S.W. "The Kyrenia Shipwreck: Clue to an Ancient Crime." *The Athenian,* March 1982, 26–28.

Katzev, S.W., and M.L.Katzev. "Last Harbor for the Oldest Ship." *National Geographic,* November 1974, 618–25.

Kazulka, Heorhi. "Belovezhskaya Pushcha: They Go On Logging It Out, On and On and On ...." *Narodnaia Volia,* vol.2, no.1565, January 4, 2003.

Keating, Barbara. "Insular Geology of the Line Islands." In B.H.Keating and B. Bolton, editors, *Geology and Offshore Mineral Resources of the Central Pacific Basin.* Earth Science Monograph Series, Springer Verlag, New York 1992, 77–99.

Keddie, Grant. "Human History: The Atlatl Weapon." Royal BC Museum, Victoria, British Columbia, Canada, N.D., http://www.royalbcmuseum.bc.ca/hhistory/atlatl-1.pdf.

Kerr, Richard A. "At Last, Methane Lakes on Saturn's Icy Moon Titan—But No Seas." Science, vol.313, August 4, 2006, 398.

Kiehl, Jeffrey, and Christine Shields. "Climate Simulation of the Latest Permian: Implications for Mass Extinction." *Geology,* September 2005, vol.33, no.9, 757–60.

Kim, Ke Chung. "Preserving Biodiversity in Korea's Demilitarized Zone." *Science,* vol.278, no.5336, October 10, 1997, 242–43.

Kim, Ke Chung. "Preserving the DMZ Ecosystem: The Nexus of Pan-Korean Nature Conservation." In Peninsula: *DMZ Ecosystem Conservation.* The DMZ Forum, 2002, 171–91.

Kim, Ke Chung, and Edward O.Wilson. "The Land That War Protected." *The New York Times Op-Ed,* Tuesday, December 10, 2002, A 31.

Kim, Kew-gon. "Ecosystem Conservation and Sustainable Use in the DMZ and CCA." In Peninsula: *DMZ Ecosystem Conservation.* The DMZ Forum, 2002, 214–50.

Klem, Jr., Daniel. "Bird-Window Collisions." *Wilson Bulletin,* vol.101, no.4, 1989, 606–20.

Klem, Jr., Daniel. "Collisions Between Birds and Windows: Mortality and Prevention." *Journal of Field Ornithology,* vol.61, no.1, 1990, 120–28.

Klem, Jr., Daniel. "Glass: A Deadly Conservation Issue for Birds." *Bird Observer,* vol.34, no.2, 2006, 73–81.

Koppes, Clayton R. "Agent Orange and the Official History of Vietnam." *Reviews in American History* vol.13, no.1, March 1985, 131–35.

Kurzweil, Ray. "Our Bodies, Our Technologies." *Cambridge Forum Lecture*, May 4, 2005, http://www.kurzweilai.net/meme/frame.html?main=/articles/art0649.html.

Kusimba, Chapurukha M., and Sibel B.Kusimba. "Hinterlands and cities: Archaeological investigations of economy and trade in Tsavo, southeastern Kenya." *Nyame Akuma*, no.54, December 2000, 13–24.

Lenzi Grillini, Carlo R. "Structural analysis of the Chambura Gorge forest (Queen Elizabeth National Park, Uganda)." *African Journal of Ecology*, vol.38, 2000, 295–302.

Levy, Sharon, "Navigating With A Built-In Compass." *National Wildlife*, vol.37, no.6, October-November 1999.

Little, Charles E. "America's Trees Are Dying." *Earth Island Journal*, fall 1995.

Long, Chun-lin, and Jieru Wang. "Studies of Traditional Tea-Gardens of Jinuo Nationality, China." In S.K.Jain, editor, *Ethnobiology in Human Welfare*. New Delhi, Deep Publications, 1996, pp.339–44.

Lorenz, R.D., S. Wall, J. Radebaugh, G. Boubin, E. Reffet, M. Janssen, E. Stofan, R. Lopes, R. Kirk, C. Elachi, J. Lunine, K. Mitchell, F. Paganelli, L. Soderblom, C. Wood, L. Wye, H. Zebker, Y. Anderson, S. Ostro, M. Allison, R. Boehmer, P. Callahan, P. Encrenaz, G. G. Ori, G. Francescetti, Y. Gim, G. Hamilton, S. Hensley, W.Johnson, K.Kelleher, D.Muhleman, G. Picardi, F. Posa, L. Roth, R. Seu, S. Shaffer, B. Stiles, S.Vetrella, E. Flamini, and R.West. "The Sand Seas of Titan: Cassini RADAR Observations of Longitudinal Dunes." *Science* vol.312, May 5, 2006, 724–27.

Lozano, Juan A. "Recent Accidents at BP Plants Raise Safety Concerns." *Houston Chronicle, Associated Press,* August 11, 2005.

"M919 Cartridge 25mm, Armor Piercing, Fin Stabilized, Discarding Sabot, with Tracer (APFSDS-T)." *Military Analysis Network*, Federation of American Scientists, 1998, http://www.fas.org/man/dod-101/sys/land/m919.htm.

Markowitz, Michael. "The Sewer System." *Gotham City Gazette*, October 20, 2003.

Martin, Paul S., and D.W.Steadman. "Prehistoric Extinctions on Islands and Continents." In R.D.E.MacPhee, editor, *Extinctions in Near Time: Causes, Contexts and Consequences*. New York: Kluwer/Plenum Press, 1999, 17–55.

Martin, Paul S., and Christine R.Szuter. "War Zones and Game Sinks in Lewis and Clark's West." *Conservation Biology*, vol.13, no.1, February 1999, 36–45.

Mato, Y., et al. "Plastic Resin Pellets as a Transport Medium for Toxic Chemicals in the Marine Environment." *Environmental Science and Technology,* vol.35, 2001, 318–24.

Mayell, Hillary. "Fossil Pushes Upright Walking Back 2 Million Years, Study Says." *National Geographic News*, September 2, 2004.

Mayell, Hillary. "Ocean Litter Gives Alien Species an Easy Ride." *National Geographic News,* April 29, 2002.

McGrath, S.P. "Long-term Studies of Metal Transfers Following Applications of Sewage Sludge." In P.J.Coughtrey, M.H.Martin, and M.H. Unsworth, *Pollutant Transport and Fate in Ecosystems.* Special Publication No.6 of the British Ecological Society, Oxford: Blackwell Scientific, 1987, 301–17.

McRae, Michael. "Survival Test for Kenya's Wildlife." *Science*, vol.280, no.5363, April 28, 1998.

Michel, Thomas. "100 Years of Groundwater Use and Subsidence in the Upper Texas Gulf Coast." Groundwater Reports, Texas Water Development Board, 2005, 139–48.

Milling, T.J. "Leak of gas sends dozens to hospital." *Houston Chronicle*, May 9, 1994.

Mineau, Pierre, and Mélanie Whiteside. "Lethal Risk to Birds from Insecticide Use in the United States—a Spatial and Temporal Analysis." *Environmental Toxicology and Chemistry,* vol.25, no.5, 2006, 1214–22.

Ministry of the Environment of Japan. "Report: ODS Recovery and Disposal Workshop in Asia and the Pacific Region." Siem Reap, Cambodia, November 6, 2004.

Ministry of the Environment of Japan. "Revised Report of the Study on ODS [Ozone-Depleting Substances] Disposal Options in Article 5 Countries." May 2006.

Møller, Anders Pape, et al. "Condition, Reproduction and Survival of Barn Swallows from Chernobyl." *Journal of Animal Ecology* vol.74, 2005, 1102–11.

Møller, Anders Pape, and Timothy A.Mousseau. "Biological Consequences of Chernobyl: 20 Years On." *Trends in Ecology and Evolution,* vol.21, no.4, April 2006, 200–207.

"Monte Verde Under Fire." *Online Features*, Archaeological Institute of America, October 18, 1999, http://www.archaeology.org/online/features/clovis/.

Moore, Charles. "Trashed: Across the Pacific Ocean, Plastics, Plastics, Everywhere." *Natural History Magazine*, vol.112, no.9, November 2003.

Moore, Charles. "A Comparison of Plastic and Plankton in the North Pacific Central Gyre." *Marine Pollution Bulletin,* vol.42, no.12, 2001, 1297–1300.

Moore, Charles., et al. "A Brief Analysis of Organic Pollutants Sorbed to Pre-and Post-Production Plastic Particles from the Los Angeles and San Gabriel River Watersheds." *Proceedings of the Plastic Debris, Rivers to Sea Conference, Redondo*

Beach, CA, Sept.2005, http://conference.plasticdebris.org/proceedings.html.

Moore, Charles., et al. "A Comparison of Neustonic Plastic and Zooplankton Abundance in Southern California's Coastal Waters." *Marine Pollution Bulletin,* vol.44, 2002, 1035–38.

Moore, Charles., et al. "Density of Plastic Particles found in zooplankton trawls from Coastal Waters of California to the North Pacific Central Gyre." *Proceedings of the Plastic Debris, Rivers to Sea Conference, Redondo Beach, CA, Sept.2005,* http://conference.plasticdebris.org/proceedings.html.

Moore, Charles., et al. "Working Our Way Upstream: A Snapshot of Land-Based Contributions of Plastic and Other Trash to Coastal Waters and Beaches of Southern California." *Proceedings of the Plastic Debris, Rivers to Sea Conference, Redondo Beach, CA, Sept.2005,* http://conference.plasticdebris.org/proceedings.html.

Moran, Kevin. "15th Body Pulled from Refinery Rubble." *Houston Chronicle,* March 24, 2005.

Moran, Kevin, and Bill Dawson. "Painful encounter: Leak of Toxic Chemicals Sends Texas City Residents Scurrying." *Houston Chronicle,* April 2, 1998.

Moss, C.J. "The Demography of an African Elephant (*Loxodonta africana*) Population in Amboseli, Kenya." *Journal of Zoology,* 2001, vol.255, 145–56.

Mullen, Lisa. "Piecing Together a Permian Impact." *Astrobiology Magazine,* May 13, 2004, http://www.astrobio.net/news/modules.php?op=modload&name=News&file=article&sid=969.

Myers, Norman, and Andrew Knoll. "The Biotic Crisis and the Future of Evolution." *Proceedings of the National Academy of Sciences,* May 8, 2001, vol.98, no.10, 5389–92.

Norris, Robert S., and William M.Arkin. "Global nuclear stockpiles, 1945–2000." *The Bulletin of the Atomic Scientists,* vol.56, no.02, March-April 2000, 79.

Norris, Robert S., and Hans Kristensen "Nuclear Weapons Data: NRDC Nuclear Notebook." *The Bulletin of the Atomic Scientists,* 2006, http://www.thebulletin.org/nuclear_weapons_data/.

Norton, M.R., H.B.Shah, M.E.Stone, L.E.Johnson, and R.Driscoll. "Overview— Defense Waste Processing Facility Operating Experience." Westinghouse Savannah River Company, WSRC-MS-2002-00145, Contract No.DE-AC09-96SR18500, U.S. Department of Energy.

Ochego, Hesbon. "Application of Remote Sensing in Deforestation Monitoring: A Case Study of the Aberdares (Kenya)." Presented at the 2nd FIG Regional Conference, Marrakech, Morocco, December 2–5, 2003.

Oh, Jung-Soo. "Biodiversity and Conservation Stratgies in the DMZ and CCA." In Peninsula: *DMZ Ecosystem Conservation.* The DMZ Forum, 2002, 192–213.

Olivier, Susanne, et al. "Plutonium from Global Fallout Recorded in an Ice Core from the Belukha Glacier, Siberian Altai." *Environmental Science and Technology*, vol.38, no.24, 2004, 6507–12.

O'Reilly, Catherine M., Simone R.Alin, Pierre-Denis Plisnier, Andrew S.Cohen, and Brent A.McKee. "Climate Change Decreases Aquatic Ecosystem Productivity of Lake Tanganyika, Africa." *Nature*, vol.424, August 14, 2003, 766–68.

OSPAR Commission. "Convention for the Protection of the Marine Environment of the North-East Atlantic." Paris, September 21–22, 1992.

Overpeck, Jonathan, et al. "Paleoclimatic Evidence for Future Ice-Sheet Instability and Rapid Sea-Level Rise." *Science,* March 24, 2006, vol.311, 1747–50.

Owen, James. "Oceans Awash with Microscopic Plastic, Scientists Say." *National Geographic News*, May 6, 2004.

Pandolfi, J.M., R.H.Bradbury, E.Sala, T.P.Hughes, K.A.Bjorndal, R.G.Cooke, D. Macardle, L.McClenahan, M.J.H. Newman, G.Paredes, R.R.Warner, and J.B.C. Jackson. "Global Trajectories of the Long-term Decline of Coral Reef Ecosystems." *Science,* vol.301, August 15, 2005, 955–58.

Pandolfi, J.M., J.B.C. Jackson, N.Baron, R.H.Bradbury, H.M.Guzman, T.P. Hughes, C.V. Kappel, F. Micheli, J.C.Ogden, H.P.Possingham, and E.Sala. "Are U.S. Coastal Reefs on a Slippery Slope to Slime?" *Science,* vol.307, March 18, 2005, 1725–26, supporting online material: www.sciencemag.org/cgi/content/full/307/5716/1725/DC1.

Peters, Charles M., et al. "Oligarchic Forests of Economic Utilization and Conservation of Tropical Resource." *Conservation Biology,* vol.3, no.4, December 1989, 341–49.

Piller, Charles. "An Alert Unlike Any Other." *Los Angeles Times*, May 3, 2006.

Pinsker, Lisa M. "Applying Geology at the World Trade Center Site." *Geotimes,* vol.46, no.11, November 2001.

Potts, Richard. "Complexity and Adaptability in Human Evolution." Manuscript submitted to the American Academy of Arts and Sciences, in association with the July 2001 conference "Development of the Human Species and Its Adaptation to the Environment," http://www.uchicago.edu/aff/mwc-amacad/biocomplexity/conference_papers/PottsComplexity.pdf.

Potts, Richard, et al. "Field Dispatches, The Olorgesailie Prehistoric Site: A Joint Venture of the Smithsonian Institution and the National Museums of Kenya, June

22–August 18, 2004." http://www.mnh.si.edu/anthro/humanorigins/aop/olorg2004/dispatch/start.htm.

Potts, Richard, Anna K.Behrensmeyer, Alan Deino, Peter Ditchfield, and Jennifer Clark. "Small Mid-Pleistocene Hominin Associated with East African Acheulean Technology," *Science*, vol.305, no.2, July 2004, 75–78.

Poulton, P.R., et al. "Accumulation of Carbon and Nitrogen by Old Arable Land Reverting to Woodland." *Global Change Biology*, vol.9, 2003, 942–55.

Quammen, David. "Spirit of the Wild." *National Geographic*, vol.208, September 2005, 122–43.

Quammen, David. "The Weeds Shall Inherit the Earth." *The Independent*, November 22, 1998, 30–39.

"Radioactive Waste," U.S. Nuclear Regulatory Commission, http://www.nrc.gov/waste.html, March 1, 2006.

"Raising the Quality: Treatment and Disposal of Sewage Sludge." Department for Environment, Food and Rural Affairs (U.K.), September 23, 1998, 13.

Reaney, Patricia. "Cultivated Land Disappears in AIDs-ravaged Africa."*Reuters*, September 8, 2005.

"Report of Workshop of Experts from Parties to the Montreal Protocol to Develop Specific Areas and a Conceptual Framework of Cooperation to Address Illegal Trade in Ozone-Depleting Substances." Montreal, April 3, 2005, United Nations Environment Programme.

"Reprocessing and Spent Nuclear Fuel Management at the Savannah River Site." Institute for Energy and Environmental Research, Takoma Park, Maryland, February 1999.

Richardson, David, and Remy Petit. "Pines as Invasive Aliens: Outlook on Transgenic Pine Plantations in the Southern Hemisphere." In Claire G. Williams, editor, *Landscapes, Genomics and Transgenic Conifer Forests*. New York: Springer Press, 2005.

Richkus, Kenneth D., et al. "Migratory bird harvest information, 2004 Preliminary Estimates." U.S. Fish and Wildlife Service. U.S. Department of the Interior, Washington, D.C., 2005.

Roach, John. "Are Plastic Grocery Bags Sacking the Environment?" *National Geographic News*, September 2, 2003.

Rodda, Gordon H., Thomas H. Fritts, and David Chiszar. "The Disappearance of Guam's Wildlife." *Bioscience*, vol.47, no.9, October 1997, 565–75.

Rodgers, Brenda E., Jeffrey K. Wickliffe, Carleton J. Phillips, Ronald K. Chesser, and Robert J. Baker. "Experimental Exposure of Naive Bank Voles (*Clethrionomys glareolus*) to the Chornobyl, Ukraine, Environment: a Test of Radioresistance." *Environmental Toxicology and Chemistry,* vol.20, no.9, 2001, 1936–41.

Rogoff, David. "The Steinway Tunnels." *Electric Railroads,* no.29, April 1960.

Rubin, Charles T. "Artificial Intelligence and Human Nature," *The New Atlantis,* no.1, spring 2003, 88–100.

Ruddiman, W.F. "Ice-Driven CO$_2$ Feedback on Ice Volume." *Climate of the Past,* vol.2, 2006, 43–55.

Sala, Enric, and George Sugihara. "Food web theory provides guidelines for marine conservation." In Andrea Belgrano, et al., *Aquatic Food Webs: An ecosystem approach.* Oxford: Oxford University Press, 2005, 170–83.

Sanderson E.W., M. Jaiteh,. M.E. Levy, et al. "The Human Footprint and the Last of the Wild." *BioScience,* vol.52, 2002, 891–904.

Sapolsky, Robert M. "A Natural History of Peace." *Foreign Affairs,* January–February, 2006.

Savidge, Julie A. "Extinction of an Island Forest Avifauna by an Introduced Snake." *Ecology,* vol.68, no.3, 1987, 660–68.

Schecter, Arnold, Le Cao Dai, Olaf Päpke, Joelle Prange, John D. Constable, Muneaki Matsuda, Vu Duc Thao, and Amanda L. Piskac. "Recent Dioxin Contamination From Agent Orange in Residents of a Southern Vietnam City." *Journal of Occupational Medicine,* vol.43, no.5, May 1, 2001, 435–43.

Scherbov, Dr. Sergei, Research Group Leader, Vienna Institute of Demography. "World, Total Population: Assumption Is That from Now on All Women Have One Child." Unpublished, personal communication with author, June 15, 2006.

Scientific American Discovering Archaeology Special Report: Monte Verde Revisited. November–December 1999:

Fiedel Stuart J. "Artifact Provenience at Monte Verde: Confusion and Contradictions," 1–12.

Dillehay, Tom, et al. "Reply to Fiedel, Part I," 12–14.

Collins, Michael. "Reply to Fiedel, Part II," 14–15.

West, Frederick H. "The Inscrutable Monte Verde," 16–17.

Haynes, Vance. "Monte Verde and the Pre-Clovis Situation in America." 17–19.

Anderson, David G. "Monte Verde and the Way American Archaeology Does Business," 19–20.

Adovasio, J.M. "Paradigm-Death and Gunfights," 20.

    Bonnichsen, Robson. "A Little Kinder?" 20–21.

    Tankersley, Ken B. "The Truth Is Out There!" 21–22.

Sheldrick, Daphne. "The Elephant Debate." The David Sheldrick Wildlife Trust, 2006, http://www.sheldrickwildlifetrust.org/html/debate.html.

Smith, Thierry, Kenneth D. Rose, and Philip D. Gingerich. "Rapid Asia-Europe-North America Geographic Dispersal of Earliest Eocene Primate *Teilhardina* During the Paleocene-Eocene Thermal Maximum." *Proceedings of the National Academy of Sciences USA,* vol.103, no.30, July 25, 2006, 11223–27.

Spinney, Laura. "Return to Paradise." *New Scientist,* vol.151, no.2039, July 20, 1996, 26.

Steadman, David. "Prehistoric Extinctions of Pacific Island Birds: Biodiversity Meets Zooarchaeology." *Science,* vol.267, 1123–31.

Steadman, David, et al. "Asynchronous extinction of late Quaternary sloths on continents and islands." *Proceedings of the National Academy of Sciences USA,* vol.102, no.33, August 16, 2005, 11763–68.

Steadman, David, G.K. Pregill, and S.L. Olson. "Fossil vertebrates from Antigua, Lesser Antilles: Evidence for late Holocene human-caused extinctions in the West Indies." *Proceedings of the National Academy of Sciences USA,* vol.81, 1984, 4448–51.

Steadman, David, and Anne Stokes. "Changing Exploitation of Terrestrial Vertebrates During the Past 3 000 Years on Tobago, West Indies." *Human Ecology,* vol.30, no.3, September 2002, 339–67.

Stengel, Marc K. "The Diffusionists Have Landed." *The Atlantic Monthly,* January 2000, vol.285, no.1, 35–48.

Sterling, Bruce. "One Nation, Invisible." *Wired,* Issue 7.08, August 1999.

Stevens, William K. "New Suspect in Ancient Extinctions of the Pleistocene Megafauna: Disease." *New York Times,* April 29, 1997.

Stewart, Jr., C. Neal, et al. "Transgene Introgression from Genetically Modified Crops to Their Wild Relatives." *Nature,* vol.4, Oct. 2003, 806–17.

Sublette, Carey. "The Nuclear Weapon Archive: A Guide to Nuclear Weapons." May 2006, http://nuclearweaponarchive.org/.

Takada, Hideshige. "Pellet Watch: Global Monitoring of Persistent Organic Pollutants (POPs) Using Beached Plastic Resin Pellets." *Proceedings of the Plastic Debris, Rivers to Sea Conference, Redondo Beach, CA Sept. 2005,* http://conference. plasticdebris.org/proceedings.html.

Tamaro, George J. "World Trade Center 'Bathtub': From Genesis to Armageddon." *The Bridge(National Academy of Engineering),* vol.32, no.3, spring 2002, 11–17.

"Technical Factsheet on: Lead." In *National Primary Drinking Water Regulations.* U.S. Environmental Protection Agency, February 28, 2006, http://www.epa.gov/OGWDW/dwh/t-ioc/lead.html.

Tegmark, Max, and Nick Bostrum. "How Unlikely is a Doomsday Catastrophe?" *Nature,* December 8, 2005, vol.438, 754.

Thompson, Clive. "Derailed." *New York Magazine,* February 28, 2005.

Thompson, Daniel Q., Ronald L. Stuckey, and Edith B. Thompson. "Spread, Impact, and Control of Purple Loosestrife (*Lythrum salicaria*) in North American Wetlands." U.S. Fish and Wildlife Service. Jamestown, N.Dak.: Northern Prairie Wildlife Research Center, online, June 4, 1999, http://www.npwrc.usgs.gov/resource/plants/loosstrf/loosstrf.htm.

Thompson, Richard C., et al. "Lost at Sea: Where Is All the Plastic?" *Science,* vol. 304, May 7, 2004, 838.

Thorson, Robert M. "Stone Walls Disappearing." *Connecticut Woodlands,* Winter 2005.

"ToxFAQs for Polycyclic Aromatic Hydrocarbons (PAHs)." Agency for Toxic Substances and Disease Registry, 1996, http://www.atsdr.cdc.gov/tfacts69.html.

U.S. Army Environmental Policy Institute (USAEPI), "Health and Environmental Consequences of Depleted Uranium Use by the U.S. Army." Summary Report to Congress, June 1994.

van der Linden, Bart, Harm Smeenge, and Frank Verhart. *Sustainable Forest Degeneration in Białowieża,* 2004, http://www.franknature.nl.

Vartanyan, S.L., et al. "Radiocarbon Dating Evidence for Mammoths on Wrangel Island, Arctic Ocean, Until 2000 BC." *Radiocarbon,* vol.37, no.1, 1995, 1–6.

Vitello, Paul. "Rusty Railroad on Its Way to Pristine Park." *New York Times,* June 15, 2005.

Volk, Tyler. "Sensitivity of Climate and Atmospheric CO_2 to Deep-Ocean and Shallow-Ocean Carbonate Burial." *Nature,* vol.337, 1989, 637–40.

Wagner, Thomas. "Humans in England May Go Back 700 000 Years." *Associated Press,* December 14, 2005.

Weinstock, J., E. Willerslev, A. Sher, W. Tong, S.Y. Ho, et al. "Evolution, Systematics, and Phylogeography of Pleistocene Horses in the New World: A Molecular Perspective." *Public Library of Science: Biology,* vol.3, no.8, August 2005, e241.

Weisman, Alan. "Diamonds in the Wild." *Condé Nast Traveler,* December 2001, 104+.

Weisman, Alan. "Earth Without People." *Discover Magazine,* vol.26, no.02, February 2005, 60–65.

Weisman, Alan. "Journey Through a Doomed Land." *Harper's*, vol.289, no.1731, August 1994, 45–53.

Weisman, Alan."Naked Planet." *Los Angeles Times Magazine,* April 5, 1992, 16+.

Weisman, Alan. "The Real Indiana Jones." *Los Angeles Times Magazine,* October 14, 1990, 12+.

Wenning, Richard J., et al. "Importance of Implementation and Residual Risk Analyses in Sediment Remediation." *Integrated Environmental Assessment and Management,* vol.2, no.1, 59–65.

Wesołowski, Tomasz. "Virtual Conservation: How the European Union Is Turning a Blind Eye to Its Vanishing Primeval Forest." *Conservation Biology,* vol.19, no.5, October 2005, 1349–58.

Western, David. "Human-modified Ecosystems and Future Evolution."*Proceedings of the National Academy of Sciences,* May 8, 2001, vol.98, no. 10, 5458–65.

Western, David, and Manzolillo Nightingale. "Environmental change and the vulnerability of pastoralists to drought: The Maasai in Amboseli, Kenya." *Africa Environment Outlook Case Studies,* United Nations Environment Programme, Nairobi, 2003.

Western, David, and Manzolillo Nightingale. "Keeping the East African Rangelands Open and Productive." *Conservation and People,* vol.1, no.1, October 2005.

Westling, Arthur, et al. "Long-term Consequences of the Vietnam War: Ecosystems." *Report to the Environmental Conference on Cambodia, Laos and Vietnam,* September 15, 2002.

Willis, Edwin O. "Populations and Local Extinctions of Birds on Barro Colorado Island, Panama." *Ecological Monographs,* vol.44, no.2, spring 1974, 153–69.

"WIPP Remote-Handled Transuranic Waste Study." DOE/CAO 95–1095, U.S. Department of Energy, Carlsbad Area Office, Carlsbad, N.Mex., October 1995.

Yamaguchi, Eiichiro. "Waste Tire Recycling." Master's thesis, Theoretical and Applied Mechanics, University of Illinois at Urbana, Champaign, October 2000, http://www.p2pays.org/ref/11/10504/.